mtb

Zum Buch:

Gabriella braucht einen neuen Job. Ihre Stelle bei einem Lottogewinner, der sich aus Spaß eine Köchin leistete und dessen Lieblingsspeise Erdnussbuttersandwiches waren, hat sie gekündigt. Nun will sie zeigen, was sie kann. Sie kennt Parkers Food Truck und weiß, dass er ein Restaurant aufmacht. Kurzerhand stattet sie ihm einen Besuch ab. Allerdings hat sie nicht damit gerechnet, wie sehr sie sich von ihm angezogen fühlt, als sie plötzlich vor ihm steht. Er sieht verdammt heiß aus. Doch sie hat nicht vor, sich zu verlieben. Sie will nur den Job …

»Witzig, flirty und voller Emotionen. Ich bin total verliebt in Candis Terrys Sunshine-Valley-Serie.«

Rachel Lacey

Zur Autorin:

Candis Terry wuchs im sonnigen Kalifornien auf und lebt inzwischen auf einer Farm in Idaho. Sie hat sich in vielen Jobs ausprobiert: von der Arbeit in einem Tonstudio in Hollywood bis hin zum Einfangen von eigensinnigen Rindern. Dabei hat sie herausgefunden, dass eine Leidenschaft immer geblieben ist: die Liebe zum Schreiben, die Begeisterung Romances zu verfassen, die spätestens auf der letzten Seite in ein großes Happy End münden.

Lieferbare Titel:

Neue Träume in Sunshine Valley
Neue Liebe in Sunshine Valley

Candis Terry

Zuckerküsse und Lamettaglitzern

Roman

Aus dem Amerikanischen von
Gabriele Ramm

mtb

MIRA® TASCHENBUCH

2. Auflage: Oktober 2018
Deutsche Erstausgabe

Originaltitel: »Tangled up in tinsel«
Erschienen bei: Avon Books,
an imprint of HarperCollins *Publishers*

Umschlaggestaltung: bürosüd, München
Umschlagabbildung: Westend61 / Getty Images, www.buerosued.de
Lektorat: Sonja Fiedler-Tresp
Satz: GGP Media GmbH, Pößneck
Printed in Germany
Dieses Buch wurde auf FSC®-zertifiziertem Papier gedruckt.
ISBN 978-3-95649-837-4

www.mira-taschenbuch.de

Für meinen Vater und die vielen Jahre,
die wir verloren haben.
Es ist alles vergeben.
Vix ea nostro voco

1. Kapitel

»Du kriegst das doch fertig, oder?«

Die durchdringende Kälte des Novembertags hing in der Luft. Parker Kincade blickte zu seinem älteren Bruder Jordan, einem ehemaligen knallharten NHL-Eishockeyspieler, der früher seine Gegner auf dem Eis so hart angerempelt hatte, dass sie für eine Weile ihren Namen vergaßen. Jetzt fragte Parker sich, wie aus dem zweihundert Pfund schweren Mann, noch dazu einem zweihundertprozentigen Alphatier, so ein Weichei werden konnte.

»Das habe ich dir doch schon hundertmal gesagt.«

»Ja«, konterte Jordan. »Aber du hast auch behauptet, du hättest Britney Braxton vernascht. Die Kleine, die sich immer den Bikini ausgestopft hat. Und das war eine verdammte Lüge.«

»Weißt du was, Alter? Ich hasse es, dir das sagen zu müssen, aber du hast anscheinend doch ein paar Schläge zu viel auf den Kopf bekommen. Oder wieso kommst du hier mit etwas an, was vor fast zwei Jahrzehnten passiert ist?« Parker verschränkte die Arme vor der Brust und ahmte damit die Haltung seines Bruders nach. »Damals war ich ein Kind. Kinder lügen, um ihre älteren Brüder zu beeindrucken, die sie Schlappschwanz nennen und herausfordern, blöde Sachen zu machen.«

Jordan verzog den Mund zu einem Grinsen. »Also gibst du zu, dass du gelogen hast?«

»Ach du meine Güte.« Parker warf die Hände in die Luft. »Für so einen Scheiß hab ich wirklich keine Zeit. Falls es dir trotz des Durcheinanders hier nicht klar ist: Ich versuche, demnächst ein Restaurant zu eröffnen.« Das betreffende Restaurant bestand zurzeit aus einer Ansammlung von Brettern, Schrauben und Bauarbeitern, die mit unterschiedlichen Werkzeugen bemüht waren, den Verzug von mehreren Wochen aufzuholen. Es war Parkers einzige Möglichkeit, das Familienunternehmen nach dem Tod ihrer Eltern wieder in die schwarzen Zahlen zu bringen.

»Was uns zurück zu meiner ursprünglichen Frage bringt.«

»Alter.« Parker stöhnte und streckte die Hand aus. »Gib schon her.«

»Was meinst du?«

»Deinen Mitgliedsausweis für den Club der echten Männer. Den ziehe ich hiermit ein. Du scheinst dich nämlich wirklich in Groomzilla, das Ehe-Monster, verwandelt zu haben. Und soweit ich mich erinnere, bin ich nicht dein verdammter Hochzeitsplaner.«

»Hochzeitsplaner stehen nicht in halb renovierten, hundert Jahre alten Scheunen, in denen Lucy und ich unseren Hochzeitsempfang abhalten wollen.« Jordan kniff die für die Kincades typischen blauen Augen zusammen. »Du hast versprochen, dass du den Laden rechtzeitig fertig bekommst.«

»Und das könnte auch klappen, wenn du aufhörst, alle zehn Minuten vorbeizukommen, um dich von den Fortschritten zu überzeugen. Deine Hochzeit ist doch erst in der Woche vor Weihnachten. Draußen stehen noch die Kürbisse von Halloween, und die Truthähne für Thanksgiving sind noch nicht einmal geschlachtet. Also halt endlich mal die Füße still.«

Ein wütendes Funkeln verdüsterte Jordans Blick, und ein Muskel in seinem Kiefer begann zu zucken.

Parker lachte. »Tut mir leid, Brüderchen, aber auch wenn du mit diesem Blick deine Hockeygegner einschüchtern konntest: mich nicht!«

»Mag sein, aber ich kann dir immer noch in den Arsch treten.«

»Versuch das ruhig. Aber wenn du mich verletzt, kannst du deinen ach so tollen Traum-Hochzeitsempfang im Mother Lode stattfinden lassen. Stell dir nur vor, wie enttäuscht deine süße Verlobte sein wird, wenn da jemand auf die Bühne torkelt und lallend einen Karaoke-Song zum Besten gibt, während ihr eure Hochzeitstorte anschneidet.«

»Ja, ja, schon gut. Aber ich hab dich weiter im Blick, kleiner Bruder.« Jordan führte zwei Finger an seine Augen, ehe er sie auf Parker richtete. »Enttäusch Lucy ja nicht.«

»Keine Sorge. Vor ihr habe ich mehr Angst als vor dir.« Parker fragte sich, warum es ihn so befriedigte, seinen Bruder derart aufgewühlt zu erleben. Außerdem fragte er sich, wie Jordans Verlobte es im Moment noch mit ihm aushielt. Alle anderen waren schon tierisch genervt. »Aber wenn du nicht endlich deinen Arsch von hier wegbewegst und ihn auch draußen lässt, garantiere ich dir, dass das Restaurant nicht fertig wird. Und dann heulst du mir die Ohren voll wie ein kleines Mädchen.«

Jordan starrte ihn noch einmal wütend an, zeigte Parker im Weggehen kurz den Mittelfinger und war dann – glücklicherweise – verschwunden.

Während Jordan durch die große Öffnung hinausmarschierte, in der der neue Eingang zum Restaurant entstehen sollte, rieb Parker sich die schmerzende Brust. Er stand unter Druck, bemühte sich aber krampfhaft, sich von seinen Ängsten nicht niederringen und sich die Motivation nicht austreiben zu lassen. Egal, wie groß die Erwartungen waren.

Als hätte das Schicksal ihm nicht schon genügend Steine in den Weg gelegt, war ihm auch noch die glorreiche Idee gekommen, ein Restaurant zu eröffnen. In einer Scheune. Wo früher einmal Pferde, Kühe und Schafe gefressen, gelebt und ihre schmutzigen Geschäfte verrichtet hatten. Wo Spinnen sich nicht mit einem einzigen Netz begnügten, sondern ganze Städte bauten. Und wo seine älteren Brüder angeblich die eine oder andere holde Jungfrau überredet hatten, sich im Heu ihres T-Shirts zu entledigen. Ganz zu schweigen davon, dass die Scheune auf dem Weingut der Familie in Sunshine Valley lag, nicht in den nahe gelegenen – und vor allem belebten – Städten Portland oder Vancouver, wo die Gäste zumindest die Chance hätten, das Restaurant zu finden.

Was zum Teufel hatte er sich nur dabei gedacht?

Er stand mit zurückgelegtem Kopf in der Mitte der Scheune mit den kahlen Wänden und dem provisorischen Fußboden, um den Elektrikern zuzuschauen, die auf hohen Leitern Kabel für die Beleuchtung verlegten. Es wäre schon ein verdammtes Wunder, wenn sie den Schuppen nicht abfackelten, ehe der Brandschutz die Chance hatte, das Gebäude zu inspizieren.

Sean Scott, der Architekt und Bauleiter, hatte ihm gesagt, es wäre sehr viel einfacher gewesen, ein nagelneues Gebäude zu errichten, statt dieses alte, seit mindestens zwanzig Jahren unbenutzte Gemäuer wieder zum Leben zu erwecken. Aber es gab unzählige Gründe – allesamt sehr persönliche Gründe –, warum Parker darauf beharrt hatte, dieses Kincade-Erbe zu bewahren. Egal, welche stinkenden Tiere hier gehaust hatten; er liebte diese Scheune, die sein Urgroßvater mit eigenen Händen erbaut hatte.

Es war noch ein verdammt langer Weg, ehe das Ganze zu dem Traum wurde, den er vor Augen hatte. Aber noch verspürte er Hoffnung.

Er konnte es schaffen.

Er *würde* es schaffen.

Er *musste* es schaffen.

Und zwar nicht nur, weil er seine gesamten Ersparnisse in das Projekt gesteckt hatte.

In der Vergangenheit hatte er sich – nicht ganz zu Unrecht – den Titel »schwarzes Schaf der Familie« verdient. Und auch wenn er diese Phase inzwischen überwunden hatte, musste er seiner Familie noch immer beweisen, dass er geläutert war.

»Halten Sie Ausschau nach Fledermäusen?«

Parker senkte den Blick und drehte sich in die Richtung, aus der die Frage gekommen war. An der Stelle, an der noch vor wenigen Minuten sein Bruder herumgelungert hatte, stand jetzt eine atemberaubend kurvige Frau.

»Hallo.« Ihre roten High Heels klapperten auf den Sperrholzplatten, als sie die Scheune betrat, wo Parker sie genauer mustern konnte.

Ausgewaschene Jeans schmiegten sich an wohlgeformte Hüften und Oberschenkel. Ein Ärmel ihres dünnen beigefarbenen Sweaters war heruntergerutscht und entblößte eine nackte Schulter, und das lange, seidig braune Haar fiel in weichen Locken auf ihren Rücken. Als sein Blick endlich ihr hübsches Gesicht erreicht hatte, sah er, dass ihr kirschroter Mund und die schokoladenbraunen Augen lächelten.

Okay.

Sie hatte ihn dabei erwischt, wie er sie angestarrt hatte.

Als sie vor ihm stand und die Hand ausstreckte, erkannte er, dass sie sehr viel kleiner war, als er zuerst gedacht hatte. Himmel, trotz ihrer hohen Absätze überragte er sie bei weitem.

Ihre Hand versank in seiner, als sie sich begrüßten.

»Sie sehen mich so ratlos an.« Verwirrt neigte er den Kopf zur Seite. »Kennen wir uns?«

»Noch nicht. Gabriella Francesca Montani«, sagte sie mit einer herrlich sinnlichen Stimme. »Ich bin Ihre neue Küchenchefin.«

»Meine was?« Er blickte sich in der Scheune um, auf der Suche nach der versteckten Kamera, die seine Brüder aufgestellt haben mussten.

Sie schüttelte seine Hand noch einmal fest, ehe sie sie losließ. »Überrascht?«

»Weil ich gar nicht die Absicht habe, jemanden einzustellen? Ja.«

»Aber bald brauchen Sie jemanden.« Ihre braunen Augen funkelten. »Stimmt's?«

»Irgendwann vielleicht. Im Augenblick stehen gerade einmal die Wände, und das Restaurant wird frühestens nach Weihnachten eröffnet.«

»Gut.« Sie schenkte ihm ein selbstbewusstes Lächeln. »Dann bin ich jetzt die Erste in der Warteschlange.«

Ein unangenehmer Verdacht keimte in ihm auf. »Woher

wissen Sie, dass ich ein Restaurant eröffnen will? Ich habe das noch gar nicht offiziell bekanntgegeben.«

»Aber Sie haben darüber mit ihren Kunden am Food Truck gesprochen.«

»Sie sind eine Kundin von mir?«

»Ja.«

»Und ich habe mit Ihnen darüber geredet?«

»Nicht direkt.«

»Aha. Also haben Sie gelauscht.«

»Vermutlich.«

»Soll das heißen, dass Sie mich ausspionieren? Sind Sie eine Stalkerin?« Nicht dass es ihm etwas ausmachte. Sie war bezaubernd und höllisch sexy.

»*Stalken* würde ich es nicht nennen.« Sie lachte leise, und dieses Lachen rieselte durch ihn hindurch und beschwor Bilder herauf, die er nicht im Kopf haben sollte. »Ich weiß nur gern viel über einen Arbeitgeber, ehe ich für ihn arbeite.«

Hoffnung schwang in ihrer Stimme mit, ohne aufdringlich zu wirken. Umso weniger durfte er sie in dem Glauben lassen, er könne ihr einen Job bieten. Selbst wenn er absolut nichts dagegen hätte, sie besser kennenzulernen. Privat. Es wäre einfach nicht fair. »Nun, ich weiß Ihr Interesse zu schätzen, aber Sie vergeuden Ihre Zeit, Miss …«

»Montani. Aber bitte nennen Sie mich doch Gabriella.«

All das, was ihn als Mann ausmachte, schrie geradezu, dass er sie nennen würde, wie sie wollte, solange sie ihre Beine um seine Hüften schlang, und er sie auf die intimste Weise kennenlernen konnte.

»Miss Montani.« Es war sinnlos, weiter Smalltalk zu betreiben, wenn sie in ein paar Minuten wieder weg war. Es sei denn, er konnte sie davon überzeugen, aus anderen Gründen hierzubleiben. »Wie Sie vielleicht sehen, bin ich derzeit nicht in der Lage, jemanden einzustellen. Es tut mir wirklich leid, dass Sie umsonst den weiten Weg hier heraus auf sich genommen haben, aber … na ja, so ist es nun einmal.«

»Glauben Sie mir, Mr. Kincade, alles, was ich tue, ist wohlüberlegt. Sie bieten hier eine ganz erstaunliche Chance, und ich möchte Ihre Küchenchefin werden. Ich kann Ihnen versprechen, dass es absolut kein Fehler war herzukommen.«

Die Frau war hartnäckig, das musste man ihr lassen. Leider gab es nichts, was er ihr anbieten konnte.

»Um es klar auszusprechen: *Ich* werde hier Küchenchef sein. Es ist schließlich mein Restaurant. Warum sollte ich das Ruder aus der Hand geben, noch dazu einer völlig Fremden?«

»Also fällt es Ihnen schwer, Verantwortung abzugeben, weil Sie es nicht mögen, wenn andere das Sagen haben?«

Bei der Arbeit? Ja.

Im Bett. Niemals.

Aber das sagte er ihr natürlich nicht.

»Kommt drauf an.«

»Niemand kann alles alleine machen.« Sie lächelte wieder, und er erkannte, dass sie dieses Lächeln wie eine Waffe einsetzte – da konnte selbst der stärkste Mann schwach werden. »Ich habe Ihr Essen probiert. Ich habe Sie bei der Arbeit beobachtet.«

»Also sind Sie doch eine Stalkerin.«

»Nein, ich beobachte nur. Und nur deshalb, weil ich Sie verstehen wollte.«

»Ich hätte nicht gedacht, dass ich so leicht zu durchschauen bin.« Was natürlich Quatsch war. Man hatte ihm schon oft gesagt, dass man in ihm wie in einem offenen Buch lesen konnte. Vielleicht sollte er sich doch mal eine rätselhaftere Aura zulegen.

»Nur, wenn es um den Job geht«, sagte sie. »Ihre Hingabe ist bewundernswert, genau wie die Art, mit der Sie sich um jedes Detail kümmern, wirklich erstaunlich.«

Zum Glück wusste sie nicht, was er gerade dachte, sonst hätte sie ihm bestimmt eine schallende Ohrfeige verpasst. Denn nichts, aber auch wirklich gar nichts, machte ihn mehr an, als eine starke Frau, die wusste, was sie wollte, und alles daransetzte, es zu bekommen.

»Danke.«

»Mir gefällt es, wie Sie mit Lebensmitteln umgehen«, sagte sie in einem Tonfall, der ihm verriet, dass sie es ernst meinte. »Ich würde nie für jemanden arbeiten, der irgendetwas auf den Teller knallt und als Spezialität verkauft. Ich suche jemanden, der Essen in seiner wahren Form versteht. Jemand, der nicht versucht, den Geschmack zu verändern, zu unterdrücken oder zu Tode zu stylen, sondern jemanden, der weiß, wie man den Geschmack so hervorhebt, dass das Essen ein Erlebnis wird, bei dem einem das Wasser im Munde zusammenläuft. So wie eine perfekt gereifte Tomate, deren sonnengewärmte Süße im Mund explodiert.«

Du meine Güte!

Wenn die Frau schon beim Essen so poetisch werden konnte, mochte er sich gar nicht vorstellen, wie sie im Bett klang.

»Und deshalb wollen Sie für mich arbeiten?«, sagte er. »Das fasse ich mal als Kompliment auf.«

»Ich muss zugeben, dass ich Sie auch in der Sendung

Chopped gesehen habe. Es war genau richtig, dass die Juroren Ihre Kreativität und Kunstfertigkeit gelobt haben. Die Gerichte waren wirklich eine Augenweide.«

Das klang nach einem ehrlichen Kompliment. Trotzdem …

»Wollen Sie mir Honig um den Bart schmieren, damit ich Sie anstelle, obwohl ich gar keinen Job zu vergeben habe?«

»Nein, ich bin nur ehrlich. Ich will mir kaum vorstellen, wie schwierig es ist, in dieser Show aufzutreten.«

»Schwierig?« Er zuckte mit den Schultern. »Es war eher eine persönliche Herausforderung.« Diese Show war weniger ein Kochwettbewerb als eine Spielshow. Nachdem er das einmal erkannt hatte, war es gar nicht so schwer gewesen, sich bis ins Finale durchzukämpfen und überraschenderweise sogar als Gewinner hervorzugehen.

»Nun, was auch immer es war, was Sie da gezaubert haben, es hat auf jeden Fall funktioniert. Glückwunsch.«

»Nochmals danke.« Er lächelte. *War sie vielleicht einfach ein Groupie der Show? Konnte nichts schaden, ihr mal auf den Zahn zu fühlen. Für alle Fälle.* »Und was machen Sie im Moment? Welchen Job möchten Sie so dringend hinter sich lassen?«

Sie zog die Unterlippe zwischen die Zähne und hob leise seufzend die Schultern.

Parker fand ihr Zögern total faszinierend.

Verdammt, alles an dieser Frau faszinierte ihn.

Und das war nicht unbedingt eine gute Nachricht.

Parker Kincades Worte rauschten durch Gabis Kopf, und das fühlte sich fast so an, als hätte sie zu viel Wein getrunken.

Gefährlich.

Verführerisch.

Wie sehr wünschte sie sich, ihm das schmutzige T-Shirt über den Kopf zu ziehen, um die Muskeln, die sich ganz offensichtlich unter dem verblichenen Baumwollstoff verbargen, genauer unter die Lupe zu nehmen.

Konzentrier dich, Gabi!

Seine intelligenten, fesselnden blauen Augen lächelten aus einem Gesicht, das so faszinierend war, dass es sie fast umhaute. Die unglaubliche Kombination von dichten dunklen Wimpern, kräftigem, stoppeligem Kinn und etwas zu langen, fast schwarzen lockigen Haaren gab ihm ein leicht wildes Aussehen, dem sie nicht widerstehen konnte.

Er brachte sie definitiv aus dem Tritt, was nicht gut war. Denn alles, was sie von ihrem Ziel ablenkte, stellte ein Dilemma dar, darüber musste sie sich im Klaren sein.

»Zurzeit bin ich Köchin in einem Privathaushalt«, sagte sie.

»Klingt nach einem netten, bequemen Job.«

»Ich arbeite für Milton Skolnick. Der Name ist Ihnen vielleicht schon untergekommen? Er hat vor zwei Jahren den größten Lottogewinn aller Zeiten abgesahnt.«

»Also werden Sie auch noch gut bezahlt.« Mit seiner großen Hand rieb er sich geistesabwesend die dunklen Bartstoppeln. »Jetzt bin ich aber wirklich neugierig, warum Sie den Job wechseln wollen.«

Sie hatte schon in der *Chopped*-Show gesehen, wie er sich den Bart gerieben hatte, und wusste, dass sein Gehirn in diesen Momenten auf Hochtouren arbeitete. Als sie herausgefunden hatte, dass er einen Food Truck in Portland besaß, wo sie wohnte, war sie an ihren freien Tagen hin und wieder dort vorbeigegangen, um sich etwas zum Mittagessen zu holen. Seine kreativen Gerichte und die offensichtliche Begeisterung, mit der er sie zubereitete, hatten sie fasziniert. Fast genauso, wie er selbst sie faszinierte.

Während der Arbeit flirtete er schamlos mit seinen Kundinnen, die Männer jedoch behandelte er wie Kumpel. Er hatte eine lockere Art, und all seine Gäste am Food Truck schienen ihn zu lieben. Wenn sie für Parker Kincade arbeiten wollte, musste sie zugänglich, gesprächig und vor allem ehrlich sein. Oder zumindest so ehrlich, wie es möglich war, ohne die ganze Wahrheit zu sagen.

Denn mit der ganzen Wahrheit herauszurücken war auf keinen Fall eine Option.

»Manchmal ist guter Lohn nicht alles«, sagte sie. »Mr. Skolnick findet es schick, eine persönliche Köchin zu haben, kennt aber nicht einmal den Unterschied zwischen einer Rübe und einer Kartoffel. Er hält Sandwiches mit Erdnussbutter und Chips für eine Delikatesse. Und er beharrt darauf, dass Salzstangen ein besserer Partysnack sind als ein Teller mit Krabben-Beignets oder sautierte Steak-Salat-Becher.«

»Mit anderen Worten, Sie haben leichte kulinarische Differenzen mit Ihrem Arbeitgeber.«

»Unter anderem.« Dass er sie neulich mal wieder – *völlig unbeabsichtigt, ich schwöre, es war ein Versehen* – angegrapscht hatte, machte die Sache auch nicht angenehmer. Obwohl sie einen Job brauchte, brauchte sie ihn nicht so dringend, dass sie sich eine derart miese Behandlung bieten ließ. »Ich bin unterbeschäftigt, werde unterschätzt und erwarte etwas mehr Kreativität von meinem Beruf, als gefrorene Pizza in den Ofen zu schieben oder Würstchen auf einem Gaskocher zuzubereiten. Mr. Skolnick legt keinen Wert auf eine fantasievolle Küchenchefin. Er wäre auch mit Käpt'n Iglo oder so zufrieden.«

Parkers maskuline Lippen verzogen sich zu einem Lächeln. »Das heißt, Sie haben keinerlei Spielraum für neue Erkundungen?« So, wie seine Augen funkelten, konnte er dabei auch etwas anderes im Kopf haben. Etwas, was auch bei ihr Gedanken auslöste, die absolut nichts mit dem zu tun hatten, worüber sie gerade sprachen.

»Leider nein.«

»Das heißt, Sie sitzen in der Zwickmühle. Gutes Gehalt oder guter Job.«

Sie holte tief Luft. »Das kann man wohl sagen.« Denn auch, wenn ihr Arbeitgeber ihr tatsächlich ein passables Gehalt zahlte: Gut war der Job wirklich nicht.

»Sie sind eine spannende Person, Ms. Montani.« Parker wippte auf den Absätzen seiner Arbeitsschuhe und musterte sie. »Aber wie schon gesagt, ich habe keine Stelle zu vergeben.«

»Ich hätte trotzdem gern eine Chance.« Sie setzte alles auf eine Karte und versuchte es mit einem Köder. »Ich bin sogar bereit zu einem Probekochen.«

»Wie bitte?«

»Ich wäre bereit, für Sie zu kochen. Ich beweise Ihnen, dass Sie mich hier in Ihrer Küche brauchen.« Sie atmete noch einmal tief durch, um sich selbst Mut zu machen. »Ich beweise Ihnen, dass Sie mich nicht nur brauchen, sondern sogar wollen.«

Neugier ließ seine Augen aufleuchten, während er ihr Gesicht aufmerksam betrachtete. Sie konnte geradezu hören, wie er sämtliche Möglichkeiten in seinem Kopf durchging.

Sie hoffte. Betete. Und flehte stumm, dass er ihr wenigstens eine Chance gab.

»Wann?«, fragte er schließlich, und sie bemühte sich, nicht allzu erleichtert auszuatmen.

»Freitagabend?«

»Wenn ich Nein sage, stalken Sie mich dann weiter?«

Sie lächelte. »Darauf können Sie wetten.«

»Also gut.« Als er langsam nickte, berührte sein dichtes dunkles Haar im Nacken den Ausschnitt seines T-Shirts. »Abgemacht. Aber ich erwarte von Ihnen, dass Sie sich voll ins Zeug legen. Verschwenden Sie nicht meine Zeit.«

»Bestimmt nicht.«

»Na dann.«

Erleichterung machte sich in ihr breit und löste ein Kribbeln in ihrem Magen aus, während Parker nach dem Bleistift neben der Kreissäge griff. Suchend blickte er sich nach etwas um, auf dem er schreiben konnte. Schließlich riss er einen Fetzen von einer zerknitterten Papiertüte ab, kritzelte etwas darauf und reichte ihr den Zettel.

Eine Adresse.

Am Pier.

»Ein Hausboot?«, fragte sie.

»Da wohne ich.«

»Ich soll zu Ihnen nach Hause kommen?«

Er hob seine breiten Schultern. »Was schlagen Sie denn sonst vor? Wie man wohl sieht, ist die Küche hier noch nicht fertig, der Food Truck steht nicht zur Debatte, und ich lebe nicht auf dem Weingut. Wenn Sie für mich *Probe kochen* wollen«, er machte Anführungszeichen in die Luft, »dann kommen Sie dahin, wo das möglich ist. Okay?«

»Natürlich.«

»Es sei denn, Sie haben mich die ganze Zeit auf den Arm genommen.«

Unbeabsichtigt ließ sie ihren Blick über seinen Körper zu seinem Schoß und der perfekt sitzenden Jeans wandern. »Nein, es ist alles wahr. Ich will das hier.«

»Dann sehen wir uns Freitagabend.« Er schenkte ihr ein freundliches Lächeln. »Acht Uhr. Bei der Adresse. Drücken Sie einfach auf die Klingel am Tor vor dem Parkplatz, und dann lasse ich Sie rein.«

»Ich werde da sein«, antwortete sie. Sie wollte das hier wirklich.

Das Problem an der Sache?

Es konnte sein, dass sie auch *ihn* wollte.

Und das war definitiv keine gute Idee.

2. Kapitel

Parker musste die ganze Zeit an Gabriella Montani denken, und das ließ auch nicht nach, als er das Chaos auf der Baustelle verließ, um eine kurze Pause zu machen. Er stieg den Hügel hinauf, vorbei an den langen Reihen abgeernteter Weinreben, zum Büro des Weingutes. Am Wegesrand standen noch einige vergessene Kürbisse und Heuballen, die als Dekoration für eine Hochzeit am vergangenen Wochenende gedient hatten. Schon bald würde die riesige Vogelscheuche, die zurzeit die Besucher des Weingutes begrüßte, durch einen ebenso großen Truthahn als Thanksgiving-Deko ersetzt werden. Vielleicht war *er* ja auch der Truthahn, denn offenbar besaß er ein ebenso kleines Gehirn wie diese Vögel.

Weshalb genau er sich hatte breitschlagen lassen, Gabriellas Bewerbung zu akzeptieren, obwohl er nicht einmal eine fertige Küche hatte, war ihm ein Rätsel. Okay, zugegeben, vermutlich hatte es eher damit zu tun, wie sich ihre Jeans um ihre köstlichen Kurven geschmiegt hatte, als mit dem, was sie mit Bratpfanne oder Küchensieb anfangen konnte. Zeit für dieses Probekochen hatte er jedenfalls eigentlich nicht. Ganz davon abgesehen, dass das Restaurant fertig werden musste, hatte er noch mit familiären Problemen zu kämpfen. Da waren zum einen der Tod seiner Eltern, zum anderen die Tatsache, dass das Weingut in finanziellen Schwierigkeiten steckte. Hinzu kam das plötzliche Auftauchen seiner neuen Halbschwester, was wiederum seine andere Schwester wütend machte, und zu allem Überfluss stand die Hochzeit seines Bruders an. Kein Wunder, dass er kaum einen klaren Gedanken fassen konnte.

Er liebte seine Familie. Er mochte sie alle. Und er wollte es ihnen allen recht machen. Doch wegen all der Aufregungen blieb ihm für sich selbst so gut wie keine Zeit. Allenfalls für eine warme, willige Frau, die auf nichts weiter aus war als ein gemeinsames Essen und ein paar Stunden Vergnügen ohne weitere Verpflichtungen.

Parker versuchte, diesen emotionalen Ballast abzuschütteln, und freute sich auf eine kleine Pause und einen Kaffee bei seinem Bruder Ryan im Büro. Als er die Tür aufstieß, waren alle seine vier Brüder gerade dabei, sich lautstark über das Spiel der Pittsburgh Steelers gegen die Philadelphia Eagles von gestern Abend zu streiten.

Nichts Ungewöhnliches.

Wenn die Kincade-Jungs zusammen waren, stritten sie sich eigentlich immer und über alles. Über Sport debattierten sie voller Leidenschaft, sodass daraus ein einziges Geschrei wurde, bis schließlich irgendwann jemand anfing, sich zu langweilen oder einfach verschwand. Nachgeben kam nicht infrage. Obwohl Parker sich auf eine ruhige Pause gefreut hatte, störte ihn das Chaos nicht. Immerhin diskutierten sie zur Abwechslung mal nicht über die Finanzen des Weinguts, den Tod der Eltern oder über die Untreue ihres Vaters.

»Wieso arbeitest du nicht am Restaurant?«, wollte Jordan sofort von ihm wissen und griff damit die ermüdende Unterhaltung von vorhin wieder auf. »Ist dir klar, dass meine Hochzeit kurz bevorsteht?«

»Echt?« Parker schnappte hörbar nach Luft. »Scheiße. Warum habt ihr mir nicht gesagt, dass unser Schönling hier ins Netz gegangen ist?«

Ryan, Declan und Ethan lachten.

»Blödmann.« In letzter Zeit waren Jordans Beleidigungen nur noch halb so Furcht einflößend wie zu der Zeit, als er sich seinen Lebensunterhalt auf dem Eis verdient hatte.

Parker war fast versucht, ihn davonkommen zu lassen. Aber wo blieb denn dann der Spaß?

»Wie wäre es, wenn du Lucy rüberschickst, damit sie den Empfang plant?«, meinte Parker. »Sie scheint mir eindeutig gelassener mit der ganzen Sache umzugehen.«

»Es gibt Neuigkeiten«, erklärte Ryan, der Älteste. »Lucy hat die gesamte Hochzeitsplanung unserem lieben Bruder übergeben.«

»Die gesamte?«, hakte Declan nach und klang, als hätte jemand gerade den weltbesten Zaubertrick vorgeführt.

»Bis hin zu den Blumen und der Frage, wie ihr Hund die Ringe zum Altar bringen soll.« Jordan beugte sich vor und vergrub den Kopf in den Händen. »Ich bin so was von am Arsch.«

»Ist sie verrückt geworden?«, fragte Ethan, der Jüngste.

»Sie sagt, er sei der Verrückte«, meinte Ryan.

»Ich würde eher sagen, er ist ein Kontrollfreak«, behauptete Declan.

»Sucht er auch die Kleider für die Brautjungfern aus?«, wollte Ethan wissen. »Da wäre ich zu gern dabei.«

»Euch ist schon klar, dass ich direkt neben euch sitze, oder?«, beschwerte sich Jordan.

»Das macht das Ganze ja noch besser.« Parker grinste.

»Dann brauchen wir nicht hinter deinem Rücken zu lästern und uns zu fragen, was für ein hübsches Outfit du wohl tragen wirst, wenn du auf den Altar zuschreitest.«

»Ich hasse euch.« Jordan sah aus, als wäre er ziemlich durch den Wind.

»Nein, tust du nicht. Du hast das Eishockeyspielen aufgegeben, nur um bei uns sein zu können«, erinnerte Ryan ihn.

»Ich habe wegen Lucy aufgehört.«

»Ohhh.« Ethan tat, als wäre er gerührt. »Das ist ja so romantisch. Mir kommen gleich die Tränen.«

Jordan zeigte ihm den Mittelfinger. »Die Sache ist, dass Lucy echt viel zu tun hat in der Schule. Sie hat ein paar wirklich schwierige Schüler in diesem Jahr.«

»Noch schwieriger als unsere Schwester im letzten Jahr?«, hakte Declan nach.

»Scheint so. Und da ich nicht mehr Eishockey spiele und noch nicht so recht weiß, wie ich den Tag rumkriegen soll, wenn sie nicht da ist, habe ich ihr leichtsinnigerweise angeboten, bei den Hochzeitsvorbereitungen zu helfen.«

»Jetzt mal im Ernst«, meinte Parker, »das ist ziemlich nett von dir.«

»Ja. Nur leider wusste ich nicht, worauf ich mich da einlasse. Ich dachte eher an Sachen wie die Vorbereitung der Junggesellenparty oder Möbelrücken. Aber sie hat mir eine fünf Seiten lange Liste übergeben und dazu noch einen Stapel Hochzeitszeitschriften. Dann hat sie mich geküsst und ist zur Arbeit gefahren. Ich konnte doch nicht Nein sagen! Ihre erste Hochzeit und Ehe waren ein einziges Desaster, ich möchte, dass unsere Hochzeit etwas ganz Besonderes wird.«

»Du hast mehr Geld, als du jemals ausgeben kannst. Warum engagierst du nicht einfach eine Hochzeitsplanerin?«, fragte Dec, das Finanzgenie unter den Brüdern. »Brooke war mehr als glücklich, unsere Planung in die Hände eines Profis zu legen.«

»Ja, aber *deine* Verlobte ist damit beschäftigt, hier einen Familien-Vergnügungspark aufzubauen, während sie gleichzeitig noch immer nach Südkalifornien pendelt. Außerdem muss ihr Verlobter sich um seine eigene Firma kümmern«, argumentierte Jordan. »Lucy weiß ja, dass ich mehr als genug Zeit habe.«

»Warum fragst du nicht Lili, ob sie dir hilft?«, schlug Ethan vor.

Erst vor kurzem hatten sie nicht nur erfahren, dass sie eine 23-jährige Halbschwester hatten, sondern auch, dass sie eine Eventplanerin war – eine Position, die auf dem Weingut dringend besetzt werden musste. Obwohl die Familie Lili anfangs nicht gerade mit offenen Armen in Sunshine Valley willkommen geheißen hatte, als sie unverhofft aufgetaucht war, um ihren Vater kennenzulernen – nur um zu erfahren, dass er kürzlich gestorben war –, hatte sie ihnen eine Chance gegeben und den Job angenommen.

Parker hoffte, dass sie sich auf diese Weise alle noch ein bisschen besser kennenlernen konnten, auch wenn eine von ihnen – nämlich seine rebellische kleine Schwester Nicole – sich noch immer abweisend gegenüber Lili verhielt. Was ihr niemand wirklich verübeln konnte. Sie hatte schließlich am meisten unter dem Seitensprung ihres Vaters und emotionaler Vernachlässigung gelitten.

So vieles in ihrer Familie schien auf einem Lügengerüst

und Geheimnissen aufgebaut zu sein, und nur ihre Tante Pippy war in der Lage, ein wenig Licht ins Dunkel zu bringen. Doch bisher hatte die nicht mit der Wahrheit herausrücken wollen.

»Ich glaube nicht, dass es sinnvoll wäre, noch weitere Meinungen einzuholen«, meinte Jordan zu der Frage, ob er nicht Lili um Hilfe bitten sollte.

Dec, Geschäftsmann durch und durch, zeigte auf Jordan. »Mit anderen Worten, dir gefällt es, die Hochzeit zu planen?«

»Ich möchte, dass Lucy glücklich ist«, erwiderte Jordan. »Wenn das bedeutet, dass ich Blumenschmuck und Dekoration aussuchen muss, dann sei es eben so.«

»Verdammt.« Parker schüttelte den Kopf. »Nie hätte ich gedacht, dass Hochzeitsdetails mal wichtiger sein könnten als eine ordentliche Diskussion über ein Footballspiel.«

»Ach ja?« Jordan wies mit dem Finger auf ihn. »Warte nur ab, bis du die Richtige findest. Mal sehen, wer dann lacht.«

Parker hatte weder die Absicht noch Wunsch oder Zeit, in den Klub der verlobten Brüder einzutreten.

Die einzige Frage, die er sich in Bezug auf Frauen im Moment stellte, war, womit die verführerische Ms. Gabriella Montani ihn am Freitagabend wohl verwöhnen würde.

Bevor Gabriella das Sunshine-Creek-Weingut verließ, fuhr sie einmal über das gesamte Grundstück. Sie wollte einen besseren Eindruck davon bekommen, was einen Mann wie Parker Kincade wohl ausmachte. Oder was er schätzte. Angesichts seines schmutzigen T-Shirts, der Jeans und der Arbeitsstiefel konnte man auf den ersten Blick vermuten, dass er eher schlichte Küche und solide Hausmannskost bevorzugte. Doch auch wenn er keinen goldenen Ohrring oder eine Piraten-Augenklappe trug, wirkte er wild und ungezähmt, was auf einen eher exotischen Geschmack schließen ließ.

Die Speisekarte seines Food Trucks half ihr nicht viel weiter, um aus ihm schlau zu werden. Sie reichte von einer reichhaltigen und köstlichen Meeresfrüchte-Paella bis zu eher bescheidenen und fast anspruchslosen Fleischbällchen-Panini und all dem, was es so dazwischen gab. Jedes einzelne der köstlichen Gerichte wurde mit viel Liebe und Sorgfalt zubereitet, womit Parker garantierte, dass seine Kunden stets wiederkamen.

So köstlich, wie seine Speisen waren, konnte Gabriella nicht umhin zu überlegen, ob der äußerst attraktive Mr. Kincade auch auf anderen Gebieten einen derart exquisiten Geschmack bewies.

Bevor ihre Gedanken noch weiter in diese Richtung wanderten, rief sie sich zur Ordnung. Die entscheidende Frage, die sie ihm hätte stellen müssen, war, wie die Speisekarte in seinem Restaurant aussehen sollte. Normalerweise war sie immer wachsam und auf alle Hindernisse gefasst, aber das Zusammentreffen mit diesem Mann, der ihre gesamte weibliche DNA zum Dahinschmelzen brachte, hatte sie völlig aus dem Konzept gebracht.

Als Parker Kincade sie mit diesem verruchten Grinsen angeschaut und seine blauen Augen interessiert gefunkelt hatten, hatten ihr pochendes Herz und die verrücktspielenden Hormone sie einfach daran gehindert, klar zu denken. Jetzt, nachdem sie ein wenig Abstand gewonnen hatte, waren ihre Gedanken zurück im Normalbetrieb. Sie musste sich zusammenreißen und konzentrieren. Und vor allem das Knistern ignorieren. Es war Zeit für einen kulinarischen Angriffsplan.

In der Hoffnung auf ein paar gute Ratschläge rief sie den Menschen an, dem sie am meisten vertraute. Die Frau, die ihr alles beigebracht hatte. Alles, was man wissen musste, um Gerichte zu kochen, die jeden begeisterten, der über Geschmacksnerven verfügte. Eine Anforderung, die ihren jetzigen Arbeitgeber ausschloss.

Als ihr Handy die Verbindung nach Norditalien aufbaute, schlug ihr Herz vor Glück ein wenig schneller.

»*Nonna*!«

»*Ciao, cara!*«

Allein die Stimme ihrer Großmutter zu hören, genügte, um jeden Sturm zum Erliegen zu bringen. Damals, als Gabis Welt zusammengebrochen war, hatte ihre Großmutter sie in den Arm genommen und ihr versichert, dass alles gut werden würde, auch wenn immer wieder Steine im Weg lagen. Obwohl Gabi noch immer auf dieses glückliche Ende wartete, war sie ihrer *nonna*, der Mutter ihres Vaters, auf ewig dankbar für ihre Liebe und Unterstützung. Traurigerweise war das alles, was sie hatte.

Sie plauderten kurz über dies und jenes, bis Gabriella schließlich sagte: »Mir bietet sich eine unglaubliche Chance, *nonna*. Aber ich würde gern wissen, was du darüber denkst.«

»Was ist das für eine Chance?«

Der Tonfall verriet Gabi, wie skeptisch ihre Großmutter war, und sie beeilte sich, sie zu beruhigen. Auch, wenn sie selbst sich nicht sicher war. »Ich werde Probe kochen, als

Bewerbung auf eine Stelle als Köchin in einem neuen Restaurant. Es wird demnächst auf einem Weingut eröffnet, das in Familienbesitz ist. Der Eigentümer ist der Mann, von dem ich dir schon erzählt habe. Der mit dem Food Truck.«

»Der Koch, der *Chopped* gewonnen hat, als wir es zusammen angesehen haben?«

»Ja, Parker Kincade.« Gabi erzählte ihrer Großmutter von dem Treffen. Natürlich ohne dabei zu erwähnen, dass sie sich ungemein zu diesem Mann hingezogen fühlte.

»Was soll das heißen, dass du *Probe kochen* willst?«, hakte ihre Großmutter nach.

»Von meinem jetzigen Arbeitgeber bekomme ich kein Empfehlungsschreiben, und weitere Referenzen habe ich nicht, außer von dir. Also werde ich für Mr. Kincade kochen, um ihm zu zeigen, was ich kann. Und dann heißt es Daumen drücken. Vielleicht findet er meine Kreationen so toll, dass er nicht nach weiteren Zeugnissen fragt.«

Die Tatsache, dass sie bei Parker zu Hause kochen würde, ließ sie lieber unter den Tisch fallen. Ihre *nonna* brauchte nicht alles zu wissen.

»Aber du hast doch gesagt, dass Mr. Kincade gar keinen Job zu vergeben hat.«

»Aber bald, *nonna*. Und ich will die erste Bewerberin sein. Ich muss endlich aus diesem elendigen Job raus, den ich jetzt habe. Es wäre eine großartige Chance für mich.«

»Ist es das wirklich? Oder willst du nur deinem Vater beweisen, dass du auch ohne seine Hilfe Karriere machen kannst?«

Gabi seufzte. Ihre Großmutter kannte sie einfach zu gut. Sie wollte diesen Job. Brauchte ihn. Und nicht nur, um ihrem

Vater etwas zu beweisen. Sie brauchte diese Chance, um sich selbst zu beweisen, dass sie es draufhatte. Sie wollte sich einen eigenen Namen machen.

Und nichts würde sie aufhalten.

»Ich mache es für mich, *nonna*. Wenn ich noch länger Erdnussbutter oder Marmelade auf Cracker streichen muss, werde ich verrückt. Ich möchte etwas kreieren. Möchte all das anwenden, was du mir beigebracht hast.«

»Ich wollte aber nie, dass du versuchst, mit deinem Vater zu konkurrieren. Bitte, bring dich nicht in solch eine Lage.«

Das brauchte sie gar nicht. Das hatte ihr Vater bereits getan.

»*Nonna*, ich verspreche dir, ich will nur die Chance bekommen, meine Fantasie und mein Können einzusetzen. Außerdem ist es egal, was ich tue, es interessiert ihn ohnehin nicht«, fügte Gabi hinzu.

»Er ist stur, *la mia bambina*. Aber er liebt dich.«

Das bezweifelte Gabi. Ihr Vater war freiwillig gegangen. Egal, wie hart sie gearbeitet, was sie erreicht hatte, nie war es genug gewesen, um seine Liebe zu erringen. Weder Tränen noch Flehen hatten diesen undurchdringbaren Panzer, der sein eiskaltes Herz umgab, aufzubrechen vermocht.

Sie hatten seit Jahren kein Wort miteinander gewechselt. Aber bis heute konnte sich Gabriella nur zu gut daran erinnern, wie er erst ihr Selbstvertrauen zerstört und sich dann, ohne einen Blick zurückzuwerfen, von ihr abgewandt hatte. Er hatte ihr jegliche Hoffnung genommen, die sie in ihrem dummen kleinen Herzen gehegt haben mochte.

Damals war sie gerade einmal siebzehn Jahre alt gewesen.

Weil sie wusste, dass ihre Großmutter es nur gut meinte, ignorierte Gabi die Bemerkung über die Liebe ihres Vaters. »Dieses Probekochen ist ungeheuer wichtig für mich, *nonna*. Du weißt, dass ich in einem etablierten Restaurant niemals eine solche Anstellung finden werde. Also, was meinst du, was soll ich kochen?«

»Hm.« Einen Moment lang herrschte Stille, während ihre Großmutter über die Frage nachdachte. »Dieser Parker Kincade sieht gut aus, oder?«

»Außergewöhnlich gut.« Da brauchte sie nicht zu lügen.

»Dann solltest du etwas kochen, das auch sein Herz und nicht nur seinen Magen anspricht. Vielleicht frische Bandnudeln in Sahnesauce. Oder diese köstliche Carbonara, die du gemacht hast, als du das letzte Mal hier warst. Und natürlich liegst du mit Tomaten auch nie falsch. Tja, was das Dessert angeht, da kennst du ja meine Vorliebe. Ich bin sicher, das wird dann auch seine Lieblingsnachspeise.«

Ideen wirbelten Gabi durch den Kopf. »Du bist ein Genie, *nonna*! Ich liebe dich.«

»*Ti amo troppo.* Ruf mich hinterher an und erzähl mir, wie es gelaufen ist.« Ihre Großmutter lachte leise. »Obwohl ich natürlich genau weiß, dass du es sehr gut machen wirst und ich stolz auf dich sein kann.«

Die Zuversicht und die Ermunterung ihrer Großmutter wärmten Gabis Herz und gaben ihr das nötige Selbstvertrauen, das sie für einen Erfolg brauchte. Nach dem Telefonat fühlte sie sich noch beflügelter als vorher. Jetzt musste sie nur noch zusehen, dass sie professionell blieb und nicht wie ein Starkoch-Groupie über Parker Kincade herfiel.

Am folgenden Tag kümmerte Parker sich um die Mittagsbestellungen und blickte seiner Verkaufshilfe, die das Essen am Food Truck ausgab, kurz über die Schulter, während sein Assistent in der Küche weitere Gerichte auf Bestellung brutzelte. Um einen Moment den Kopf freizukriegen, ließ Parker den Blick zu den Bäumen wandern, deren Laub in herbstlich bunten Farben leuchtete.

Und dort, mit einer Baseballkappe tief über die Augen gezogen, entdeckte er Gabriella Montani. Ganz offensichtlich versuchte sie, möglichst nicht bemerkt zu werden.

Glaubte sie etwa, dass er sie nicht erkannte?

Als könnte er sie vergessen.

Sie hatte einen ziemlichen Eindruck bei ihm hinterlassen. Etwas, was er nicht hatte kommen sehen. Und jetzt wusste er nicht, wie er damit umgehen sollte.

Er liebte Frauen, vor allem solche, die Selbstbewusstsein ausstrahlten. Er war sich nur nicht immer sicher, was er mit ihnen anfangen sollte. Manchmal sah er einfach nur staunend zu, wie sie alle taten, was nötig war, um Dinge am Laufen zu halten. Die meisten Frauen, die er kannte, gaben viel, ohne im Gegenzug etwas zu verlangen. Und ähnlich wie seine zukünftigen Schwägerinnen, schien auch Gabriella Montani nicht zu den Frauen zu gehören, die sich zurücklehnten und darauf warteten, dass etwas passierte.

Obwohl es herbstlich frisch war, trug sie leichte Sportbekleidung: knallrosa Laufschuhe statt umwerfender roter High Heels wie bei ihrer letzten Begegnung. Ein eng anliegendes Lauf-Top statt eines knappen Sweaters. Und schwarze Sportleggings statt Jeans.

Oh ja.

Er müsste schon tot sein, um sie nicht zu bemerken.

Und als er das letzte Mal nachgesehen hatte, war bei ihm noch alles äußerst lebendig gewesen.

Bedauerlicherweise musste er den Blick von der faszinierenden Ms. Montani abwenden, um eine Bestellung über den Tresen zu reichen. Er griff nach dem Teller, lehnte sich über den makellosen Edelstahltresen und zwinkerte der etwas älteren Dame mit den glitzernden Sneakern am Anfang der Schlange zu. »Ich hoffe, es mundet Ihrem Gaumen, meine Liebe.«

Umgeben von ihren Freundinnen – eine selbsternannte Truppe von Shopping-Mall-Fans (trotz mangelnder Mall in der Umgebung) – stach die Frau mit der Gabel in die Pancetta mit Safranreis, schob sie sich in den Mund und begann, genüsslich zu kauen. Gleichzeitig hob sie den Daumen und strahlte Parker an, um ihm zu signalisieren, dass er einen Volltreffer gelandet hatte.

Ehe er sich seiner nächsten Bestellung zuwandte, spähte Parker noch einmal hinüber zu Gabriella. Und als hätte er sie beim Namen gerufen, blickte sie auf. Er hob die Hand und winkte sie mit dem Finger zu sich. Sie schaute sich um, als würde er jemand anderes meinen. Als sie wieder zu ihm sah, winkte er ihr erneut zu. Sie deutete auf sich.

Ja, Sie, sagte er lautlos und nickte. Mit gesenktem Kopf, als hätte man sie beim Keksestibitzen erwischt, drängte sie sich durch die Schlange zum Food Truck.

»Stalken Sie mich schon wieder, Ms. Montani?« Er verschränkte die Arme vor der Schürze.

»Aber nein!« Sie riss die Augen auf. »Ich habe nur … gewartet. Sie wissen schon, darauf, dass es etwas leerer wird, ehe ich mir etwas bestelle.«

»Ach, wirklich?« Ihr Zögern verriet mehr, als sie vermutlich zugeben wollte. Was ihn wiederum dazu brachte, sie noch ein wenig länger an seiner Seite zu behalten. Und sei es auch nur, um die Monotonie des Alltags ein bisschen aufzulockern.

Jedenfalls redete er sich das ein.

»Wirklich.« Sie nickte.

Als sie zwei Finger kreuzte und sie zum Schwur vor das hautenge Tanktop hielt, konnte Parker gar nicht anders, als auf ihre Brüste zu schauen. Zugegebenermaßen etwas länger als nötig.

»Ich schwöre«, beharrte sie. »Ich habe Sie nicht gestalkt. Sie brauchen also nicht gleich die Polizei zu rufen.«

»Daran habe ich auch definitiv nicht gedacht.« Auf solche Sachen wie Handschellen stand er nämlich nicht. Weder im Bett noch sonst wo. »Und, was möchten Sie? Ich besorge es Ihnen gern.« Und noch so einiges mehr.

»Oh nein.« Sie blickte zu den anderen, die vor dem Truck warteten, und sie ziemlich böse ansahen. »Ich werde mich nicht vordrängeln und hier einen Tumult auslösen.«

»Ich glaube zwar nicht, dass das passieren würde, aber vielleicht sollten Sie vorsichtshalber nach hinten kommen.« Er drehte sich zu seinem Team herum, die fleißig Essen ausgaben. »Kommt ihr ein paar Minuten ohne mich zurecht?«

»Klar, Boss.«

»Danke.« Er öffnete die Tür und trat nach draußen, wo Gabriella ein paar Schritte entfernt wartete, die Arme vor der Brust verschränkt. Sie bemühte sich so auszusehen, als würde sie das, was vor sich ging, weder interessieren noch beeindrucken.

Parker grinste in sich hinein.

»Also, was wollten Sie bestellen?«, fragte er noch einmal.

Das Steinchen auf ihrem Baseballcap funkelte im Sonnenlicht, als ihre Blicke sich trafen und die Wahrheit zutage trat. Sie wollte gar nichts essen.

»Ähm.«

»Haben Sie sich die Speisekarte von heute überhaupt angesehen?«, fragte er.

»Natürlich.« Eine winzige Falte erschien zwischen ihren Augen, als sie nickte. Doch im nächsten Moment wurde aus dem Nicken ein Kopfschütteln. »Ganz ehrlich? Nein.«

»Also doch Stalking?« Er schaffte es nicht, ein Lächeln zu unterdrücken, denn was auch immer sie hier tat, es war irgendwie süß. Und harmlos. Davon war er überzeugt.

Hoffentlich zu recht.

»Das war kein Stalken«, beharrte sie. »Lediglich eine Art Vorbereitung auf mein Probekochen.«

»Inwiefern?«

»Ich habe Ihre Kunden beobachtet, zugesehen, was sie bestellen und wie sie auf den Geschmack der Gerichte reagieren. Ich muss noch entscheiden, was ich für Sie koche, und es fällt mir schwer, mich zwischen drei meiner Spezialitäten zu entscheiden.«

»Ich würde ja vorschlagen, Sie kochen einfach alle drei, aber das wäre vermutlich ziemlich viel Arbeit.«

»Das macht mir nichts aus, Mr. Kincade.« Sie presste die Lippen aufeinander. »Ich mag harte Arbeit. Sie ist der Weg zum Erfolg.«

»Erfolg ist nicht alles.« *Viel, ja, aber eben nicht alles.* Jedenfalls seiner Auffassung nach. »Es gibt da noch ein paar Dinge, die weitaus wichtiger sind.«

Ihre dunklen Augen blitzten auf, und sie hob ihr Kinn, als würde ihr dieser Hinweis nicht gefallen. Und das machte ihn höllisch neugierig. »Was denn?«

»Familie. Ehre. Loyalität. Bindungen.«

»Alles Dinge, die man sich nicht erarbeiten muss.«

»Sind Sie sicher?« Er hatte sich den Arsch aufreißen müssen, um sich all das zu verdienen.

»Ach, ich weiß nicht.« Sie seufzte. »Können wir wieder aufs Essen zurückkommen? Auf dem Gebiet fühle ich mich sicherer.«

»Wollen Sie damit sagen, dass Sie mit Familie, Ehre, Loyalität und Bindungen nichts anfangen können? Und ich soll Sie als Köchin engagieren?«

Frustriert presste sie die Lippen zusammen und verlagerte ihr Gewicht auf eine der wohlgerundeten Hüften. »Sie drehen mir das Wort im Mund um.«

Eigentlich hatte er sie nur ein wenig aufziehen wollen, aber anscheinend hatte er einen Nerv getroffen.

»Betrachten Sie es einfach als Teil des Bewerbungsgesprächs«, meinte er. »Und ich entschuldige mich. Ich meine zwar immer, was ich sage, aber ich sage nicht immer das, was ich meine. Wenn es in der Küche hart auf hart zugeht, muss mir mein Team deshalb manchmal aus der Klemme helfen.«

»Ich versuche, das im Kopf zu behalten.« Sie schaute in den Truck hinein, wo seine Mitarbeiter unermüdlich schufteten. »Also lassen Sie mich noch immer Probe kochen, obwohl ich heute nichts bei Ihnen bestellen wollte?«

Ob ich sie lassen würde?

Verdammt. Im Moment war es das Einzige, worauf er sich freute.

»Wie wäre es, wenn wir mit dem Bewerbungsgespräch hier und jetzt beginnen? Wenn Sie die erste Runde überstehen, dann …« Er zuckte mit den Schultern. »Dann können Sie auf jeden Fall mit Runde zwei am Freitag weitermachen.«

Sie blickte auf ihre Sportkleidung, ehe sie den Blick wieder hob und Parker ansah. »Ich bin nicht darauf vorbereitet zu kochen.«

»Nicht immer geht es beim Kochen ums Kochen.«

»Sie verwirren mich schon wieder.«

»Tut mir leid.« Er streckte die Hand aus und berührte sie sanft am Arm, einfach weil er nicht anders konnte. All diese weiche Haut lockte ihn, seit er Gabriella in der Menge entdeckt hatte. »Schließen Sie die Augen.«

»Wie bitte?«

»Die erste Runde, Ms. Montani.«

»Oh. Okay.« Sie kniff die Augen zusammen und zog die Unterlippe gespannt zwischen die Zähne. Dabei sah sie so verdammt süß aus, dass es ihm extrem schwerfiel, sie nicht in die Arme zu schließen.

»Sagen Sie mir, was Sie riechen.«

»Oh. Ein Sinnestest.« Sie lächelte und legte dann den Kopf zurück, ehe sie tief einatmete.

Da sie die Augen geschlossen hatte, konnte Parker sie ungestört mustern. Sie war unglaublich hübsch. Und, dachte er, genauso kompliziert.

»Sumach«, flüsterte sie, als hätte sie ein Geheimnis entdeckt. »Piment, Ingwer und«, sie atmete noch einmal tief ein, »Safran.«

»Sehr gut, Ms. Montani. Ich dachte mir schon, dass Sie das Offensichtliche sofort erkennen würden.«

Sie riss die Augen wieder auf, und in den dunkelbraunen Tiefen erkannte er ein Funkeln, das herausfordernd wirkte.

»Es wäre zu einfach, das Fleisch oder bestimmte Gemüsesorten zu nennen. Und, wie Sie schon sagten, das hier ist ja ein Bewerbungsgespräch.« Sie lächelte, als hätte sie schon gewonnen. »Soll ich fortfahren?«

»Eine Sekunde.« Ihm kam ein verrückter Gedanke. Er griff in den Truck, holte die Liste mit den Zutaten heraus, die sie zurzeit benutzten, und gab sie Gabriella. Sofort begann sie, sie zu überfliegen.

»Wählen Sie fünf Zutaten von der Liste aus«, sagte er. »Und dann sagen Sie mir, was Sie daraus zubereiten würden.«

»So, frei aus dem Kopf?«

Er nickte.

»Okay.« Sie hob eine der dünnen Augenbrauen, als wollte sie sagen, *ich bin dabei*.

Während sie die Liste genau studierte, wartete Parker gespannt, was sie sich ausdenken würde. Es war fast wie bei *Chopped*, als man ihm einen Korb mit unbekannten Zutaten gereicht hatte, und er aus dem Stand daraus ein Essen zaubern sollte. Und zwar eines, das auch den Juroren zu gefallen hatte. In diesem Fall musste Gabriellas Kreativität ihn beeindrucken. Obwohl er zugeben musste, dass sie nicht viel zu tun brauchte, um das zu erreichen.

»In Anbetracht der Tatsache, dass das hier ein Vorstellungsgespräch ist …« Sie klopfte mit dem Finger gegen ihre herrlich volle Unterlippe. »… würde ich niemals etwas Alltägliches auswählen.«

»Natürlich nicht.«

»Oder …« Sie blickte ihn aus diesen faszinierenden schokoladenbraunen Augen an. »Da ich nicht weiß, wie scharf Sie drauf sind, würde ich auch nichts vorschlagen, was zu stark gewürzt ist.«

Wie scharf er drauf war? Wow, die Frau war so was von gefährlich, dass Parker ganz heiß wurde.

»Und weil ich natürlich etwas kreieren möchte, was in Erinnerung bleibt, würde ich mich für …«

Aufregung machte sich in ihm breit. Kaum zog Gabriella wieder ihre Unterlippe zwischen die Zähne, hätte er am liebsten das ganze Vorstellungsgespräch vergessen, alle nach Hause geschickt und Gabriella in den Truck gezogen, um dort mit ihr etwas zu tun, was sie mit Sicherheit in Erinnerung behalten würde.

»Arme Ritter aus Brioche mit braunem Zucker und Cranberry-Sauce.«

»Frühstück?« Er versuchte, sich wieder zu konzentrieren.

»Dessert.«

»Interessant. Ich hatte angenommen, Sie würden sich für eine Vorspeise entscheiden.«

»Sehen Sie.« Ein zweideutiges Lächeln ließ ihr Gesicht leuchten und machte sie noch schöner. Wenn das überhaupt möglich war. »Sie haben erwartet, dass ich mich für eine Vorspeise entscheide. Aber das Ziel der Aufgabe war ja, meine Kreativität zu testen?«

Unter anderem. »Ja.«

»Nun, finden Sie nicht auch, dass ein überraschendes Dessert sehr viel außergewöhnlicher und erinnerungswürdiger als eine Vorspeise sein kann? Jede Frau – vor allem, wenn sie Köchin ist – möchte am Ende des Abends in köstlicher Erinnerung bleiben.«

Während Parker einfach nur dastehen konnte, völlig perplex und hochgradig erregt, zwinkerte sie ihm zu und reichte ihm lächelnd die Liste zurück.

»Wir sehen uns Freitagabend, Mr. Kincade.«

3. Kapitel

»Schläfst du?«

Parker schaffte es gerade, sich lange genug von seinen Tagträumen zu lösen, um sich umzudrehen. Hinter ihm, mitten in der Scheune, stand Lili, seine neue Halbschwester. »Hallo, da bist du ja.«

Sie neigte den Kopf etwas zur Seite, und ihre hellblonden Haare fielen ihr über die Schulter. »Hast du etwa gedacht, ich mache einen Rückzieher?«

»Unter den gegebenen Umständen hätte das durchaus sein können«, erwiderte er ehrlich.

Als sie Lili dazu bringen wollten, von Philadelphia nach Sunshine zu ziehen, um leichter Teil der Familie zu werden, hatte es ein langes klärendes Gespräch unter den Geschwistern gegeben. Bis alle mit an Bord waren, hatte es einiges an Arbeit gegeben. Schließlich hatte jedoch die Mehrheit eingesehen, dass Lili die besten Voraussetzungen als neue Eventmanagerin auf dem Weingut hatte. Lediglich Nicoles Vorbehalte blieben, aber letztlich hatte auch sie nur noch mit den Schultern gezuckt, nach dem Motto: Ist mir doch alles scheißegal. Statt dem Richtigen die Schuld zu geben, machte sie Lili nach wie vor für all ihre Probleme verantwortlich. Und das war etwas, was es noch zu klären galt. Auch wenn ihr Vater nicht mehr da war, um sich zu verteidigen, standen die Tatsachen fest; mithilfe eines DNA-Tests hatten sie geklärt, dass Lili tatsächlich die uneheliche Tochter ihres Vaters war.

Eigentlich besaß Nicki ein großes Herz und war für eine Achtzehnjährige auch ganz vernünftig. Daher hoffte Parker, dass sie irgendwann einlenken würde.

»Darf ich ehrlich sein?« Lili presste die Lippen zusammen und sah aus, als würde sie beim leisesten Geräusch die Flucht ergreifen.

Parker wünschte, sie würden sich schon so gut kennen, dass er sie in den Arm nehmen und beruhigen konnte, aber er begnügte sich lieber mit einem Lächeln. »Ich hoffe, das bist du immer.«

»Zum zweiten Mal in meinem Leben habe ich so höllische Angst, dass ich kaum noch Luft bekomme«, gab sie zu.

»Wegen des Umzugs hierher?«

Sie schüttelte den Kopf. »Wegen der Aussicht, euch kennenzulernen. Vor allem Nicole.«

»Wir sind nicht so schlimm, wie es scheint.«

»Das glaube ich auch gar nicht. Trotzdem ist es einschüchternd. Schließlich bin ich eine Außenseiterin. Sozusagen der ›Bastard‹.«

»So sehen wir dich nicht.«

»Vielleicht nicht alle. Und vielleicht nicht mehr.«

»Stimmt. Nicht mehr.«

Ihre blauen Augen weiteten sich, als wollten sie sagen: *Ich hab's doch gewusst.*

»Die schlimmen Tage liegen hinter uns, Lili. Und ich hoffe, dass du dich schon bald als Teil unserer Familie verstehst.«

»Das hoffe ich auch.« Sie holte tief Luft. »Denn ich habe alles aufgegeben, um hierherzukommen. Sogar meinen Stolz.«

»Das weiß ich.« Er nahm ihre Hand und drückte sie leicht, weil er das Gefühl hatte, dass sie ein wenig Bestätigung brauchen konnte. Verdammt, *er* brauchte Bestätigung.

»Es war keine leichte Entscheidung.«

»Das kann ich mir vorstellen.«

»Als ich das erste Mal von hier weggefahren bin, wollte ich keinen von euch wiedersehen.«

Sie versuchte, ihm ihre Hand zu entziehen, doch er hielt sie fest. Seine Vergangenheit hatte ihn so manches gelehrt; unter anderem, dass man nicht immer alles allein bewältigen konnte.

»Dafür möchte ich mich entschuldigen. Wir alle haben seit dem Tod unserer Eltern eine emotionale Achterbahnfahrt hinter uns. Dass immer wieder etwas Neues hochkam, hat es nicht gerade leichter gemacht. Aber das ist keine Entschuldigung.« Er grinste ein wenig beschämt. »Wir waren Arschlöcher.«

»Stimmt, wart ihr.« Obwohl ihr Gesicht verriet, wie angespannt sie war, lachte sie leicht, um ihren Worten den Stachel zu nehmen.

»Ich verspreche, dass wir uns in Zukunft besser benehmen.«

»Musst ja nicht gleich der perfekte, unglaublichste große Bruder aller Zeiten sein.« Sie zog ihre Hand zurück und stieß ihm spielerisch einen Finger in die Brust. »Allerdings wäre ich durchaus offen für eine kleine Bestechung, falls du mein Lieblingsbruder werden willst.«

»Mit dieser Art von Humor passt du genau hierher.«

»Wer sagt denn, dass ich Spaß mache?« Ihre Mundwinkel zuckten und entblößten außer ihren blauen Augen noch weitere Familienähnlichkeiten.

Er lachte. »Nur damit du es weißt, ich bin der unglaublichste große Bruder aller Zeiten. Zwei meiner drei jüngeren Geschwister stimmen mir da zu. Jetzt muss ich nur noch dich überzeugen.«

Sie stieß einen übertriebenen Seufzer aus. »Das wird sich zeigen.«

»Stimmt. Also, was denkst du?« Er machte eine Geste, die die Scheune umfasste. »So langsam wird es, oder?«

Sie drehte sich langsam im Kreis und musterte alles genau. »Ich glaube, es wird richtig toll. Und was für eine super Idee, diese alte Scheune auszubauen. Sie besitzt so viel Charakter. Obwohl …«

»Oh oh.«

»Als Eventplanerin, darf ich da einen Vorschlag machen?« Sie zog die Nase kraus.

»Wenn er nicht beinhaltet, dass ich Wände einreißen und noch einmal von vorn anfangen muss, dann nur zu.«

»Sei offen für alles.«

»Ich werde mich bemühen.« In letzter Zeit überschlugen sich die Ereignisse, sodass er das Gefühl hatte, sein Gehirn sei völlig verstopft. Vielleicht wurde es Zeit, dass er mal Türen öffnete und ein paar der Gedanken, die ihn quälten, davonscheuchte.

»Nicht alle Leute haben genügend Gäste für eine Party oder einen Empfang, um die bereits vorhandene Eventfläche drüben nutzen zu können«, sagte Lili. »Du könntest ein weiteres Scheunentor an der hinteren Wand einsetzen und daran eine Terrasse angrenzen lassen. Von dort hätte man nicht nur einen schönen Blick zum Bach hin, sondern auch auf das Weingut. Man könnte dort wunderbar Fotos schießen, und eine Terrasse würde zur Atmosphäre des Restaurants beitragen. Du weißt schon, so wie in dem Film *White Christmas*, wo sich am Ende auch die Scheunentore öffnen. Außerdem essen viele Leute gern draußen, wenn das Wetter gut ist. Und mehr Sitzplätze bringen mehr Geld.«

»Ein zusätzlicher Ausgang würde vermutlich auch den Brandschutzinspektor glücklich machen.«

Sie nickte. »Und das ist definitiv jemand, mit dem du dich gutstellen solltest.«

»Das ist ein großartiger Vorschlag, Lili. Ich rede mal mit dem Bauleiter, und dann sehen wir, ob wir das realisieren können.«

»Was denn?«, ertönte eine Stimme von der Tür her.

Lilis Schultern verspannten sich, als sie erkannte, dass Jordan sich zu ihnen gesellt hatte. Als sie das letzte Mal auf dem Weingut gewesen war, hatte sich Jordan aufgeführt wie das Hockey-Alphatier, das er einmal gewesen war: nicht sonderlich nett. Jetzt sahen sie sich zum ersten Mal wieder, seit Lili zurück in Sunshine war.

»Lili, du erinnerst dich sicherlich an unseren Bruder Jordan. Ehemals bekannt als jemand, der die Leute gern einschüchtert. Im Augenblick heißt er aber bei uns eigentlich, in Anlehnung an seine Terrorherrschaft als Bräutigam, nur noch Groomzilla.«

»Fu…«, Jordan verschluckte das Schimpfwort, das an Parker gerichtet war. Stattdessen setzte er ein Lächeln auf und versuchte, sich als Mr. Umgänglich zu präsentieren. »Es freut mich, dass du dich entschlossen hast, uns noch eine Chance zu geben, Lili.«

»Ich denke, wir alle müssen uns noch eine Chance geben«,

antwortete sie. »Das haben wir verdient, findest du nicht auch?«

»Auf jeden Fall.«

Parkers Herz erwärmte sich, auch wenn sich gleichzeitig sein Magen verkrampfte. Nach all den Tragödien, den Lügen, Überraschungen und der Verzweiflung hatten sie jetzt wirklich genug durchgemacht. Es war an der Zeit, dass die Wunden heilten.

Wenn es doch nur so einfach wäre.

»Und was hältst du hiervon?«, wollte Jordan von Lili wissen. »Meinst du, dass unser Bruder es bis zu meinem Hochzeitsempfang fertig bekommt?«

»Du willst wirklich heiraten?«, fragte Lili, und es hörte sich an, als fragte sie eine stämmige Bulldogge, ob sie kastriert sei.

Parker lachte lauthals und erntete dafür den gehobenen Mittelfinger von seinem Bruder.

»Ja. Ich. Stell dir vor.« Jordan grinste, um ihr die Nervosität zu nehmen. »Würdest du mir helfen? Diese Idioten, die wir Brüder nennen, meinten, ich solle mich nach einer Hochzeitsplanerin umschauen, da meine Verlobte zu beschäftigt ist, um alles selbst zu machen.«

»Eine Braut, die zu beschäftigt ist, um ihre eigene Hochzeit zu planen? Das ist ja mal ganz was Neues.«

»Ist eine lange Geschichte. Es ist nicht ihre erste Ehe. Die war ziemlich …« Jordans finsterer Gesichtsausdruck sagte eigentlich alles.

»Unschön?«

Jordan nickte. »Ich möchte mit dieser Hochzeit gern die Erinnerungen an die erste aus ihrem Gedächtnis vertreiben.«

»Ohhh.« Lili tätschelte Jordans Arm. »Wie süß von dir! Ich hab fast vergessen, wie höllisch einschüchternd du bist.«

»Lass dir von ihm nichts vormachen«, warnte Parker sie. »Ich sag nur: Groomzilla.«

Lili begann zu lächeln. »Wenn du willst, könnte ich ein paar Ideen beisteuern.«

»Das wäre großartig.« Jordan sah sie erleichtert an. »Wie wäre es, wenn ich dich morgen zum Frühstück ins Sugarbuns einlade? Da können wir bei einem Kaffee und leckeren Zimtschnecken weiter darüber reden.«

»Hört sich gut an.«

Parker freute sich zwar über Jordans Bemühungen, sich mit Lili gutzustellen, konnte es sich aber nicht verkneifen, ihn ein bisschen aufzuziehen. »Wolltest du sonst noch was, großer hässlicher Bruder?«

»Ja.« Jordan wirkte auf einmal unbehaglich. »Ich wollte dir eigentlich erzählen, dass Tante Pippy aus Seattle zurück ist. Du weißt, was das bedeutet.«

Sie schauten beide zu Lili, die beim Namen der einzigen Person, die Licht ins Dunkel bringen konnte, zusammenzuckte. Nur Tante Pippy wusste über die Affäre zwischen ihrem Vater und Lilis Mutter Bescheid. Und vermutlich konnte sie auch aufklären, warum Parkers Dad Geld aus dem Familienunternehmen entwendet hatte.

Noch einmal verkrampfte sich Parkers Magen. »Zeit für die Wahrheit.«

Abgesehen von Wiederholungen der *Gilmore Girls* und ihrer derzeitigen heimlichen Liebe *Game of Thrones* (mal ehrlich, liebte nicht jeder Jon Snow?) schaute Gabriella nicht viel fern. Und mitten am Tag war es mehr als ungewöhnlich für sie. Es sei denn, sie hatte keine Wahl. Spielshows und Reality-TV waren nicht so wirklich ihr Ding. Es interessierte sie herzlich wenig, was die Kardashians trieben, und am Glücksrad zu drehen erschien ihr genauso unsinnig wie ein Lottogewinn unrealistisch. Jedenfalls, wenn man nicht Milton Skolnick hieß.

Im Augenblick plagte ihr derzeitiger Arbeitgeber sich mit einer leichten Erkältung herum, die er sich beim Spielen von Plants vs. Zombies: Garden Warfare auf der Xbox zugezogen hatte. Wie üblich lag er auf dem Sofa, das inzwischen ganz schön mitgenommen aussah, weil er den Großteil seiner Zeit dort verbrachte. Er war in eine fusselige Decke gehüllt und hatte eine Kuhglocke neben sich stehen, die er immer dann läutete, wenn Gabriella ihm seine Lust auf etwas Süßes mit einem weiteren Schoko-Fertigpudding befriedigen sollte.

Während der vergangenen sechs Stunden hatte sich ihre Jobbeschreibung auf die Arbeit als Krankenschwester und Psychotherapeutin ausgedehnt. Denn, *nur Gott allein weiß, warum jemand, der so wunderbar war wie er, solch eine fiese Krankheit bekommen konnte.* Skolnicks Worte, nicht ihre. Bisher war es ihr noch nicht gelungen, ihn davon zu überzeugen, dass ein bisschen Husten und Schnupfen nicht in die Kategorie von lebensbedrohlichen Krankheiten fielen.

Als wäre es nicht schon schlimm genug, sich sein Schniefen und Jammern anzuhören und seine Lust auf Junkfood befriedigen zu müssen, hatte Mr. Skolnick auch noch eine Kochsendung eingeschaltet. Und zwar auf volle Lautstärke, weil er – na klar doch! – wegen seiner Erkältung nichts hören konnte.

Eigentlich hatte Gabi gar nichts gegen Kochshows wie *Chopped*, und sie mochte auch die TV-Backwettbewerbe. Unglücklicherweise zeigte der Sender jetzt aber die eine Show, bei der es ihr geradezu hochkam: Leichte italienische Küche mit Giovanni.

Präsentiert von niemand anderem als ihrem Vater.

Wer die Boulevardblätter vergangener Jahre in Erinnerung hatte, wusste, dass mit Starkoch Giovanni Altobelli nichts leicht war. Gabriellas Mutter konnte davon ein Lied singen, war sie doch aufgrund einer seiner skandalösen Affären mit einem Mädel, das kaum alt genug gewesen war, um Alkohol kaufen zu dürfen, öffentlich gedemütigt worden.

Während Gabriella für ihren Boss Erdnussbutter auf Cracker strich, erklärte ihr Vater seinen Zuschauern mit selbstzufriedenem Gesichtsausdruck, wie man ein einfaches Spanferkel zubereitete. Der riesige Flachbildschirm zeigte jede Pore und jede Falte im Gesicht des Mannes, doch er enthüllte nicht die Herzlosigkeit, die sich hinter seinen Augen verbarg.

»Geben Sie bloß auch genügend Marmelade auf die Cracker, Gabi. Sie wissen ja, ich hasse es, wenn mir die Erdnussbutter im Hals stecken bleibt«, instruierte Mr. Skolnick sie.

Oh, nur allzu gern würde sie miterleben, wie ihm etwas im Hals stecken blieb.

»Wenn Sie Nervennahrung brauchen, könnte ich Ihnen Makkaroni mit Käse machen«, schlug Gabriella mit übertrieben freundlicher Stimme vor, während ihr Vater lächelnd in die Kamera blickte. »Vielleicht mit ein paar Scampi, um dem Ganzen mehr Geschmack zu verleihen.«

»Nervennahrung klingt gut«, rief ihr Arbeitgeber.

Endlich!

Ehe er seine Meinung ändern konnte, schob Gabi die Cracker beiseite und holte eine Rührschüssel aus dem Schrank.

»Vielleicht ist noch etwas von der Pizza im Kühlschrank. Das ist die beste Nervennahrung, die es gibt. Und wenn Sie mir die heiß gemacht haben, könnten Sie eigentlich herkommen und Ihren hübschen Arsch neben mich pflanzen.« Er klopfte auf das Sofakissen.

Gabi, die gerade voller Enthusiasmus ans Werk gehen wollte, hatte das Gefühl, als hätte man ihr ein Messer ins Herz gerammt. Ihr Magen verkrampfte sich, als sie der Realität ins Gesicht sehen musste. Solange sie bei Mr. Skolnick beschäftigt war, brauchte sie nicht auf Respekt zu hoffen. Sie wusste schon kaum, warum sie hier jeden Tag in der Hoffnung auftauchte, dass er ihr erlaubte, ein paar verdammte Frikadellen zu braten. Und jetzt so was?

Damit war er einfach zu weit gegangen.

Während sie mit beiden Händen die Arbeitsplatte umkrallte und sich an ihren letzten Rest Würde klammerte, war ihr Vater im Fernsehen dabei, ein Lendenstück zu garnieren. Einen Moment später blickte er in die Kamera und erklärte: »Wenn Sie Zeit in der Küche verbringen, sollten Sie versuchen, das beste Gericht zu kreieren, das Ihre Fantasie zulässt. Sonst können Sie es auch gleich lassen.«

Die Vernunft sagte Gabriella, dass ihr Vater sie durch den Fernseher nicht sehen konnte. Trotzdem hatte sie das Gefühl, er würde sie direkt ansprechen. Und irgendwie verwandelten sich seine Worte in ihrem Kopf in: *»Du wirst niemals gut genug sein, Gabriella. Du wirst niemals so gut sein wie dein Bruder. Und niemals wirst du auch nur annähernd an mich heranreichen. Du wirst meinem Namen niemals gerecht* *werden. Du hast einfach nicht das, was man dazu braucht. Such dir einen anderen Job.«*

Gabi hatte gar nicht das Bedürfnis, Starköchin wie er zu werden. Sie wollte ihrem Vater nur beweisen, dass er sich geirrt hatte. Aber das würde sie nicht schaffen, solange sie für einen Typen, dem gutes Essen, Stil und Geschmack völlig egal waren, Erdnussbutter auf Cracker strich. Noch dazu einen Typen, der schon immer irgendwie schmierig gewesen war, jetzt aber geradezu widerlich wurde.

Sie schaute noch einmal zum Fernseher, wo das überhebliche Grinsen ihres Vaters direkt auf sie gerichtet zu sein schien.

Ohne groß über ihr schrumpfendes Konto nachzudenken, straffte sie die Schultern und schnappte sich den Teller mit den Erdnussbutter-Marmelade-Crackern. Sie brachte sie zum Sofa, auf dem Milton Skolnick saß, umgeben von seinen zahllosen und nutzlosen Errungenschaften, die er sich von seinem Lottogewinn gekauft hatte. Sie ignorierte den arroganten Meisterkoch im Fernsehen, der keine Sekunde daran glaubte, dass auch sie ihren Traum wahrmachen konnte, und konzentrierte sich stattdessen auf den übergewichtigen Blutsauger, der in einem fleckigen T-Shirt und ausgefransten Jogginghosen auf dem Sofa lümmelte.

»Mr. Skolnick, ich kündige.« Sie drückte ihm den Teller in die Hand.

Er kniff die Augen zusammen, schnappte sich einen Cracker und stopfte ihn sich in den Mund. »Sie können nicht kündigen.«

»Habe ich gerade getan. Sie brauchen keinen persönlichen Küchenchef, sondern einen Pfleger. Und vermutlich psychiatrische Hilfe. Seien Sie froh, dass ich Sie nicht wegen sexueller

Belästigung anzeige.« Mit kühler Selbstbeherrschung griff sie nach ihrer Handtasche und stürmte aus dem Haus. Die aufkommende Panik – wie sollte sie in Zukunft ihre Rechnungen bezahlen? – ignorierte sie.

Jetzt hatte sie die Chance, sich selbst zu beweisen.

Ihre Leidenschaft und ihren Traum Wirklichkeit werden zu lassen.

Nur ein einziger Mann konnte ihr helfen, das in die Tat umzusetzen.

Sie durfte es nur nicht vermasseln.

4. Kapitel

Jeder Muskel in seinem Körper schmerzte vor Erschöpfung, als Parker sich den heißen Wasserstrahl der Dusche auf den Nacken prasseln ließ. Während die Anspannung langsam nachließ, schnappte er sich das Whiskey-Glas, das auf dem kleinen, in die Fliesen eingebauten Regal stand, und trank einen großen Schluck. Der leichte Hauch von Karamell und Vanille umspielte seine Zunge, und er schluckte mit einem müden Seufzer.

Ehe er am Abend zuvor nach Hause gefahren war, hatte er kurz im Haupthaus angehalten, um sich nach seiner kleinen Schwester zu erkundigen. Was zu einer komplizierten Unterhaltung über Nicoles Zukunft geführt hatte. Weil er sie als großer Bruder liebte und sich wünschte, dass sie die richtigen Entscheidungen traf, Entscheidungen, die nicht nur aus dem Bauch heraus kamen, hatte er sich die Zeit genommen, ihr zugehört und sie so gut wie möglich beraten.

Auf dem Heimweg war er noch einmal an seinem zukünftigen Restaurant vorbeigefahren, um sicherzugehen, dass auch alles abgeschlossen war. Und tatsächlich hatte Licht aus den neuen Fenstern geschienen. Dabei war er sich ganz sicher gewesen, dass er es ausgeschaltet hatte, nachdem die Bauarbeiter Feierabend gemacht hatten. Also hatte er angehalten, um nachzusehen, was da los war. Und er hatte in der Scheune

Jordan entdeckt, der auf den Knien hockte und sich bemühte, den Holzfußboden zu verlegen.

Überrascht hatte Parker einen Moment lang schweigend dagestanden und seinem Bruder zugeschaut. Auf den ersten Blick sah es so aus, als hätte Jordan beschlossen, ihm zur Hand zu gehen. Parker wäre über die Geste gerührt gewesen, doch er wusste es besser. Es konnte nur einen Grund geben, warum sein großer Bruder es sich nicht im Bett neben der Frau gemütlich machte, die er heiraten wollte. Nein, er wollte Parker nicht entlasten und ihm den Druck nehmen. Groomzilla war vielmehr aufgetaucht, um Kontrolle über eine Situation zu übernehmen, die ihn eigentlich nichts anging.

Es war Parker nicht gelungen, Jordan zu überreden, nach Hause zu seiner bezaubernden Verlobten zu gehen, und er hatte daher nach seinem eigenen Werkzeuggürtel gegriffen. Seite an Seite hatten die Brüder bis in die frühen Morgenstunden gearbeitet. Anschließend hatte Parker es kaum geschafft, nach Portland zu fahren, um seinen Food Truck für den Tag vorzubereiten. Es hatte gerade noch gereicht, um auf seinem Hausboot kurz unter die Dusche zu springen, ehe er schon wieder losgesprintet war.

Den ganzen Tag hatte viel Betrieb am Truck geherrscht. Sogar noch mehr als sonst. Parker wusste nicht, ob irgendwo eine Veranstaltung stattfand, die ihm neue Kunden bescherte, oder ob es sich inzwischen herumgesprochen hatte, dass es bei ihm gutes Essen gab. Was auch immer der Grund gewesen sein mochte, er war durchaus dankbar dafür. Das zusätzliche Einkommen konnte er gut gebrauchen. Die Feiertage nahten, und das Extrageschäft gab ihm die Möglichkeit, seinem Team ein vernünftiges Weihnachtsgeld zu zahlen.

Nachdem er sich noch einen Schluck Whiskey genehmigt hatte, schloss er die Augen und wünschte, er könne noch ein kleines Nickerchen machen, ehe Gabriella auftauchte. Er hatte vorgehabt, sich vorzubereiten, um ihr wirklich die Möglichkeit zu geben, ihm zu zeigen, was sie konnte. Aus welchen Gründen auch immer, es schien ihr immens wichtig zu sein.

Und Parker glaubte daran, jemandem eine Chance zu geben.

Während seiner wilden Teenagerjahre, als er alles andere als pflegeleicht gewesen war, hatte er viele Chancen geboten bekommen. Nicht nur von seinen Eltern, sondern auch von seinen Brüdern. Damals war er nicht kooperativ gewesen, hatte es seinen Brüdern verdammt schwergemacht. Ihm war nicht bewusst gewesen, dass sie alle mit ihren eigenen Dämonen zu kämpfen hatten. Ichbezogen, wie er war, hatte er geglaubt, sie würden sich einen Scheiß für ihn interessieren. Also hatte er sich entsprechend verhalten. Zu seinem Glück hatten sie ihm das Gegenteil bewiesen und ihm trotz allem noch eine Chance gegeben. Heute wusste er, dass er noch einiges zurückzugeben hatte.

Als die Gegensprechanlage summte, wusste er, dass jemand am Parkplatz-Eingang wartete. Damit war seine Hoffnung auf ein Nickerchen dahin. Nicht einmal in Ruhe zu Ende duschen konnte er.

Sie war früh dran.

Gut für einen potenziellen Arbeitnehmer, nicht so gut, wenn der potenzielle Chef völlig fertig war.

Mal ganz davon abgesehen, dass er nackt war.

Eigentlich machte es überhaupt keinen Sinn, dass er sich

auf diese Sache eingelassen hatte. Schließlich hatte er im Augenblick keine Zeit, von einer offenen Stelle ganz zu schweigen. Aber als es erneut summte, machte sich doch Aufregung in ihm breit, und er musste sich eingestehen, dass er sich etwas vormachte.

Er wusste genau, warum er sich auf die Sache eingelassen hatte.

Weil sie Gabriella Montani war.

Die Frau war sexy und mysteriös.

In der Regel hatte er eigentlich keine Probleme, weibliche Gesellschaft zu finden, aber in letzter Zeit hatte sich nur selten die Gelegenheit ergeben. Früher hatte er mehr Abende damit verbracht, mit schönen Frauen auszugehen. Doch abgesehen von dem Stress mit dem Restaurant hatte er auch sonst viel um die Ohren. Deshalb bevorzugte er Frauen, die ihre eigenen Karrieren verfolgten, ihr eigenes Leben führten und ihre Freizeit auch anderweitig gestalten konnten. Von Frauen, die auf einen Ehering aus waren und darauf hofften, mehr als eine Nacht mit ihm zu verbringen, hielt er sich fern. Eine feste Beziehung war nicht vorgesehen. Jetzt nicht und, verdammt, auch nicht in absehbarer Zeit. Deshalb traf er sich nur mit Frauen, die … unkompliziert waren. Gabriella kam ihm allerdings nicht so vor, als falle sie in diese Kategorie. Genau genommen schien sie ihm eher die Sorte Frau zu sein, die das Leben eines Mannes total auf den Kopf stellen konnte.

Wobei … sie hatte ihm ja auch nichts weiter angeboten, als für ihn zu kochen. Daran sollte er heute Abend tunlichst denken. Er sollte sich auf ihre Fähigkeiten in der Küche konzentrieren, statt darüber nachzudenken, was er mit seinen Händen und dem Mund auf ihrem Körper alles anstellen wollte.

Er stellte die Dusche ab, trank noch einen Schluck Whiskey und warf sich ein Handtuch über die Schulter. Das Wasser rann an seinem nackten Körper hinab auf den Holzfußboden, während Parker auf den Knopf der Gegensprechanlage drückte. »Letztes Dock. Am Ende«, sagte er kurz und knapp.

Doch noch ehe er die Hand von der Anlage gezogen hatte, klopfte es an seiner Tür.

Das konnte nicht Gabriella sein.

Es sei denn, sie fuhr ein motorisiertes Skateboard oder verfügte über Zauberkräfte. Sonst konnte sie es niemals so schnell vom Parkplatz bis zu seiner Tür schaffen.

Er zog das Handtuch von den Schultern und schlang es sich um die Hüfte, ehe er die Tür öffnete.

Anscheinend besaß Gabriella Zauberkräfte. Denn da stand sie, zwei riesige Einkaufskörbe neben sich, einen zusätzlich über dem Unterarm.

»Sie sind zu früh«, brummte er, nicht sicher, was er von ihren Turbo-Fähigkeiten halten sollte.

»Und Sie sind …« Ihre dunklen schokobraunen Augen wanderten langsam über seinen Körper, ehe sie ihm wieder ins Gesicht sah. »Nackt.«

Natürlich wäre eine Entschuldigung für ihr frühes Erscheinen angemessen gewesen. Und sie hätte erklären können, dass sie einen anderen Hausbootbesitzer, der gleichzeitig mit ihr angekommen war, bezirzt hatte, sie durch das gesicherte Tor zu lassen.

Aber das tat Gabi nicht, denn es tat ihr nicht leid.

Nicht im Geringsten.

Ihrer Meinung nach war sie im perfekten Augenblick gekommen.

Gerade rechtzeitig, um zuzusehen, wie Wassertropfen langsam über Parkers muskulöse Brust rannen, die leicht mit kurzen seidigen Haaren bedeckt war. Gerade rechtzeitig, um zuzusehen, wie das Handtuch, das er mit einer Hand festhielt, weit genug hinunterrutschte, um den Streifen dunkler Haare zu entblößen, der unterhalb seines Bauchnabels in Richtung der unsichtbaren sexy Körperteile verschwand. Und gerade rechtzeitig, um zu erkennen, dass ihr nahezu nackter, zukünftiger Arbeitgeber noch viel mehr war, als sie sich je hätte vorstellen können.

Und sie besaß schon eine ziemlich lebhafte Fantasie.

»Regel 101 für die Jobsuche«, sagte sie, nahm einen Korb hoch, schob sich an dem frisch geduschten, köstlich riechenden Körper vorbei und trat auf Parkers Hausboot, ohne auf seine ausdrückliche Einladung zu warten. »Komme immer ein wenig eher, um einen guten Eindruck zu machen.«

»Ich war unter der Dusche.«

Na, wenn das ihre Fantasie nicht noch zusätzlich auf äußerst herrlich erotische Weise beflügelte.

»Das sehe ich.« Sie dankte ihm insgeheim dafür.

Nachdem Gabriella die Körbe auf der blitzblanken Granitarbeitsplatte abgestellt hatte, musterte sie kurz die Einrichtung des Hausbootes. Es wirkte alles sehr viel moderner, als sie anhand des altmodischen Äußeren vermutet hätte. Andererseits war Parker Kincade definitiv kein Typ, der auf Spitzengardinen stand.

Als sie zu Parker zurückging, der noch immer mit einer Hand die Tür auf- und mit der anderen das Handtuch festhielt, bückte sie sich, griff nach dem noch dastehenden Korb und musste lächeln.

Er hatte große Füße.

Als sie sich wieder aufrichtete, stellte sie fest, dass er auch große Hände hatte.

Glaubte sie an die alte Binsenweisheit?

In diesem Fall war die Frage eigentlich hinfällig.

Denn ganz allgemein wusste man innerhalb von Sekunden, was für ein Mann vor einem stand, schon allein von den Jeans und T-Shirts her, die er trug. War beides schludrig, war vermutlich auch der Mann schludrig und hatte nicht wirklich etwas vorzuweisen. Gut sitzende Jeans über schmalen Hüften und muskulösen Oberschenkeln deuteten zumindest an, was sich darunter verbarg. Ein flauschiges weißes Handtuch jedoch verbarg nichts als die Hauptzutat. Und angesichts der durchaus imposanten Wölbung unter dem Handtuch, schien Parker Kincade etwas vorweisen zu können, womit er angeben konnte.

Gabi stellte den letzten Korb zu den anderen auf die Arbeitsplatte, während sie gleichzeitig versuchte, ihr wild pochendes Herz und die in Aufruhr geratenen Hormone, die schon viel zu lange im Dauerschlaf gelegen hatten, zu beruhigen. »Sie können die Tür jetzt schließen.«

Sie begann, die Sachen aus den Körben zu nehmen, sodass ein paar Sekunden verstrichen, ehe sie wieder aufsah. Die Tür stand noch immer sperrangelweit offen. Und sehr zu ihrer Freude bemerkte sie, dass Parker Kincade sie durchaus nicht desinteressiert anstarrte.

»Chef?«

Er blinzelte.

Zweimal.

Als er langsam die Tür schloss, hätte Gabi schwören können, ihn etwas vor sich hin murmeln zu hören.

»Wie bitte?« Sie nahm eine große Zucchini aus dem Korb, ergriff sie mit beiden Händen und hielt sie zwischen ihre Brüste. »Ich habe Sie nicht richtig verstanden.«

»Ich habe gesagt …« Sein Blick schoss von der Zucchini zu ihrem Gesicht. »Ich ziehe mich mal an.«

Mit diesen Worten verschwand er nach nebenan und hinterließ nur einen frischen männlichen Duft und das Geräusch von patschnassen, nackten Füßen auf dem Holzboden.

Gabi nahm an, dass sie ihre konservative Mutter mit ihrem Verhalten entsetzt hätte. Aber ihre weitaus modernere *nonna* hätte ihr zugezwinkert, genickt und ihr Okay gegeben. Mit dem Boss zu flirten war vielleicht nicht die beste Idee, aber Gabi war ja zurzeit arbeitslos. Und sie war auch nicht dumm. Die Gerichte, die sie für heute Abend geplant hatte, waren durchaus sinnlich. Außerdem hatte sie sich entsprechend angezogen und war in der richtigen Stimmung. Aber selbst wenn Liebe durch den Magen ging: Gabi hatte sich das Versprechen gegeben, nie so tief zu sinken und ihre Sexualität schamlos für einen Job einzusetzen. Nicht einmal für einen, den sie mehr als alles andere wollte.

Sie fühlte sich unwiderstehlich zu dem fast nackten Mann hingezogen, der ihr die Tür geöffnet hatte. Aber wie hieß es so treffend? Erst die Arbeit, dann das Vergnügen. Also würde sie ihre außer Kontrolle geratenen Hormone bändigen müssen.

Zumindest, bis das Dessert auf dem Tisch stand.

Parker warf das Handtuch aufs Bett und zog sich schwarze Retro-Pants an. Nachdem er den letzten Schluck Whiskey getrunken hatte, stellte er das Glas auf die Kommode. Von nebenan hörte er, wie Schubladen aufgezogen und Schranktüren geöffnet wurden. Einen Moment lang stand er da, die Hände in die Hüften gestemmt, und schüttelte den Kopf.

Es machte ihm nichts aus, dass Gabriella seine Küche bereits mit Beschlag belegt hatte. Was ihn so aus der Bahn warf, war die Tatsache, dass sie in schwarzen Stiefeln mit Mörderabsätzen und einem kurzen roten Blümchenkleid, das ihre wohlgeformten Kurven aufs Beste hervorhob, in seine Küche marschiert war. Und um dem Ganzen die Krone aufzusetzen, hatte er auch noch festgestellt, dass das Kleid zum Teil durchsichtig war. Unter dem wilden Blumenmuster erhaschte er einen Blick auf schwarze Dessous. Danach konnte das Handtuch nicht länger verbergen, was in ihm vorging.

Es war ihm gerade noch gelungen, das Zimmer zu verlassen, ohne dass es erschreckend offensichtlich wurde, wie sehr sie ihn antörnte.

Verdammter Mist.

Sie war hier zu einer Art Vorstellungsgespräch. Oder wollte ihm zumindest beweisen, dass sie eins verdient hatte. Sie war nicht hier, um von einem nackten Typen begrüßt zu werden, der es nicht schaffte, seinen Ständer unter Kontrolle zu bringen.

Es ging hier um die Arbeit.

Ohne sich weiteren unerlaubten, wenn auch köstlichen Gedanken hinzugeben, zog er sich Shirt und Jeans über und fuhr sich mit den Händen durchs nasse Haar. Gabriella hatte den Mut, für ihn zur Probe zu kochen. Sie verdiente es, dass er sich professionell verhielt. Das schuldete er ihr. Dazu musste er sich einfach nur auf das Essen konzentrieren – und nicht auf die faszinierende Frau, die es zubereitete.

Genau.

Genau das musste er tun.

Hätte er wetten müssen, hätten die Chancen, dass ihm das gelang, ungefähr bei 100 zu 1 gelegen – gegen ihn.

Als Parker in die Küche zurückkam, blickte Gabriella vom Zwiebelschneiden auf. »Das Outfit ist nicht ganz so interessant.« Sie deutete mit dem Messer auf ihn. »Aber sicherlich passender. Sie wissen schon, nur für den Fall, dass Sie mir zur Hand gehen wollen. Wir wollen schließlich nicht, dass irgendwelche lebenswichtigen Teile verletzt werden.«

Er lachte, obwohl der Gedanke, dass ein Messer in seine Weichteile schneiden könnte, ihn erschaudern ließ.

Unglücklicherweise (oder vielleicht auch glücklicherweise) war ihr umwerfendes Kleid jetzt von einer maßgeschneiderten schwarzen Kochjacke bedeckt. Er wusste gar nicht, was ihn mehr anmachte – das durchsichtige Kleid an sich oder die Vorstellung, dass es unter der Jacke verborgen war. Auf jeden Fall gaben die hochhackigen Stiefel dem Ganzen eine besondere Note.

Wobei seine Fantasie eigentlich keine weiteren Anreize benötigte.

Noch einmal ermahnte er sich, sich professionell zu verhalten, verschränkte die Arme und blickte ihr dann über die Schulter. »Ausgesprochen gute Messerführung, Ms. Montani.«

»Ich habe bei der Besten gelernt. Sie hat niemals Ausreden oder schlechte Vorbereitung akzeptiert.«

»Ach ja?« Das war ja endlich mal etwas Persönliches. »Wo waren Sie denn in der Ausbildung? An einer der renommierten Kochschulen?«

»Genau genommen habe ich alles, was ich weiß, in Italien gelernt.«

»Ach ja?« Auf die Antwort war er nicht gefasst gewesen. »In einem großen Hotel?«

»Nein. Es war ein kleines Haus. Eher ... persönlich und individuell.«

»Das sind oft die besten Orte«, meinte er und wunderte sich, dass sie ihm den Namen des Restaurants nicht verriet.

»Stimmt.« Mit der Messerklinge schob sie die Zwiebeln über das Brett.

Auch wenn es leicht war, sich ungezwungen mit Gabriella zu unterhalten, stellte er erneut fest, dass sie ungern etwas über sich selbst preiszugeben schien.

Und das weckte natürlich seine Neugier.

Er lehnte sich mit der Hüfte gegen die Arbeitsplatte und kam Gabriella auf diese Weise noch ein wenig näher. Sie duftete nach Blumen. Nicht nach Rosen oder Flieder. Sondern nach jenen, die man zum Kochen benutzte. Ringelblumen, Zitrone und Allium. Düfte, die er sehr viel betörender fand als jegliches Parfum, das man im Laden kaufen konnte.

»So, und welche Gerichte haben Sie jetzt für das Probekochen ausgewählt?«, fragte er.

»Ehe ich Ihnen mein Menü verrate, wäre es nett, wenn Sie aus dem Korb den Merlot oder den Pinot noir auswählen würden. Oder, wenn Sie zufällig welchen dahaben, einen Sangiovese. Und noch netter wäre es, wenn Sie uns beiden ein Glas einschenken würden. Ich halte es mit der berühmten Köchin Julia Child: Man soll das Kochen mit Wein genießen und manchmal auch einen Schuss davon ins Essen gießen.«

Er lachte. »Mir gefällt vor allem ihr Spruch ›Beim Kochen sollte man eine Was-soll's-Philosophie an den Tag legen‹.«

»Also sind Sie ein Fan von ihr?«

»Ist das nicht jeder?«

»Sie war eine Art Wegbereiterin«, meinte Gabriella. »Aber ich glaube nicht, dass alle sie bewundern.«

»Ist ja auch schwierig, allen Erwartungen gerecht zu werden«, antwortete Parker. »Übrigens, Ihre Weinauswahl verrät mir immer noch nicht, worauf ich mich heute Abend freuen kann.«

Sie drehte sich zu ihm herum, und sofort wurde er in die Tiefen ihrer dunklen, ausdrucksstarken Augen hineingesogen. »Mögen Sie keine Überraschungen?«

»Kommt drauf an.«

Langsam verzogen sich ihre Lippen zu einem Lächeln. »Ich verspreche, ich werde Sie nicht enttäuschen.«

Das konnte er sich auch nicht vorstellen.

Obwohl er sich geschworen hatte, die Finger von ihr zu lassen, wünschte er sich nichts sehnlicher, als sie in die Arme zu ziehen, um zu überprüfen, ob diese rubinroten Lippen so gut schmeckten, wie sie aussahen.

»Sie haben gesagt, Sie wären Puristin, was das Essen angeht. Das gilt sicher auch in Bezug auf Wein.« Er betrachtete seine eigenen Weine, statt eine Flasche aus ihrem Korb zu nehmen. »Also sollten wir einen Pinot noir nehmen.«

»Der passt gut zum Essen.«

»Gut zu wissen. Jeder, der in meinem Restaurant arbeiten will, sollte mit den Weinen unseres Weinguts vertraut sein und sie entsprechend empfehlen können. Natürlich werden wir auch andere Weine servieren, aber mein Hauptziel besteht darin, unsere eigenen anzubieten.« Er nahm eine Flasche alten Pinot noir aus dem Weinregal und blickte liebevoll auf das Etikett. Der Wein stammte aus dem einzigen Jahr, in dem sein Vater mit dieser schwer anzubauenden Traube richtig erfolgreich gewesen war.

»Ich habe Ihre Weine schon probiert«, erwiderte Gabriella. »Und ich würde sie gern empfehlen.«

»Das ist schon mal ein guter Anfang. Lassen Sie uns diese Flasche Velvet Rhapsody kosten.«

»Klingt köstlich.«

»Ist er auch. Mein Vater hat hart dafür gearbeitet, ihn zu veredeln. Der Wein hat eine wirklich delikate Note. Die Tannine sind weich. Und das Aroma ist …« Er zog den Korken heraus, goss ein wenig Wein in ein Glas und reichte es ihr.

Sie schwenkte es, roch daran und lächelte. »Kirsche.« Sie schnupperte noch einmal. »Mit einem Hauch von feuchter Erde und …«, noch einmal schnüffelte sie, »Leder.«

»Sie kennen sich wirklich gut aus.« Dieses zusätzliche Wissen gab Pluspunkte.

»Meine *nonna* meint, für einen Italiener wäre es Sünde, guten Wein nicht von schlechtem unterscheiden zu können. Vor allem, wenn man sich seinen Lebensunterhalt am Herd verdient.«

»*Nonna*? Ihre Großmutter?«

Sie nickte.

»Klingt, als sei sie eine ziemlich kluge Frau.«

»Oh, das ist sie definitiv.« Tiefe Zuneigung sprach aus ihrem Blick. »Deshalb ist sie auch immer die Erste, die ich um Rat frage.«

»In jeder Hinsicht?«

»Ja.« Die Andeutung eines Lächelns erschien auf ihren Lippen. »Sie würde Sie gutheißen.«

Er war sich nicht sicher, was sie meinte. War es ein Lob für seine Kochkünste oder … etwas sehr viel Grundlegenderes?

Wobei das keine Rolle spielte. Heute ging es ums Geschäft.

Selbst wenn ihn das umbringen sollte.

Er nahm die Weinflasche in die Hand und deutete auf ihr Glas. »Wollen Sie?«

Als sie mit ihren schlanken manikürten Fingern das Glas hob, war Parker ganz verzaubert, wie sich ihre vollen weichen Lippen an das Kristall legten. Natürlich fragte er sich, wie sich diese Lippen wohl auf seinem Mund anfühlen würden.

Oder auf anderen Körperteilen.

Oder … Arbeit!

Konzentrier dich auf den Job, ermahnte er sich.

»Sehr frisch«, kommentierte sie. Im nächsten Moment schoss ihre Zunge heraus und leckte einen blutroten Tropfen von der Unterlippe.

Er hatte es doch gewusst.

Dieses Probekochen würde ihn wahrscheinlich wirklich umbringen.

Oder ihn zumindest unter die eiskalte Dusche treiben.

»Ich denke, wenn ich Ihnen noch vor Mitternacht etwas zu essen auftischen will, sollte ich mich jetzt an die Arbeit machen.« Sie stellte das Weinglas auf die Arbeitsfläche. »Wenn Sie möchten, nehmen Sie sich einen Hocker und schauen Sie mir zu. Damit Sie sich davon überzeugen können, dass ich weiß, was ich tue.«

Die Art und Weise, wie sein Körper auf jede ihrer Bewegungen reagierte, zeigte ihm, dass sie sehr genau wusste, was sie tat.

Er rief sich noch einmal ins Gedächtnis, dass sie für ihn kochte und sich um eine Stelle als Köchin bewarb, nicht um einen Platz in seinem Bett. Dann nahm er sich einen Barhocker und machte es sich bequem.

Schnell und geschickt arbeiteten ihre Finger mit dem Messer, während sie Fleisch, Schnittlauch, Knoblauch und Gruyère schnitt, presste und rieb. Er musste zugeben, dass ihre Fähigkeiten ihn beeindruckten. Jetzt musste sich noch zeigen, ob der Geschmack auch mithalten konnte.

Parker genoss seinen Wein und merkte irgendwann, dass Gabriella angefangen hatte zu summen.

»Was ist das für eine Melodie?«, fragte er.

»Das ist aus *La Bohème*, ›Che gelida Manina‹.« Unter ihren dichten dunklen Wimpern blickte sie zu ihm auf. »Hören Sie sich manchmal Opern an?«

»Nicht wirklich.«

»Opernfans sagen, man wächst entweder damit auf, oder man muss erst einen Geschmack dafür entwickeln. Diejenigen, die sich nicht so für die Oper begeistern können, kennen eher die Arie ›Quando m'en vo‹ aus La Bohème. Meine Großmutter meinte, ich solle klassische Musik schätzen lernen. Mein Geschmack orientiert sich selten am Mainstream.«

»Meine Lieblingsklassiker sind eher …« Er griff nach der Fernbedienung und schaltete die Musikanlage ein. Marvin Gayes »What's Going On« erklang in genau der richtigen Lautstärke.

»Oh. Sexy Songs.« Sie nickte und schaltete den Herd unter dem Topf an.

»Sexy?« *Denk gar nicht dran, du Idiot. Heute geht's um die Arbeit.*

»Oh, kommen Sie.« Sie schenkte ihm ein spielerisches Grinsen. »Titel wie ›Sexual Healing‹ oder ›Let's Get It On‹ … erotischer geht's ja wohl nicht, oder?«

Doch. *Sie* war noch erotischer.

Noch einmal ermahnte er sich streng. Arbeit. Arbeit. Arbeit.

Sie goss ein wenig Olivenöl in die Pfanne. »Wissen Sie, welches Lied mich am meisten anmacht?«

Arbeit. Arbeit. Arbeit.

»Verraten Sie es mir.« Verdammt.

»›Damn I Wish I Was Your Lover.‹«

Jetzt sprach sie seine Sprache.

»Sophie B. Hawkins«, sagte er.

Gabriella warf ihm einen Seitenblick zu, als sie das Gemüse vom Schneidebrett in die Pfanne schob. »Sie kennen den Song?«

»Klar.« Auch das Gefühl kannte er nur allzu gut. Verdammt, er wünschte wirklich, er wäre ihr Lover.

Sie schnitt ein Stück vom Gruyère ab und beugte sich über den Tresen, um ihn mit dem Käse zu locken. »Sagen Sie mir, welches Ihr liebster Erotiksong ist, und dann dürfen Sie kosten.«

Ach herrje. Ernsthaft?

Arbeit. Arbeit. Arbeit.

Mist. Funktionierte nicht. Sein Schwanz dachte an eine ganz andere Tätigkeit.

»Und sagen Sie jetzt nicht ›Pour Some Sugar on Me‹.« Sie zwinkerte ihm zu. »Ich will keinen Zucker auf mir.«

»Sie sagten erotisch, nicht Striptease.«

»Genau.«

Obwohl er sich bildhaft vorstellen konnte, wie sie sich um eine Stange wand.

»Hm, wie wäre es mit ›I'll Make Love to You‹?«

Ihre dunklen Augen funkelten. »Ist das ein Song oder ein Versprechen?«

Beides. »Boyz II Men.«

»Zu offensichtlich.« Sie wedelte mit dem Käsestück, als wäre es eine Einladung, und er hatte kein Problem damit, das Spielchen mitzuspielen. »Sagen Sie was anderes.«

»›Need You Tonight‹.«

»Oooh.« Als sie die Augen schloss und zu summen begann, war er verdammt kurz davor zu kommen. »INXS. Gute Wahl. Sieht so aus, als hätten wir eine Menge gemeinsam.«

Er fragte sich, wie viele Dinge sie noch auf diese Liste setzen könnten. Auf jeden Fall war er willig, das herauszufinden.

»Bekomme ich denn jetzt meine Belohnung?« Er blickt auf den Käse, den sie zwischen Daumen und Zeigefinger festhielt.

Sie lächelte. »Natürlich.«

Statt ihm das Käsestück zu reichen, fütterte sie ihn damit. Anschließend leckte sie sich die Finger ab.

In diesem Augenblick gab es kein Arbeits-Mantra auf der Welt, das ihn vor dem dringenden Bedürfnis bewahren konnte, seinen harten Schwanz zu packen, um den Schmerz zu lindern.

»Wenn Sie sich an den Tisch setzen, bringe ich Ihnen die Vorspeise«, sagte Gabriella mit einer Stimme, die so köstlich wie ein reifer Pfirsich klang.

Mist. Er konnte sich nicht einmal mehr bewegen.

Jede Zelle, jede Faser seines Körpers, ganz zu schweigen von all dem Testosteron, das in ihm brodelte, sagten ihm, dass *sie* die Vorspeise und er ein Mann kurz vor dem Verhungern war.

Gabi holte tief Luft.

Es war kein Geheimnis, dass die meisten Frauen über ihre Sinne und ihre Fantasie angetörnt wurden. Während sie sich eigentlich auf die Zubereitung des Essens konzentrieren sollte, lief in ihrem Kopfkino ein Porno ab – mit Parker Kincade in der Hauptrolle. Deshalb hatte sie ihn auch gebeten, sich an den Tisch zu setzen. Sie brauchte dringend ein wenig Abstand, ehe sie sich womöglich noch auf seinen Schoß setzte und aus der Fantasie Realität werden ließ.

»Wenn ich am Tisch sitze, kann ich Ihnen nicht bei der Arbeit zuschauen«, beklagte sich Parker mit dieser tiefen Stimme, die wie ein warmer Wind über ihre Haut strich.

»Stimmt.« Sie kam um den Tresen herum, nahm seinen Arm und führte ihn zum Esstisch am großen Fenster, von wo aus man den Columbia River und den atemberaubenden Gipfel des Mount Hood sehen konnte. »Aber ich möchte, dass Sie sich jetzt einfach hinsetzen, sich entspannen und

Ihren Geschmacksnerven den Rest überlassen. Sie haben mich ja nun bereits in Aktion gesehen.«

»Sicher?« Seine langen dunklen Wimpern kamen ihr sündhaft dicht vor, als sie sein Gesicht musterte. »Ich habe so das Gefühl, dass noch viel mehr in Ihnen steckt, als Ihre Fähigkeit, geschickt mit einem Schälmesser umzugehen.«

»Oh, glauben Sie mir, das stimmt.«

Plötzlich wurde es ziemlich heiß, als sie sich anstarrten, und Gabi war schon fast so weit, dass sie ihre Jacke von sich werfen und ihm zeigen wollte, was genau noch alles in ihr steckte. Aber der Job hatte Vorrang.

Also drehte sie sich um, schenkte Parkers Glas noch einmal voll und brachte es ihm. Während der ganzen Zeit ließ er sie nicht aus den Augen. Als sie das Glas hinstellte, griff er nach ihrer Hand. Ein köstliches Zittern breitete sich in ihrem Körper aus – bis hinunter in ihren Unterleib, als er ihre Hand umdrehte und sanft mit dem Zeigefinger über ihre Handfläche strich. Gabi musste die Lippen zusammenpressen, um ein Stöhnen zu unterdrücken.

»Keine Narben. Keine Blasen. Sieht so aus, als wären Sie ziemlich vorsichtig in der Küche«, murmelte er mit dieser tiefen sinnlichen Stimme, während Marvin Gaye im Hintergrund »Mercy, Mercy Me« sang. »Im Esszimmer auch?«

»Das wird sich zeigen.« Sie entzog ihm ihre Hand, ehe sie noch den letzten Rest an Selbstbeherrschung verlor.

Zurück am Herd bereitete sie in einer kleinen Pfanne die Shrimps zu. »Erzählen Sie mir ein bisschen was darüber, wie es war, in *Chopped* aufzutreten.«

»Nervenaufreibend.« Er lachte leise. »Quälend. Inspirierend. Frustrierend. Unglaublich.«

»Ich stelle es mir sehr aufregend vor.«

»Wollen Sie eine Fernseh-Köchin werden, Gabriella?«

Sie fuhr herum, um zu sehen, ob hinter seiner Frage mehr als reine Neugier steckte. Nachdem sie ihm in die Augen geblickt hatte, beruhigte sich ihr rasendes Herz wieder.

Er wusste es nicht.

Gott sei Dank.

»Himmel, nein«, antwortete sie. »Wenn ich etwas beweisen will, dann nur mir selbst.«

»Sie klingen ja fast wie ich. Ich bin auch nur in der Show aufgetreten, um mich selbst herauszufordern.«

»Noch etwas, was wir gemeinsam haben.« Sie lächelte. »Das ist doch gut, oder?«

Er hob eine Augenbraue.

»Ich meine, weil wir bald zusammenarbeiten werden«, schob sie hastig hinterher. »Denn auch, wenn ich gern die Kontrolle behalte, kann ich mich, wenn erforderlich, auch mal unterordnen.«

Was zum Teufel wollte sie ihm sagen?

Und warum klang alles, was aus ihrem Mund kam, wie eine Vorspiel?

»Ich werd's mir merken.«

Sie schloss kurz die Augen, um sich wieder zu sammeln, ehe sie die Vorspeise anrichtete. Als sie der Meinung war, dass der Teller ansprechend genug aussah, stellte sie ihn vor Parker auf den Tisch.

»Shrimp-Bruschetta mit Zitronenlikör und nativem Olivenöl. *Goditi.*«

Als er sie fragend ansah, übersetzte sie: »Genießen Sie es.«

Parker zog die Vorspeise zu sich und musterte den Teller, den sie kreiert hatte. Das Arrangement machte etwas her, aber er vermutete, dass Gabriella durchaus imstande war, noch Extravaganteres zu zaubern.

»Ich habe mich entschieden, nicht anzugeben«, erklärte sie da auch schon. »Es wäre ein Leichtes gewesen, etwas zu kochen, was Stunden an Vorbereitung gebraucht und Sie dann total von den Socken gehauen hätte. Aber da ich nicht weiß, welche Art von Speisekarte Sie für Ihr Restaurant planen, wollte ich Ihnen einfach ein paar Beispiele von dem geben, womit ich in der Scheune geprahlt habe. Essen in Reinkultur. Geschmack, der die Sinne belebt und Ihnen das Wasser im Mund zusammenlaufen lässt.«

Genau das passierte bereits, und das lag nicht am Essen.

»Sie können geschickt mit Worten umgehen.«

»Ich bin auch mit anderen Dingen geschickt.«

Daran zweifelte er keine Sekunde.

Sie deutete auf den Teller. »Probieren Sie.«

Er hob eine Scheibe Bruschetta, inspizierte sie und biss dann hinein. Der Geschmack kitzelte seinen Gaumen, und Parker stieß einen genüsslichen Laut aus. »Knusprig. Frisch. Leicht. Köstlich.«

Sie lächelte, als hätte er ihr ein Geschenk gemacht.

»Diese Vorspeise passt gut zu jeglicher Art von Fleisch- oder Nudelgericht«, erklärte sie. »Außerdem ist sie, verglichen mit Ceviche, Shrimp Wellington oder selbst mit Spargel-Rolantina, sehr viel kostengünstiger. Das heißt, mehr Profit für Sie. Der Erfolg eines Restaurants hängt schließlich nicht nur davon ab, dass man den Gästen das beste Essen und eine gute Atmosphäre bietet, sondern auch davon, dass man die Betriebskosten möglichst niedrig hält.«

»Also haben Sie auch Buchhaltung gelernt?« Er war beeindruckt. Die meisten Restaurants mussten bereits im ersten Jahr wieder schließen, weil sie nicht vernünftig gemanagt wurden.

»Ein wenig. Obwohl ich vermutlich nicht so gut bin, wie ich sein sollte. Trotzdem, es macht Sinn, weniger für die Einkäufe zu zahlen, damit man mehr als einen fairen Preis für die Gerichte verlangen kann.«

»Falls es etwas gibt, in dem Sie nicht ganz so versiert sind …«, sagte er, »… bin ich sicher, dass sie das auf anderen Gebieten mehr als wettmachen.«

»Das Urteil darüber überlasse ich gern Ihnen.«

Sie warf ihm über die Schulter einen glühenden Blick zu, als sie zurück in die Küche ging.

Schon nachdem sie ihm den Salat aus Endivien, Topinambur, Schafskäse und einer Limonen-Vinaigrette, danach eine süße Zwiebel-Carbonara als Zwischengericht und in der Pfanne gerösteten Spargel mit knusprig gebratenem Spiegelei als Beilage serviert hatte, war er begeistert von ihren Kochkünsten. Mit dem Dessert übertraf sie sich jedoch selbst – ein köstlich cremiges Mascarpone-Sorbet mit Rosmarinhonig. Nach nur einem Bissen war er hin und weg.

»Haben Sie das probiert?« Er hob einen Löffel mit dem Dessert.

»Schmeckt es nicht?« Aus Sorge zog sie die schmalen dunklen Brauen zusammen.

»Gabriella? Alles, was Sie mir heute Abend serviert haben, hat vorzüglich geschmeckt. Ich würde mich geehrt fühlen, es in meinem Restaurant zu servieren. Aber dies hier …« Er hielt ihr den fast überquellenden Löffel mit dem leichten, schaumigen Nachtisch hin und schüttelte den Kopf. »Probieren Sie.«

Sie verkrampfte die Hände, als sie zu ihm kam. Ihre hohen Absätze klackerten auf dem Holzboden, und ihr fast durchsichtiges Kleid schmiegte sich verführerisch um ihre Beine.

Den ganzen Abend lang hatten sie sich ausgezeichnet unterhalten und sowohl den Wein als auch das Essen genossen. Und diese wenigen Stunden hatten genügt, um Parker in einen Zustand zu versetzen, in dem er jede von Gabriellas Gesten, jeden Gesichtsausdruck und jede kleinste Bewegung registrierte und dabei stets das Gefühl hatte, ein Gummiband würde reißen.

Sie hatte definitiv mehr als seine Geschmacksknospen zum Leben erweckt.

Als sie jetzt an seinen Stuhl trat, blickte sie auf den Löffel, den er ihr zum Probieren hinhielt. Dann schaute sie ihn wieder mit erhobenen Augenbrauen an. »Ich soll Ihren Löffel ablecken?«

Unter anderem.

Er nickte.

Langsam stand er auf und bot ihr das Dessert noch einmal an. Ihre warmen, weichen Finger schlangen sich um seine Hand und dirigierten den Löffel zu ihrem Mund. Ihre hübschen roten Lippen öffneten sich, ehe sie sich eine Sekunde später über dem perfekt zubereiteten Sorbet wieder schlossen. Gabriellas Lider flatterten, als sie vor Wonne stöhnte, und im selben Moment streckte auch die letzte Faser seines erregten Körpers die Waffen.

Als er den Löffel zurückziehen wollte, hielt sie seine Hand fest und zog den Löffel noch einmal in den Mund. Langsam leckte sie auch den letzten Rest ab.

Parker stand in Flammen.

Ihre dunklen Lider senkten sich einmal kurz, als sie blinzelte. »Habe ich bestanden?«

5. Kapitel

Parkers Blick aus seinen tiefblauen Augen nach zu urteilen, hatte sie nicht nur das Probekochen mit Bravour gemeistert, sondern auch noch etwas ganz anderes zum Kochen gebracht.

»Sie wissen ganz genau, dass Sie bestanden haben.« Er schaute ihr weiter in die Augen, während er den Löffel auf den Tisch warf und eine Hand um ihre Taille legte. »Aber ich bin eine ehrliche Haut und sage Ihnen gleich, dass es noch ein langer Weg ist, ehe ich jemanden einstellen kann. Also werde ich Ihnen den Job jetzt noch nicht versprechen.«

Gabriellas Herz krampfte sich enttäuscht zusammen.

Sie hatte gehofft, ihn mit ihren Kochkünsten derart zu beeindrucken, dass er ihr den Job anbot.

»Und egal, wie sehr ich mich zu Ihnen hingezogen fühle«, mit seinen dunklen Augen musterte er sie eindringlich, »kann ich Ihnen nichts weiter als diese eine Nacht versprechen. In jeglicher Hinsicht.«

Die Enttäuschung schwand, als er offen zugab, was er empfand. Dieses drängende Gefühl von *Ich glühe, ich will es, ich brauche es* beruhte offenbar auf Gegenseitigkeit.

»Parker?« Obwohl sie sich nach außen hin gelassen gab, während sie mit einem Knopf an seinem Hemd spielte, führten sich die Schmetterlinge in ihrem Bauch auf, als wären sie Kampfjets. »Ich darf Sie doch Parker nennen? Oder sollte ich lieber Chef sagen?«

»Hängt davon ab, was als Nächstes kommt.«

»Ich denke, es ist offensichtlich, dass ich mich auch zu Ihnen hingezogen fühle.« Und zwar so was von. Sie konnte nichts dagegen unternehmen, auch wenn ihre Vernunft ihr riet, das Ganze sofort zu unterbinden. Sich von ihm zurückzuziehen und die Sache rein professionell anzugehen. Leider waren ihre Hormone ganz anderer Meinung. Sie spielten total verrückt, hatten das Kommando übernommen und ihre Vernunft völlig ausgeschaltet. Sie wollte Parker. Und sie wollte ihn jetzt sofort. »Wie wäre es, wenn wir hiermit das Probekochen und alles Geschäftliche für beendet erklären? Was auch immer jetzt noch passiert, hat mit der Arbeit absolut nichts zu tun.«

»Dann solltest du mich …«, seine Lippen hoben sich zu einem sinnlichen Lächeln, das ihr fast den Verstand raubte, »… definitiv Parker nennen.«

»Wie wäre es«, sie ließ die Finger über die kurze Reihe von Knöpfen an seinem Hemd gleiten, »wenn wir einfach ganz aufhören zu reden?«

»Ich mag deine Art zu denken.« Er zog ihre Finger an den Mund und küsste sie.

»Dann sind wir uns also einig?«, hakte sie nach. »Eine gemeinsame Nacht. Spaß haben. Und morgen kümmern wir uns wieder um die Arbeit?«

»Genau.« Die Hand auf ihrer Taille wanderte ein kleines Stückchen tiefer, und vor Verlangen wurden seine Augen ganz dunkel. »Nur eine Nacht.«

»Hier?«, fragte sie.

»Hier und jetzt.«

Sie ließ die Hand über seinen Ärmel gleiten und genoss

das Gefühl von kräftigen Muskeln unter dem weichen Stoff. »Dann halt den Mund und küss mich endlich, *Parker.*«

Sein Name verließ ihre Lippen mit einem kleinen Seufzer, als er sie gegen seinen harten Körper zog und den Kopf senkte.

Er hielt sie fest an sich gepresst, legte die Hände auf ihren Hintern und brachte sie so dazu, sich auf die Zehenspitzen zu stellen. Seine festen warmen Lippen öffneten sich über ihren, um sie mit köstlich feuchten, atemberaubenden Küssen zu verwöhnen. Mit seiner Zunge bat er sie zu einem erotischen Tanz, neckte sie und forderte sie heraus, alle Vorsicht in den Wind zu schlagen.

Als sie die Arme um seinen Hals schlang, presste er seine imposante, harte Erektion gegen ihren Unterleib, um ihr zu beweisen, dass es hier jetzt nur noch um einen Mann, eine Frau und ein sinnliches Vergnügen ging.

Er drehte sie herum, bis sie den Esstisch hinter sich spürte. Dann drängte er sich zwischen ihre Schenkel, hob den Kopf und umschloss ihr Gesicht zärtlich mit einer Hand, während er die andere zu ihrer Brust wandern ließ. »Direkt hier?«

»So schnell wie möglich.« Sie griff nach dem Saum seines Hemds und zog es ihm mit einem Ruck über den Kopf. Und da sie nicht widerstehen konnte, presste sie die Lippen auf die angespannten Muskeln seines durchtrainierten Bauches. Seine warme Haut roch frisch, nach Seife und Baumwolle und herrlich maskulin.

Verlangen schoss durch ihren Körper und ließ ihr die Knie weich werden, als sie zu ihm aufschaute. »Ich will dich, Parker. Ich will dich jetzt.«

Er hielt ihr Gesicht in seinen großen Händen. »Ich bin nicht auf einen Quickie aus, Gabriella. Mein Körper mag da anderer Meinung sein, aber wir haben nur diese eine Nacht«, fügte er mit tiefer, sinnlicher Stimme hinzu, und Gabriella spürte die Vibration an ihrer Brust. »Also werde ich mir Zeit lassen.«

Lust und Verlangen ließen seine Augen noch dunkler werden. Und obwohl er behauptet hatte, es nicht eilig zu haben, vergeudete er keine Zeit, sondern knöpfte hastig ihre Jacke auf und warf sie über einen Stuhl, ehe er Gabriella nach hinten auf den Tisch drückte.

Er betrachtete sie eingehend, berührte sie sanft hier und da – strich über die empfindliche Haut in ihrer Ellenbogenbeuge, über ihre Handflächen, ihr Gesicht, ihre Brüste, und endlich glitt seine Hand auch zwischen ihre Beine. Als er sich vorbeugte und eine Spur glühend heißer Küsse über ihren Hals zog, erwachte ihr gesamtes Nervensystem zum Leben. Es blieb ihr nichts anderes übrig, als seine Schultern zu packen und ihn festzuhalten.

»Okay, dann lass dir ruhig Zeit«, flüsterte sie. »Ich habe nicht vor zu verschwinden.«

»Das ist gut.« Sein Atem strich heiß und feucht über ihr Ohr, während er seine geschickten Hände unter ihr Kleid schob. »Aber dieses Höschen hier muss verschwinden.«

Seine erotischen Worte sandten ihr einen wohligen Schauer über den Rücken, und die Tatsache, dass er sich langsam, sie immer noch küssend, weiter nach unten vortastete, törnte sie noch weiter an. Ganz zu schweigen von seinem sündigen, herausfordernden Lächeln, als er begann, ihr das Kleid hochzuschieben, bis ihr schwarzer Seidenslip entblößt war.

»Mmmm.« Er senkte den Kopf und küsste ihren Bauch, bevor er weiter abwärts wanderte und die Innenseite ihrer Schenkel verwöhnte. »Sogar noch besser, als ich es mir vorgestellt habe.«

Er hatte sie sich nackt vorgestellt?

Oh ja, sie waren definitiv beide auf einer Linie.

Mit dem Finger fuhr er an der Spitzenkante entlang, glitt dann mit einem Finger darunter, um spielerisch ihre Haut zu berühren, ehe er den Finger krümmte und das kleine Stück Stoff an ihren Beinen hinabzog.

»Die Stiefel?« Er hob eine dunkle Braue. »Die bleiben an.«

Voll freudiger Erwartung erzitterte Gabi, als er ihr den Slip über die Stiefel zog und ihn in die Gesäßtasche seiner Jeans stopfte.

Sie grinste. »Ein Andenken?«

»Das war nur der Anfang.« Er verteilte heiße, leidenschaftliche Küsse auf ihrem Bauch. »Ich habe vor, mir noch weit mehr zu holen, ehe die Nacht vorüber ist.«

Mit jedem anderen Mann wäre sie vielleicht verlegen gewesen, hier auf dem Tisch, ausgebreitet wie ein Festmahl. Aber das sinnliche Funkeln in Parkers Augen wischte jegliche Bedenken vom Tisch.

Mit den Händen fuhr er an ihren Beinen empor, ehe er Gabriella so weit zu sich heranzog, dass sich ihr Hintern an der Tischkante befand.

Als er sich wieder vorbeugte, um ihren Mund zu küssen, spürte sie den Jeansstoff auf ihrer nackten Haut und seine Erektion an ihrem Venushügel. Die sengende Hitze, die von ihrem Körper Besitz ergriffen hatte, brachte sie in Versuchung, die Beine um Parker zu schließen und sich an ihm zu reiben, bis sie kam.

Doch noch ehe sie sich bewegen konnte, hatte Parker sich aus ihrer Umarmung gelöst und begann, ihre Brüste durch das Kleid hindurch zu küssen. Unter seinen geschickten Liebkosungen richteten sich ihre Nippel auf, und sie sehnte sich danach, seinen warmen, feuchten Mund direkt auf ihrer Haut zu spüren.

Parker riss ihr das Kleid über den Kopf und warf es auf einen Stuhl. Im nächsten Moment flog ihr schwarzer Spitzen-BH hinterher, und ehe sie sich's versah, lag sie, abgesehen von den Stiefeln, völlig nackt auf dem Tisch, auf dem sie Parker eben erst das Essen serviert hatte.

»Verdammt.« Er schüttelte bedachtig den Kopf. »Ich hoffe, du bist bereit für eine lange Nacht.«

»Ich hoffe, *du* bist bereit.« Sie setzte sich auf und sah ihn herausfordernd an, während sie eine Hand auf seine Erektion presste und kräftig zudrückte. Er drängte sich ihrer Hand entgegen, und Gabi lächelte.

»Das sagt dir hoffentlich alles.«

»Allerdings. Aber ich bin auch ein sehr … visueller Mensch.« Sie presste die Lippen auf seinen nackten Oberkörper und ließ die Zunge über einen seiner flachen braunen Nippel schnellen, bevor sie nach dem Reißverschluss griff. »Und da dein Handtuch mich vorhin nur erahnen ließ, was mich erwartet, würde ich mir jetzt gern einmal das Gesamtpaket anschauen.«

»Ich gehöre dir.« Er hob ergeben die Hände.

Sie schätzte es, wenn Männer auch mal die Zügel aus der Hand gaben und sie selbst die Kontrolle übernehmen konnte.

Langsam, ganz langsam zog sie den Reißverschluss der Jeans hinunter und schob die enganliegenden schwarzen Retropants über seine schlanken Hüften und den perfekten Arsch. Seine Erektion schnellte hervor, und sofort schloss Gabi ihre Hand um ihn.

»Beeindruckend.« Das war er wirklich. Äußerst imposant. Ein Gefühl von Gier und Hemmungslosigkeit überkam sie.

Einen Augenblick lang ließ Parker sich von ihr berühren, von ihr streicheln und auf intimste Weise erkunden. Doch dann zog er ihre Hände von sich fort und drückte Gabi wieder nach hinten auf den Tisch.

»Habe ich bestanden?«, fragte er und wiederholte damit die Worte, die sie vorhin benutzt hatte.

Nickend fuhr sie sich mit der Zunge über die Lippen.

»Was? Nur ein einfaches Ja? Na, dann wollen wir doch mal sehen, ob ich mir nicht noch ein paar Extrapunkte verdienen kann.«

Ohne zu zögern verteilte er feuchte, heiße Küsse über ihren Hals und umschloss gleichzeitig ihre Brüste mit beiden Händen. Gabriella bog den Rücken durch, als er leckte und saugte und schließlich seinen heißen Atem über ihre aufgerichteten Spitzen blies.

Als sie stöhnte, lächelte er, das Gesicht über ihre Brust gebeugt.

»Bist du ein braves Mädchen, Gabriella?« Er schloss die Lippen um einen der Nippel und sog kräftig daran, ehe er ihn wieder freiließ. »Oder magst du es hin und wieder auch ein wenig unanständig?«

Die Frage steigerte die Vorfreude und ließ sie so wohlig erzittern, dass sie eine leichte Gänsehaut bekam. Langsam ließ sie die Finger durch sein langes Haar gleiten, bevor sie den Kopf hob.

»Gut soll es sein, ja.« Sie küsste ihn auf den Mund. »Und unanständig noch dazu.«

»Eine Frau nach meinem Geschmack.« Er entzog sich ihr, um weitere heiße, feuchte Küsse auf ihrem Körper zu verteilen.

Mit jeder Berührung durch seinen Mund, seine Zunge, erhitzte er ihr Blut noch weiter, und sie verspürte ein schmerzhaftes Verlangen nach mehr. Gerade als sie dachte, sie könne die köstliche Folter nicht länger ertragen, war Parker zwischen ihren Beinen angekommen. Er berührte sie, spielte mit ihr, brachte sie dazu, laut aufzustöhnen. Zärtlich öffnete er sie, ehe er seine warme Zunge über ihre Klit gleiten ließ.

Ein Gefühl purer Lust schoss in ihren Unterleib, und instinktiv bäumte sie sich auf, als er mit seiner warmen, geschmeidigen Zunge begann, sie zu verwöhnen.

Je intensiver er leckte, saugte und seine Zunge kreisen ließ, desto wilder pochte ihr Herz. Während die Erregung stieg, und ihr heiß, so unendlich heiß wurde, wand Gabi sich rastlos unter ihm und keuchte lustvoll auf. Die Erlösung war greifbar nah, und ihre größte Sorge war, dass Parker aufhören und sie dazu bringen würde, ihn anzuflehen.

Aber er hörte nicht auf.

Anscheinend spürte er, dass sie kurz davor war zu kommen, denn er schob die Hände unter ihren Po und hob sie noch näher an seinen Mund. Noch einmal glitt seine heiße Zunge wie ein Feuerball über sie, und schon explodierte sie.

Selbst als sie auf den Wellen des Höhepunktes ritt, fuhr er fort, sie zu verwöhnen. Ihr Körper erzitterte, als sie einen

Orgasmus bekam, wie sie ihn noch nie erlebt hatte. Parker setzte seine Liebkosungen fort, bis das Zittern langsam nachließ. Dann hob er den Kopf und sah sie über ihren Körper hinweg aus diesen blauen Augen an.

»Das …«, sie kam hoch auf die Ellenbogen, »war unglaublich. Aber …«

Sie richteten sich beide gleichzeitig auf.

»Ich weiß, dass du noch viel mehr zu bieten hast.« Sie schlang die Finger um seinen Schwanz und streichelte ihn ausgiebig, bevor sie seine Eier kurz drückte. »Und ich will mehr.«

Ein anzügliches Lächeln erschien auf seinen Lippen, als er seine Hand über ihre legte. Gemeinsam rieben sie seine pralle Spitze über ihren feuchten Schoß und stöhnten lustvoll auf. Sofort begann ihr empfindliches Fleisch wieder zu kribbeln und war bereit für die nächste Runde.

Parker löste die Hand von seinem Schwanz und griff nach dem kleinen, eingeschweißten Päckchen, das er auf den Tisch gelegt hatte.

»Lass mich das machen.« Begierig, ihn endlich in sich zu spüren, riss Gabi das Päckchen auf und rollte das Gummi über seinen langen Schwanz. Dann legte sie sich wieder auf den Tisch und streckte die Arme aus. »Und nun zeig mir mal, was du unter unanständig verstehst.«

»Ist das eine Erlaubnis?« Er glitt mit beiden Händen über ihre Schenkel, ihren Bauch und die Brüste. Erneut wurde sie von Verlangen überwältigt, als er einen der geschwollenen Nippel in seinen Mund zog und kräftig daran sog, bevor er ihn mit der Zunge umkreiste.

»Es ist eine Herausforderung.«

Jetzt war sein Gesicht über ihrem.

Seine Haut an ihrer.

»Sag mir, was du willst, du unanständiges Mädchen.«

»Ich will dich in mir spüren. Und ich will, dass du erst aufhörst, wenn ich schreie.«

»Fuck. Ja.« Er packte ihren Hintern und hob ihre Hüften hoch. Und dann drang er in sie ein, kraftvoll und tief.

Parker schloss die Augen und stöhnte, während er Gabriellas festen Hintern umklammert hielt und gleichzeitig tief in sie hineinstieß. Ein Vergnügen, das sein Herz schneller schlagen ließ. Die Anspannung wurde immer größer, je tiefer er vordrang. Er wollte sie hart und schnell ficken. Er wollte sie schreien hören. Er wollte den heißen Orgasmus spüren, der sich in seinem Körper aufzubauen begann und seinen Schwanz zucken ließ. Aber sie fühlte sich einfach zu gut an, um das Ganze so schnell zu beenden. Sie hatten nur diese eine Nacht, und er wollte sie auskosten.

Gabriella stöhnte seinen Namen und schlang die Beine um ihn, um ihn noch näher an sich zu ziehen. Es schien, als könnte sie nicht genug von ihm bekommen. Also gab er ihr mehr.

Zwischen ihnen war kein Millimeter Platz mehr. Sie waren eins geworden und bewegten sich wie ein perfekt aufeinander abgestimmtes Feuerwerk. Ihre Herzen klopften in einem fieberhaften Rhythmus.

»Mehr, Parker«, keuchte sie. »Gib mir mehr.«

Seine Eier spannten sich an, als er ihr Flehen hörte, und er war wild entschlossen, ihr alles zu geben, was sie wollte.

»Härter, bitte. Härter.«

Himmel, die Frau brachte ihn noch um.

Wobei es ihm nichts ausmachen würde, so zu gehen.

Er packte ihre Hüften und pumpte noch härter. Sie war heiß, feucht und eng und umschloss ihn wie ein perfekt sitzender Handschuh. Die Reibung war der reinste Wahnsinn, und als ihre inneren Muskeln sich um ihn spannten, verlor er fast die Beherrschung.

Aber nur fast.

Er veränderte seine Position ein wenig, um genau den Punkt bei ihr zu treffen, der sie über die Klippe katapultieren würde. Als sie immer schneller atmete, und ihr Stöhnen schon fast verzweifelt klang, wusste er, dass er den richtigen Punkt getroffen hatte.

»Oh. Oh, Parker.« Sie kam hochgeschossen, packte seinen Arsch und zog ihn noch näher zu sich. »Oh. Mein. Gott!«

Ein atemloser Schrei brach aus ihr heraus, als sie kam.

Sein Herz galoppierte wie wild, als er die Zügel schießen ließ und zusammen mit ihr einen atemberaubenden Höhepunkt erreichte.

Von der Küche aus waren sie ins Bad gewechselt, wo er sie nach vorn gebeugt und ihr gezeigt hatte, wie unanständig und befriedigend Sex unter der Dusche sein konnte. Als sie schließlich in seinem Bett gelandet waren, hatte Gabi das Kommando übernommen und ihm gezeigt, wie fucking überwältigend es war, wenn die Frau oben lag.

Stunden später, vollkommen befriedigt und erschöpft, genoss Parker das Gefühl, eine Frau mit perfekten Kurven in den Armen zu halten, ehe er schließlich die Augen schloss.

Er hatte ihr nur eine Nacht versprochen, aber verdammt, sie war schon etwas ganz Besonderes. Es würde ihm schwerfallen, sie gehen zu lassen.

Aber genau das würde er tun müssen. Egal, wie sehr er sich danach sehnte, das Ganze zu wiederholen.

Graue Regenwolken verdunkelten den Morgenhimmel, als Parker blinzelnd die Augen öffnete und sich streckte. Das Erste, was er registrierte, war der Duft einer Frau. Das Zweite, was ihm auffiel, als er die Hand nach ihr ausstreckte, war, dass das Bett neben ihm leer war. Das Laken, auf dem sie eigentlich liegen sollte, war kalt. Was bedeutete, dass sie ihn schon vor einiger Zeit verlassen hatte.

Donnergrollen – ungewöhnlich für einen Novembermorgen – ertönte, als Parker die Beine über die Bettkante schwang und sich eine Jeans anzog. Ohne sich die Mühe zu machen, den Reißverschluss hochzuziehen, lief er barfuß und mit nacktem Oberkörper durch sein Hausboot und suchte nach Gabriella. Aber noch ehe er im Wohnbereich ankam, wusste er, dass er allein war.

Die Küche war makellos aufgeräumt. Jeder Teller, jeder Topf, die Pfanne, Löffel und Kochlöffel, alles war abgewaschen und weggestellt worden. Der Esstisch, auf dem er sich an ihrem Körper wie an einem Dessert berauscht hatte, war abgewischt, und die Stühle ordentlich zurückgestellt. Es gab kein Anzeichen dafür, dass Gabriella überhaupt da gewesen war, abgesehen von dem zarten Duft, den ihr warmer, köstlicher Körper hinterlassen hatte.

Er wusste nicht, ob er verärgert sein sollte, weil sie ohne ein Wort verschwunden war, oder sich freuen, weil ihm der peinliche Morgen danach erspart blieb. Viel mehr sorgte er sich, ob sie wohl heil nach Hause gekommen war. Er griff nach seinem Handy, um sie anzurufen, bis ihm auffiel, dass er ihre Nummer gar nicht hatte.

Als er das Telefon auf die Arbeitsplatte warf, musste er grinsen. Er hatte ein köstliches Essen vorgesetzt bekommen – von einer köstlichen Frau. Er hatte eine unglaubliche, unvergessliche Nacht mit fantastischem Sex gehabt. Und ihm war das übliche *ruf mich nicht an, ich ruf dich an* erspart geblieben.

Heilige Scheiße.

Dies war wirklich eine Frau nach seinem Geschmack.

Zu schade, dass er keine Ahnung hatte, wie er sie erreichen konnte, denn obwohl Sex ohne Verpflichtungen genau sein Ding war, verließ er das Bett einer Frau nie, ohne ihr zu sagen, wie sehr er das Ganze genossen hatte.

Offenbar aber handhabte Gabriella das auf andere Art und Weise.

Er blickte nach draußen zu den tief hängenden Wolken und dem Nebel über dem Fluss. Es war ein perfekter Tag, um lange zu schlafen oder zumindest im Bett liegen zu bleiben – vorzugsweise mit einer warmen und sexy Frau im Arm. Da das keine Option war, musste er wohl zusehen, dass er in die Gänge kam.

Samstags war normalerweise sein heiß ersehnter und dringend benötigter freier Tag, aber da Groomzilla ihm im Nacken saß und der Kalender ihn daran erinnerte, dass in wenigen Wochen Thanksgiving und damit auch die Hochzeit stattfinden sollte, beschloss Parker, sich anzuziehen und sich an die Arbeit zu machen.

Eine Stunde später stand er in seinem zukünftigen Restaurant, zog sich die Jacke zu, um die Kälte abzuwehren, und half dem Bautrupp, die ideale Stelle für den hinteren Ausgang zur Terrasse zu finden, den Lili für einen Durchbruch vorgeschlagen hatte.

Aber selbst während die Kreissäge in seinen Ohren dröhnte, konnte er die Gedanken daran, wie Gabriella seinen Namen gestöhnt und die Beine um ihn geschlungen hatte, nicht abschütteln. Auch die anderen Frauen, mit denen er in der Vergangenheit zusammen gewesen war, hatte er zu schätzen gewusst, aber Gabriella war definitiv das Sahnehäubchen. In der letzten Nacht hatte er den großartigsten Sex seines Lebens gehabt. Und das Beste war, dass keinerlei Verpflichtungen damit einhergingen.

Gabriella warf Futter in Basils Glas und stützte die Ellenbogen auf die Arbeitsplatte, um ihm beim Essen zuzusehen.

»Du brauchst gar nicht so beleidigt zu tun. Ich wäre mehr als willig, dir einen Freund zu besorgen, wenn du aufhörst, sämtliche Mitbewohner bis zum Äußersten zu bekämpfen.«

Der knallig bunte Kampffisch verschlang ein paar Futterbrocken und wedelte mit seinem roten Schwanz, als wolle er ihre Bemerkung abstreiten.

»Ja. Das dachte ich mir.«

Glücklicherweise schienen Menschen mehr Interesse daran zu haben, sich zu vereinen. Jedenfalls hin und wieder. Selbst jetzt am Morgen schien ihr Körper noch von letzter Nacht zu vibrieren. Dank Parker fühlte sie sich bis in die letzte Nervenendung lebendig, fast, als hätte sie einen Stromschlag bekommen. Seine Berührungen waren zärtlich, besitzergreifend, hungrig und stimulierend gewesen. Sein Mund hatte Empfindungen in ihr ausgelöst, die sie niemals für möglich gehalten hatte. Er war kraftvoll und doch sanft gewesen. Und sie hatte sich auf ihn gestürzt wie eine halb Verhungerte.

Der Mann hatte jede Fantasie, die sie von ihm gehabt hatte, noch weit übertroffen.

Sich mitten in der Nacht aus Parkers warmer Umarmung zu lösen, war die reinste Folter gewesen. Aber bevor sie den ersten Fuß auf sein Hausboot gesetzt hatte, hatte sie im Geiste eine Liste aufgestellt, was sie tun und lassen musste. Dummerweise hatte sie sich an so gut wie keinen dieser Punkte gehalten.

Im Grunde sollte sie all die verrückten Gedanken, die ihr durch den Kopf schossen, schleunigst unterdrücken. Zum Beispiel den Gedanken, dass sie absolut nichts dagegen hätte, die Sache zu wiederholen.

Das ging auf gar keinen Fall.

Schließlich hatte Parker mehr als deutlich gemacht, dass es nur diese eine Nacht geben würde, und sie konnte es sich nicht leisten, mehr zu erwarten oder zu wollen. Selbst wenn die Stunden, die sie in seinen Armen verbracht hatte, verschlungen in Stellungen, von denen sie noch nicht einmal geträumt hatte, unvergesslich bleiben würden. Aber so unglaublich der Sex auch gewesen sein mochte, das alles hatte nichts mit dem Job zu tun, den sie von ihm haben wollte.

Bevor sie in sein zukünftiges Restaurant marschiert war, hatte sie eine klare Mission gehabt. Und an der sollte sie festhalten. Wäre Parker so gewesen wie all die anderen Männer, die sie bisher getroffen hatte – Männer, die man leicht vergessen konnte –, dann wäre es einfacher, Job und Privates zu trennen und sie wäre begeistert, wenn er sie wieder in die Arme schließen würde. Aber sie traute sich nicht, so zu tun, als wäre Parker Kincade wie all die anderen. Er gehörte zu den Männern, die eine Frau gern behalten wollte.

Und das nicht nur für unglaublichen Sex.

Daher war es wichtig, dass sie Abstand hielt und sich auf ihre berufliche Zukunft fokussierte. Selbst wenn sie sich regelmäßig mit einem Schlag auf den Kopf daran erinnern musste.

Sie würde Parker nur noch als den Mann ansehen, für den sie arbeiten, nicht als den Mann, den sie am liebsten mit Haut und Haaren verschlingen wollte. Das schwor sie sich.

Auch wenn es sie umbringen würde.

»Wer zum Teufel hatte diese bescheuerte Idee?« Sean Scott zog sein Baseballcap vom Kopf, schüttelte die Regentropfen ab und fuhr sich mit den Fingern durch sein kurzes Haar, das mit Sägespänen bedeckt war.

Hätte der Bauleiter nicht ein so breites Grinsen im Gesicht gehabt, wäre Parker vielleicht in Versuchung geraten, ihm einen Schlag zu verpassen, um die Person, die die architektonische Veränderung vorgeschlagen hatte, zu verteidigen. »Meine Schwester. Die Eventmanagerin.«

»Du meinst, die fantastisch aussehende Blondine, die ich vor ein paar Stunden hier hab rausgehen sehen?«

»Ja. Die fantastisch aussehende Blondine, von der du die Augen *und* die Finger lassen wirst.« Parker verschränkte die Arme vor der Brust. »Jedenfalls, wenn du Wert darauf legst, deine Hände noch weiter zu benutzen.«

»Ist sie Single?« Sean wagte sich weiter vor, grinste aber immer noch.

»Und du solltest Gedanken wie diese definitiv aus deinem Kopf verbannen. Es sei denn, du möchtest, dass ich ihn dir abreiße.«

Sean lachte. »Mir ist schon klar, dass sie fünf Brüder hat, die sie beschützen und die mir in den Arsch treten oder mich umbringen könnten, nur um meinen Leichnam irgendwo zu verscharren, wo ihn niemand finden würde. Aber ich bin nicht tot.« Er hob beide Hände. »Noch nicht. Also werde ich sie zumindest von weitem anhimmeln, wenn das in Ordnung ist.«

Parker wusste, dass er und seine Brüder mit jedem Typen fertigwerden konnten, der ihren Schwestern böse mitspielten. Aber Sean war okay. Also ließ Parker es ihm durchgehen.

Dieses Mal.

»Anfassen ist nicht«, sagte er.

Sean atmete tief ein. »Ganz schön harter Tobak.«

»Hart könnte auch dein schneller Tod sein, das ließe sich machen.«

Der Projektmanager hob leicht amüsiert die Schultern.

»Störe ich?«

Noch ehe Parker sich umdrehte, weckte die verführerische weibliche Stimme sein Verlangen. In seiner Erinnerung hörte er, wie sie ihm unanständige Dinge ins Ohr flüsterte und ihn anflehte, etwas »wieder« und »härter« zu tun.

»Verdammt, Alter.« Sean bedachte ihn mit einem interessierten Blick. »Fallen bei dir die umwerfenden Frauen einfach von den Bäumen, oder was?«

»Oder was.« Parker ließ seine Hand auf Seans Schulter fallen. »Mach dich wieder an die Arbeit, ehe ich mein Versprechen wahrmache.«

»Ja, Chef.« Seans Antwort auf dem Weg zur Tür klang zwar ironisch, aber die Art und Weise, wie er Gabriella anstarrte, gefiel Parker nicht.

Ganz und gar nicht.

Und das war definitiv etwas, was er dringend in den Griff bekommen musste. Sie hatten eine Nacht zusammen verbracht. Eine verdammt glorreiche, heiße, schweißtreibende Freitagnacht. Doch das gab ihm nicht das Recht, Besitzansprüche zu stellen. Überhaupt machte die ganze Sache mit der Eifersucht keinen Sinn. Und er war noch nie im Leben eifersüchtig gewesen.

Gabriella stand mit einer weißen Schachtel vom Bäcker in den Händen da und sah süß und ein wenig verlegen zugleich aus.

»Wow. Das ist großartig«, sagte er zu ihr.

Sie drehte den Kopf gerade weit genug zur Seite, um ihren langen Pferdeschwanz ins Schwingen zu bringen. »Was? Dass ich Kuchen mitbringe?«

»Nein. Dass du wirklich echt bist. Ich dachte schon, ich hätte einen wilden, erotischen Traum gehabt und dich nur erfunden.«

Sie kam näher, und er sah, dass sie eine hautenge Jeans trug, die in einem Paar Stiefel verschwand. Was ihn wiederum daran erinnerte, wie sich das Leder an seinen nackten Hüften angefühlt hatte, als er letzte Nacht wieder und wieder in sie eingedrungen war. Oder wie sich die spitzen Absätze in seinen Hintern gebohrt hatten, als sie die Beine um ihn geschlungen hatte und gekommen war. Der pinkfarbene Hoodie, den sie jetzt trug, mochte ihre weiche Haut und ihre schmale Taille zwar verbergen, aber sein Kopf – und seine Hände – hatten ein ausgezeichnetes Gedächtnis.

»Weil ich mitten in der Nacht verschwunden bin?«, fragte sie und stellte die Schachtel ab.

»Ich würde es eher *in Luft auflösen* nennen. So, als wärst du nie da gewesen.«

»Oh, Parker.«

Sie kam noch näher und verströmte einen köstlichen Duft nach Zitrone und Vanille. Parker musste sich sehr beherrschen, um sie nicht in die Arme zu ziehen und sein Gesicht in ihrer herrlich duftenden Halsbeuge zu vergraben.

»Ich darf dich doch noch immer Parker nennen, oder?«

Er nickte, als sie die Hand ausstreckte und seine Wange berührte. »Schmollst du?«

»Echte Männer schmollen nicht.« Er umfing ihre Hand und spürte, dass ihre Finger von der kühlen Novemberluft ganz eisig waren. »Ich habe mir nur Sorgen gemacht, ob du gut nach Hause gekommen bist, hatte aber leider keine Telefonnummer von dir, um nachzufragen.«

»Das ist lieb, aber wie du siehst …« Sie zeigte mit ihrer freien Hand über ihren Körper. »Bin ich noch ganz.«

Selbst wenn er es versucht hätte, hätte er es nicht verhindern können, den Blick über ihre atemberaubenden Kurven wandern zu lassen. Also versuchte er es gar nicht erst. Nicht einmal ansatzweise.

»Schön, dass du gut nach Hause gekommen bist. Aber was tust du eigentlich hier? Ich dachte, ich hätte mich gestern klar ausgedrückt: Ich kann im Augenblick noch niemanden einstellen.« Er ließ ihre Hand los, und sie stopfte sie in die Tasche ihres Hoodies.

»Oder bist du aus einem anderen Grund gekommen?«

»Keine Angst. Auch wenn es eine wirklich tolle Nacht war, bin ich nicht auf eine Wiederholung aus«, sagte sie, und Parker war erstaunt, wie sehr ihn diese Aussage traf.

»Aber du bist hier, und ich frage mich natürlich, warum.«

»Na ja.« Ein verschmitztes Lächeln erschien auf ihren Lippen. »Wenn ich letzte Nacht irgendetwas gelernt habe, dann, dass ich sehr gut *unter* dir arbeite.«

Verdammt.

Das tat sie wirklich.

Und sie machte auch einen verdammt guten Job *auf* ihm.

»Obwohl ich weiß, dass du noch niemanden einstellst, wollte ich dir sagen, dass ich noch immer sehr daran interessiert bin. Und ich möchte, dass du mich im Kopf behältst.«

Im Kopf behalten? Scheiße, er hatte an nichts anderes gedacht, seit sie gestern Abend zur Tür hereingekommen war.

»Tut mir leid, wenn ich störe«, erklang da eine andere weibliche Stimme.

Parker drehte sich um. Lucy, seine zukünftige Schwägerin, stand in der Tür.

»Kein Problem.« Er begrüßte sie mit einer Umarmung. »Schön, dich zu sehen. Was kann ich für dich tun?«

»Eigentlich bin ich auf der Suche nach Jordan«, antwortete Lucy.

»Bist du dir da ganz sicher?«

»Allerdings.« Sie seufzte. »Und sei es nur, um ihn davon abzuhalten, noch mehr Unfug anzustellen.«

»Was hat Groomzilla denn jetzt schon wieder ausgebrütet?«

Lucy lachte. »Groomzilla?«

»Hey, den Namen hat er sich redlich verdient.«

»Und ob.« Lucy seufzte noch einmal. »Heute Morgen erwähnte er Rentiere für die Hochzeit.«

»Oh Gott.«

»Ich weiß.« Lucy nickte. »Aber ehe ich fragen konnte, ob das sein Ernst sei – genau genommen wollte ich *verdammter* Ernst sagen –, war er verschwunden, und seitdem habe ich ihn nicht mehr gesehen. Ehrlich, so langsam mache ich mir ernsthafte Sorgen. Er treibt die Hochzeitsplanung wirklich auf die Spitze.«

»Wer weiß, was er inzwischen wieder ausgeheckt hat.« Parker wusste, dass bei Jordan nichts ausgeschlossen war.

»Ich wollte wirklich nicht stören«, flüsterte Lucy und blickte über seine Schulter. »Wer ist denn deine Freundin?«

Parker würde sie nicht unbedingt Freundin nennen. Sexy, atemberaubend und total verwirrend? Ja, das traf es auf jeden Fall besser.

»Lucy, das ist Gabriella Montani. Sie interessiert sich für die Stelle als Küchenchefin hier im Restaurant. Gabriella, das ist Lucy, sie wird bald meine Schwägerin.«

Gabriella schüttelte Lucys Hand. »Freut mich, Sie kennenzulernen. Sie stecken also mitten in den Hochzeitsvorbereitungen?«

»Genau genommen hat mein Verlobter die ganze Planung übernommen.«

»Ehrlich?« Gabriella grinste. »Das gefällt mir.«

Lucy seufzte. »Nicht, wenn der Verlobte Jordan heißt.«

»Erzähl ihr von dem Abschlussball«, drängte Parker. Die Geschichte war süß und romantisch, aber so total übertrieben, dass es geradezu typisch für Jordan Kincade war.

»Abschlussball?« Gabriella neigte den Kopf so zur Seite, dass sich ihr langer Pferdeschwanz in der Kapuze des Sweatshirts verfing.

Parker schaffte es nicht, sich zu beherrschen, schob seine Hand unter all das seidig braune Haar und löste es. Aber nicht ehe er – vermutlich, vielleicht – versehentlich mit den Fingern über Gabriellas warmen Hals gestrichen war.

Sie schaute ihn verwirrt an, ehe sie ihre Aufmerksamkeit wieder auf Lucy richtete.

»Jordan hatte mich damals zum Abschlussball auf der Highschool eingeladen, mich dann aber versetzt«, erzählte Lucy. »Also hat er vor ein paar Monaten einen Abschlussball nur für uns beide organisiert.«

»Wow, bravo«, meinte Gabriella. »Aber buh, dass er Sie versetzt hat.«

»Glauben Sie mir, er hat es inzwischen mehr als wiedergutgemacht«, sagte Lucy. »Mehrmals.«

»Also plant er jetzt als Buße Ihre Hochzeit?«, wollte Gabriella wissen.

Als Lucy wieder lachte, kam Parker sich vor wie eine Fliege an der Wand. Es machte ihm nichts aus, dass er nicht mehr an der Unterhaltung beteiligt war. Eigentlich genoss er es sogar, die beiden plaudern zu sehen.

»Nein, er will mir damit einen Gefallen tun«, erklärte Lucy. »Ich bin Lehrerin und habe in diesem Jahr ein paar ziemlich schwierige Schüler. Daher habe ich wenig Zeit.

Jordan wollte die Hochzeit nicht verschieben, also hat er die Planung übernommen.«

»Das ist doch wirklich süß«, meinte Gabriella. »Es hört sich an, als würde er einen wunderbaren Ehemann abgeben.«

Parker lachte. »Jordan ist ein ehemaliger NHL-Eishockey-Spieler. *Süß* ist nicht so wirklich das richtige Wort, um ihn zu beschreiben.«

»Doch, er ist süß«, beharrte Lucy lächelnd. »Und nervig. Und ziemlich eingebildet. Aber meistens süß. Und es ist wichtig, dass ich ihn finde, bevor er sich noch mehr verrückte Sachen ausdenkt.«

»Hast du im Haupthaus nachgeguckt?«, fragte Parker.

»Noch nicht. Ich dachte, ich komme erst mal hierher.« Lucy wandte sich wieder an Gabriella. »Es war nett, Sie kennenzulernen. Ich drücke die Daumen, dass es mit dem Job hier klappt.«

»Danke. Wenn Sie ein gutes Wort für mich beim Chef einlegen könnten, wäre ich Ihnen dankbar.« Gabriella streckte die Hand aus und schüttelte Lucys. »Viel Glück mit der Hochzeit.«

Lucy drehte sich um und wollte schon gehen, blieb aber noch mal stehen. »In ein paar Wochen soll meine Brautparty steigen. Vielleicht hätten Sie Lust zu kommen? Sie brauchen nichts mitzubringen oder so. Kommen Sie einfach vorbei und haben Sie Spaß.«

»Sehr gerne. Vielen Dank für die Einladung.« Gabriella griff in ihre Tasche und zog eine Visitenkarte heraus, die sie Lucy reichte. »Hier ist meine Nummer.«

Was zum Teufel?

Parker kratzte sich am Kopf.

Wie konnte das angehen? Diese Frau schrie seinen Namen, während er ihr multiple Orgasmen bescherte, verriet ihm aber nicht ihre Kontaktdaten. Und dann kam Lucy daher, erwähnte ihren Junggesellenabschied, und schon, *bingo*, rückte sie damit heraus?

Während er Lucy noch kurz zuwinkte, fragte er sich, warum Gabriella ihn derart durcheinanderbrachte. Wieso regte er sich über solchen Scheiß, der eigentlich völlig belanglos war, so auf? Er hatte zurzeit weiß Gott genügend andere Sorgen, als dass er sich darüber Gedanken machen musste, ob die Frau, mit der er gerade unglaublichen, Nicht-von-dieser-Welt-Sex gehabt hatte, ihm ihre Telefonnummer gab oder nicht.

Ja. Er hatte die Nase voll von diesen idiotischen Gedanken.

»Sie scheint nett zu sein.« Gabriella warf ihm ein Lächeln zu, nachdem Lucy gegangen war.

»Ist sie auch. So, jetzt aber zurück zu der Frage, warum du hier bist.«

»Kekse.« Sie nahm die weiße Schachtel und öffnete den Deckel. Dann griff sie hinein, nahm einen heraus und hob ihn hoch. »Und zwar nicht irgendwelche. Ricotta-Kekse mit Zitronenzuckerguss.«

Er griff nach dem Keks, doch sie war schneller und biss ab. »Ich dachte, die wären für mich.«

Sie kaute nachdenklich und schaffte es gleichzeitig zu lächeln, sodass er versucht war, ihr das Lächeln von den Lippen zu küssen.

»Sind sie auch.« Sie bot ihm ihren Keks an. »Probier mal.«

Hätte er nicht die letzte Nacht damit verbracht, seinen Mund auf ihren zu pressen und seine Zunge über ihren ganzen Körper gleiten zu lassen, hätte er vielleicht gezögert. Doch so schlang er die Finger um ihre Hand, zog den Keks heran und grub seine Zähne hinein. Der leicht buttrige und mandelartige Geschmack mit einem Hauch von süßer Zitrone ließ seine Geschmacksnerven erwachen. Dieses Gebäck war fast so köstlich wie die Frau, die es gebacken hatte.

»Gut?«, fragte sie.

»Unglaublich lecker.«

»Meine *nonna* wird sich freuen, dass es dir schmeckt. Ich dachte mir, ich beweise dir, dass ich nicht nur perfekte Appetithäppchen, Vorspeisen und Desserts zubereiten, sondern auch vorzüglich backen kann. Nur für den Fall, dass du auch Kuchen oder Gebäck in deine Speisekarte mit aufnehmen willst.«

Er wusste noch nicht, was zum Teufel er zu essen anbieten wollte, aber er hatte verdammt noch mal nichts dagegen, *sie* noch einmal zu kosten. Leider war das gegen die Regeln.

»Bekomme ich den Rest?«, fragte er, weil sie noch immer den angebissenen Keks in der Hand hielt. »Oder willst du mich damit nur in Versuchung führen?«

Sie blickte ihn unter ihren dichten, langen Wimpern an. »Könnte ich dich etwa in Versuchung führen, Parker?«

»Gefährliches Terrain, Ms. Montani.« In einem letzten Versuch, die Sache wieder in professionelle Bahnen zu lenken, benutzte er ihren Nachnamen. Seine guten Absichten verflüchtigten sich aber, als er sich vorbeugte und den Rest des Kekses zwischen die Zähne nahm.

Ein Lächeln erschien auf ihren vollen Lippen, und sofort musste er an all die Stellen auf seinem Körper denken, die dieser wunderhübsche Mund letzte Nacht gestreift hatte.

Verdammt. Er war doch kein pubertierender Teenager, der seine Hormone nicht im Griff hatte.

Er verstärkte seine Bemühungen und ließ ihre Hand los.

»Danke für die Kekse. Sie wären sicher großartig für die Dessert-Karte.«

»Soll das heißen, du gibst mir den Job?«

Was er ihr geben wollte, hatte absolut nichts mit dem Job zu tun. »Also, was hältst du von dem Ganzen hier?«, lenkte er ab.

»Netter Versuch.« Sie lachte.

»Ich habe dir schon gesagt, ich bin noch nicht so weit, dass ich jemanden einstellen kann.«

»Und ich bin nicht bereit, die Hoffnung auf einen Job bei dir aufzugeben. Aber zurück zu deiner Frage.« Sie stellte die Schachtel mit den Keksen auf einen provisorischen Tisch aus Böcken und Sperrholzplatte. »Mir gefällt das große Loch in der hinteren Wand.«

Er drehte sich um. »Das ist eine bauliche Last-Minute-Veränderung. Meine Schwester hat vorgeschlagen, dass wir zusätzliche Türen und eine Terrasse bauen, damit man draußen essen oder geschlossene Gesellschaften unterbringen kann.«

»Deine Schwester hat ausgezeichnete Ideen.«

»Komm wieder und du wirst bald merken, dass in unserer Familie kein Mangel an Ideen herrscht. Vor allem nicht an unterschiedlichen.«

»Kein Problem. Ich komme sehr gern, das ist genau das, was ich vorhabe.«

Diese Bemerkung konnte man auf hundert verschiedene Arten interpretieren, und sie könnte tatsächlich so unschuldig gemeint sein, wie sie klang.

Aber das glaubte Parker nicht.

Aus irgendeinem Grund fand er die Vorstellung, Gabi wiederzusehen, äußerst erregend. Auch wenn es ihm sicherlich eine Menge Stress einbringen würde.

Parker hätte zu gern gewusst, was in Gabriellas klugem Köpfchen wirklich vor sich ging. Aber wie mit ihrer Telefonnummer, war sie auch dabei nicht gerade entgegenkommend.

Ein gewisses Maß an Rätselhaftigkeit war ja ganz nett, solange er wusste, welchen Weg er einschlagen musste. Bei Gabriella jedoch hatte er nicht die geringste Ahnung.

Als Parker ihre Finger an seinen Mund gezogen hatte, hätte Gabriella am liebsten alle guten Vorsätze beiseitegeschoben, mit denen sie heute hergekommen war. Alles an diesem Mann machte sie an.

Schon als sie ihn in seinem Food Truck beobachtet hatte, hatte sein fantastisches Aussehen ihr die Knie weich werden lassen. Aber da wusste sie noch nicht, dass er auch einen feinen Sinn für Humor besaß. Oder wie sehr ihm das Restaurant, das er gerade baute, am Herzen lag. Und wie sehr er seine Familie liebte.

Und das alles, obwohl sie nur an eins denken sollte.

Sich zu beweisen.

Entschlossen, sich wieder aufs Wesentliche zu konzentrieren, holte sie tief Luft.

Als eine kleine Armee von Handwerkern in braunen Overalls sich vor dem Gebäude versammelte, ergriff sie ihre Chance.

»Sieht so aus, als gäbe es hier noch reichlich zu tun«, sagte sie.

»Stimmt.« Parker drehte sich zu den Arbeitern herum. »Das kann man wohl sagen.«

»Okay, was soll ich machen?«

Sein Kopf fuhr herum. »Bitte?«

»Gib mir eine Aufgabe. Ich weiß, wie man einen Schraubendreher, einen Hammer, eine Säge und all die elektrischen Maschinen benutzt, die euch Männern Grunzlaute entlocken.« Sie hatte eine weitere Möglichkeit entdeckt, ihm zu beweisen, was in ihr steckte, und die würde sie jetzt ergreifen.

»Ach ja?« Er verschränkte die Arme. »Und wo hast du das gelernt?«

»Habitat for Humanity. Du weißt schon, dieses Projekt, bei dem man ehrenamtlich Häuser für sozial benachteiligte Menschen baut. Ich habe bei Dutzenden Projekten mitgewirkt. Erst kürzlich habe ich ein Haus in Alabama wieder mit aufgebaut, nachdem ein Tornado dort ein ganzes Dorf niedergefegt hatte.«

»Das ist nicht dein Ernst.«

»Hey.« Sie hielt ihm die Hände entgegen. »Sehe ich etwa nicht aus wie eine Frau, die mit Hammer und Säge umgehen kann?«

»Überhaupt nicht.«

»Kann ich aber. Wir haben das Haus in hundert Stunden aufgebaut und konnten anschließend die Schlüssel einer wunderbaren Frau und ihren kleinen Kindern übergeben. Und gingen in dem Bewusstsein, dass wir einer Familie zu einem Dach über dem Kopf verholfen hatten.«

Parker schüttelte den Kopf. »Du überraschst mich immer wieder.«

»Hoffentlich auf positive Weise.«

»Für den Anfang war das schon mal nicht schlecht.« Er betrachtete ihre Füße. »Obwohl ich mir nicht vorstellen kann, dass du in diesen Schuhen einen Hammer schwingen kannst.«

»Keine Sorge. Ich habe immer Arbeitsschuhe und Sneakers im Auto. Zusammen mit einer kleinen Werkzeugkiste. Für alle Fälle.«

»Ich bin beeindruckt.« Sein Lächeln wurde zu einem Grinsen. »Vielleicht bitte ich dich, wenn du das nächste Mal nackt vor mir stehst, die anzulassen statt der Domina-Stiefel.«

Ein wohliges Prickeln erreichte all die Stellen, die er letzte Nacht mit seinen Händen und dem Mund berührt hatte. Obwohl er es gewesen war, der von einer einzigen Nacht gesprochen hatte, hatte er ihr eine Wiederholung in Aussicht gestellt. Während ihr Körper Ja, Ja, Ja, schrie, klammerte sie sich an ihre guten Vorsätze und gab sich entschlossen einen Ruck.

Während sie sich umdrehte, um ihre Stiefel aus dem Auto zu holen, warf sie ihm einen langen Blick über die Schulter zu. »Wer sagt, dass es ein nächstes Mal gibt?«

6. Kapitel

Stunden später machte sich Parkers knurrender Magen bemerkbar. Die Handwerker hatten inzwischen Feierabend gemacht, und die Sonne war längst hinter dem Horizont verschwunden. Bereit, für heute ebenfalls Schluss zu machen, begab Parker sich auf die Suche nach Gabriella, die schon vor einiger Zeit in den Küchenbereich verschwunden war. Er hatte sie nicht um Hilfe gebeten. Sie hatte nicht nach einer Bezahlung gefragt. Stattdessen hatte sie ihm freiwillig ihre Unterstützung angeboten. Das taten nicht viele Leute, und er wusste es wirklich zu schätzen. Vor allem bewies es ihm, dass sie nicht nur eine exzellente Köchin, sondern sich auch insgesamt nicht zu schade war mit anzupacken. Und obwohl er noch weit entfernt von einer Entscheidung war, musste er zugeben, dass sie genau die Art von Mensch war, mit der er gerne zusammenarbeiten wollte.

Heute hatte sie stundenlang ohne Pause durchgeschuftet, und er nahm an, dass auch sie hungrig war.

Als er sie zuletzt gesehen hatte, war sie gerade in eine Unterhaltung mit Sean vertieft gewesen. Sie hatte ein Lächeln auf den Lippen gehabt, auf den Lippen, die er letzte Nacht geküsst hatte. Und als sie gelacht hatte, musste er daran denken, wie sie seinen Namen gestöhnt hatte, als sie die Beine um ihn geschlungen hatte. Parker war sich nicht sicher, ob es ihm gefiel, wenn sie Sean mit dem gleichen Lächeln beglückte.

Andererseits hatte er kein Recht darauf, Besitzansprüche an diese Frau zu stellen, und er hatte auch nicht die Absicht, es dazu kommen zu lassen. Im Moment konnte er ihr nichts weiter bieten als ein Abendessen als Dankeschön für harte Arbeit. Alles andere stand nicht zur Debatte.

Parker fand Gabriella auf einer Leiter, sie war dabei, Regale an die Wand zu schrauben, aus der irgendwann sein Büro werden würde. Einen Augenblick lang blieb er einfach nur stehen und schaute ihr dabei zu. Fasziniert beobachtete er, wie sie sich konzentrierte und auf jedes Detail achtete. In den Arbeitsschuhen war sie längst nicht so groß wie in den Schuhen mit den hohen Absätzen, aber trotzdem fand er ihre Kurven in der engen Jeans verdammt anziehend.

Wie ein Profi handhabte sie den Akku-Schrauber, um die Stützen anzubringen. Anschließend zog sie das Maßband aus der Jeanstasche, um den Abstand zwischen den Schrauben zu messen.

»Perfekt.« Als sie sich von der Wand zurücklehnte, anerkennend nickte und schließlich auch noch triumphierend die Faust in die Höhe reckte, musste Parker lachen.

Ehe sie wieder nach dem Akku-Schrauber greifen konnte, trat er hinter sie und legte beide Hände so auf die Leiter, dass er sie praktisch gefangen nahm. »Danke für deine Hilfe. Das hast du großartig gemacht.«

»Kein Problem.«

Sie drehte sich in seinen Armen herum. Da sie auf der Leiter stand, befanden sich ihre Oberkörper auf gleicher Höhe. Hätten sie nicht beide dicke Arbeitskleidung getragen, wäre ihr Busen direkt an seine Brust gestoßen, und das hätte ihn verdammt glücklich gemacht.

»Ich hab dir doch gesagt, dass ich es kann.«

»Hey.« Er hob beide Hände. »Ich habe zwei tolle Schwestern. Ich gehöre nicht zu den Typen, die an dir zweifeln, nur weil du ein Mädchen bist.«

»Dann war das jetzt dein erster Fehler für heute. Falls du es noch nicht bemerkt haben solltest: Ich bin kein Mädchen. Ich bin eine Frau.«

»Oh.« Er legte ihr die Hände auf die Hüften und hob sie von der Leiter, ohne sie anschließend loszulassen. »Glaub mir, das habe ich wohl bemerkt.«

»Ist jetzt Feierabend, Chef?« Sie strich sanft über die Bartstoppeln, die sein Kinn bedeckten. »Sonst muss ich mich bei meinem Boss über dich beschweren.«

Hätte sie ihn nicht so aufreizend angelächelt, hätte er jetzt vermutlich einen Rückzieher gemacht. Er war nicht ihr Boss. Noch nicht jedenfalls.

Vielleicht auch nie.

»Wie wäre es, wenn wir Feierabend machen und uns was zu essen organisieren?«, schlug er vor.

»Wieso glaubst du, dass ich nicht schon etwas anderes vorhabe?«

»Und, hast du?«

Ihre braunen Augen funkelten, als sie die Achseln zuckte, wobei sich das inzwischen ziemlich staubige rosa Sweatshirt über ihren Brüsten spannte. »Kommt drauf an, was du vorschlägst.«

Er schob eine Hand in ihr Kreuz und folgte einem Impuls, als er sie noch näher an sich zog. »Was würdest du sagen, wenn ich dir etwas biete, was dir das Wasser im Mund zusammenlaufen und dich nach mehr flehen lässt?«

»Ich würde sagen …«, grinsend ließ sie den Blick über sein Gesicht und hinunter zu seiner Brust wandern, »dass mir deine Art zu denken gefällt.«

Dreißig Minuten später erfüllte er sein Versprechen.

»Oh. Mein. Gott. Das ist unglaublich.«

Parker lachte, als Gabriella die Zähne in ein gegrilltes Rippchen aus dem Cranky Hank's Smokehouse grub. Die klebrige süße Sauce überzog ihre Fingerspitzen und breitete sich in ihren Mundwinkeln wie ein breites Lächeln aus. Und es machte ihr nicht das Geringste aus.

Das beeindruckte ihn am meisten.

Die meisten Frauen bestellten Salat und stocherten dann darin herum, damit es so aussah, als würden sie etwas essen, obwohl sie es nicht taten. Gabriella hatte sich mit Begeisterung auf ihr Essen gestürzt und gab lustvolle Laute von sich – fast so wie in der letzten Nacht, als er tief in ihr gewesen war.

Es war total albern, aber sie törnte ihn unglaublich an. Mitten in der Öffentlichkeit. In einem hell erleuchteten Restaurant. Mit einer Reihe von neugierigen Einwohnern des Ortes, die ihn anstarrten, als wüssten sie ganz genau, was sich hinter dem Reißverschluss seiner Jeans abspielte.

»Ich dachte, du wärst eine Essens-Puristin«, scherzte er. »Jemand, der daran glaubt, dass man den Geschmack nicht zerkochen oder übertünchen sollte.«

»Bin ich auch.«

»Dann hab ich eine Neuigkeit für dich.« Er deutete auf ihren Teller. »Diese Rippchen wurden in so viel Sauce ertränkt, dass sie schon tropfen.«

»Na und? Verklag mich.« Sie zuckte mit den Schultern. »Hin und wieder genieße ich gern etwas, was total schlecht für mich ist.«

»Ach ja? Was denn noch, abgesehen von Rippchen?«

»Tja … dich zum Beispiel.«

»Ich bin schlecht für dich?« Er war sich nicht sicher, ob er das als Beleidigung oder als Kompliment auffassen sollte.

»Absolut.« Sie zeigte mit dem angenagten Rippchen auf ihn. »Wenn du nicht da bist, habe ich all diese guten Vorsätze. Pläne. Aber kaum bin ich nur noch zehn Schritte von dir entfernt, beginnt irgendeine chemische Reaktion in meinem Körper, die sämtliche Vernunft in mir auslöscht.«

»Zehn Schritte, hm. Und …« Er füllte sich die Gabel mit den Filetspitzen auf seinem Teller, ohne den Blick von Gabriella zu wenden. »Was passiert, wenn du mir bis auf zwei Schritte nahe gekommen bist?«

Sie schenkte ihm ein sinnliches Lächeln. »Dann lande ich nackt auf deinem Esstisch.«

»Dagegen habe ich absolut nichts einzuwenden.«

»Tatsächlich? Was passiert, wenn die nächste Frau vorbeikommt, um für dich zu kochen? Wirst du dann nicht auf deinen Tisch schauen und dich … unbehaglich fühlen?«

Unbehaglich? Nein.

Geil? Oh ja.

»Bisher hat sonst noch niemand auf meinem Hausboot gekocht«, versicherte er ihr. Unfähig, sich jemand anderes auf diesem Tisch oder jeglichem anderen Tisch vorzustellen, schob er sich eine Gabel voll Kartoffelsalat in den Mund und kaute, ehe er fortfuhr: »Kann mir auch nicht vorstellen, dass es so schnell wieder passiert.«

»Also war ich die Erste?«

Und vermutlich die Letzte.

»Möchtest du, dass ich mein Liebesleben vor dir ausbreite, Gabriella?«

Sie schüttelte den Kopf. »Hab mein Notizbuch nicht dabei.«

Erstaunlicherweise gelang es ihm, ihr nicht die kindische Antwort zu geben, die ihm auf der Zunge lag, nämlich, dass er gern ganz andere Dinge vor ihr ausbreiten würde. »Nun, ganz offensichtlich spukt dir doch noch etwas im Kopf herum.«

»Du meinst, abgesehen davon, dass ich hoffentlich einen bleibenden Eindruck bei dir und deinem Esstisch hinterlassen habe?«

»Ja. Abgesehen davon.« Er mochte ihre Ehrlichkeit. Die Tatsache, dass seine Jeans plötzlich unangenehm eng geworden war, verriet ihm, dass er das, was sie letzte Nacht getrieben hatten, sofort wiederholen wollte. Hier und jetzt. Aber vermutlich würde es sich wie ein Lauffeuer im Ort verbreiten, wenn er bei Cranky Hank's rausflog, weil er Sex auf einem Tisch zelebriert hatte. Er würde es bis ans Ende seines Lebens zu hören bekommen. Außerdem hatte er keine Lust, wegen Erregung öffentlichen Ärgernisses ins Gefängnis zu wandern.

Doch als Gabriella erneut in ein Rippchen biss und sich die Sauce von den Fingern leckte, änderte er seine Meinung. Vielleicht war er doch mehr als willig, die Folgen zu ertragen.

Nachdem sie ihren Teller zur Seite geschoben hatte, wischte sie sich die Hände und das Gesicht mit den bereitgelegten feuchten Tüchern ab. »Ich denke, ich bin einfach nur extrem neugierig, wie die Speisekarte in deinem Restaurant aussehen wird. Du hast darüber noch nichts gesagt, und ich frage mich, weshalb du daraus solch ein Geheimnis machst.«

»Ich kann mich nicht erinnern, dass du mich direkt gefragt hast.«

»Tja, dann betrachte das jetzt als Frage.«

»Willst du es wirklich wissen?«

Sie nickte. »Und wie.«

»Ich kann mich nicht entscheiden.«

»Ernsthaft?« Sie knüllte die benutzten Tücher zu einem Haufen auf dem Tisch zusammen.

»Ernsthaft. Stell dir vor! Seit Jahren träume ich von dieser Chance. Ich dachte, ich hätte alles bis ins kleinste Detail geplant. Welches Salz ich auf die Tische stelle, von welcher Marke die Backöfen und Herde sein sollen, und welches Geschirr ich gern hätte. Aber jetzt, nachdem alles in Gang gekommen ist?« Er zuckte mit den Schultern. »Kann ich mich nicht entscheiden. Ich komme mir vor wie das sprichwörtliche Kaninchen, das die Schlange anstarrt und sich nicht mehr regen kann.«

»Brauchst du Hilfe?«

Parker hasste es, es zugeben zu müssen, aber er hatte nichts dagegen, noch eine zweite Meinung zu hören. Das Restaurant war nichts, was er mit seinen Brüdern besprechen konnte. Denen fielen schon die Augen zu, sobald er anfing, nur die Ideen für die Vorspeisen darzulegen.

Gabriella hingegen kannte sich mit Essen aus. Und sie konnte unglaublich gut kochen. Das respektierte er an ihr.

»Ich weiß nicht, ob Hilfe das richtige Wort ist«, meinte er.

»Vielleicht musst du dich einfach nur mal ein bisschen entspannen.« Sie faltete ihre Serviette zusammen und legte sie auf den Tisch.

»Ich glaube, ich weiß gar nicht mehr, wie das geht«, sagte er, obwohl Gabi ihm letzte Nacht zu absoluter Entspannung verholfen hatte. »Es steht so viel auf dem Spiel bei der Restauranteröffnung. Und natürlich will ich erfolgreich sein. Ich dachte, ich wäre bereit, aber nach dem, was im Laufe des letzten Jahres alles passiert ist, habe ich mich da vielleicht auch geirrt.«

Er hasste es, seine Schwäche zuzugeben. Vor allem gegenüber jemandem, den er nicht wirklich kannte. Aber genau das hatte er gerade getan.

»Kein Wunder, dass deine Kreativität verschüttet ist. Im Augenblick dreht sich doch alles um das Geschäftliche und um den Bau. Und am Ende des Tages bist du zu müde, um noch zu träumen.« Sie griff über den Tisch und legte ihre weiche Hand auf seine. »Ich habe eine Idee. Wie wäre es, wenn wir diese Unterhaltung drüben im Restaurant fortführen? Manchmal bringt einen die Stimmung eines Ortes auf den richtigen Weg.«

Und manchmal brachte ihn die Stimmung eines Ortes auch dazu, dass er ihr die Klamotten mit den Zähnen auszog. Oder vielleicht kam er auch ohne Ort in Stimmung.

»Möchtest du keinen Nachtisch?«, fragte er.

»Natürlich will ich Nachtisch.«

Als sie ihn herausfordernd aus diesen tiefen braunen Augen ansah, fragte er sich, ob sie dabei eine Wiederholung der letzten Nacht im Sinn hatte.

Er hoffte es inständig.

Als sie durch die Scheunentür traten, ermahnte sich Gabi, ihren Enthusiasmus zu bremsen. Das hier war nicht ihr Restaurant. Es war nicht ihr Traum. Diese Ehre gebührte Parker. Und obwohl ihr unzählige Ideen durch den Kopf schossen, durfte sie nur einen Teil davon mit ihm teilen, um nicht seine eigenen Vorstellungen zu überrollen.

Oder noch schlimmer, ihn zu verärgern, sodass er sie womöglich nicht einstellte.

Seit ihr Vater ihr erklärt hatte, sie habe nicht genügend Talent, um in *seiner Welt* erfolgreich zu sein, hatte sie davon geträumt, seine Restaurants in New York, Chicago und Las Vegas zu übernehmen und zu ihren eigenen zu machen. Erst als sie ein wenig erwachsener geworden war, hatte sie diese auf Wut und Enttäuschung basierenden Rachepläne aufgeben können.

Etwas zu leiten, was ihr Vater geschaffen hatte, würde überhaupt nichts beweisen.

Nachdem sie zu der Erkenntnis gelangt war, war ihr klar geworden, dass sie ihr eigenes kulinarisches Universum erschaffen musste. Entweder durch ein eigenes Restaurant oder als Küchenchefin in dem außergewöhnlichen Etablissement eines anderen. Aber der fauchende Drache, der in ihr steckte, ließ sie manchmal zu schnell und zu forsch vorpreschen. Und manchmal vertrieb er die Leute.

Parker hatte es verdient, dass sein eigener Traum wahr wurde. Sie durfte nicht so egoistisch sein, ihre eigenen Wünsche allem voranzustellen. Was genau das bedeutete, konnte sie nicht so genau sagen, denn das war alles, was sie in letzter Zeit denken konnte.

Aber irgendwie war Parker sehr viel mehr geworden als nur ein One-Night-Stand.

Diese Erkenntnis jagte ihr einen so gehörigen Schrecken ein, dass sie tief Luft holen musste. Besser, sie relativierte das Ganze mal. Das sexuelle Knistern zwischen ihnen war zwar unglaublich, aber sie hatten einen Deal geschlossen.

Eine einzige Nacht.

Also würde sie alles daransetzen, ihr Verlangen, ihren übereifrigen Mund und ihre Ideen zu bremsen. Und sie würde ihr Bestes geben, Parker dabei zu unterstützen, *seinen* Traum wahrzumachen.

Selbst wenn es bedeutete, dass ihr eigener noch ein wenig warten musste.

»Tut mir leid, dass es hier so kalt ist«, sagte Parker, als er die Tür hinter sich schloss. Er machte eine Camping-Laterne an, die auf einem der provisorischen Tische stand, einer Platte auf zwei Böcken. »Das Heizungssystem und die Klimaanlage sind noch nicht eingebaut. Auch die Beleuchtung noch nicht. Bist du sicher, dass wir hier reden wollen?«

»Ja.« Sie drehte sich um und sah, dass er die Hände in den Taschen seiner Jacke vergraben hatte. Hinter ihm schien der Mond durchs Fenster und ließ sein dunkles Haar glänzen. Er sah so gut aus, dass sie am liebsten unter seine dicke Jacke gekrochen wäre und sich um seinen warmen Körper geschlungen hätte.

»Ich bin mir ganz sicher«, fügte sie hinzu. »Die Kälte kann uns helfen, uns vorzustellen, wie es wohl zu deiner großen Eröffnung in ein paar Monaten sein wird, und was du deinen Gästen servierst, damit sie sich aufwärmen können.«

»Eigentlich …«

Er kam näher, und genau wie gestern Abend auf dem Hausboot begehrte sie ihn auch jetzt und hier in dieser kalten, halb fertigen Scheune mit jeder Faser ihres Körpers.

»Vor Mitte Januar werde ich das Restaurant nicht offiziell eröffnen. Aber es muss vor Weihnachten fertig sein«, erklärte er. »Jordan und Lucy möchten hier ihren Hochzeitsempfang abhalten. Was eigentlich gar keinen Sinn ergibt, da wir ein total ansprechendes Eventcenter auf dem Gelände haben.«

»Ist das Groomzillas Wunsch?«

»Genau.«

»Mir ist egal, was du sagst, ich finde, er klingt süß. So, als wolle er den Tag wirklich zu etwas ganz Besonderem für seine Braut machen.« Gabi konnte nur hoffen, dass sie auch irgendwann einen Mann fand, der sie so sehr liebte.

»Das stimmt«, gab Parker zu. »Deshalb reiß ich mir ja auch den Arsch auf, um alles rechtzeitig fertig zu bekommen.«

»Weil du deinen Bruder liebst.«

»Ich liebe sie alle.«

»Alle?« Es gab noch mehr umwerfend aussehende Kincades? Unmöglich. »Wie viele denn noch?«

»Vier Brüder. Zwei Schwestern. Merkwürdigerweise hatte ich bis vor ein paar Monaten nur eine Schwester.«

»Aber ich dachte, deine Eltern …«

»Sind im letzten Jahr gestorben. Unsere neue Schwester, Lili, ist schon erwachsen. Unser Vater hatte eine Affäre mit ihrer Mutter.«

»Wow.«

Er kniff die Augen zusammen. »Geschockt?«

»Nein. Ich kann es allerdings … nachvollziehen. Natürlich kann man die Situation nicht vergleichen, aber mein Vater hatte auch eine Affäre, während er mit meiner Mutter verheiratet war.«

So viel konnte sie verraten, ohne die Identität ihres Vaters preiszugeben. »Ich habe zwei sehr viel jüngere Halbschwestern, die ich vermutlich niemals kennenlernen werde.« Dabei hatte sie es weiß Gott versucht. Aber deren Mutter hatte sich dagegen verwahrt. Sie hegte einen genauso großen Groll gegen Gabis Vater wie ihre eigene Mutter. Und dafür hatte sie vollstes Verständnis. Denn natürlich hatte auch diese Beziehung nicht gehalten. Ihr Vater war weitergezogen und zurzeit mit einer Frau liiert, die jünger war als Gabi.

Das mochte zwar peinlich sein, aber trotzdem hatte sie Mitleid mit den unschuldigen Kindern, die er gezeugt, um die er sich aber nie gekümmert hatte. Denen er nie ein Vater gewesen war. Das Ganze tat ihr einfach nur weh. Auch wenn sie ihre Halbschwestern nicht kannte: Sie wusste, wie es sich anfühlte, vom Vater verlassen zu werden.

»Daher finde ich es toll, dass es mit dir und deiner neuen Schwester klappt«, sagte Gabi.

»Tut mir leid, was du mitgemacht hast.« Echtes Mitgefühl schwang in seinen Worten mit.

»Du ja auch. Aber du hast Glück, dass du die Chance hast, Lili besser kennenzulernen.«

»Es ist ja nicht ihre Schuld, dass Dad unsere Mutter betrogen und Lili und ihre Mutter so mies behandelt hat. Daran trägt niemand von uns Schuld. Warum sollte also noch jemand abgestraft werden?« Er hob kurz seine breiten Schultern. »Ihre Mutter ist kürzlich gestorben, und Lili war ganz allein. Das Weingut ist ein Familienbetrieb. Sie gehört zur Familie. Und sie verfügt über Talente, die wir hier gut einsetzen können. Also sollten wir alle das Beste daraus machen.«

Gabi bewunderte, dass Parker Menschen offensichtlich mit offenen Armen empfing, statt sie wegzuschubsen. Ihr gefiel, dass seine Gedanken und Emotionen nicht nur oberflächlich waren, und dass er ein Mann war, der sich nicht vorschnell ein Urteil bildete oder andere für Dinge verurteilte, die sie nicht verschuldet hatten. Das bewies echten Charakter.

Was die Speisenauswahl für sein Restaurant betraf, sah die Sache anders aus. Es konnte sein, dass seine mentale Blockade sehr viel größer war, als er sich eingestehen wollte. Seit dem Tod seiner Eltern waren seine Gefühle anscheinend Achterbahn gefahren und der Druck, das Restaurant bis zur Hochzeit seines Bruders fertig zu bekommen, verursachte weiteren Stress. Mal ganz davon abgesehen, dass er nebenbei noch jeden Tag vor dem Morgengrauen aufstand, um seinem Vollzeitjob im Food Truck nachzugehen. Da konnte man schon mal ins Stolpern geraten. Vermutlich musste er sich wirklich ein wenig entspannen, um wieder klar denken zu können.

Oder … vielleicht brauchte er auch genau das Gegenteil. Vielleicht musste er sich über etwas richtig aufregen und sein Blut in Wallung bringen.

Ihre *nonna* hatte schon oft gesagt, dass Leidenschaft ein großartiger Motivator sein konnte. In diesem Fall war Gabi gern bereit, dem sexy Mann zu helfen, ein wenig Dampf abzulassen.

»Ihr seid eine große Familie. Das schüchtert Lili vermutlich ein«, sagte sie. »Ich kann mir vorstellen, dass man sich daran erst gewöhnen muss.«

»Oh.« Er schnipste mit den Fingern. »Übrigens, es gibt auch noch Ryans kleine Tochter, Riley, und natürlich Tante

Pippy. Bis zu Jordans und Lucys Hochzeit wohnt sie zusammen mit unserer jüngeren Schwester Nicole im Haupthaus.«

»Pippy? Ungewöhnlicher Name.«

»Ungewöhnliche Frau.« Er lachte liebevoll. »Es ist ein Spitzname, abgeleitet von Penelope. Sie ist schon ein wenig außergewöhnlich. Irgendwie lebt sie noch immer in der Hippie-Ära. Zumindest lassen ihre psychedelische Kleidung, ihr Make-up und der Schmuck darauf schließen.«

Gabi dachte an ihre *nonna*, die das komplette Gegenteil darstellte. Sie trug lange Kattundruck-Schürzen, die schon vor einem Jahrhundert aus der Mode geraten waren. »Ich glaube, ich würde deine Tante gern mal kennenlernen.«

»Sei vorsichtig mit deinen Wünschen.« Parker griff nach ihrem Ellenbogen und führte sie weiter in das Restaurant hinein, wo es ein wenig wärmer wurde. Seine unerwartete Berührung ließ ihren Arm und sogar ihren Oberkörper kribbeln. »Tut mir leid, dass ich dir keinen Stuhl anbieten kann, aber ich könnte einen Eimer herholen.«

»Ich habe eine bessere Idee. Lass uns in die Küche gehen. Vielleicht bekommst du dort eine kulinarische Inspiration.«

»Was immer du willst.«

Wow, das war ein gefährliches Angebot.

»Vielleicht ist es da auch wärmer.« Er griff nach der Laterne und trat mit Gabi durch die glänzende neue Edelstahlschwingtür.

Noch wärmer wäre es, wenn er einfach die Arme um mich schlingen würde, dachte sie.

Sie blickte sich in dem leeren Raum um, der bald zu einer richtigen Küche werden würde, und ermahnte sich, bei der Sache zu bleiben.

»Zeig mir, wo alles stehen soll.« Sie machte einen Schritt zurück zur Wand, um ihm Platz zu machen. »Ich möchte es mir vorstellen können.«

Er sah sie seltsam an.

Ja. Sie musste definitiv ihren eigenen Enthusiasmus im Zaum halten.

»Eigentlich ist es ein ganz simpler Grundriss. Der begehbare Kühlraum kommt dorthin.« Er zeigte in eine Richtung. »Backofen, Grill und Herdplatten hier. Salatzubereitung dort. Da drüben wird das Essen angerichtet. Und hier bereitgestellt.«

»Das hast du dir ja schon alles perfekt überlegt.« Sie verschränkte die Arme vor der Brust. »Und welches Essen siehst du auf den Tellern, die für die Kellner bereitstehen?«

»Ich weiß es nicht.« Er kratzte sich am Kopf und seufzte. »Versteh mich nicht falsch. Ich habe meine Hausaufgaben gemacht. Habe versucht, mehr über die Zielgruppe herauszufinden. Habe mit einheimischen Köchen gesprochen, die eine ansehnliche Anzahl an Stammgästen haben. Und ich kenne mein Budget und die Kosten.«

»Großartige Vorarbeit. Hast du schon einen Namen für das Restaurant?«

»Sunshine & Vine.«

»Gefällt mir. Damit assoziiert man gleich eine Menge Positives. An was für eine Art von Einrichtung hast du gedacht? Ein glitzernder, moderner Hot Spot? Bistro? Grill? Café?«

»Wir werden nicht den ganzen Tag und auch nicht jeden Tag geöffnet haben. Wir werden uns aufs Abendessen, auf Desserts und Wein spezialisieren. Und damit vor allem eine Klientel mittleren Alters ansprechen, Leute mit gutem

Gehalt. Irgendwann soll es zu einem Restaurant werden, für das die Gäste auch eine weitere Anreise in Kauf nehmen.«

»Wie stellst du dir das Menü vor? Gibt es eine Tageskarte? À la carte? Immer dieselben Gerichte, oder sollen die wechseln?«

»Begrenzte Auswahl à la carte mit täglichen Spezialitäten.«

»Legeres oder eher gehobenes Ambiente?«

»Gehobenes.« Er lachte leise. »Holst du auch mal irgendwann Luft?«

»Nicht, solange etwas unklar ist. Welche Art von Essen?«

Er ließ die Schultern hängen. »Genau da liegt das Problem.«

»Aber du weißt doch alles andere auch schon.«

Er hob den Blick und schaute sie direkt an. »So einfach ist das nicht.«

»Doch, ist es, Parker. Du hast einen Namen ausgewählt, der eine elegante Atmosphäre verspricht. Die Lage schließt das Thema Wein automatisch ein. Dein Restaurant befindet sich in einer alten Scheune. Du hast einen kleinen Fluss, der nur einen Katzensprung vom Restaurant entfernt vorbeifließt. Nach allem, was ich bisher vom Umbau und vom Weingut gesehen habe, fügt sich dein Restaurant perfekt in das Bild ein, das ihr hier schaffen wollt, eine Illusion der Alten Welt. Du weißt, dass du keinen Burger-Schnellimbiss willst und auch keine frittierten Hähnchenschenkel oder Maiskolben servieren wirst. Also müsste es doch ganz einfach sein.«

»Ist es aber nicht.« Als er die Zähne zusammenbiss, erkannte sie, dass sie ihn ziemlich bedrängt hatte. Und das war auch gut so. Es war genau das, was er brauchte, um über seine mentale Blockade hinwegzukommen.

Er hatte all ihre Fragen rein mechanisch beantwortet,

ohne die Leidenschaft, die eigentlich in ihm schlummerte. Sie wusste, dass er einen ausgewählten Geschmack besaß, denn sie hatte das Essen, das er in seinem Truck servierte, gesehen und probiert. Sie musste ihn über das Hindernis hinwegschubsen, das ihn davon abhielt, seinen Traum wahrzumachen.

»Möchtest du wissen, was ich aus diesem Ort machen würde?«, fragte sie und vermutete, dass er es nicht wissen wollte.

»Ich bin sicher, du wirst es mir erzählen, egal, ob ich es will oder nicht, stimmt's?« Er verschränkte die Arme wieder vor der Brust.

»Da siehst du mal, was für ein kluger Mann du bist.« Sie warf ihm ein Lächeln zu, um zu sehen, ob er es erwiderte. Aber er runzelte nur die Stirn.

»Wenn möglich«, sagte sie, »würde ich einen Teil des offenen Geländes nutzen, um einen Garten für frische Kräuter und Gemüse anzulegen. Die Leute hier an der nördlichen Pazifikküste lieben biologisch angebautes Zeug.«

»Ich weiß nicht, ob die Saison hier lang genug ist, um ganzjährig etwas anzubauen.«

»Dann stell dir ein paar Gewächshäuser hin, um die Veggies vorzuziehen oder die Saison zu verlängern. Das Ganze muss ja nicht groß sein, nur groß genug, um dein Restaurant zu etwas Besonderem zu machen.«

Seine angespannte Mimik und sein Schweigen verrieten, dass er entweder über die Idee nachdachte oder aber überlegte, wie er Gabriella am besten erwürgen konnte.

»Was die Speisekarte angeht, würde ich mich für Traditionelles entscheiden«, fuhr sie fort. »Frisch gefangener Fisch zusammen mit leichter hausgemachter Pasta. Wenn es hier in der Nähe Rancher gibt, könntest du einheimisches Rindfleisch und Geflügel aus Freilandhaltung servieren. Leichte Kost. Nichts Schweres. Verfeinere deine Gerichte mit einem Hauch von Weinen. Kreiere Vorspeisen, die die Umgebung reflektieren.«

»Du hast dir anscheinend reichlich Gedanken gemacht.« Seine Worte klangen nicht bissig, sondern eher brummig. Vielleicht, weil nicht er es war, der diese Ideen hatte.

»Ich habe viel Zeit«, entgegnete sie. Schließlich war sie arbeitslos, was er allerdings noch nichts wusste und was sie auch vorerst für sich behalten würde. Wenn er sie einstellte, dann, weil er sie für qualifiziert hielt, nicht weil er ihr einen Gefallen tun wollte. »Wenn man für seinen Arbeitgeber lediglich Tiefkühlpizza in den Ofen schieben oder Popcorn in der Mikrowelle zubereiten muss, erfordert das nicht sonderlich viel Gehirnschmalz.«

»Das sind alles sehr interessante Vorschläge«, gab er zu. »Und überhaupt nicht das, was ich im Kopf hin und her bewegt habe.«

»Soll das heißen, du träumst nicht von Mikrowellen-Popcorn?« Sie schenkte ihm ein Lächeln, aber er war noch immer so in Gedanken versunken, dass er es nicht erwiderte.

Also würde sie ihn noch ein wenig weiter bedrängen.

»An welchen Stil hast du denn gedacht? Tintenfisch und Weinbergschnecken? Bratwurst und Bier? Tacos und Margaritas?«

»Das ist alles nicht mein Ding.«

»Aber was ist deins? Die Gerichte in deinem Food Truck sind sehr … vielfältig und ungewöhnlich.«

Er starrte sie an. »Soll das eine Beleidigung sein?«

»Ganz und gar nicht. Ich schätze Kreativität. Selbst wenn es manchmal ein wenig … schizophren erscheint.«

»Der Food Truck läuft hervorragend«, protestierte er.

»Daran zweifle ich auch gar nicht. Ich habe mich durchprobiert, und alles schmeckte wirklich erstaunlich. Obwohl ich mir nicht sicher bin, ob deine Kunden wirklich immer nur wegen des Essens kommen.«

Sein Kopf fuhr herum, als hätte sie ihn geschlagen. »Was soll das heißen?«

»Ich will damit sagen, dass sie dich heiß finden. Sie kommen, um dich zu sehen. Um mit dir zu flirten. Weil sie auf ein Date mit dir hoffen. Oder vielleicht zumindest auf ausgiebiges Knutschen hinter dem Food Truck.«

»Meine Kunden sind nicht alle weiblich.«

»Ich habe nicht nur von den Frauen geredet.«

Er zog die Brauen zusammen.

»War ein Scherz!«

»Ich weiß nicht, was ich sagen soll.«

»Okay.« Perfekt. Jetzt hatte sie ihn von allem abgelenkt, was ihn blockierte. »Dann nenn mir deine fünf beliebtesten Gerichte.«

»Das ist einfach. Heilbutt aus der Pfanne mit gerösteten, grob gemahlenen Kürbiskernen.« Er hob nacheinander die Finger, als er fortfuhr: »Schweinekotelett mit Walnuss-Apfel-Chutney und Speck im Fleischsaft. New-York-Steak-Sandwich. Langsam gegartes Huhn mit Klößen. Und … ich würde mal sagen, die Aubergine-Caponata und die mit Ricotta gefüllten Tortellini liegen ungefähr gleich auf.«

»Was für eine wunderbare geschmackliche Vielfalt«, meinte sie.

»Ich variiere gern mal.«

»Und du fährst gut damit.«

»Stimmt.«

»Warum schaffst du es dann nicht, dein Menü für Sunshine & Vine hinzubekommen? Die Antwort liegt doch auf der Hand.«

»Für dich vielleicht. Aber für dich hängt ja auch nicht alles davon ab.«

»Aha. Jetzt kommen wir dem Kern des Problems langsam näher.« Weil sie den Sorgenfalten auf seiner Stirn nicht widerstehen konnte, legte sie eine Hand auf seine Jacke. »Du hast Angst zu versagen.«

»Kann sein.«

Nachdenklich strich sie mit der Fingerspitze über die kalten Zähnchen des Reißverschlusses. »Warst du auch so nervös, als du mit dem Food Truck angefangen hast?«

»Nicht wirklich.«

»Also bist du diesmal nervöser, weil …«

»Weil ich das Restaurant auf dem Weingut aufbaue, um den Familienbetrieb wieder in die schwarzen Zahlen zu kriegen. Damit auch zukünftige Generationen das Erbe weiterführen können, das unser Großvater aufgebaut hat.«

Familie.

Es versetzte ihr einen Stich ins Herz, als ihr klar wurde, wie viel ihm seine Familie bedeutete.

»Weißt du, was ich glaube?«

»Ich traue mich kaum zu fragen.«

Sie lachte. »Ich glaube, du bist ein ganz erstaunlicher Mann. Und ich habe keinen Zweifel, dass du mit deinem Restaurant Erfolg haben wirst.«

»Aber vor allem …« Langsam breitete sich ein Lächeln auf seinem köstlichen Mund aus, als er noch näher auf Gabi zukam. Sein maskuliner Duft versetzte all ihre weiblichen Sinne in Alarmbereitschaft. »… vor allem findest du, dass ich heiß bin.«

Sie lachte laut auf. »So heiß wie ein Buschfeuer, das außer Kontrolle geraten ist.«

»Das klingt ja schon fast schmalzig.«

Als er seine Hände auf ihre Hüften legte und Gabi fest an sich zog, wusste sie, dass sie nicht nur die richtigen Knöpfe gedrückt, sondern sein sexuelles Interesse geweckt hatte. Was gar nicht ihre Absicht gewesen war. Trotzdem …

»Und dass du so tust, als wüsstest du nicht, wie toll du aussiehst, ist noch schmalziger«, erwiderte sie.

»Dann ist es ja gut, dass wir in der Küche stehen, sonst könnte es eine Sauerei geben.«

Alle ihre guten Vorsätze vergessend, schob sie ihre Hand in seine offene Jacke. »Meinst du?«

»Was?«

»Na, dass es eine Sauerei geben könnte?«

»Ich glaube, über das Stadium sind wir schon hinaus.« Er presste seinen großen warmen Körper an sie. »Ich glaube, wir sind kurz vor dem Dahinschmelzen.«

Er nahm ihr Gesicht in beide Hände und drehte ihren Kopf so, dass er ihr einen ausgiebigen, leidenschaftlichen Kuss geben konnte, der das Versprechen auf herrlich unanständige Dinge barg. Während seine Zunge einen erotischen Tanz mit ihrer aufnahm, wurden ihre Nippel hart, und seine Erektion drückte so verführerisch gegen ihren Schoß, dass die Lustpatrouille in ihrem Höschen in Alarmbereitschaft versetzt wurde.

Parker zu küssen war, als würde alles Gute zusammenkommen. Wenn sie zu viel darüber nachdachte, würde sie vermutlich in heillose Panik geraten. Also schaltete sie ihren Verstand ganz aus. Stattdessen schlang sie die Arme um seinen Hals, stellte sich auf Zehenspitzen und erwiderte mit überschäumender Leidenschaft seinen Kuss.

Gabriella zu küssen rangierte momentan auf Platz eins seiner Lieblingsbeschäftigungen. Sie war so unglaublich sexy und begehrenswert. Auch wenn er versuchte, es zu leugnen, aber zwischen ihnen war eine unglaubliche Chemie, die ihn immer wieder dazu brachte, sich unvernünftig zu verhalten und völlig irrationale Gedanken zu hegen.

Im Moment sollte er sich einzig und allein darauf konzentrieren, sein Restaurant fertig zu bekommen, damit Jordan und Lucy hier ihre Hochzeit feiern konnten. Aber das hielt ihn nicht davon ab, die Hände unter Gabriellas Sweatshirt zu schieben, damit er ihre warme, seidig weiche Haut berühren und seine Hände mit ihren üppigen Brüsten füllen konnte.

Seufzend öffnete sie die Lippen und hieß ihn willkommen. Noch immer schmeckte sie nach der süßen Barbecue-Sauce vom Abendessen, und er konnte nicht genug von ihr bekommen. Als ihre eiskalten Hände unter sein Hemd glitten und seine Haut berührten, erzitterte er, während sein Schwanz noch härter wurde. In diesem Augenblick dachte er nur noch daran, wie er sie gerne hätte: heiß, nackt und unter ihm liegend.

»Parker?«

Eine weibliche Stimme. *Nicht* Gabriellas.

Erschrocken riss er den Kopf hoch. »Fuck.«

»Wer ist das?«, flüsterte Gabriella.

»Nicki. Meine kleine Schwester.« Während Gabi sich die Lippen leckte, bemühte er sich, die Erektion, die gegen den Reißverschluss seiner Jeans drängte, unter Kontrolle zu bringen. »Ich muss mal schauen, was sie will.«

»Okay.«

»Bleib hier. Genau so.« Er gab ihr noch einen Kuss, ehe er sich von ihr löste und sich umdrehte. »Ich bin gleich wieder da.«

»Okay.«

»Versprochen.«

Als sie nickte, marschierte er durch die Tür in den zukünftigen Essbereich, obwohl er nichts lieber wollte, als bei Gabriella zu bleiben, sie nackt auszuziehen und zum Stöhnen zu bringen.

7. Kapitel

Parker entdeckte Nicole neben der Eingangstür. Sie hatte eine Taschenlampe in der Hand und wartete frierend in ihren Ugg Boots und einem Katzenpyjama, über den sie nur eine weiße Jacke mit Fellkapuze gezogen hatte.

»Nicki? Was machst du denn hier? Es ist schon spät.«

»Ich habe den ganzen Abend an einem neuen Song gearbeitet, kam aber irgendwie nicht weiter. Da hab ich einen Spaziergang gemacht. Als ich hier Licht und deinen Wagen vor der Tür gesehen habe, wollte ich dir kurz Hallo sagen.«

Manchmal schaute Parker seine achtzehnjährige Schwester an und sah die junge Frau, die bereit war, das Abenteuer Leben in Angriff zu nehmen. Und dann gab es wieder Momente wie jetzt: Da sah er in ihr noch immer das kleine Mädchen, das hinter ihm und seinen Brüdern hergetrottet war, weil es Teil des Rudels sein wollte.

Die glitzernden rosa Tutus und Krönchen, die sie ständig getragen hatte, waren nicht gerade hilfreich gewesen, um von den Jungs akzeptiert zu werden. Die Tatsache, dass sie alle so viel älter waren, hatte es Nicki auch nicht leichter gemacht. Heute Abend mit der Fellkapuze, die ihr hübsches Gesicht umrahmte, und dem Katzenpyjama sah sie wirklich wieder wie ein kleines Mädchen aus. Leider war sie eins, das eine ziemliche Last auf den schmalen Schultern zu tragen hatte. Daher öffnete Parker jetzt die Arme und zog sie an sich.

»Ich bin froh, dass du vorbeigekommen bist«, sagte er. »Auch wenn du zitterst, als hättest du in einem Kühlschrank festgesteckt.«

»Ja. Es wird definitiv kühler draußen. Aber die frische Luft hilft mir immer beim Nachdenken, und ich suche nach der perfekten Zeile für das Lied.«

»Für Jordans Hochzeit?«

Nicki nickte. »Ich habe zwar eigentlich schon eins geschrieben, aber je öfter ich es spiele, desto weniger gefällt es mir. Und da ich noch ein paar Wochen Zeit habe, fange ich noch mal von vorne an.

»Ich bin sicher: Was auch immer du kreierst, es wird Jordan und Lucy gefallen.«

»Das hoffe ich.« Sie zuckte mit den Schultern und ließ den Blick durch den Saal schweifen. »Wow. Hier geht es ja wirklich voran.«

»Zum Glück. Wahrscheinlich, weil ich auch ständig an Jordans Hochzeit denke.« Das war eine glatte Lüge, denn er dachte im Moment nur an Gabriella, die darauf wartete, dass er zurückkam, sie auszog und die Küche aufheizte.

»Glaubst du, du bekommst alles rechtzeitig fertig?«, fragte Nicki.

Parker atmete hörbar aus. »Ich reiße mir den Arsch auf, und solange die Bauarbeiter ihre Sachen ordentlich machen, die Einrichtung rechtzeitig kommt und alles bei der Inspektion abgenommen wird, könnte ich es schaffen.«

»Ich drücke dir die Daumen.«

»Danke.«

»Die großen Glastüren dort sind neu, oder? Die waren auf dem letzten Plan, den ich gesehen habe, noch nicht drin«, stellte Nicki fest und nickte zur hinteren Wand.

»Ja. Das hat mir jemand vorgeschlagen«, sagte er. »Ich fand es eine gute Idee. Jetzt können wir da eine schöne Terrasse anlegen, sodass die Gäste, die dort essen, auf das Weingut und den Fluss schauen können. Außerdem lässt sich der Bereich für kleinere Partys und Empfänge abtrennen.«

»*Jemand*? Wer?«

Scheiße. Er wollte das Thema Lili jetzt eigentlich nicht anschneiden. Von Nickis Seite war da immer noch viel zu viel Animosität. Aber irgendwann würde auch Nicki sich den Tatsachen stellen müssen.

»Lili hat es vorgeschlagen. Sie gehört auch zur Familie. Und genau wie alle anderen hat sie das Recht, an der Entwicklung des Weinguts mitzuwirken.«

»Das sehe ich anders.«

»Verdammt, Nicki.« Frustriert und genervt von dieser immer wiederkehrenden Unterhaltung fuhr Parker sich mit der Hand durchs Haar. »Warum machst du es uns so schwer?«

»Tu ich nicht.« Nicki hob das Kinn. »Du bist derjenige, der sich angegriffen fühlt.«

»Natürlich. Denn wie sollen wir das lösen?«, fragte er. »Wie sollen wir alle zusammen darum kämpfen, dass das Weingut eine Zukunft hat, wenn du dem Ganzen nicht einmal eine Chance gibst? Ich verstehe ja deine Gefühle …«

»Nein, tust du nicht.«

»Tue ich. Glaub mir, ich verstehe dich. Aber du kannst nichts dafür, wie Dad mit dir umgegangen ist, und Lili auch nicht. Sie hat ihn sich nicht als Vater ausgesucht. Sie hat nicht darum gebeten, dass er sie genauso im Stich lässt wie dich. Sie kann nichts für die Entscheidungen unseres Vaters. Ihr habt beide letztlich die A-Karte gezogen. Und habt mehr gemeinsam, als du zuzugeben bereit bist. Ihr solltet euch zusammentun, statt dass du sie wegekelst.«

Dicke Tränen schimmerten in ihren Augen. »Ziehst du sie mir vor?«

»Natürlich nicht.« Er umarmte Nicole noch einmal, obwohl er sie am liebsten bei den Schultern gepackt und geschüttelt hätte, damit sie endlich zur Vernunft kam. »Es gibt keine Seiten, zwischen denen es zu wählen gilt. Das musst du endlich begreifen! Wir müssen das alle gemeinsam bewältigen. Niemandem gefällt diese ganze verworrene Situation, aber wir können versuchen, das Beste daraus zu machen, Nic. Wir sollten nicht zulassen, dass die Entscheidungen oder die Sünden unserer Eltern zu unseren werden. Wir müssen kämpfen, zusammenstehen und füreinander da sein. Sonst zerstört uns das alle. Verstehst du das denn nicht?«

Nicole wischte sich mit dem Ärmel über die feuchten Augen. »Bei dir klingt es so einfach.«

»Nein, ich weiß, dass es nicht einfach ist. Es ist alles so verdammt verworren. Aber das Leben ist das, was du daraus machst. Und wenn du nicht für den Rest deines Lebens unglücklich sein möchtest, nur um mehr Material für deine Songs zu haben, solltest du deine Energie nicht darauf verschwenden, auf ewig sauer zu sein.«

»Ich würde auch lieber glückliche Lieder schreiben.«

»Dann sieh zu, dass du ein glückliches Leben führst.« Parker drückte Nicole noch einmal an sich, bis er merkte, dass sie sich entspannte.

»Du kannst mich jetzt loslassen«, sagte sie schließlich, das Gesicht in seiner Jacke vergraben.«

»Nee.«

»Ich krieg keine Luft mehr.«

»Trotzdem, nee.«

Sie gab ihm einen Klaps auf den Arm und kicherte. »Du bist so ein Idiot.«

»Aber ich bin ein Idiot, der dich gernhat. Und ich möchte, dass du glücklich wirst.« Er schob sie ein Stück von sich fort, damit er ihr in die Augen schauen konnte. »Du musst anfangen, mehr mit uns zu reden, Nic. Friss nicht alles in dich rein. Wir sind für dich da. Jeder von uns Idioten ist für dich da. Egal wann, egal wo. Wir haben vielleicht nicht sofort alle Antworten parat, aber wir werden unser Möglichstes tun, um sie zu finden.«

»Ich weiß.«

»Und du solltest wirklich versuchen, dein Herz für Lili zu öffnen. Mach sie nicht für etwas verantwortlich, was nicht ihre Schuld war. Wenn du ihr eine Chance gibst, dann glaube ich, dass du positiv überrascht sein wirst über das, was du findest.«

Ehe sie antworten konnte, zog er sie noch einmal in die Arme, bis er spürte, dass sie nickte.

»Okay, ich versuche es.«

»Ich hab dich lieb, Nicki.«

Jetzt schlang auch sie die Arme um seinen Hals. »Ich hab dich noch lieber.«

»Geht gar nicht.«

Nach einem Moment lösten sie sich schließlich voneinander.

»Und jetzt ab mit dir ins Haus. Sieh zu, dass du diesen Song für Groomzilla fertig bekommst«, sagte Parker zu ihr. »Und mach dir einen heißen Kakao, damit du wieder warm wirst. Mit einer doppelten Portion Marshmallows.«

»Ja, Dad.« Sie salutierte keck, ehe sie sich in ihren Ugg Boots umdrehte und wieder verschwand.

Während er ihr nachsah, spürte Parker, wie sich sein Brustkorb anspannte, und er rieb sich seufzend darüber. Er wünschte, er könnte seine kleine Schwester vor allem Übel der Welt beschützen.

Wenn er irgendwann selbst Kinder hatte, würde er alles daransetzen, dass er und die Mutter eine ehrliche, liebevolle Beziehung führten. Er glaubte an die Macht und die Wahrheit des Ehegelübdes. Wenn man nicht alles dafür tat, es hochzuhalten, litten alle darunter – ganz besonders die Kinder.

Noch einmal rieb er sich über die Brust und hoffte, damit den Schmerz zu vertreiben. Ihm war hundeelend, wenn er an all die Lügen, die vielen Verluste und an das Gefühl von Verzweiflung dachte, das seine gesamte Familie verspürte. Sein Leben lang hatte er geglaubt, seine Eltern führten eine Ehe, die durch nichts zu erschüttern war. Niemals hatte er sich vorstellen können, welche Risse sie hatte.

Während er noch einmal tief Luft holte, fiel ihm plötzlich wieder ein, dass er Gabriella allein in der Küche zurückgelassen hatte.

Die Frau besaß ein geradezu unheimliches Verständnis für gewisse Dinge. Und sie hatte angedeutet, dass auch ihr Leben mit so manchen Stolpersteinen gepflastert gewesen war. Sie hatte ein mitfühlendes Herz, das ihm ein warmes Gefühl vermittelte.

Und in diesem Augenblick brauchte er jemanden zum Festhalten. Jemanden, der ihm sagte, dass alles gut würde.

Selbst wenn das eine verdammte Lüge war.

Er stieß die Edelstahltür auf, doch die Küche war leer. Auch draußen war keine Menschenseele zu sehen.

Gabriella war verschwunden.

Und einmal mehr hatte er keine Möglichkeit, sie zu erreichen. Keine Möglichkeit, herauszufinden, ob sie sicher und heil nach Hause gekommen war.

Verdammt, sie war wirklich gut darin, sich in Luft aufzulösen.

Vielleicht sollte er sie einfach ziehen lassen und das Ganze vergessen. Schließlich waren sie sich einig gewesen, es bei einer Nacht zu belassen.

Aber es war eine so heiße, verrückte, unvergessliche Nacht gewesen.

Kopfschüttelnd nahm er sein Handy aus der Tasche und suchte nach Lucys Nummer in seiner Kontaktliste. Als sein Anruf direkt auf der Mailbox landete, beendete er ihn, ohne eine Nachricht zu hinterlassen. Sofort drückte er auf einen weiteren Kontakt und rief die Kavallerie.

Zutiefst erschüttert lenkte Gabi ihren kleinen Wagen durch die sanften Hügel des Sunshine Valleys nach Hause.

Sie hätte nicht lauschen sollen.

Als sie das letzte Mal heimlich gelauscht hatte, hatte ihre Mutter ihren Vater beschuldigt, eine Affäre zu haben. Dieser Streit hatte zur Scheidung und letztlich zur Zerstörung von Gabis heiler Welt geführt. Sie war damals ein empfindsames, gehemmtes Mädchen im Highschool-Alter gewesen. In einem Alter, in dem das Erscheinungsbild alles bedeutete, und in dem Klatsch und Tratsch eine junge Seele auf immer zerstören konnten.

Damals war sie stolzes Mitglied der angesagtesten Gruppe gewesen. Cheerleaderin. Sie hatte erlebt, wie rücksichtslos manche Freundinnen Mitschüler behandelt hatten. Als schließlich die Bombe in ihrem Leben hochging, hatten sich diese angeblichen Freundinnen wie ein Rudel wilder Hunde auf sie gestürzt.

Der Verrat ihres Vaters hatte sie tief erschüttert. Ihre Mutter hatte sich komplett von ihr zurückgezogen. Und als dann noch die Missachtung derjenigen hinzukam, die sie Freunde genannt hatte, war sie völlig am Boden zerstört gewesen.

Heute waren ihr auf ganz andere Weise die Augen geöffnet worden.

Während sie Parker mit seiner Schwester so liebevoll reden hörte, war etwas in ihr aufgebrochen. Sie wusste, dass er ein anständiger Mensch war; sonst hätte sie nicht mit ihm geschlafen. Aber jetzt, wo sie mitbekommen hatte, wie viel Liebe und Mitgefühl in ihm steckten, begann der Schutzwall, den sie um ihr Herz errichtet hatte, zu bröckeln.

Jahrelang hatte sie auf jeden Mann, mit dem sie liiert gewesen war, den Verrat ihres Vaters projiziert. Hatte letztlich immer darauf gewartet, dass etwas Schlimmes passierte. Dass der Mann sein wahres Gesicht zeigte, das er bisher vor ihr verborgen gehalten hatte. Eine Weile war sie nur mit Männern ausgegangen, von denen sie wusste, dass sie ziemlich schnell wieder verschwunden sein würden.

Sie brauchte keinen Therapeuten, um zu wissen, dass sie einen Vaterkomplex hatte.

Schließlich hatte sie aufgehört, sich zu verabreden, und sich stattdessen Basil angeschafft; der genügte ihr als männliche Gesellschaft. Er konnte ihr so viel drohen, wie er wollte, indem er mit seiner bunten Schwanzflosse wedelte: Sie wusste, dass er sie niemals verließ, bis er in die ewigen Fischgründe empor- oder hinabstieg.

Aber wäre sie auf der Suche nach einem Mann fürs Leben gewesen, stünde Parker ganz oben auf ihrer Liste. Er war ein Mann, der alles daransetzen würde, sein Eheversprechen zu erfüllen. Er würde seine Liebe mit allen Mitteln beschützen.

Gabi konnte sich nicht erinnern, jemals eine solche Liebe oder Sicherheit kennengelernt zu haben. Und so verlockend diese Aussicht auch sein mochte, es lag noch ein langer Weg vor ihr. Sie war noch nicht so weit, sich auf eine derartige Beziehung mit einem derartigen Mann einzulassen.

Egal, wie toll es sich anhörte.

Sich zu verlieben war nicht eingeplant.

Aber sie war auch nur ein Mensch und hoffte insgeheim, dass nicht alle Männer Schweine waren. Heute Abend hatte Parker sich als Prinz erwiesen. Wenn sie es tatsächlich schaffen sollte, Seite an Seite mit ihm zu arbeiten, bestand durchaus die Möglichkeit, dass sie sich über kurz oder lang in ihn verliebte. Er sah fantastisch aus, war nett, höflich, mitfühlend und ein Beschützertyp. Er hatte Ziele, die er gewissenhaft verfolgte, war verantwortungsbewusst und besaß Humor. Und im Bett war er einfühlsam, zärtlich und höllisch sexy.

Wie sollte sie es also schaffen, sich *nicht* in ihn zu verlieben?

Am frühen Sonntagmorgen nahm Gabi eine kalte Dusche, um richtig wach zu werden. Gestern Abend hatte sie einfach nicht aufhören können zu grübeln, sodass sie so gut wie keinen Schlaf bekommen hatte. Selbst wenn sie versucht hatte, an etwas anderes als Parker Kincade zu denken, wanderten ihre Gedanken prompt wieder zu ihm zurück.

Sie konnte nicht für ihn arbeiten.

Sie konnte nicht mit ihm arbeiten.

Sie musste auf Distanz zu ihm gehen, ehe sie sich zu sehr auf ihn einließ.

Das war ihr klar geworden.

Dummerweise hatte sie alles auf Plan A gesetzt und keinen Plan B parat.

Im Augenblick war sie arbeitslos, und ihre Ersparnisse würden allenfalls noch für ein paar Monate reichen. Das war's. Natürlich war es blöd gewesen, ihren Job einfach hinzuwerfen. Aber auch wenn es mit Sunshine & Vine nicht klappen sollte, hätte sie keinen Tag länger für einen Typen arbeiten können, der weder gutes Essen noch sie selbst respektierte.

Jetzt standen die Feiertage bevor. Sie musste Geschenke kaufen, Miete zahlen und Fischfutter für Basil besorgen, der sorglos in seinem Glas herumschwamm.

Sie brauchte einen neuen Plan.

Einen, der weder Parker noch sein Restaurant beinhaltete. Sie musste einen anderen Weg finden, sich einen Namen als Köchin zu machen, um ihrem Vater zu beweisen, dass er sich geirrt hatte. Bevor ihr das nicht gelungen war, durfte sie nicht ihr Herz verlieren.

Aber an diesem düsteren, ungemütlichen Sonntag gab es eine Möglichkeit, ihre Liebe auf andere Weise zu verschenken, und das würde bestimmt auch ihre Laune heben. Wenn es ihr gut ging, konnte sie meist klarer denken. Vielleicht auch mal querdenken.

Sie würde ihre Energie darauf verwenden, anderen zu helfen.

Voller Tatendrang ging sie zur Speisekammer und holte eine Armladung mit Zutaten heraus. Dann nahm sie ein paar der großen Einweg-Aluschalen, die sie immer im Haus hatte, stellte Herd und Ofen an und baute alles auf der Kücheninsel auf. Auf die hatte sie wertgelegt, um mehr Arbeitsfläche in der kleinen Wohnung zu haben.

Während sie einen Topf mit Wasser füllte, schwamm Basil an die Scheibe, machte einen Fischmund und blubberte lautlos vor sich hin.

»Ach. Jetzt willst du dich wieder bei mir einschmeicheln? Wo warst du, als ich vor ein paar Minuten einen Freund gebraucht hätte?«

Basil ließ noch ein Luftbläschen steigen, wedelte mit der Schwanzflosse und verschwand wieder hinter seinem Grünzeug aus Plastik.

»Sei vorsichtig, mein Lieber, sonst ersetze ich dich durch eine Katze.«

Gerade als sie sich bückte, um ihre große Edelstahl-Rührschüssel herauszuholen, klingelte es.

Gabi blickte zur Uhr und fragte sich, wer am Sonntagvormittag etwas von ihr wollte. Jedenfalls nicht die neugierige Mrs. Flagstone, die zwei Türen weiter wohnte. Die betete bestimmt in der Kirche für die Seelen von Leuten wie Gabi, die nur selten in den Gottesdienst gingen. Vielleicht hatte Mrs. Flagstone damit ja nicht ganz unrecht, doch Gabi gehörte nicht zu den Leuten, die Gott darum baten, das Durcheinander, das sie selbst angerichtet hatten, wieder zu bereinigen.

Das musste sie selbst tun.

Gott hatte wirklich Wichtigeres zu tun.

Als es noch einmal klingelte, blieb Gabi nichts anderes übrig, als die Tür zu öffnen.

Sie schloss auf, riss die Tür auf und traute ihren Augen nicht, als sie einen gut aussehenden dunkelhaarigen Mann mit blauen Augen lässig an ihrem Türrahmen lehnen sah.

»Hallo, Houdini.«

Parker war klar, dass Sarkasmus zur Begrüßung vielleicht nicht gerade das Richtige war, aber die Anspielung auf den Zauberkünstler war einfach aus ihm herausgesprudelt. Er hatte eine schlaflose Nacht lang darüber nachgegrübelt, warum Gabi einfach verschwunden und ob sie heil nach Hause gekommen war. Im Morgengrauen hatte er sich dann in seinem zukünftigen Restaurant mit dem Bautrupp getroffen, der die Heizung und das Kühlsystem einbauen sollte. Schließlich hatte er im Haupthaus schnell noch geduscht und es geschafft, Tante Pippy zu entkommen, die ihn mit einem Teller voller Zimtschnecken aus der Sugarbuns Bäckerei zwangsernähren wollte. Gleichzeitig war sie ihm erfolgreich ausgewichen, als er Informationen über die Affäre seines Vaters aus ihr herauskitzeln wollte.

Kurz darauf war er aus der Tür gesprintet, um nach Portland zu fahren. Während der letzten zwanzig Minuten war er durch die Gegend geirrt – Google Maps war irgendwie auch keine große Hilfe gewesen –, um in dem Wirrwarr von

Gebäuden und üppig wachsenden Büschen und Gestrüpp Gabriellas Wohnkomplex zu finden.

»Was machst du denn hier?«, fragte sie jetzt. Ihre weit aufgerissenen Augen verrieten ihm, wie überrascht sie war, ihn vor ihrer Tür zu finden.

»Willst du mich nicht reinbitten?«

Sie biss sich auf die volle Unterlippe, während sie darüber nachdachte.

Dann aber fragte sie nur: »Wie hast du mich gefunden?«

»Ich habe dem Teufel meine Seele verkauft.«

»Den Deal hättest du dir schenken können. Und die Mühe hättest du dir auch sparen sollen.«

Pech.

Er musste wissen, warum sie verdammt noch mal ständig verschwand. Vor allem gestern Abend, als sie ganz offensichtlich genauso erregt gewesen war wie er. Alles schien perfekt gewesen, und trotzdem war Gabriella ohne ein Wort gegangen.

»Pass auf.« Er machte einen Schritt auf sie zu. Sie duftete süß und frisch nach Zucker und Zitrone. Das verrückte Verlangen, sein Gesicht in ihrer Halsbeuge zu vergraben und an ihrem weichen Fleisch zu saugen, bis sie zu stöhnen anfing, überwältigte ihn. »Wir können weiter hier stehen und Frage und Antwort spielen, oder du lässt mich rein, damit wir reden können.«

»Ich bin beschäftigt.«

Er blickte über ihre Schulter in die leere Wohnung. »Wirklich?«

»Wirklich.«

»Oder versuchst du mich fernzuhalten, weil du einen anderen Typen versteckst?«

»Ich bin beschäftigt.«

»Na, da hast du ja Glück, ich bin nämlich ein großartiger Helfer.« Er drängte sich an ihr vorbei und betrat ihr kleines, aber ordentliches Apartment. Es beeindruckte ihn, dass es nicht total feminin eingerichtet war. Statt mit Spitze und Rüschen hatte alles einen traditionellen Stil, für den sie hauptsächlich warme Brauntöne gewählt hatte. Als Kontrast dazu dienten die grünen Tupfer aus Pflanzen. Vor allem waren es Kräuter. Wenn sie also für sein Restaurant einen Garten kreieren wollte, wusste sie vielleicht sogar, wovon sie sprach.

»Nette Wohnung.«

Einen Moment lang stand sie einfach nur da, als überlege sie, ihn wieder rauszuschmeißen. Schließlich aber seufzte sie resigniert und machte die Tür zu. Ganz offensichtlich hatte sie nicht mit Besuch gerechnet.

Schon gar nicht mit ihm.

Eine Yogahose mit Zebramuster-Bündchen und ein heißer pinkfarbener Sport-BH betonten ihre herrlichen Kurven. Die Füße steckten in flauschigen Hausschuhen. Und ihr langes seidiges Haar hatte sie auf dem Kopf zu einem dieser unordentlichen Knoten zusammengesteckt, die den Eindruck vermittelten, als wäre sie gerade aus dem Bett gekommen. Ihr Gesicht war ungeschminkt, und sie trug eine Brille mit einem dunklen Gestell.

Sie sah unglaublich sexy aus.

Und es fiel ihm unglaublich schwer, die Finger von ihr zu lassen.

»Ich wusste gar nicht, dass du eine Brille trägst«, sagte er, während er sich weiter in ihrer Wohnung umsah und entdeckte, dass in der Küche in mehreren Töpfen Wasser zu kochen begann.

»Du kennst mich ja auch erst seit einer Woche.«

»Das heißt also … du trägst sonst Kontaktlinsen?«

»Die Antwort darauf ist ja wohl offensichtlich. Kommen wir also auf meine ursprünglichen Fragen zurück.« Sie verschränkte die Arme und neigte den Kopf zur Seite. »Was machst du hier? Und wie hast du mich gefunden?«

»Ich habe Freunde an hoher Stelle, die Zugang zu Adressen von Frauen haben, die in meinem Leben auftauchen und wieder verschwinden, ohne mir ihre Nummer zu geben. Ich musste mich mit eigenen Augen davon überzeugen, dass du echt und nicht nur meiner Fantasie entsprungen bist. Und vor allem wollte ich sichergehen, ob du nicht deshalb immer verschwindest, weil du mit einem anderen Mann liiert bist.«

»Nein, ich habe keinen anderen. Sehe ich etwa aus wie eine Frau, die sich mit mehr als einem Mann gleichzeitig einlässt?«

»Du siehst aus wie eine Frau, die man mit ins Bett nehmen sollte. Aber du hast Recht, wenn du bereits einen Kerl hättest, hättest du dich vermutlich nicht an mich herangemacht.«

»*Ich* soll mich an *dich* rangemacht haben?« Sie riss die dunklen Augen auf, und ihr köstlicher Mund klappte auf.

»Das ist meine Version der Geschichte.«

»Nun, die müsste dringend überarbeitet werden.«

Er zuckte mit den Schultern, schlenderte in ihre kleine Küche, blickte in die Töpfe mit dem kochenden Wasser und musterte die Zutaten auf der Arbeitsplatte. »Was hast du vor?«

»Ich versuche, den Sinn hinter deinem Besuch zu ergründen«, sagte sie sichtlich genervt, aber auch wiederum nicht so sehr, dass sie einen richtigen Streit vom Zaun brechen würde.

»Ich wollte mich nur vergewissern, dass du gut nach Hause gekommen bist.«

»Das soll ich dir abkaufen?«

Ihr scharfer Tonfall veranlasste ihn, von den Nudeln und dem Paket mit den Semmelbröseln auf dem Tisch aufzublicken. »Ja.«

»Wie du siehst, geht es mir gut.« Sie strich sich eine Haarsträhne, die aus dem Knoten auf dem Kopf entwischt war, aus dem Gesicht.

»Ist das mein Stichwort, zu verschwinden?«

»Dein Stichwort war mein Stirnrunzeln, als ich dir die Tür geöffnet habe.«

»Pass auf. Es tut mir leid. Ich hätte ja angerufen, aber ich habe deine Nummer nicht.«

»Ich habe sie Lucy gegeben.«

»Lucy war zu sehr mit Dingen beschäftigt, die zukünftige Eheleute so treiben.«

Die Andeutung eines Lächelns erschien auf ihren Lippen. »Mit anderen Worten, die beiden waren in der Kiste und du hast es nicht übers Herz gebracht, sie zu stören?«

»Mit anderen Worten, wenn ich das getan hätte, hätte Groomzilla mir den Kopf abgerissen und ihn als Halloween-Deko benutzt.«

Ihr Lächeln wurde ein ganz klein wenig breiter.

»Hör zu. Ich bin kein Typ, der Frauen hinterherrennt. Aber du bist dreimal bei mir aufgetaucht und hast mir gesagt, dass du für mich arbeiten willst. Du hast ein köstliches Essen für mich gekocht. Ich habe dich nackt gesehen. Mit meinem Mund habe ich fast jeden Zentimeter deines fantastischen Körpers erkundet. Und ich weiß, was für Laute du von dir gibst, wenn du das erste, zweite, dritte und vierte Mal kommst.« Er trat um die Kücheninsel herum und baute sich vor Gabriella auf. »Also, wieso habe ich es nicht verdient, deine Telefonnummer zu bekommen, um mich davon zu überzeugen, dass du okay bist, wenn du abhaust, als wäre Wile E. Coyote hinter dir her?«

»So formuliert hast du vermutlich recht.«

»Vermutlich?« Es war weder Wut, Angst noch Verlegenheit, die ihr hübsches Gesicht mit einer leichten Röte überzogen, es war etwas anderes. Und er musste unbedingt herausfinden, was es war.

Als er näher kam, die Hand auf ihre Hüfte legte und Gabi an sich zog, leistete sie keinen Widerstand.

»Als ich gestern Abend zurück in die Küche kam, und du weg warst, habe ich mir wirklich Sorgen gemacht. Nicht, dass wir je irgendwelche Vorfälle auf dem Weingut hatten, aber du warst einfach … verschwunden. Wieder einmal. Ohne dich zu verabschieden. Kein *Du bist ein Mistkerl, Parker Kincade, und ich will dich nie wiedersehen.* Nichts. Absolut nichts.« Er zuckte mit den Schultern. »Also, verklag mich von mir aus, aber ich bin halt jemand, der sich um andere sorgt.«

»Es tut mir leid.« Sie wandte den Blick ab. »Schlechte Angewohnheit.«

»Wegzulaufen?«

Sie nickte.

»Warum?«

»Probleme mit Vertrauen.«

Er musterte sie skeptisch, aber das Einzige, was er fand, war ein Ausdruck absoluter Ehrlichkeit.

Jetzt kamen sie langsam voran.

»Nun, vertrau mir, Gabriella, es gibt keinen Grund, warum du vor mir davonlaufen musst.« Er legte beide Hände auf ihre Hüften und senkte den Kopf, um sie zu küssen.

Es gelang ihr, ihm auszuweichen und den Kopf zur Seite zu drehen. »Ich bin mir nicht sicher, ob das eine gute Idee ist.«

»Der Kuss?«

Wieder nickte sie.

»Küssen ist immer eine großartige Idee.« Er eroberte ihren Mund, um es ihr zu beweisen.

Einen Moment lang zögerte sie, ehe sie die Arme um seinen Nacken schlang und sich an ihn schmiegte.

Aber schon kurz darauf löste Parker, wenn auch widerstrebend, den Kuss. Sie sollte nicht glauben, er sei lediglich gekommen, um mit ihr zu schlafen. Nein, auch wenn es beim letzten Mal umwerfend gewesen war, wollte er wirklich wissen, was mit ihr los war, was all die Zutaten auf ihrer Arbeitsplatte zu bedeuten hatten, und warum sie so geheimnisvoll tat.

»Möchtest du einen Kaffee?« Sie errötete, als wäre das ihr erster Kuss gewesen. Als hätte er nicht schon vorher seinen Mund auf sehr viel intimere Stellen ihres Körpers gepresst.

»Sehr gern.«

»Mit Lebkuchengewürz?« Sie öffnete den Kühlschrank. »Zucker?«

»Schwarz.«

»Hm. Ich hätte gedacht, dass du einer von denen bist, die Schickimicki-Kaffee trinken.«

»Wie kommst du denn auf die Idee?«

»Weil du einen Hang zu ausgefallenen Geschmacksrichtungen hast. Schwarzer Kaffee erscheint mir ein bisschen langweilig.« Sie nahm eine antike Zuckerdose in Form eines englischen Cottages aus dem Regal. »Und du bist alles andere als ein langweiliger Mann.«

»Danke. Schön, dass mal jemand bemerkt, wie sehr ich mich bemühe, möglichst nicht uninteressant zu sein.«

Sie goss den Kaffee in einen Becher aus der Restaurantkette Waffle House ein und schob ihn über den Tresen.

Er betrachtete das Logo und lachte. »Gehst du da oft hin?«

»Schön wär's. Wenn wir hier so einen Laden hätten, wäre die Versuchung groß. Vermutlich wäre ich dann jeden Tag da.«

»Bist du ein Waffelfan oder stehst du eher auf Hash Browns?«

»Hash Browns. Aber mit ganz viel Sauce auf den Kartoffeln.«

»Jeder nach seinem Geschmack.«

»Hast du schon mal dort gegessen?«

»Kann mich nicht erinnern.« Er nippte an seinem starken Kaffee.

»Dann weißt du nicht, was dir entgeht. Ich bin nicht nur ein großer Fan von guten Restaurants, sondern esse auch gern in einfachen Frittenbuden.« Sie schüttete mehrere Packungen Nudeln ins kochende Wasser und rührte schnell um. »Und was ist das jetzt für ein einflussreicher Freund, der meine Adresse kannte?«

»Ich könnte es dir erzählen, aber dann müsste ich dich anschließend umbringen.«

»Spuck's aus, oder ich bringe dich um.«

»Hey, entspann dich, Cowgirl. Ich habe einen Kumpel bei der Polizei, der mir noch einen Gefallen geschuldet hat.

Musste ihn allerdings mit einer Einladung zu einem Steak bestechen. Übrigens, gegen dich liegt gerade nichts vor.«

»Sehr witzig. Warum hast du nicht einfach im Internet nach mir gesucht? Das hätte dich wahrscheinlich weit weniger als ein Steak gekostet.«

»Es war mir jeden Preis wert.«

Na großartig, jetzt klang er wie ein Idiot. Oder vielleicht sagte er auch einfach die Wahrheit. Im Grunde hatte sie vermutlich recht, er hätte nicht herkommen sollen. Sie hatten ihre eine gemeinsame Nacht gehabt. Trotzdem, wenn sie für ihn arbeiten wollte, sollte er dann nicht ein bisschen mehr über sie wissen?«

Gute Ausrede, fand er.

Sie legte den Holzlöffel beiseite und musterte Parker eindringlich. »Ich weiß nicht, ob ich mich geschmeichelt fühle, dass es dir so wichtig war, oder ob ich sauer bin, dass du in meine Privatsphäre eingedrungen bist.«

»Ich plädiere dafür, dass du dich geschmeichelt fühlst.«

Auf ihren Lippen erschien kein Lächeln, als sie ihn einen unangenehm langen Moment musterte. Dann meinte sie: »Das Urteil ist noch nicht gefällt.«

»Ich habe Zeit. Wie wäre es mit einem zweiten Kaffee?« Er schob ihr den halbleeren Becher zu und deutete zum Herd. »Was kochst du denn da?«

»Den ultimativen Makkaroni-Käse-Auflauf.«

»Den ultimativen?«

»Mit drei verschiedenen Käsesorten und mit Semmelbröseln überbacken. Die Geheimwaffe nicht zu vergessen.« Sie holte ein Stück Speck aus dem Kühlschrank. »Mit Speck schmeckt alles besser.«

»Da sind wir einer Meinung. Soll das für eine Party sein? Das sind ziemlich große Töpfe.«

»Warum fragst du nicht deinen Freund, den Cop? Vielleicht kann er noch einmal tief in mein Leben eintauchen.«

Er sah sie schuldbewusst an. »Bist du wirklich sauer?«

Ihre Schultern hoben sich leicht, als sie ihm seufzend den gefüllten Kaffeebecher wieder zuschob. »Nein.«

»Gut. Denn ich habe mir wirklich Sorgen um dich gemacht. Nicht nur gestern Abend, sondern auch Freitagnacht, als du von meinem Hausboot verschwunden bist.«

»Ehrlich?«

Er nickte.

Ihre Miene wurde weicher. »Das bin ich nicht gewohnt.«

Mit diesem einen Satz enthüllte sie wieder einen winzigen Teil ihres Privatlebens, auch wenn das sicherlich nicht beabsichtigt war. Doch ehe er weiter nachbohren konnte, klingelte ihr Handy. Lächelnd blickte sie auf das Display.

»Entschuldige, da muss ich rangehen.« Sie presste das Telefon ans Ohr. *»Nonna!«*

Parker beobachtete, wie ihr Gesicht aufleuchtete, ehe sie aus der Küche verschwand und die Schlafzimmertür hinter sich schloss. Es gab also doch jemanden, der sich um sie sorgte. Und auch wenn er nicht lauschte, konnte er ohne Probleme mit anhören, wie Gabriella sich angeregt unterhielt.

Auf Italienisch.

Obwohl er nicht ein verdammtes Wort verstand, erkannte er am Lachen und am Tonfall, dass es ein netter Anruf war. Und obwohl sie mit ihrer Großmutter sprach, war es einfach höllisch sexy, ihr fließendes Italienisch zu hören.

Mehrere Minuten später hörte er, wie sie sagte: »*Addio, nonna. Ci vediamo dopo l'anno nuovo. Io ti amo.*« Was genau das wohl bedeutete?

Es dauerte noch ein paar Minuten, ehe sie in die Küche zurückkam. Ihre Nasenspitze war leicht gerötet, und es sah aus, als hätte sie ein bisschen geweint.

»Alles in Ordnung?«

Gabriella nickte, ehe sie die Makkaroni abgoss. »Manchmal vermisse ich meine Großmutter einfach sehr.«

»Ich weiß, was du meinst.« Parkers Magen verkrampfte sich. »Ich meine auch.«

»Besuchst du sie manchmal?«

»Sie ist schon vor langer Zeit gestorben. «

»Das tut mir leid.« Ihr ernster und verständnisvoller Gesichtsausdruck berührten sein Herz. Welche Verluste sie in ihrem Leben wohl schon erlitten hatte?

»Wie war sie?«

»Sie war die Beste. Sie hat immer irgendetwas gebacken oder Marmeladen und Gelees gekocht, die sie auf dem Markt verkauft hat. Oder sie hat mir und meinen Brüdern Abenteuergeschichten vorgelesen.« Einen Augenblick lang schwelgte Parker in Erinnerungen. »Warum besuchst du deine Großmutter nicht?«

»Würde ich ja gern, aber sie wohnt so weit weg.«

»Wo?«

»In Italien.«

»Hat sie dir geholfen, die Kochschule zu finden?«

Abrupt hob sie den Blick, und er wunderte sich kurz über ihr Zögern.

»Nein. Die habe ich mir selbst gesucht. Meine *nonna* lebt

in einem kleinen Ort, wo jeder jeden kennt und über alles Bescheid weiß.«

»Das klingt wie Sunshine Valley. Hier kennt sich auch jeder.«

»Ist doch gut für dich, oder?«

»Wie meinst du das?« Ihm fiel dazu nur ein, wie schnell es sich verbreitet hatte, dass das Weingut in finanziellen Schwierigkeiten steckte. Und natürlich wussten auch alle von der neuen Halbschwester.

»Mundpropaganda ist doch die beste Werbung für dein Restaurant«, erklärte Gabriella.

»Das hoffe ich.«

»Da bin ich sicher.« Sie schüttete die abgegossenen Nudeln in die großen Aluschalen.

»Vielen Dank für dein Vertrauen.« Er wartete darauf, dass sie eine Bemerkung darüber fallenließ, dass das Restaurant mit ihr als Küchenchefin bestimmt gute Kritiken bekommen würde, doch den Gefallen tat sie ihm nicht. »Erzähl mir von deiner Großmutter.«

»Eigentlich würde ich viel lieber etwas über deine Tante Pippy erfahren. So, wie du von ihr gesprochen hast, klingt sie nach einem interessanten Menschen.«

Mal wieder wich sie ihm aus.

Darin war sie wirklich gut.

»Das stimmt. Aber im Grunde musst du sie selbst erleben.« Er deutete auf die Aluschalen, die sie mit den dampfenden Nudeln gefüllt hatte. »Also, was hast du mit so viel ultimativem Makkaroni-Käse-Auflauf vor?«

»Ich bringe ihn ins Frauenhaus. Die Frauen dort sind ziemlich schlimmen Situationen entkommen und besitzen häufig nur noch das, was sie am Leib tragen. Sie kommen wortwörtlich mit nichts dort an. Sooft ich kann, bemühe ich mich, ihre Bäuche mit leckerem Essen zu füllen.«

»Das ist ziemlich nett von dir.«

»Es ist das Mindeste, was ich tun kann.« Sie zuckte mit den Schultern. »Die Feiertage nahen. Es muss furchtbar sein, in einer derartigen Unterkunft leben zu müssen, und zu dieser Jahreszeit ganz besonders. Mir geht es bei leckerem Essen immer automatisch besser. Also hoffe ich, dass es auch ihnen ein wenig hilft.«

Parker stellte seinen Becher ab, umfasste ihr Kinn und hob ihr Gesicht an. »Ich wusste ja gar nicht, dass du so ein weiches Herz hast.«

»Die Domina-Stiefel haben dich in die Irre geführt.«

»Ja, das hast du mit Absicht gemacht. Aber ich möchte zu gern wissen, wer du bist, wenn niemand hinschaut. Also, Gabriella.« Er strich mit dem Daumen über ihre volle Unterlippe. »Sag es mir. Was verbirgst du?«

Sie riss die Augen auf und fing so übertrieben lauthals an zu lachen, dass er sicher war, einen Volltreffer gelandet zu haben. »Ist doch lächerlich. Was sollte ich zu verbergen haben?«

Genau das war die Eine-Million-Dollar-Frage.

Und die noch interessantere Frage war: Was kümmerte es ihn eigentlich?

Zwei Stunden später verließen Gabi und Parker das Frauenhaus. Nachdem sie mehrere große Schalen mit dem ultimativen Makkaroni-Käse-Auflauf abgeliefert hatten, bemerkte Gabi, dass Parker ungewöhnlich schweigsam geworden war.

»Es ist hart, das zu sehen, nicht wahr?«, sagte sie, wobei es eigentlich keine echte Frage war, denn sie kannte die Antwort ja bereits.

Er nickte und steuerte seinen SUV durch den Regen. »Ich hatte ja keine Ahnung. Schon allein wie streng die Regeln dort sind: Sie haben mich ja nicht einmal reingelassen.«

»Das kommt, weil einige Frauen zu viel Angst vor Männern haben und noch immer in Gefahr sind.«

»Und aus dem Grund sind auch alle Türen doppelt verriegelt?«

Sie nickte. »Manchmal bekommen die Typen, die die Frauen misshandelt haben, heraus, wo sie untergeschlüpft sind, und versuchen, gewaltsam einzudringen, um sie zum Mitkommen zu zwingen. Oder … noch Schlimmeres.«

Parker seufzte, und Gabi wusste genau, was für Szenarien ihm durch den Kopf schossen. Obwohl er nur einen kleinen Ausschnitt von der ganzen Problematik mitbekommen hatte, zeigten ihr die Falten auf seiner Stirn und in den Augenwinkeln, dass ihn der Besuch tief beeindruckt hatte. Und das verstand sie nur zu gut. Auch ihr brach es jedes Mal das Herz, wenn sie in die Unterkunft kam und Geschichten der Frauen hörte, die dort lebten, bis sie wieder auf eigenen Füßen stehen und sicher vor Verfolgung sein konnten. Es gab alle möglichen Arten von Missbrauch. Gabi hatte gelernt, dass dieser nicht nur körperlich sein musste, sondern dass die Frauen häufig auch verbal misshandelt wurden. Sie hatte gelernt, dass passiv-aggressive Konfrontation genauso schmerzhaft sein konnte wie ein Schlag. Und anders als ein blauer Fleck oder blaues Auge heilten seelische Wunden nur schwer.

Der Besuch heute hatte ihr einen weiteren Einblick in Parkers Persönlichkeit gegeben. Auch wenn sie sich erst seit Kurzem kannten, hatte sie das Gefühl, dass sie mehr über ihn wusste als über so manchen Mann, mit dem sie monatelang ausgegangen war. Die warmen und verworrenen Gefühle, die sie durchströmten, waren gefährlich. Sie musste vorsichtig sein. Es wäre so einfach, sich in ihn zu verlieben, aber sie hatte ja beschlossen, auf Distanz zu bleiben. Was jetzt, nachdem er wusste, wo sie wohnte, vielleicht noch schwieriger wurde.

»Was wir dort gesehen haben, hat bei mir einen Nerv getroffen«, sagte er.

»Inwiefern?« Sie blickte Parker an. Er hielt das Lenkrad fest umklammert, und obwohl sie seine Augen nicht sehen konnte, weil er geradeaus schaute, ahnte sie, dass ihn etwas sehr mitnahm.

»Jordans Verlobte, Lucy, sie war auch eine dieser Frauen.«

»Oh, mein Gott.« Was für ein schrecklicher Gedanke. »Kein Wunder, dass dein Bruder so sehr darum bemüht ist, ihr eine perfekte Hochzeit zu bereiten.«

»Er fühlt sich noch immer schuldig.«

»Wieso? Ihre missglückte Ehe kann ja kaum sein Fehler sein.«

»Er hat sie auf dem Abschlussball versetzt.« Parker streckte die Hand aus und stellte das Radio leiser. »Und dann hat sie auf dem College diesen Mistkerl kennengelernt und schon sehr jung geheiratet. Jordan glaubt, wenn er sie an jenem Abend nicht so mies behandelt hätte, hätte sie sich nicht mit jemandem eingelassen, der sie als Punchingball benutzt hat. Er fürchtet, sie dachte, dass sie es nicht besser verdient.«

»Aber er weiß doch sicher, dass das nicht stimmt.«

»So fühlt er sich halt. Er liebt sie sehr. Und es ist nicht nur, dass er es wiedergutmachen will, weil er es damals versaut hat. Er ist verrückt nach ihr. Sie macht aus ihm einen besseren Mann und das weiß er auch. Und er wird alles in seiner Macht Stehende tun, um gut genug für sie zu sein.«

Einen Moment lang wusste Gabi nicht, wie sie reagieren sollte. Sie hatte noch nie einen derart selbstlosen Mann getroffen. Selbst in seinen guten Zeiten hätte ihr Vater nicht an Jordan herangereicht. Auch ihr eigener Bruder – der sich zum narzisstischen Mini-Ich ihres Vaters entwickelt hatte – war bereits bei Ehefrau Nummer zwei angelangt, und es war wahrscheinlich nur eine Frage der Zeit, wann auch diese Ehe scheiterte. Er hatte nämlich keine Ahnung, wie man irgendwelche Opfer brachte, um eine Frau glücklich zu machen.

Gabi konnte sich gar nicht vorstellen, wie es war, eine derartige Liebe zu erleben. Einen Mann zu haben, der einen so schätzte, respektierte und vergötterte. Einen Mann zu haben, dem man alles anvertrauen konnte.

Selbst die dunkelsten Geheimnisse.

»Ich mag deinen Bruder«, sagte sie.

Parker lachte. »Du kennst ihn doch noch nicht einmal.«

»Aber ich sehe ihn durch Lucys Augen.« Und das allein zählte. Auch Parker erschien ihr als ein Mann, dem man vertrauen konnte. Die Frauen in seinem Leben waren ihm wichtig, und er würde sie unter allen Umständen beschützen.

Und das würde er auch für die Frau tun, die er liebte.

Während der restlichen Fahrt wurde Parker immer schweigsamer, und Gabi hätte zu gern gewusst, was genau in seinem Kopf vor sich ging.

Als sie vor ihrem Wohnblock ankamen, parkte er den SUV und hielt Gabi seine Jacke über den Kopf, um sie auf dem Weg zur Haustür vor dem prasselnden Regen zu schützen. Es war eine süße Geste, auch wenn sie ein wenig altmodisch anmutete. Doch Gabi war hingerissen.

In der Welt, in der sie lebte, waren die Männer viel zu sehr mit sich beschäftigt, als dass sie sich um irgendjemand anderes kümmerten. Parker erschien ihr wie ein Lichtstrahl in einer stürmischen See. Er war klug, sexy, talentiert und mitfühlend. Gabi musste alle Kraft aufbieten, um ihre guten Vorsätze nicht zu vergessen, denn zu gern hätte sie die Arme um ihn geschlungen, ihn nach drinnen gezerrt und ihm die Kleider vom Leib gerissen. Aber als sie die Tür aufschloss und ihm erklären wollte, dass er gehen musste, blieb er an der Türschwelle stehen.

»Willst du nicht mit reinkommen?«, fragte sie irritiert.

Zu ihrer Überraschung schüttelte er den Kopf.

»Warum nicht?«

»Weil du vielleicht die ganze Zeit recht hattest.« Er trat zu ihr, nahm ihr Gesicht in beide Hände und küsste sie zärtlich. Dann schaute er ihr in die Augen, und sie sah seinen gequälten Blick. »Ich mag dich, Gabriella. Sehr sogar. Und es gibt nichts, was ich lieber täte, als reinzukommen und dir zu beweisen, wie sehr.«

»Aber?«

»Aber … ich sehe da eine andere Seite an dir.«

»Ja … und? Hältst du mich für eine Axtmörderin oder so?«

Er lächelte schwach. »Ich glaube nur, dass du einen Mann verdient hast, der dir mehr zu bieten hat als ich.«

Das bezweifelte sie. »Warum sagst du das?«

»Weil du eine Frau für immer bist. Und du hast einen Mann verdient, der für immer bei dir bleibt. Das aber kann nicht ich sein. Ich möchte nicht, dass du deine Zeit mit mir verschwendest. Glaub mir.« Er strich mit dem Daumen über ihre Unterlippe. »Vor mir wegzulaufen war die richtige Entscheidung.«

Beim ersten Mal war sie gegangen, weil sie die klare Absprache hatten, dass es nur eine Nacht geben sollte. Sich in den frühen Morgenstunden aus dem Staub zu machen, hatte sie beide vor einer unangenehmen Situation bewahrt. Beim zweiten Mal war sie verschwunden, weil sie erkannt hatte, dass sie die Geschichte zwischen ihnen nicht oberflächlich halten konnte. Und jetzt? Jetzt wollte sie nicht, dass er ging. Wollte, dass er bei ihr blieb. Einen Mann für immer zu finden, hatte definitiv nicht auf ihrer Liste gestanden, aber sie wollte verdammt sein, wenn sie jetzt nicht zugriff.

»Vielleicht sollten wir darüber reden?«

Da er den Kopf schüttelte, hielt er es wohl für keine gute Idee.

»Es war ein Fehler, herzukommen. Aber du bist eine sehr talentierte Köchin, Gabriella. Wenn du nach Thanksgiving immer noch interessiert bist, bei mir zu arbeiten, dann komm vorbei, und wir führen ein richtiges Vorstellungsgespräch. Mit Bewerbung, Lebenslauf, Zeugnissen und dem ganzen Kram.«

Mehr sagte er nicht. Stattdessen drehte er sich um und verschwand.

Heute Morgen war Gabi sicher gewesen, dass es keine gute Idee war, für ihn zu arbeiten. Weil sie Angst hatte, sich zu sehr auf ihn einzulassen. Jetzt wusste sie nur noch eins: Es war bereits passiert. Und dieser Stich, den sie im Herzen verspürte, hatte nichts mit ihren Plänen zu tun, sich in der kulinarischen Welt zu beweisen. Denn, was zum Teufel nützte einem Erfolg, wenn man ihn mit niemandem teilen konnte?

8. Kapitel

Parker war gerade erst auf seinem Hausboot angekommen, hatte sich eine Flasche Bier aus dem Kühlschrank geholt und sich aufs Sofa fallen gelassen, als sein Handy klingelte.

»Wir haben sie endlich dingfest gemacht«, erklärte sein Bruder Declan und klang dabei eher erschöpft als siegreich.

»Wen?«, fragte Parker, zu müde zum Denken.

»Unsere schwer zu fassende, raffinierte Tante. Ethan hat sie erwischt, als sie mit einem gepackten Koffer in der Hand abhauen wollte. Anscheinend dachte sie, sie könne erneut verschwinden, ohne uns die Geschichte über Mom und Dad erzählen zu müssen.«

Fuck.

Parker war völlig ausgelaugt. Er hatte nicht einmal mehr genügend Energie, um sich Essen in der Mikrowelle aufzuwärmen. Und zudem war er ziemlich aufgewühlt, seit er aus Gabriellas Wohnung verschwunden war. Er hatte sie nicht verlassen wollen, wäre so gern mit ihr hineingegangen, hätte sie hochgehoben und in ihr Schlafzimmer getragen. Wäre mit ihr zwischen die Laken geschlüpft und hätte sie für den Rest dieses verregneten, miesen Tages geliebt.

Aber der kurze Besuch mit ihr im Frauenhaus hatte ihm gezeigt, dass sie nicht nur leidenschaftlich und forsch war, sondern auch ein großes Herz besaß. Obwohl sie die Frau sein könnte, mit der er bis in alle Ewigkeit zusammen sein wollte, musste er ehrlich sein. Er hatte weder Zeit noch Kraft, eine Beziehung aufzubauen. Es gab zu vieles, um das er sich im Augenblick kümmern musste, er konnte nicht auch noch für eine Frau da sein. Und sie verdiente es, jemanden zu finden, der wie Jordan war. Ein Mann, der bereit war, alles für sie stehen und liegen zu lassen, um sie glücklich zu machen – egal, wie viel Zeit das kostete.

Er konnte das nicht leisten.

Nicht jetzt.

Nicht in naher Zukunft.

Vielleicht sogar nie.

Und deshalb wäre es höllisch unfair, Gabriella in das Chaos, das sich sein Leben nannte, mit hineinzuziehen.

»Habt ihr Tante Pippy an einem Stuhl festgebunden?«, fragte er Declan.

»Brauchten wir nicht. Rechts und links von ihr sitzt einer der Brüder, und einer sitzt vor ihr. Lucy und Brooke stehen parat, falls sie es mit der lahmen Ausrede versuchen sollte, dass sie zur Toilette muss. Sie hat keine Chance, aus dem Fenster zu flüchten.«

Parker musste fast lachen, als er sich seine beiden zukünftigen Schwägerinnen als Wachposten vor dem Klo vorstellte.

»Was wollen sie denn dann machen? Mit ihr auf Toilette gehen?«

»Wenn es sein muss, ja. Nicki ist oben in ihrem Zimmer, entschlossen, nur runterzukommen, wenn wir sie zwingen. Und Lili ist auf dem Weg. Wir warten nur noch auf dich.«

Parker blickte sehnsüchtig auf die Bierflasche in seiner Hand, ehe er sie, ohne einen Schluck getrunken zu haben, auf den Tisch stellte. »Ich bin gleich da.«

Mit den Keksen in der Hand, die Gabriella ihm gebacken hatte, stand Parker vor der Tür seines Elternhauses und lauschte dem Tohuwabohu, das drinnen herrschte. Es hörte sich an wie eine völlig außer Rand und Band geratene Zuschauermenge bei einem Boxkampf.

Anscheinend wurde dringend ein Schiedsrichter gebraucht.

Je länger er dastand, desto lauter wurden die Stimmen. Während er von Portland hergefahren war, schien sich ein handfester Krach entwickelt zu haben. Es war nichts Ungewöhnliches in dieser Familie, dass man sich stritt, aber der scharfe Tonfall gefiel ihm gar nicht. Die meisten Differenzen wurden unproblematisch abgehandelt, und in der Regel beruhigten sich die Streithähne schnell wieder. Heute Abend hingegen klang das Ganze genauso kalt und bitter wie der Wind, der ihm in den Nacken blies.

Parker schnappte sich einen Keks, stopfte sich ihn in den Mund und versuchte, alle Gedanken an die Frau, die ihn gebacken hatte, zu verdrängen. Während er genüsslich kaute, wappnete er sich gegen das Unvermeidliche und öffnete die Tür zur Hölle.

Was er drinnen vorfand, war sogar noch verrückter, als es sich angehört hatte.

Mit einem Gesicht, das röter war, als wenn sie zu viel Rouge aufgetragen hatte, saß Tante Pippy gefangen zwischen Ethan und Declan auf dem Sofa. Brooke, Declans Verlobte, hockte auf seinem Schoß, vermutlich, damit er nicht aufstehen und jemanden erwürgen konnte. Jordan und Ryan stritten sich mitten im Zimmer, während Lucy sich an Jordans Sweatshirt klammerte. Nicki thronte mit verschränkten Armen auf der untersten Treppenstufe und tat ihre Meinung lautstark kund. Und Lili saß einsam auf einem Stuhl, während ihr verängstigter Blick hin und her huschte, als suche sie nach der nächstbesten Fluchtmöglichkeit.

Selbst Nickis Kätzchen Fezik beteiligte sich an dem Streit, indem sie den Schwanz von Lucys Hund Ziggy attackierte. Die Einzige, die in diesem Chaos fehlte, war Ryans neunjährige Tochter Riley.

Am liebsten hätte Parker auf dem Absatz kehrtgemacht, was auch möglich gewesen wäre, da bei all dem Durcheinander niemand sein Kommen bemerkt hatte. Aber so feige war er nicht. Außerdem musste dieser ganze Scheiß endlich ein Ende haben.

Parker schluckte den letzten Bissen Keks herunter, steckte zwei Finger in den Mund und pfiff, so laut er konnte.

Das Geschrei verstummte, und alle fuhren zu ihm herum.

Den wütenden Blicken nach zu urteilen, die sie ihm zuwarfen, war es wohl ganz gut, dass keiner von ihnen eine Waffe in der Hand hielt.

»Fuck, zum Glück. Endlich bist du auch mal da«, rief Jordan.

»Nicht solche Ausdrücke!«, rief Tante Pippy ihm zu, ehe wieder alle zu streiten anfingen.

Mit besorgtem Gesicht wandte Ryan sich an Parker. »Ich habe versucht, die Sache in den Griff zu bekommen. Vergeblich. Kannst du mal in deine Trickkiste greifen und ein

Mittel finden, wie wir hier wieder Ordnung ins Haus kriegen?«

»Ich schätze, dafür braucht es schon einen Vorschlaghammer.«

In dem Moment zerriss ihm Nickis Kreischen fast das Trommelfell. Das reichte.

Noch einmal pfiff er. »RUHE!«

Als die anderen ihre Aufmerksamkeit endlich auf ihn gerichtet hatten, fiel ihm nur eine Möglichkeit ein, diese Situation zu retten.

Er musste an ihr Ehrgefühl appellieren.

»Ihr solltet euch schämen«, schimpfte er. »Ihr geht euch hier fast an die Gurgel und jagt Lili einen Mordsschrecken ein. Was soll denn bitte schön all das Schreien und Streiten?«

Seine Frage wurde mit eisigem Schweigen beantwortet.

»So, jetzt setzen sich erst einmal alle. Und dann atmet ihr tief durch und holt euch einen Whiskey.« Er deutete zu Nicole. »Du nicht. Ihr anderen … tut, was auch immer ihr tun müsst, um euch wieder zu beruhigen. Und zwar sofort!«

»Danke, Parker«, sagte Tante Pippy und strich sich das orangefarbene Haar aus der Stirn wie nach einer Kneipenprügelei.

»Du bist noch nicht vom heißen Stuhl runter, Tante Pippy. Also solltest vor allem du tief Luft holen, denn du hast uns eine Menge zu erklären.«

Ganz zu Recht ließ seine Tante den Kopf hängen.

Sie war die Einzige, die wusste, was zwischen Parkers Eltern geschehen war, was die Kluft zwischen ihnen aufgerissen und den Vater dazu gebracht hatte, seine Frau zu betrügen, eine uneheliche Tochter zu zeugen und schließlich Geld zu veruntreuen.

Sie war die Einzige, die wusste, warum sein Vater alles aufs Spiel gesetzt hatte, wofür er so hart gearbeitet hatte: seine Familie und das Erbe, das sein eigener Vater vor Jahrzehnten aufgebaut hatte.

Sie war die Einzige, die ihnen die Wahrheit erzählen konnte, damit die Wunden, die nach dem Tod ihrer Eltern aufgerissen waren, heilen konnten.

Doch bisher war sie ihnen ausgewichen wie ein Fassadenkletterer, der in den Louvre einbrechen wollte.

»Ich bin nicht der Älteste. Daher ist es Ryans Aufgabe, dieses Chaos von Familientreffen auf die Reihe zu kriegen.« Parker stellte die Schachtel mit den Keksen ab und sah seinen Bruder an. »Es sei denn, du möchtest die Aufgabe abgeben.«

»Nein, ist okay.« Ryans breite Brust hob sich, als er tief Luft holte, um seine Wut abzuschütteln. »Danke.«

»Dann überlasse ich jetzt dir die Bühne.« Parker setzte sich auf einen Stuhl neben Lili und lächelte sie an. Erleichtert nahm er zur Kenntnis, dass sie zaghaft zurücklächelte, und drückte aufmunternd ihre Hand. Schließlich blickte er zur anderen Seite des Zimmers und winkte Nicki heran.

Sie schüttelte den Kopf.

Sturkopf.

Mit ein bisschen mehr Dringlichkeit und einem bösen Funkeln in den Augen winkte er sie noch einmal zu sich.

Es dauerte eine ganze Weile, ehe seine kleine Schwester schließlich die Augen verdrehte und wie eine Zweijährige im Trotzalter über den Teppich im Wohnzimmer stampfte. Parker neigte den Kopf zu dem leeren Stuhl auf seiner anderen

Seite. Nachdem Nicki sich hatte fallen lassen, als wäre sie gerade einen Marathon gelaufen, griff er auch nach ihrer Hand.

Und da saß er nun und bildete die einzige Verbindung zwischen zwei Schwestern, die kaum je ein Wort gewechselte hatten, das nicht anklagend oder böse gemeint gewesen war. Mit klopfendem Herzen bemerkte er, dass alle anderen im Zimmer sie anstarrten. Vielleicht hatten sie plötzlich begriffen, wie viel auf dem Spiel stand.

Er wollte verdammt sein, wenn er die zwei zarten Pflänzchen neben sich loslassen würde. Nicht bevor sie beide erkannt hatten, dass sie blutsverwandt waren und niemand etwas daran ändern konnte.

»Parker hat recht.« Ryan ließ seinen Blick durch den Raum gleiten. »Wir sollten uns alle schämen. Wir sind eine Familie. Jeder Einzelne von uns gehört hierher. Und egal, wo wir aufgewachsen sind, jeder von uns verdient es, die Wahrheit zu erfahren.«

Alle Blicke richteten sich auf Tante Pippy. War sie endlich bereit, die Geschichte zu erzählen, die ihnen Klarheit verschaffen würde?

»Es wird Zeit, das Richtige zu tun, Tante Pippy«, sagte Ryan.

Pippy schaute einen nach dem anderen an. Parkers Herz verkrampfte sich, als beide Schwestern seine Finger fester umklammerten.

»Um das erst einmal klarzustellen, eure Mutter und euer Vater wollten nie, dass ihr davon erfahrt.« Tante Pippy wirkte auf einmal viel älter, als ihre auffällige Haarfarbe und das üppige Make-up vermuten ließen. »Aber inzwischen bin ich es ehrlich gesagt leid, dieses Geheimnis zu bewahren. Schließlich hat es all denen, die sie geliebt und beschützt haben, nur Kummer bereitet. Es wird Zeit.«

Alle beugten sich vor. Warteten. Hörten zu.

»Die Schwierigkeiten begannen, kurz nachdem Ethan geboren wurde. Was natürlich nicht deine Schuld war, Schätzchen«, sagte Pippy zu Parkers jüngstem Bruder, der zwar zusammenzuckte, aber nichts erwiderte. Parker sah, dass ihm diese Bemerkung wehtat, und konnte fast hören, wie Ethan überlegte, ob es vielleicht auch nur wieder eine Lüge seiner Eltern gewesen war, ihm nicht die Schuld zu geben.

»Euer Vater war nicht der Erste, der fremdgegangen ist«, verkündete Tante Pippy.

Parkers Kopf fuhr so schnell herum, dass es in seinem Hals knackte.

»Diese Schande gebührt eurer Mutter, die das Gefühl hatte, euer Vater widme mehr Aufmerksamkeit seinen Söhnen als ihr. Im Grunde war sie eifersüchtig auf die Leben, die sie geschaffen hatte. Natürlich war sie trotzdem eine gute Mutter, aber ihre Haltung und ihre Affäre mit einem Mann aus dem Ort verursachten einen irreparablen Riss zwischen ihr und eurem Dad.«

Unfähig, die Faust, die sich um sein Herz geschlossen hatte, abzuschütteln, sah Parker sich um. Keiner der anderen schaute auf. Keiner sah Tante Pippy an. Alle schienen auf einmal sehr am Fußboden interessiert zu sein, und Parker ahnte, dass sie versuchten, mit diesen Neuigkeiten fertigzuwerden.

Bisher hatten sie immer ihrem Vater die Schuld an allem gegeben.

»Nachdem er ein paar Jahre lang auf dem Sofa geschlafen und die kalte Schulter gezeigt bekommen hatte, konnte euer

Dad das Schweigen und die ständigen Streitereien nicht mehr ertragen und ist an die Ostküste zu eurem Onkel Richard gefahren. Er hatte gehofft, mit ein wenig Abstand und Zeit einen Weg zu finden, seine Ehe zu retten. Seine größte Angst war es, euch Jungs zu verlieren. Er hat euch mehr als sein Leben geliebt.«

Das war etwas, was Parker wirklich glauben konnte. Sein Vater hatte sich immer Zeit für ihn und seine Brüder genommen, und das Zusammensein mit ihnen genossen.

»Dort hat er Lilis Mom getroffen, Natalie.« Pippys Hände, die zusammengefaltet auf ihrem Schoß lagen, verkrampften sich. »Sie hat ihm Aufmerksamkeit geschenkt. Hat ihm zugehört. Ist ihm mit dem offenen Herzen begegnet, das er sich von eurer Mom erhofft hatte. Sie zeigte ihm nicht die kalte Schulter. Sie war eine gute, warmherzige Frau.« Pippy zuckte mit den Schultern. »Es ist nicht verwunderlich, dass sie sich ineinander verliebten.«

Parker spürte, wie Lili sich versteifte und versuchte, ihm ihre Hand zu entziehen, doch er hielt sie weiterhin fest und drückte sie noch einmal kurz. Dann beugte er sich hinüber und küsste Lili auf die Wange. Mit einem stockenden Atemzug hob sie die Schultern. Natürlich, für sie war das alles genauso schwer wie für den Rest von ihnen.

»Aber euer Dad wusste, dass er zurückkommen musste, um seine Ehe zu retten, wenn auch nur euch Jungs zuliebe. Kurz nachdem er wieder hier war, teilte ihm Lilis Mom mit, dass sie schwanger war.«

Tante Pippy machte eine Pause, legte den Kopf in die Hände und wiegte ihn langsam.

»Ach Gott, er war so hin- und hergerissen. Er liebte euch

Jungs, er liebte eure Mom noch immer, aber er liebte auch Natalie. Obwohl er wusste, dass er einen Fehler gemacht hatte, freute er sich über Natalies Schwangerschaft. Einige Wochen später hat Natalie eurem Dad geschrieben, dass sie das Baby verloren hätte. Sie wollte nicht, dass er sich verpflichtet fühlte, eine dramatische, lebensverändernde Entscheidung zu treffen. Mit fünf Söhnen und einer langen Ehe sah sie klar, wo seine Verantwortung lag. Also hat sie sich endgültig von ihm getrennt, und er ... war am Boden zerstört. Einige Monate später musste euer Dad noch einmal an die Ostküste. Er suchte Natalie auf und fand heraus, dass Lili geboren war.«

Pippy machte eine Pause und wischte sich die Tränen ab, die an ihren Wimpern hingen. Damit verschmierte sie ihre Wimperntusche so, dass sie fast aussah wie ein Waschbär. Lucy reichte ihr eine Box mit Taschentüchern. Sie zupfte sich ein paar heraus und putzte sich die Nase.

»Meine Mom hat ihm erklärt, dass er sich nicht verantwortlich fühlen müsse«, berichtete Lili mit zittriger Stimme. »Das hat sie mir erzählt, kurz bevor sie starb. Obwohl sie ihn geliebt hat, wollte sie, dass er bei seiner Frau und seinen Söhnen blieb.«

»Das stimmt.« Tante Pippy nickte. »Und dich zurückzulassen, Lili, war das Schwerste, was er je durchgemacht hat. Bitte denke nicht, dass er dich weniger geliebt hat, nur weil er nicht bei dir war. Denn er hat dich wirklich sehr geliebt.«

Neben sich spürte Parker, wie Nicole anfing zu zittern. Er sah sie an und stellte fest, dass ihre Emotionen offen auf ihrem Gesicht abzulesen waren, dass sie am liebsten geschrien hätte »Aber was ist mit mir?« Denn im Grunde hatte ihr

Vater sie auch verlassen. Parker beugte sich zu ihr und küsste sie auf die Wange. Es war nur ein schwacher Trost, aber im Augenblick konnte er nicht mehr geben, ohne selbst zusammenzubrechen.

»Als euer Vater wieder nach Hause kam, hat er eurer Mutter alles gestanden«, fuhr Pippy fort. »Sie wurde fuchsteufelswild und drohte damit, ihm euch Jungs wegzunehmen und das Weingut obendrein. Er hat ihr versprochen, sie niemals zu verlassen, weil er sie immer noch liebte, und weil er seine Söhne liebte. Aber er gab auch zu, dass ein Teil seines Herzens Natalie und Lili gehörte.«

Pippy schniefte. »Eure Mutter begann zu hoffen, alles würde sich wieder normalisieren, aber das passierte nicht. Es war bereits zu viel Glas zerbrochen, als dass die Wunden so einfach hätten heilen können. Da kam ihr der Gedanke, dass ein weiteres Kind die Sache vielleicht beruhigen könnte.«

»Aber dass sie schon so viele Kinder hatten, scheint doch das Grundproblem gewesen zu sein«, meinte Jordan.

Tante Pippy nickte und strich sich mit einer Hand über ihr bunt gemustertes Kleid. »Aber sie hat gehofft, dass ihn eine Tochter von Lili ablenken würde. Also überredete sie ihn, mit ihr zu einem Arzt zu gehen, der sich auf künstliche Befruchtung spezialisiert hatte. Der sollte anhand einer Sperma-Untersuchung gezielt das Geschlecht des Kindes bestimmen. Zu dem Zeitpunkt war euer Vater wie benommen. Er hätte alles über sich ergehen lassen, um eure Mutter glücklich zu machen und die Familie zusammenzuhalten.«

Als Nicki aufschluchzte, schauten alle zu ihr.

»Es ist okay, Nic«, versuchte Ethan sie zu trösten. »Halt durch. Wir müssen die ganze Wahrheit erfahren. Okay?«

Nicole antwortete nicht, sondern umklammerte Parkers Hand nur noch fester. Es war offensichtlich, dass sie kurz davor war, völlig die Fassung zu verlieren.

»Es tut mir leid, Schätzchen«, sagte Tante Pippy zu ihr. »Ich weiß, dass es hart für dich ist. Aber egal, was du denkst, dein Daddy hat dich geliebt. Er war einfach nur innerlich so zerrissen. Er zog sich immer weiter zurück, bis nur noch die Hülle von dem Mann übrigblieb, der er einmal gewesen war. Ich kann euch sagen, dass ich ihn nie zuvor so erlebt hatte, und wusste leider auch nicht, wie ich ihm helfen sollte. Ihr wisst, eure Mutter war meine Schwester und ich hätte eigentlich auf ihrer Seite stehen sollen. Aber es war hart mitanzusehen, wie euer Vaters gefühlsmäßig zu Grunde ging.«

»Ich habe natürlich mitgekriegt, wie er sich verändert hat«, warf Ryan ein. »Er wurde immer stiller. Zurückhaltender. Aber ich dachte einfach, das hätte mit dem Alter zu tun.«

»Jetzt kennst du den wahren Grund.« Tante Pippy schüttelte den Kopf. »Als er anfing, Geld aus dem Weingut abzuzweigen, steigerte sich sein Selbsthass noch mehr. Obwohl er an Lilis Leben nicht teilhaben konnte und sie nur einmal in seinem Leben gesehen hatte, wollte er sie unterstützen. Also schickte er Geld, auch wenn er von keinem Gericht je dazu gezwungen wurde. Natalie verweigerte es immer wieder, doch er bestand darauf.«

»Nicole, ich weiß, dass du dich von deinem Vater auch verlassen gefühlt hast, und im Grunde stimmt das auch. Aber deine Mutter hat dich verwöhnt, und dein Vater hat es geduldet, weil er glaubte, damit seine emotionale Distanz wiedergutmachen zu können.«

Eine ganze Weile herrschte Schweigen, und alle blickten zu Boden, als könnten sie dort die Antworten auf all ihre Fragen finden.

»So, jetzt möchte ich noch eins sagen, und dann bin ich fertig. Es sei denn, jemand hat noch Fragen.« Tante Pippy sah blass und erschöpft aus. »Niemand in diesem Zimmer, durch dessen Adern Kincade-Blut fließt, sollte daran zweifeln, dass er geliebt wurde. Eure Eltern waren nicht perfekt. Sie haben ziemliches Unheil angerichtet, aber sie haben sich Mühe gegeben, die Familie zusammenzuhalten. In den letzten Jahren hatten sie sogar wieder angefangen, wie Mann und Frau miteinander zu kommunizieren. Sie hatten diesen Hawaii-Urlaub gebucht, um die Liebe, die sie vor so vielen Jahren füreinander empfunden hatten, wieder neu zu beleben. Leider haben sie nie die Chance dazu bekommen.«

Tante Pippy stand auf. »In anderthalb Wochen ist Thanksgiving«, sagte sie in strengem Ton. »Das ist ein Fest, an dem Familien zusammenkommen. Lasst euch von dem Chaos, das eure Eltern angerichtet haben, nicht euer eigenes Leben ruinieren. Habt deshalb keine Angst, euch zu verlieben. Oder Angst, denen, die ihr liebt, auch mal zu widersprechen. Aber denkt immer daran, die Menschen, mit denen ihr zusammen seid – egal, ob Bruder, Schwester oder Partner –, offen anzuschauen und eure Gefühle nicht zu verstecken. Redet über Probleme, freut euch über die Unterschiede zwischen euch. Und am Ende des Tages vergesst nicht, dass ihr alle in einem Boot sitzt. Ihr alle habt euch, und ihr könnt euch aufeinander verlassen. Ja, ihr wurdet in der Vergangenheit alle angelogen, betrogen oder auf die eine oder andere Art beraubt, aber bitte, lasst euch davon nicht eure Zukunft diktieren.«

Ein kollektives Ausatmen ertönte im Zimmer, so, als hätte jemand die Luft aus einem Bündel Luftballons gelassen.

»Noch Fragen?« Pippy sah sie nacheinander an. Niemand gab einen Ton von sich. »Gut. Ich brauche nämlich dringend ein Glas Wein, und dann werde ich mich hinlegen.«

Noch nie war ihr Alter so zu Tage getreten wie in diesem Moment, als sie langsam durchs Zimmer ging und sich die Treppe hinaufschleppte. Niemand rührte sich, bis sie hörten, wie eine Zimmertür zufiel. Dann sahen Nicole und Lili sich an. Unsicher, was in ihren Köpfen vor sich ging, hielt Parker ihre Hände weiter fest umklammert. Eine Sekunde später ließ er sie jedoch los, als sie aufstanden, sich in die Arme fielen und beide anfingen zu weinen.

Die vereinten Schwestern.

Parker spürte, dass auch ihm die Tränen in die Augen schossen.

Im nächsten Moment fand sich die Familie in einer Gruppenumarmung wieder.

Und alle heulten.

Sie weinten um die Vergangenheit, um die Sünden, die Herzen gebrochen hatten, und weil sie den Glauben an all das verloren hatten, was für sie einst selbstverständlich gewesen war.

Aber jetzt war es an der Zeit, nach vorn zu schauen.

Gemeinsam.

9. Kapitel

Einen Einkaufswagen mit einem eiernden Rad durch den Supermarkt zu schieben, während im Hintergrund irgendeine nostalgische Musik dudelte, ließ Gabriellas Schritte nicht gerade federn. Im Gegenteil. Sie klammerte sich an den Wagen und schob ihn durch den Gang mit dem Brot, als würde am Ende nicht der Sonderstand mit den Kürbis-Pie-Mischungen, sondern ihre Henkersmahlzeit warten.

Für ein Thanksgiving-Dinner einzukaufen, das sie allein verspeisen musste, während ihr nur der stets missmutig gelaunte Basil in seinem Aquarium Gesellschaft leistete, war ungefähr so ansprechend wie eine Hochzeitsreise, die man alleine antrat. Aber das war nun einmal das Los, das das Schicksal ihr zugeteilt hatte. Und vielleicht hatte sie es sich auch ein Stück weit selbst zuzuschreiben.

Wenn man allein war, waren Feiertage wirklich das Allerletzte.

Als wären die allgegenwärtigen romantischen oder von Familienglück zeugenden Werbeplakate nicht schon schlimm genug, waren die Gänge im Supermarkt voller Weihnachtsglitzer, Baumkugeln und künstlichen Weihnachtsbäumen. Und das hatte schon vor Halloween angefangen. Gabi war nicht auf das Gefühl der Leere vorbereitet gewesen, das all das in ihr auslöste. Also hatte sie beschlossen, in diesem Jahr zumindest einen Weihnachtsbaum aufzustellen. Sie würde feiern, mit heißer Schokolade mit Schuss, würde sich nach Cranberry und Apfel duftende Kerzen anzünden und sich einen schönen Weihnachtsfilm ansehen, während sie für das Frauenhaus Plätzchen backte. Sie würde alles in ihrer Macht Stehende tun, um die Einsamkeit zu vertreiben, die Singles wie ihr zu den Feiertagen zu schaffen machte.

Aber jetzt musste sie erst einmal Thanksgiving überstehen.

Während sie sich die magere Auswahl an Truthahnbrüsten anschaute – warum sollte sie sich schließlich die Mühe machen, einen ganzen Truthahn zuzubereiten –, gesellten sich mehrere Mütter mit süßen Kindern im Schlepptau in der Geflügelabteilung zu ihr. Gabi beobachtete die Frauen voller Bewunderung. Sie hatten ihre Kinder total im Griff, obwohl die anscheinend über Oktopusarme verfügten, als sie hier und dort etwas aus den Regalen angelten.

Keine der Mütter verlor die Beherrschung. Nur hin und wieder bedachten sie ihre Kids mit einem warnenden Blick und lächelten gequält. Wie von Zauberhand benahmen sich die Kinder. Na ja, jedenfalls für fünf Sekunden, ehe sie die Oktopusarme wieder ausfuhren.

Gabi lachte leise und fragte sich, wie es wohl Parkers Mutter ergangen sein mochte, wenn sie mit fünf Jungs beim Einkaufen war.

Parker.

Er ging ihr nie ganz aus dem Kopf. Im Grunde beherrschte er ihre Gedanken, seit er vor zwei Wochen aus ihrer Wohnung gestürmt war. Vor zwei verdammt endlosen Wochen, als er jegliche Hoffnung auf Zweisamkeit zunichtegemacht und sie distanziert aufgefordert hatte, nach Thanksgiving zu einem formellen Bewerbungsgespräch vorbeizukommen.

Seitdem hatte Gabi sich ständig gefragt, wie es angehen konnte, dass sie sich ineinander verschlungen hatten und jetzt so förmlich miteinander umgingen.

Klar. Anfangs sollte es nur ein One-Night-Stand sein. Aber dann hatten sie sich wieder geküsst, sich wieder berührt, und es hatte sich angefühlt, als hätte sich zwischen ihnen etwas verändert. Sie hatte nie vorgehabt, ihr Herz zu verlieren, aber genau das war dummerweise passiert und machte die Sache jetzt ziemlich schwierig.

Parker ließ sie all ihre Pläne vergessen. Er weckte in ihr den Wunsch, Zeit fürs Kuscheln zu schaffen, Gefühle zuzulassen und all den Mist aus ihrer Vergangenheit zu vergessen, um noch einmal ganz neu anzufangen.

Doch das alles spielte keine Rolle mehr.

Er hatte ihr klargemacht, dass sie von nun an nur noch geschäftlich miteinander zu tun haben würden.

Und sie vermisste ihn. So sehr.

Am Ende der Geflügelabteilung stand ein händchenhaltendes Paar, das sich einen riesigen Truthahn aussuchte. Gabi spürte, wie ihr die Tränen kamen, und schalt sich wegen ihrer Rührseligkeit.

Du meine Güte. Diese verdammten Feiertage. Tage, an denen Familien zusammenkamen, lachten und redeten und ihr Zusammengehörigkeitsgefühl feierten. Genau wie in diesen verdammten Fernsehwerbungen. Alles glänzte, glitzerte und strahlte. Schneeflocken, Lebkuchen und Welpen. Liebe, Herz, Romantik und Diamanten.

Gabi schluckte und kämpfte gegen den Feiertags-Blues an, während sie in die Tiefkühltruhe griff und sich die Packung mit der kleinsten Truthahnbrust herausangelte.

»Gabriella?«

Gabi blickte auf und entdeckte Lucy, Jordan Kincades Verlobte, die mit ihrem Einkaufswagen auf sie zukam.

»Dachte ich es mir doch, dass Sie es sind.« Lucy schob ihren Wagen neben Gabis und lächelte sie an. »Wie geht es Ihnen?«

»Gut, danke.« *Lügnerin.* »Wie kommen die Hochzeitsvorbereitungen voran?«

Lucy verdrehte die Augen. »Jordan hat seine Schwester Lili dazu überredet, ihm zu helfen. Als ich das Wort ›Piraten‹ gehört habe, bin ich lieber geflüchtet.«

»Piraten?«

»Ich glaube, er hat von seinen ehemaligen Eishockey-Kumpanen gesprochen. Jedenfalls hoffe ich das sehr.«

Gabi grinste. »Eine Piratenhochzeit hört sich doch ganz lustig an. Jeder müsste als Geschenk eine Schatztruhe gefüllt mit Gold und Edelsteinen mitbringen. Ihr könntet Grog statt Champagner trinken. Und statt *Ich will* zu sagen, könntet ihr *Arrgh* knurren und ordentlich fluchen.«

Lucy lachte. »Das wäre sicher genau nach Jordans Geschmack. Vielleicht sollten Sie vorbeikommen und sich ansehen, was letztlich dabei herauskommt.«

Gabi wollte nicht damit herausplatzen, dass sie super gerne kommen würde, denn sie würde sicher keine offizielle Einladung in ihrer Post finden. »Ich bin sicher, egal, was er letztendlich ausbrütet, Sie werden begeistert sein.«

»Stimmt vermutlich. Aber ich hätte auch nichts dagegen, einfach nur zum Standesamt zu gehen und das Ganze in einer kurzen, netten Zeremonie abzuhandeln. Jordan hat so lange im Rampenlicht gestanden, dass ihm das ganze Brimborium nichts ausmacht, aber ich bin nicht so darauf aus, im Mittelpunkt zu stehen.«

»Schauen Sie einfach dem Mann, den Sie lieben, in die Augen. Und außerdem: Ehe Sie sich's versehen, sind Sie mit ihm allein in der Hochzeitssuite.«

»Oder ich stehe unter einer Piratenflagge.«

Sie mussten beide lachen, und Gabi kam der Gedanke, dass Lucy eine gute Freundin sein könnte.

Zu gern würde sie sich nach Parker erkundigen, doch das musste sie tunlichst unterlassen. Stattdessen fragte sie: »Und wieso kaufen Sie hier und nicht in Sunshine ein?«

»Manchmal muss ich einfach aus dieser Kleinstadt-Idylle ausbrechen«, erklärte Lucy. »Ich finde es wirklich schön dort, aber wenn man Lehrerin ist, kennt man alle Kinder und deren Eltern. Ein zwanzigminütiger Einkauf kann sich in einen mehrstündigen ausdehnen, je nachdem, wen man trifft. Wenn ich hier einkaufe, erledige ich das alles in Rekordzeit.«

»Das hört sich nach guter Planung an.«

»Als Lehrerin ist planen mein Hauptgeschäft.« Lucy lehnte sich mit der Hüfte gegen ihren Einkaufswagen. »Heute kaufe ich für das Thanksgiving-Dinner ein. Wir haben alles, was für den Hauptgang und das Dessert zubereitet werden soll, auf Zettel geschrieben, in einen Hut geworfen, und dann musste jeder einen Zettel ziehen. Auf diese Weise muss niemand alles allein vorbereiten und ist dann völlig erschöpft, ehe die Feier überhaupt losgeht.«

»Ein Thanksgiving-Essen, bei dem jeder etwas mitbringt. Eine schöne Idee.«

»Mit wem verbringen Sie den Feiertag?«

Gabi wandte den Blick ab und versuchte, etwas im Regal zu finden, womit sie vom Thema ablenken konnte.

Lucy blickte in Gabis Wagen. »Ist das eine Truthahnbrust?«

Gabi war sicher, dass es nicht so anklagend gemeint war, wie es klang.

»Ich brauche wirklich keinen ganzen Truthahn für mich.«

»Soll das heißen, Sie sind Thanksgiving ganz allein?« Eine von Lucys Augenbrauen schoss in die Höhe. Gabi nahm an, dass das eine typische Lehrerinnenmimik war, und traute sich nicht zu lügen.

»Nicht ganz allein.«

Lucy verschränkte die Arme und wechselte in Sekundenschnelle von der Lehrerinnen- in die Mutterrolle. »Sondern? Wer ist bei Ihnen?«

»Basil.«

»Wer?«

»Basil. Er ist mein …« *Mist.* »Bettafisch.«

Gabi hörte fast, wie Lucy mit den Zähnen knirschte. Im nächsten Moment schnappte diese sich das Paket mit der Truthahnbrust und warf es zurück in die Kühltruhe.

»Vergessen Sie es. Sie kommen zum Thanksgiving-Dinner zu uns. Wenn Sie demnächst für Parker arbeiten, gehören Sie quasi zur Familie. Und genau aus dem Grund sollten wir auf das blöde Sie verzichten. Okay?«

Nein. Die Chance, dass sie zur Familie gehören würde, war eher gering bis gar nicht vorhanden.

»Ich denke, der Tisch bei den Kincades wird schon voll genug sein«, antwortete Gabi, obwohl sie die Einladung wirklich zu schätzen wusste.

»Quatsch. Da ist immer noch Platz für einen mehr«, widersprach Lucy. »Nun sag schon, dass du kommst.«

Es war albern, überhaupt darüber nachzudenken. Sie kannte die Familie nicht einmal. Und trotzdem … »Musst du nicht erst mal abklären, ob es okay ist, dass du eine Fremde mitbringst?«, hörte sie sich fragen.

»Es ist schließlich ein Tag, an dem man Danke sagt«, beharrte Lucy. »Und ich persönlich bin in diesem Jahr sehr dankbar dafür, dass ich nicht allein sein muss. An Thanksgiving sollte man anfangen zu geben, und zwar Herzlichkeit und Freundschaft, findest du nicht auch?«

Verblüfft von Lucys enormer Großzügigkeit konnte Gabi nur nicken.

»Außerdem bist du keine Fremde, du bist doch mit Parker zusammen«, sagte Lucy.

»Oh.« Gabis Herz machte einen Hüpfer. »Nein, bin ich nicht. Ich will nur in seinem Restaurant arbeiten.«

Ein wissendes Lächeln umspielte Lucys Lippen. »Du klingst so wie ich früher. Ich war regelrecht besessen davon, meine Gefühle für Jordan zu verheimlichen. Jedem, der mir zugehört hat, habe ich erzählt, dass er und ich nicht zusammen seien. Und so, wie Parker dich neulich angeschaut hat, bin ich mir sicher, dass ihr eine gewisse Grenze schon überschritten habt.«

Gabi umklammerte den Griff des Einkaufswagens und versuchte, etwas zu erwidern, brachte aber nur ein Stottern zustande.

»Natürlich habe ich jetzt leicht reden, weil wir bald heiraten, aber es gab Zeiten, da war ich kurz davor, die Finger um Jordans hübschen Hals zu legen und ihn zu erwürgen.« Lucy lächelte.

»Er klingt tatsächlich ziemlich … willensstark.«

»Ich glaube, überzogenes Alphatier-Gehabe wäre der passendere Ausdruck, um Jordan zu beschreiben.« Lucy lachte leise vor sich hin. »Willst du die Wahrheit hören? Ich weiß, dass ich mich glücklich schätzen kann, in Jordan meine große Liebe gefunden zu haben. Und vermutlich will ich jetzt, dass alle Leute, die mir wichtig sind, genauso glücklich werden. Declan hat Brooke gefunden. Parker hat dich gefunden. Nun hoffe ich nur noch, dass Ryan, Ethan und Nicole auch die Richtigen finden. Oh. Und Lili natürlich auch.«

»Lili, die Halbschwester?«

Lucy nickte. »Siehst du, du kennst doch schon die ganze Familie. Also bist du gar keine Fremde. Bitte sag, dass du kommst. Wir treffen uns so gegen vier Uhr nachmittags. Bring etwas zu essen mit, wenn du dich dann besser fühlst. Sag nur, dass du kommst, und dann sei einfach rechtzeitig da.«

Gabi hätte Nein sagen können, aber die Aussicht, den Feiertag allein zu verbringen, war einfach zu schrecklich. Basil würde sie nicht vermissen. Und sie sehnte sich so sehr danach, Parker wiederzusehen.

»Ich komme sehr gerne. Aber gib Parker bitte Bescheid, dass ich da sein werde, ja? Ich möchte nicht, dass er überrascht ist.«

Was, wenn er jemand anderes mitbrachte? Wie peinlich wäre das denn? Ehe sie einen Rückzieher machen konnte, lächelte Lucy sie an.

»Natürlich sage ich ihm das.« Lucy umarmte sie. »Wir sehen uns Donnerstag.«

Während Gabi ihrer neuen Freundin hinterhersah, die ihren Einkaufswagen in Richtung des Stapels mit den vakuumierten Truthähnen steuerte, versuchte sie, ihre Aufregung zu unterdrücken.

Sie würde Thanksgiving nicht allein zu Hause hocken müssen. Sie würde den Tag mit Parker verbringen.

Hoffentlich setzte er sie nicht mit einem Tritt vor die Tür.

Dicke graue Wolken verdunkelten den Himmel und drohten, Thanksgiving im Regen zu ertränken. Was im Herbst und Winter in Sunshine leider die Regel und nicht die Ausnahme darstellte. Trotzdem hatte Parker auf Sonnenschein gehofft, zumindest auf nicht ganz so eiskalten Wind.

Die Heizung in seinem Wagen war voll aufgedreht, als er das Tor zum Weingut passierte. Er musste sich beherrschen, nicht laut loszuprusten, als er den riesigen, aufblasbaren Truthahn und die Pilger sah. Oder besser gesagt, den voll aufgeblasenen Pilger und die nur halb aufgeblasene Pilgerin, die in der Taille ihrer weißen Schürze nach vorn geklappt war und aussah, als ginge sie dem Typen mit dem schwarzen Puritanerhut an die Wäsche.

Keine Frage, Tante Pippy hatte wieder zugeschlagen.

In jeder Familie gab es ein verrücktes Mitglied; die Kincades hatten Tante Pippy. Als sie ihnen neulich endlich reinen Wein über Parkers Eltern eingeschenkt hatte, waren sie alle irgendwie sauer auf sie gewesen. Doch inzwischen hatten sich alle wieder eingekriegt. Und waren sich alle einig, dass die wirkliche Tragödie darin bestand, dass ihre Eltern sich das Leben selbst so schwer gemacht hatten. Das Essen heute – das erste Thanksgiving mit Lili und ohne die Eltern – würde zwangsläufig anders als sonst werden.

Während er weiter die gewundene Straße hinauf zum

Haupthaus fuhr, wandte er ganz bewusst den Blick von seinem Restaurant ab. Er hatte sich geschworen, heute nicht dorthin zu gehen. Doch angesichts all der Arbeit, die noch anstand, ehe Jordan und Lucy dort feiern konnten, fiel es ihm schwer, sich daran zu halten. Aber heute war Feiertag, ein Tag für die Familie, ein Tag zum Essen, Trinken und Spaßhaben. Kein Tag zum Arbeiten bis zum Umfallen.

Auf der Einfahrt standen schon reichlich Autos und Trucks herum, sodass Parker so nah wie möglich am Haus parkte, bevor er seine Auflaufform mit Süßkartoffeln aus dem Kofferraum holte. Für die Gerichte in seinem Food Truck ließ er seiner Fantasie meistens freien Lauf und kochte das, was ihm gerade in den Sinn kam. An einem Feiertag wie heute jedoch besann er sich gern auf Traditionen. Was ihn allerdings nicht davon abgehalten hatte, ein deftiges Chili-Mais-Gericht zu kochen. Seine Brüder mochten es gern scharf und würzig. Zu den grünen Chilischoten hatte er noch eine Handvoll sehr klein geschnittener Habaneros hinzugefügt, sodass alle sofort nach ihren Bierflaschen greifen würden, um die Flammen im Mund zu ersticken.

Noch ehe er die Haustür geöffnet hatte, hörte er Stimmen. Zum Glück klangen sie nicht wütend, wie beim letzten Mal, als er hier gewesen war. Jetzt vernahm er eher Aufregung und Gelächter. Als er durch die Tür trat, hielten alle, die schon versammelt waren, inne und riefen »Parker!«, ehe sie mit dem fortfuhren, was sie vorher getan hatten. Parker grinste. Seine Familie trieb ihn manchmal in den Wahnsinn, aber anders kannte er es nicht und wollte es auch gar nicht anders haben.

Im Haus duftete es köstlich nach Truthahn, Kürbis und Gewürzen. Er holte tief Luft und stellte seine Schüsseln auf das lange Büfett. Schon im nächsten Moment kam die kleine Riley, seine süße Nichte, ins Zimmer gestürzt und warf sich ihm in die Arme. Hochgewachsen wie ihr Vater, hatte sie das blonde Haar und die Schönheit ihrer Mutter geerbt. Glücklicherweise hatte sie deren Egoismus anscheinend nicht mitbekommen.

»Onkel Parker, weißt du, was ich gemacht habe?« Sie grinste, und er bemerkte, dass ihr ein Zahn fehlte. »Das wird dir bestimmt gefallen.«

Er zerzauste ihre langen Locken und lachte. »Erzähl's mir.«

»Ich habe Kürbis- und Truthahn-Kekse gebacken.«

»Wow. Das klingt ziemlich beeindruckend.« Er neigte den Kopf und tat leicht verwirrt, obwohl er genau wusste, was sie meinte. »Ich bin mir nicht sicher, ob ich schon jemals Kekse in solchen Geschmacksrichtungen gegessen habe.«

»Onkel Parker.« Sie verdrehte die Augen und kicherte. »Die Kekse haben die *Form* von Kürbissen und Truthähnen.«

»Oh, du hast mich reingelegt.« Er umarmte sie noch einmal, und kaum hatte er sie losgelassen, sauste sie auch schon wieder in die Küche.

Ein Bruder nach dem anderen begrüßte ihn mit dem typischen Faustcheck und einem brüderlichen Schlag auf den Rücken. Die Damen des Hauses umarmten ihn richtig. Und Nickis Katze Fezik, die von Lucys Golden Retriever Ziggy und Brookes winzigem Hund Moochie verfolgt wurde, trugen zur weiteren Unterhaltung bei.

Wie immer herrschte das reinste Chaos.

Aber Parker liebte es. Zum Glück, denn so ging es in seiner Familie immer zu.

Nach einem kurzen Klopfen trat Sean, Parkers Bauleiter,

ein, den er persönlich zum Essen eingeladen hatte. Sie unterhielten sich ein paar Minuten lang darüber, wie furchtbar es war, sich die Thanksgiving-Parade im Fernsehen anzuschauen. Eigentlich konnte man sie nur ertragen, wenn man vor dem Fernseher festgebunden war und einem die Augen unter Zwang offen gehalten wurden, waren sie sich einig. Als Sean anfing, über die Bauarbeiten zu sprechen, hob Parker die Hand und erklärte, dass das Thema für heute tabu sei.

Das Haus war voll und laut. Immer mehr Teller und Schüsseln mit Essen füllten das Büfett. Bunte Herbstblätter und Chrysanthemen dienten als Deko. Tante Pippy kam in einem fluoreszierenden orangen Overall aus der Küche, hatte sich eine Schürze mit einem aufgedruckten Truthahn umgebunden und trug einen Hut in Form eines gebratenen Truthahns auf dem Kopf.

Trotzdem, irgendetwas fehlte.

Man brauchte kein Genie zu sein, um zu erkennen, dass dies seine Eltern waren. Obwohl sie so viele Probleme hinterlassen hatten, waren sie trotzdem Mum und Dad gewesen. Und er vermisste sie.

Seine Gedanken machten einen gewaltigen Sprung, als ihm Gabriella in den Sinn kam. Er fragte sich, was sie heute wohl tat. Mit wem sie den Feiertag verbrachte. Verdammt, er wollte einfach nur wissen, was sie machte. Nicht zum ersten Mal, seit er neulich widerstrebend ihre Wohnung verlassen hatte, stellte er fest, dass er sie schrecklich vermisste. Er vermisste ihr Lächeln. Ihr Lachen. Ihren manchmal ziemlich beißenden Humor. Und ja, er vermisste ihre sexy Kurven. Und noch mehr vermisste er es, seine Hände über diese Kurven gleiten zu lassen.

Vermutlich war es eine kluge Entscheidung gewesen, sie zu verlassen. Andererseits konnte es auch der größte Fehler seines jämmerlichen Lebens gewesen sein.

Er dachte ständig an sie. Vor allem, wenn er abends ins Bett ging.

Er stellte sich ihren süßen Duft vor, erinnerte sich, wie sie ihn berührt hatte, und vor allem, wie sie ihn geküsst hatte – als wenn sie nie wieder aufhören wollte.

Er überlegte, ob sie wohl lieber ein traditionelles Thanksgiving-Dinner mochte oder Haute Cuisine. Ob sie Kürbis- oder Apfel-Pie bevorzugte, helles oder dunkles Fleisch, und ob sie Cranberrys lieber frisch oder als Gelee aß. Gleichzeitig fragte er sich, warum ihn das interessierte. Schließlich war er derjenige gewesen, der gegangen war.

Entschlossen richtete er seine Aufmerksamkeit wieder auf die Menschen im Zimmer und sah, wie Sean mit Lili Süßholz raspelte. Seine Schwester lächelte, als würde sie die Aufmerksamkeit genießen, während sie dabei war, Besteck auf alle Plätze zu verteilen. Sofort setzte sein brüderlicher Beschützerinstinkt ein, doch er zwang sich, sich da rauszuhalten. Kopfschüttelnd sagte er sich, dass Sean ein netter Kerl war und Lili eine erwachsene Frau. Und auch wenn Parker das dringende Bedürfnis verspürte, allzu begeisterte Bewunderer zu vertreiben, ging es ihn wirklich nichts an.

Solange sie vernünftig behandelt wurde.

Mit einem großen Korb selbst gebackener Brötchen im Arm ging Tante Pippy an ihm vorbei zum Büfett. Dabei kniff sie ihn kurz in die Wange. »Du siehst heute ja besonders nett aus.«

»Ich dachte, ich verzichte heute mal auf die Jeans«, meinte

er und blickte auf seine dunkelgraue Stoffhose und das hellblaue Hemd.

»Die Krawatte hast du vergessen.«

Er lachte. »Krawatten sind für Hochzeiten, Beerdigungen und allenfalls noch für Termine am Gericht.«

»Halte dich auf jeden Fall von den Hunden fern. Die haaren dich sonst total voll.«

Ihm war es eigentlich total egal, wie er aussah. Viel wichtiger war, wie gut all das schmecken würde, was hier aufgebaut war. An Thanksgiving gab es meist seine Lieblingsgerichte. Und der Tisch mit dem Dessert brach fast unter der Last der Pies, Kuchen und Rileys lustigen Keksen zusammen. Da würden alle Leckermäuler auf ihre Kosten kommen, er eingeschlossen.

Ryan reichte ihm eine Flasche Bier. »Fröhliches Thanksgiving.«

»Danke gleichfalls.« Parker trank einen Schluck. »Sieht so aus, als hätte Riley Ambitionen, die nächste Chefköchin hier zu werden.«

Ryan liebte seine Tochter über alles, daher war Parker auch nicht überrascht, als das Gesicht seines Bruders jetzt voller Stolz aufleuchtete. »Sie ist schon eine Süße.«

»Sie ist ein großartiges Mädchen. Du machst das wirklich toll.«

»Aber es ist schon eine Herausforderung. Manchmal habe ich das Gefühl, sie wäre die Erwachsene, so wie sie sich um mich kümmert und dafür sorgt, dass ich auf mich achtgebe.«

»Ich glaube, es ist ziemlich normal, dass Kinder schneller groß werden, wenn sie nur von einem Elternteil erzogen werden.«

»Trotzdem ist es nicht fair.« Ryan hob seine breiten Schultern. »Ihre Mom hat heute Morgen angerufen, um ihr ein fröhliches Thanksgiving-Fest zu wünschen.«

»Ach, tatsächlich?«

»Jepp. Weißt du, was Riley gesagt hat?«

»Ich nehme mal an, sie ist noch zu jung, um dieser Frau zu sagen, dass sie ihr mal den Buckel runterrutschen kann.«

»Tja, aber genau das hat sie getan, wenn auch noch in kindlicher Form. Ich war sehr stolz auf sie. Auch wenn ich ihr hätte sagen müssen, dass sie mehr Respekt haben soll.«

»Ryan. Deine Ex hat ihr kleines Mädchen im Stich gelassen. Und Respekt muss man sich verdienen. Findest du nicht, dass deine Ex sich mehr wie eine Mutter verhalten sollte, statt nur alle Jubeljahre anzurufen?«

»Doch.«

»Dann lass Riley sagen, was sie will. So fühlt sie sich bestimmt besser, als wenn sie ihre Gefühle unterdrücken würde, nur weil jemand ihr sagt, was sie tun soll. Lass sie nur machen, und du wirst sehen, dann wächst sie zu einer starken Frau heran.«

»Weißt du, was du brauchst?«, fragte Ryan.

»Die Liste ist vermutlich lang.«

Sein Bruder lachte. »Du brauchst ein paar Kinder. Ich glaube, du wärst ein toller Dad.«

»Hab leider zu viele andere Dinge am Laufen, als dass ich auch nur daran denken könnte. Mal abgesehen von dem kleinen Problem, dass ich erst einmal die richtige Frau finden muss.«

»Ich dachte, das hättest du längst.« Ryan trank einen Schluck Bier.

»Sagt wer?«

»Hörst du denn nicht, was in der Familie so getratscht wird?«

»Ich bemühe mich, da wegzuhören. Von dem Scheiß bekomme ich nur Albträume, und dabei habe ich gerade erst meine Angst vor den Monstern im Schrank überwunden.«

Ryan lachte, und Parker war froh, dass er seinen Bruder mit einem Scherz von den hässlichen Gedanken an seine Exfrau abgelenkt hatte. Dass er gleichzeitig auch noch die Aufmerksamkeit von sich abwenden konnte, war ein zusätzlicher Pluspunkt.

Es klingelte an der Haustür, und sämtliche Unterhaltungen verstummten, als Lucy zur Tür rannte, um aufzumachen. Parker blickte sich im Zimmer um. Eigentlich waren alle da. Wer klingelte denn jetzt am Feiertag noch bei ihnen? Andererseits war es auch nicht ungewöhnlich, dass zusätzliche Gäste kamen. Wenn man sich das Büfett anschaute, hatten sie auf jeden Fall genug zu essen für weiteren Besuch.

Ryan nickte in Richtung Tür. »Wer kommt denn da?«

»Keine Ahnung.« Parker zuckte mit den Achseln. »Aber ich würde mal sagen, bei all den Hochzeiten, die anstehen, brauchen wir bald einen größeren Esstisch.«

Jordan tauchte plötzlich neben ihnen auf, schnappte sich Parkers halb leer getrunkene Bierflasche und drückte ihm stattdessen ein altmodisches Glas mit Scotch auf Eis in die Hand. »Ich schätze, hier braucht jetzt gleich jemand einen stärkeren Drink.«

»Was zur Hölle ist los?« Als die Haustür weit aufgerissen wurde, begriff Parker.

Die niedliche kleine Lucy sah nicht im Geringsten verlegen

aus angesichts ihrer offensichtlichen Verkupplungsversuche, als sie ihm über Gabriellas Schulter hinweg zuzwinkerte.

»Erinnerst du dich noch an all den Scheiß, den du zu mir gesagt hast, weil ich demnächst heirate?« Jordan beugte sich vor. »Wenn es nach Lucy geht, dann kann ich mich demnächst revanchieren, kleiner Bruder.«

Mit einem fiesen Grinsen im Gesicht stolzierte Jordan davon und nahm Parkers Bierflasche mit. Ryan besaß die Unverfrorenheit laut aufzulachen. Und das Einzige, was Parker denken konnte, war: *Verdammt, Gabriella sieht einfach hinreißend aus in dem Kleid.*

Es hatte Gabriella reichlich Mut gekostet, bei den Kincades zu klingeln. Es war eigentlich nicht ihre Art, zu einer Familienfeier zu erscheinen, wenn sie so gut wie niemanden kannte. Aber die Chance, Parker wiederzusehen, war einfach zu unwiderstehlich gewesen. Leider zeugten seine zusammengezogenen dunklen Augenbrauen davon, dass er definitiv nichts von ihrem Kommen gewusst hatte, und auch nicht sonderlich begeistert schien. Anscheinend hatte Lucy ihn überrumpelt. Es kostete Gabi große Selbstbeherrschung, nicht auf dem Absatz kehrtzumachen und davonzulaufen.

»Komm rein, dann stell ich dich den anderen vor.« Lucy nahm ihre Hand und führte sie ins Zimmer, wo, wie es aussah, alle, mit Ausnahme von Parker, von ihrer Ankunft gewusst hatten. »Und keine Sorge, Parkers grimmiges Gesicht hat nichts mit dir zu tun.«

»Da bin ich mir nicht so sicher.«

Lucy blieb kurz stehen und sah Gabi an. »Okay, selbst wenn – bereust du es schon, gekommen zu sein?«

»Nein, gar nicht.«

»Gut. Denn ich freue mich, dass du da bist.« Sie strahlte Gabi an und drückte ihre Hand. »So, und jetzt komm, lass uns alles ein bisschen aufmischen, okay?«

Als Einheit waren die Kincade-Brüder eine optische Macht. Einer sah besser aus als der andere. Wobei … auch wenn sie vielleicht voreingenommen war, sie fand, dass Parker die anderen locker ausstach.

Köstliche Festtagsdüfte durchströmten das Haus, doch Gabi bemühte sich, ihre Aufmerksamkeit auf die Menschen zu richten, die Lucy ihr gleich vorstellen würde. Sicher machte es keinen besonders guten Eindruck, wenn sie die Namen gleich wieder vergaß. Und sie hatte auch nicht vor, sich zum Affen zu machen, indem sie Parker permanent anstarrte.

Sie reichte Lucy die Auflaufform mit den gerösteten Honig-Ahornsirup-Karotten, die sie zubereitet hatte. Sie hatte lange überlegt, ob sie eher etwas Traditionelles zum Büfett beitragen oder sich für etwas Raffiniertes entscheiden sollte. Da sie zwar mit Parkers Geschmack ein wenig vertraut war, jedoch nichts über die Vorlieben der anderen Familienmitglieder wusste, hatte sie sich für diese schmackhafte, aber doch sichere Beilage entschieden.

Und auch was Parker anging, wollte sie lieber auf Nummer sicher gehen.

»Hallo, darf ich euch Gabriella vorstellen«, sagte Lucy laut. »Ich bin ihr vor zwei Tagen im Supermarkt begegnet, und als ich gehört habe, dass sie zu Thanksgiving ganz allein sein würde, fand ich, dass sie den Tag lieber mit uns verbringen sollte.«

Gabi war dankbar für Lucys Worte, auch wenn sie sich

total jämmerlich vorkam, weil sie niemanden hatte, mit dem sie den Feiertag verbringen konnte. Das hatte Lucy sicherlich nicht beabsichtigt, aber so war es nun einmal. Selbst in ihren eigenen Ohren klang sie bemitleidenswert. Entschlossen, wenigstens nicht so zu wirken, zwang sie sich zu einem strahlenden Lächeln und bedankte sich bei allen, dass sie einfach so in ihr Familienfest eindringen durfte.

Ein kurzer Seitenblick bestätigte ihr, dass Parker sich genauso unwohl fühlte wie sie.

Lucy fuhr mit ihrer Vorstellung fort, indem sie erwähnte, dass Gabi Köchin war und darauf hoffte, in Parkers neuem Restaurant anfangen zu können. »Aber heute wird nicht übers Geschäft geredet, ihr zwei«, befahl Lucy und sah zwischen Gabi und Parker hin und her. »Heute wollen wir uns alle einfach nur amüsieren und zu viel essen.«

Als die Kincades und Sean zu ihr traten, um sie zu begrüßen, begann Gabi langsam, sich zu entspannen. Ethan, der Jüngste der Brüder, reichte ihr ein Glas Wein und schaffte es mit ein paar kleinen Scherzen, dass sie sich gleich wohler fühlte. Obwohl auch er fantastisch und interessant aussah, schien Sean noch nicht begriffen zu haben, dass Gabi eigentlich nur Augen für Parker hatte. Er berührte zaghaft ihren Arm und bot sich ihr als Begleiter an.

Parker, der am anderen Ende des Zimmers stand, war noch nicht zu ihr gekommen. Trotzdem hatte er sie keinen Moment aus den Augen gelassen. Okay, das stimmte nicht ganz. Er hatte Sean ein paar böse Blicke zugeworfen, was aber außer Gabi niemand mitbekommen hatte. Normalerweise hätte sie sich daran gestört, aber in diesem Fall verhieß es für den Abend vielleicht doch etwas Gutes.

Eine Frau mit knallig orangen Haaren, glitzerndem lila Lidschatten und einem Hut in Form eines gebratenen Truthahns kam aus der Küche und klatschte in die Hände.

»Ich hoffe, ihr habt alle ordentlich Hunger. Das Essen ist fertig.«

Gabi war sich sicher, dass es sich um die berühmt-berüchtigte Tante Pippy handelte.

»Die Kincades machen bei Familienfeiern immer ein Büfett«, erklärte Brooke, Declans hübsche Verlobte. »Auf diese Weise kann man sich auch mal vordrängeln, wenn irgendwer zu lange braucht, um sich den Teller voll zu füllen.«

Gabi blickte auf den langen Tisch mit den unendlich vielen Tellern und Schüsseln voller Beilagen und Nachtisch. Sie war viel zu nervös gewesen, um Hunger zu haben, aber alles sah so lecker aus, dass sie es jetzt doch nicht abwarten konnte zuzulangen. »Meinst du, jemand merkt es, wenn ich mich gleich über den Nachtisch hermache?«

»Nein, und es ist eine ausgezeichnete Idee. Vielleicht mache ich das auch.«

Sean übernahm es, sie und Lili an einen Platz zu führen, und setzte sich dann zwischen die beiden.

»Netter Schachzug«, kommentierte Ethan, als er sich zwischen seine Schwester Nicole und Tante Pippy setzte. »Schade, dass mir das nicht eingefallen ist.«

»Hey.« Nicole versetzte ihm einen spielerischen Schlag auf den Arm.

»Ja, genau. Was hast du gegen uns?«, beschwerte sich auch Tante Pippy.

»Ryan, du bist der Älteste, du setzt dich ans Kopfende«, fuhr Pippy fort, als er auf den Platz in der Mitte des Tisches neben seiner Tochter zusteuerte. »Riley, setz dich neben ihn. Tut mir leid, ich hätte wohl schon vorher klarmachen sollen, wer wo sitzt.«

»Tut mir leid«, entschuldigte Gabi sich, obwohl sie wirklich von Herzen dankbar war, dass sie mitten im Kreis dieser wunderbaren Familie sein durfte. Die schlechten Erinnerungen an die Scheidung ihrer Eltern hatten alle Erinnerungen an gute Zeiten ausgelöscht. Wenn es überhaupt je welche gegeben hatte. »Ich habe wahrscheinlich alles ein bisschen durcheinandergebracht.«

»Quatsch.« Pippy wedelte mit der Hand. »Ich habe Sie schon gleich mit eingerechnet, nachdem Lucy mir erzählt hat, dass Sie kommen.«

Gabi warf einen kurzen Blick auf Parker. Anscheinend war er wirklich der Einzige gewesen, der nichts von ihrem Kommen gewusst hatte. Es beeindruckte Gabi, dass eine so große Familie ein Geheimnis so gut hüten konnte. Während die Teller gefüllt wurden und überall Lachen erklang, war es zur Abwechslung wirklich schön, mit Menschen zusammenzusitzen, die liebevoll und humorvoll miteinander umgingen.

Ryan, als Oberhaupt der Familie, sprach einige Worte des Dankes für das Essen und die Familie. Froh, dass bei den Kincades nicht, wie sonst häufig üblich, jeder reihum sagen musste, wofür er dankbar war, nippte Gabi an ihrem Wein und ließ sich bereitwillig in die Unterhaltung der Familie einbeziehen.

»Wieso willst du überhaupt für unseren Bruder arbeiten?«, fragte Declan, während er ein noch warmes Brötchen auseinanderbrach.

Anfangs waren es rein egoistische Motive gewesen, doch das hatte sich geändert. Sie war zwar noch immer erpicht darauf, sich zu beweisen und sich ihr Gehalt zu verdienen, aber sie musste auch zugeben, dass die Aussicht, an Parkers Seite zu arbeiten, ihr mehr als inspirierend erschien.

»Was für eine Frage! Hast du jemals sein Essen probiert?« In der Hoffnung, das Eis ein wenig zu brechen, grinste sie ihn an. »Spätestens bei der Paella hatte er mich.«

Declan lächelte, und Gabi atmete ein wenig leichter.

»Und was glaubst du, hast du zu bieten?«, wollte Jordan wissen und schaufelte sich Kartoffelbrei auf die Gabel. Er hatte gar nicht gemerkt, dass seine Bemerkung zweideutig geklungen hatte, bis Lucy ihn lachend mit dem Ellenbogen anstieß.

»Ach, ich sehe es als Herausforderung«, erwiderte Gabi und lächelte, als er eine Augenbraue hob. »Das soll nicht heißen, dass ich besser kochen will als jemand anderes, schon gar nicht, wenn es sich um den Mann handelt, der meinen Gehaltsscheck ausstellt. Aber ich könnte ein guter Resonanzboden für seine Kreativität sein. Ich weiß, wie wichtig es Parker ist, sein eigenes Restaurant zu führen, und das respektiere ich. Aber ich habe auch keine Angst, meine Meinung zu sagen.«

Parker hob sein Weinglas. »Darauf trinken wir.«

Gabi spießte sich ein Stück saftigen Truthahn mit leckerer Sauce auf die Gabel und genoss den köstlichen Geschmack, während sich die Unterhaltung am Tisch anderen Themen zuwandte.

»Ich finde, Parker sollte einer von diesen TV-Star-Köchen werden«, meinte Nicole. »Er sieht super aus, hat Talent und eine entsprechende Persönlichkeit. Also genau das, was man dafür braucht. Vielleicht schicke ich seinen Namen ein, wenn das nächste Casting für Food Network Star ansteht.«

»Bitte nicht.« Parker lächelte seine Schwester gequält an. »Ich liebe dich, aber wenn du das tust, muss ich dich umbringen.«

»Hegst du nicht den heimlichen Wunsch, berühmt zu werden?«, fragte Lili ihn.

»Ich kriege schon jetzt kaum mein Leben auf die Reihe«, antwortete Parker.

»Ich glaube, es ist gar nicht so toll, ein berühmter Fernsehkoch zu sein.« Gabi hatte eigentlich gar nichts zu dem Thema sagen wollen, aber die Vorstellung, Parker könne sich durch die Art von Leben, die ein Starkoch führte, verändern, ließ sie erschaudern. Als sie die Blicke der anderen auf sich spürte, nahm sie sich jedoch vor, den Mund nicht noch weiter aufzureißen und sich um Kopf und Kragen zu reden.

Obwohl sie genau wusste, was passierte, wenn Ruhm und Erfolg Einzug ins Leben eines Menschen hielten, wollte sie nicht, dass die netten, normalen Menschen hier an diesem Tisch erfuhren, mit wem sie verwandt war. Sie wollte nicht alles verderben.

»Ich habe wohl zu viele Klatschblätter gelesen«, erklärte sie.

»Ja, die meisten Ehen berühmter Leute enden mit einer Scheidung«, warf Lucy ein. »Und das wollen wir doch nun wirklich nicht für Parker.«

»Parker ist noch beim Essen und hat noch keine so weitreichenden Pläne wie eine Hochzeit geschmiedet«, stellte Parker klar. »Lasst mir zumindest Zeit bis zum Nachtisch.«

Alle lachten, und glücklicherweise wandten sich die Gespräche jetzt der Weinlese zu. Auch die geplanten Cottages für Feriengäste wurden diskutiert.

Sean merkte an, dass die Leute bestimmt das Gefühl haben würden, durch eine kleine europäische, mit Kopfsteinen gepflasterte Straße zu spazieren, wenn erst einmal alles fertig war.

»So wie die kleine Stadt von Belle in *Die Schöne und das Biest*?«, fragte Riley.

»Leider habe ich den Film nicht gesehen, daher kann ich es nicht vergleichen«, gab Sean zu.

»Na, das ist ja enttäuschend«, schimpfte Lili lächelnd. »Und du willst Architekt sein? Jeder Architekt, der was auf sich hält, sollte die fantastischen Gebäude aus der Disney-Welt kennen. So stellt sich nämlich jedes Kind und jede Frau das perfekte Haus vor.«

Das Lächeln auf Seans Gesicht verriet, dass er genau wusste, dass er geneckt wurde, daher war er nicht beleidigt. »Ich fürchte, an meiner Uni hat man vergessen, Disney im Master-Programm zu lehren.«

»Wäre das nicht ein fabelhafter Job?«, sinnierte Brooke, und Gabi fragte sich, ob Declans Verlobte auch Anleihen bei Disney genommen hatte, als sie den Familien-Freizeitpark geplant hatte, der gerade unter ihrer Regie entstand.

»Kann ich bei Disney arbeiten, Daddy?«, fragte Riley sehnsüchtig Ryan, der ihre Hand tätschelte und sagte: »Schätzchen, du kannst werden, was immer du willst.«

»Das ist es!« Aufgeregt schlug Jordan mit der flachen Hand auf den Tisch. Teller und Besteck klirrten, als er sich vorbeugte und die verwirrt aussehende Lucy küsste.

»Hey, Alter.« Ethan grinste. »Hast du was geraucht?«

»Nein. Aber mir ist gerade das perfekte Thema für unseren Hochzeitsempfang eingefallen.«

»Ach, du meine Güte.« Parker seufzte. »Groomzilla ist wieder los.«

»Jordan.« Lucy tätschelte seinen Arm. »Heute ist Thanksgiving. Da wollen wir nicht über unsere Hochzeit sprechen.«

»Aber Liebling …« Jordan umschloss Lucys Gesicht mit beiden Händen und gab ihr einen zweiten zärtlichen Kuss. »Ich hab's mir gerade überlegt. Du bist meine Prinzessin, und ich möchte, dass du eine Märchenhochzeit bekommst. Wir könnten es im Disney-Stil machen, für jeden Tisch ein anderes Prinzessinnen-Thema. Ist das nicht eine tolle Idee?«

Gabi musste daran denken, was Lucy ihr im Supermarkt gesagt hatte. Dass sie völlig zufrieden wäre, einfach zum Standesamt zu gehen, um zu heiraten. Wie würde die clevere Lehrerin den Mann, der einmal riesige Kerle auf dem Eis umgehauen hatte, umstimmen?

»Wie viele Hochzeitszeitschriften hast du eigentlich schon gelesen?«, fragte Lucy.

»Es ist meine Schuld«, gestand Lili. »Ich habe ihm gesagt, dass der Empfang einfacher zu planen wäre, wenn wir ein Thema hätten.«

»Ich vergebe dir.« Lucy lächelte ihre zukünftige Schwägerin an, ehe sie wieder zu ihrem Verlobten sah. »Wie wäre es, einfach Weihnachten als Thema zu nehmen? Die Hochzeit ist im Advent. Da ist sowieso schon alles entsprechend dekoriert. Problem gelöst.«

»Das ist aber nicht sonderlich originell, geschweige denn individuell.« Jordans glückliche Miene fiel zusammen wie ein Soufflé.

Lucy schien klar zu werden, dass sie gerade seinen Traum zerstört hatte, und seufzte auf. »Dann tu, was dich glücklich macht.«

»Ich möchte, dass du glücklich bist.« Jordan hob Lucys Hand und küsste sie.

»Okay. Dann entscheide so, dass ich es mögen würde.«

Declan stöhnte. »Oh Gott, Leute, nehmt euch ein Zimmer.«

»Wenn das Restaurant nicht rechtzeitig fertig wird, gibt's gar keinen Empfang. Ob nun mit oder ohne Thema.« Parker sah zu Sean.

»Das klappt schon«, versicherte Sean. »Solange du nach Feierabend mit anpackst.«

»Natürlich.« Parker pickte mit der Gabel eine der Karotten auf, die Gabi mitgebracht hatte. »Ich kann ja schlafen, wenn ich tot bin.«

»Hier wird nicht gestorben.« Nicole mischte sich wieder in die Unterhaltung ein. »Jedenfalls nicht vor Weihnachten. Ich will Geschenke.«

Die lebhafte Unterhaltung wurde während des Essens fortgeführt und als alle schließlich mehr als satt vom Tisch aufstanden, um sich zu strecken, half Gabi beim Abdecken und Abwaschen.

Es gefiel ihr, dass sie helfen konnte. Aber noch mehr gefiel es ihr, Teil dieser großen, liebevollen Familie zu sein und deren Energie und Warmherzigkeit zu spüren.

Selbst wenn es nur für einen Tag war.

Nach dem Essen verzogen sich die Männer und schalteten den großen Flachbildschirm ein, um sich ein NFL-Spiel anzuschauen. Als ihre Mannschaft vorn lag und alle einem

Touchdown entgegenfieberten, nutzte Parker die Gelegenheit, sich aus dem Zimmer zu schleichen und sich auf die Suche nach Gabriella zu begeben.

Er war völlig fassungslos gewesen, als sie plötzlich hier aufgetaucht war. Sie sah so gut aus in diesem hautengen Kleid und mit den offenen Haaren, die sich um ihr Gesicht lockten. Einen Moment lang hatte er die Luft angehalten, um nicht mit irgendeiner dummen Bemerkung herauszuplatzen. Zum Beispiel, wie sehr er sie vermisst hatte. Weil er seinen neugierigen Verwandten nicht noch mehr Gesprächsstoff bieten wollte, hatte er außer ein paar belanglosen Sätzen während des Essens bisher noch nicht mit ihr geredet.

Das Haus war groß, aber schließlich gelang es ihm doch, Gabriella im Flur abzufangen, wo sie zum Glück gerade allein war.

»Was für eine Überraschung, dich hier zu sehen«, sagte er und blockierte ihr den Weg.

»Das tut mir leid.« Sie lächelte ihn schüchtern an. »Als ich Lucy im Supermarkt getroffen habe, hat sie ein Nein einfach nicht akzeptiert. Sie hatte mir aber versprochen, dir Bescheid zu sagen.«

»Tja, das scheint sie *vergessen* zu haben. Ich war wirklich total überrascht.«

Sie blickte auf den Mantel in seiner Hand.

»Zieh den an«, sagte er sehr viel bissiger, als er beabsichtigt hatte.

»Der gehört mir nicht.«

»Egal.«

Sie kniff die Augen zusammen. »Schmeißt du mich raus?«

»Ich hab nur gesagt, du sollst den Mantel anziehen.«

»Hallo? Du bist nicht mein Boss. Wenn ich gehe, dann aus freien Stücken. Ich wurde eingeladen und …«

»Mach einfach, Gabriella.«

Er hielt ihr den schwarzen Wollmantel hin, und ohne ein weiteres Wort schlüpfte sie in die Ärmel.

»Darf ich mich wenigstens noch bei Lucy für die Einladung bedanken und den anderen Tschüs sagen?«

»Nein.« Manchmal war es besser, diesem neugierigen Haufen aus dem Weg zu gehen. Und außerdem ging ihm viel zu viel im Kopf herum, viel zu viele Fragen. Da brauchte er keine weitere Ablenkung.

Parker zog den Mantel vorne zusammen und knöpfte ihn zu. »Kapuze.«

Mit gerunzelter Stirn zog sie sich die Kapuze über den Kopf.

Nach einer gefühlten Ewigkeit ergriff er ihren Ellenbogen und führte sie durch das leere Wohnzimmer nach draußen. Ihre Stiefel klackerten auf dem gepflasterten Weg, als er sie durch den Nieselregen an den geparkten Autos vorbeiführte.

»Ich parke dort hinten.« Sie deutete mit dem Zeigefinger, auf dem festlich oranger Nagellack glitzerte, auf einen kleinen blauen Kia.

»Schön.« Er zog sie in die entgegengesetzte Richtung. »Aber wir gehen hier lang.«

Sie blinzelte mit ihren langen, dichten Wimpern. »Und wohin geht es da?«

»Zum Sunshine & Vine.«

»Wir gehen in dein Restaurant?«

»Was dachtest du denn?«

»Ich dachte, du wirfst mich raus.«

Er blieb stehen und drehte sie herum, sodass sie ihn anschauen musste, ehe er ihr die Hände auf die Arme legte. Nur mit Mühe unterdrückte er sein Verlangen, sie an sich zu ziehen und zu küssen, bis sie keine Luft mehr bekam. Denn das war das Einzige, woran er hatte denken können, seit sie das Haus betreten hatte. »Warum sollte ich?«

Sie sah ihn misstrauisch an. »Weil du sauer bist.«

»*Sauer*?«

»Pass auf.« Sie hob trotzig das Kinn. »Ich weiß, dass ich in dein Territorium eingedrungen bin, aber …«

»Du bist nirgendwo eingedrungen. Ich war einfach nur überrascht, als du zur Tür hereinspaziert kamst.«

»Also bist du nicht wütend auf mich?«

So heftig, wie sein Herz klopfte, war er davon so weit entfernt wie man nur sein konnte. Doch statt dem Verlangen nachzugeben, das sein Blut in Wallung brachte, und ihre köstlichen Lippen mit seinen zu bedecken, verschränkte er seine Finger mit ihren.

»Komm. Lass uns gehen.«

Sie blinzelte noch einmal mit ihren hübschen – und verwirrt blickenden – braunen Augen. »Zum Restaurant?«

Er zuckte mit den Schultern. »Wir machen jetzt alles noch komplizierter.«

10. Kapitel

Aus dem Nieselregen wurde richtiger Regen, doch das minderte Parkers Verlangen nicht im Geringsten. Eher im Gegenteil. So konnte er sich nämlich sehr viel angenehmere Dinge ausmalen. Dinge, die herrlich dufteten. Unartige Dinge. Und das alles garniert mit einer kräftigen Dosis Leidenschaft, die bestimmt helfen würde, dass ihm wieder warm wurde.

Als er endlich das Restaurant aufgeschlossen und geöffnet hatte, hätte er Gabriella am liebsten sofort an seinen vor Sehnsucht schmerzenden Körper gerissen und die Hände unter den schwarzen Wollmantel geschoben. Er wusste nicht, wem der Mantel gehörte, und es war ihm auch egal gewesen, als er ihn von der Garderobe gerissen hatte, um mit Gabriella zu verschwinden, ehe jemand es mitbekam. Die anderen würden schon schnell genug merken, was Sache war. Bis dahin hatte er hoffentlich herausgefunden, was er überhaupt wollte. Im Augenblick hatte sein Körper nämlich das Kommando übernommen, und ob das so zielführend war, bezweifelte er.

Statt seinem Instinkt nachzugeben und Gabriella das Kleid auszuziehen, das ihre herrlichen Kurven umschmeichelte, nahm er ihr den nassen Wollmantel ab und warf ihn über einen der Böcke, die neben der Tür standen. Dann legte er ihr seinen trockenen Arbeitskittel um die Schultern.

»Danke.« Sie zog den Kittel enger um sich und erzitterte leicht.

»Wär wohl besser gewesen, wenn ich dich hergefahren hätte.«

»Ich komme aus Portland.« Sie schüttelte ihre feuchten Locken. »Mir macht es nichts aus, mal durch den Regen zu spazieren.«

Während sie in der Dunkelheit standen und sich nur hin und wieder ein kleiner Lichtstrahl auf den Wassertropfen am Fenster brach, musterte Parker sie lange und ausgiebig. Je länger er sie betrachtete, desto mehr gefiel ihm, was er sah. Es gefiel ihm, dass sie für sich einstand, dass sie mutig genug gewesen war, Lucys Einladung zum Essen anzunehmen. Ihm gefiel, dass sie offenkundig wusste, was sie wollte. Was ihm nicht gefiel, war die Tatsache, dass sie sein Leben auf den Kopf stellte.

»Das war ein tolles Essen«, sagte sie und schaute ihn mit Wassertropfen in den langen Wimpern an. »Es war wirklich nett von Lucy, mich einzuladen.«

Neugierig fragte er: »Was hättest du denn sonst heute Abend gemacht?«

Sie zuckte kurz mit den Schultern. »Als ich Lucy getroffen habe, hatte ich gerade eine Truthahnbrust in meinen Einkaufswagen gelegt. Die hätte ich mir wahrscheinlich zubereitet und dann irgendeine blöde Sendung geguckt und vor dem Fernseher gegessen.«

Er stellte sich vor, wie sie in ihrer kleinen Wohnung saß und Thanksgiving mit ihrem missmutigen kleinen Fisch verbrachte. Diese Vorstellung traf ihn genauso hart, als hätte einer seiner Brüder ihm einen Schlag in die Magengrube versetzt. Selbst in seinen wilden Teenagerjahren hatte er immer eine Familie gehabt, mit der er die Feiertage verbringen konnte. Niemand sollte allein sein, wenn der Rest der Nation zum Truthahnessen zusammenkam.

»Meine Familie hat sich gefreut, dass du gekommen bist«, sagte er.

»Wirklich?«

Er nickte. »Ich war vorher ein bisschen bange, wie es wohl werden würde ohne unsere Eltern. Mom hat immer alles unter Kontrolle gehabt. Obwohl sie und mein Vater anscheinend ziemlich große Differenzen hatten, ist es ihr immer gelungen, Streitereien beiseitezuschieben und die Feiertage zu etwas Besonderem zu machen. Es war heute schön, mitzuerleben, dass unsere Familie auch ohne sie stark genug ist, die Tradition fortzusetzen.«

»Es muss hart für euch sein, so ohne eure Eltern.«

»Ja.« Er spürte den Schmerz im Herzen. »Ich wünschte, ich könnte ihnen wenigstens noch einmal sagen, wie leid mir alles tut.«

»Heute ist eher ein Tag, um dankbar zu sein. Aber was tut dir denn leid?«

»Dass ich so egoistisch war und meine Eltern und den Rest der Familie richtig scheiße behandelt habe, als ich ein Teenager war.«

»Seitdem ist doch so viel Zeit vergangen, ist das nicht längst alles Geschichte?« Sie zog den Kittel enger um sich. »Ihr scheint alle so gut miteinander auszukommen.«

»Tun wir auch. Aber es gab Zeiten, da habe ich meinen Eltern, meinen Brüdern und meiner Schwester die Schuld an einfach allem gegeben. Ich war ungeduldig und egoistisch. In meiner Vorstellung hatte sich alles nur um mich zu drehen, ich fand, ich hätte weit mehr Aufmerksamkeit verdient.

Ryan war älter und lebte bereits sein eigenes Leben, daher hatte er nicht so viel mit mir zu tun. Jordan war ausschließlich auf sein Eishockey konzentriert und sowieso die meiste Zeit nicht da. Declan war immer eher ruhig und zurückhaltend. Ethan war eins dieser stets fröhlichen Kinder und hatte keine Lust, mit jemandem herumzuhängen, der so düster drauf war wie ich. Und Nicole war die kleine Prinzessin, die die ganze Aufmerksamkeit meiner Mom beanspruchte. Irgendwann haben sich immer alle abgewandt, wenn ich um die Ecke kam.«

»Kann ich mir gar nicht vorstellen, dass du so gewesen bist.«

Er schnaubte kurz. »Glaub mir, ich war noch schlimmer.«

»Was war denn los?«, fragte sie.

Die Erinnerungen strömten auf ihn ein, und er überlegte, wieso er so blöd gewesen war, sich selbst in diese Sackgasse zu manövrieren. Jetzt würde er gleich all seine niederträchtigen Taten beichten – dabei wünschte er sich doch eigentlich nur, Gabriella und all ihre köstlich weichen Kurven zu berühren.

»Ich hab mich mit ein paar Jungs eingelassen, die genauso drauf waren wie ich. So habe ich mich in einem Spinnennetz aus Unmut und Feindseligkeit verfangen.« Noch immer verkrampfte sich ihm der Magen bei der Erinnerung an die Verzweiflung, die er damals verspürt hatte. »Ich fing an, Drogen zu nehmen und zu trinken. Und landete schließlich im Gefängnis, weil ich mit dem Zeug im Blut Auto gefahren bin.«

»Das muss ziemlich hart für dich und deine Eltern gewesen sein.«

In ihren Augen sah er keine Verurteilung, nur Mitgefühl.

»Als ich da auf diesem Betonblock in der Zelle saß, änderte sich schlagartig alles. Anfangs war ich einfach nur wütend, dass man mich verhaftet hatte. Ich gab den Cops die Schuld, denn natürlich hielt ich mich für unschuldig. Aber einer der Polizisten kam zu mir in die Zelle, setzte sich und redete mit mir. Es war keine Predigt, er zeigte Verständnis, meinte, ich sei noch jung und hätte jetzt die Chance, meinem Leben eine andere Richtung zu geben.«

»Klingt, als wäre es ein netter Typ gewesen.«

»Das war er. Und glaub mir, ich war streitlustig und hatte seine Freundlichkeit eigentlich nicht verdient. Aber als meine Eltern kamen, um mich abzuholen, sah ich, wie verzweifelt sie waren. Da verstand ich, was der Polizist mir hatte sagen wollen. Weil ich noch ein Jugendlicher und zudem Ersttäter war, gab mir das Gericht noch eine Chance. Meine Eltern setzten mir ein Ultimatum. So landete ich im Life's Kitchen in Idaho.«

»Das sagt mir gar nichts. Ist das eine Kochschule?«

»Weit mehr. Sie haben mir dort nicht nur beigebracht, wie man kocht, sondern mir die Fähigkeiten mitgegeben, die man braucht, um Arbeit zu finden und finanziell unabhängig zu leben. Dort habe ich begriffen, was wichtig ist, habe herausgefunden, was ich machen wollte. Letztlich habe ich dort das Selbstvertrauen gewonnen, das ich brauchte, um mein Leben zu verändern.«

Sie schenkte ihm ein warmes Lächeln. »Und du hast es geschafft.«

»Ja.« Langsam wich die Spannung aus seinem Körper.

»Dann genieße das Heute und sei dankbar, dass diese Tage hinter dir liegen und du Teil einer liebevollen Familie bist. So viel Glück hat nicht jeder.«

»Ich bin dankbar.«

»Gut.«

»Und es tut mir leid, dass du an Thanksgiving fast allein gewesen wärst.«

»Wäre ich ja nicht.« Sie hob ihr Kinn. »Vergiss Basil nicht.«

»Schätzchen.« Er legte ihr einen Finger unters Kinn, sehnte sich so heftig danach, sie zu küssen, dass es fast schon wehtat. »Dieser blubbernde kleine Kerl zählt nicht.«

Eine ganze Weile schauten sie einander in die Augen und spürten die sinnliche Energie, die sich um sie herum aufbaute.

»Weißt du, irgendwie werde ich aus dir nicht schlau«, sagte er ehrlich.

»Und wieso nicht?«

»Weil du so ganz anders bist als alle Leute, denen ich bisher begegnet bin. Du tust, als wärst du eine beinharte Braut, doch hinter deiner Keckheit verbirgt sich ein riesiges weiches Herz. Du bist eine talentierte Köchin, die den halben Tag damit zubringt, Makkaroni fürs Frauenhaus zu kochen. Dann kommst du hierher, schnappst dir die elektrische Bohrmaschine und lässt die Bauarbeiter alt aussehen. Du kleidest dich auf eine Weise, wie es sich Männer in ihren schönsten Träumen ausmalen, und doch fühlst du dich anscheinend am wohlsten in Jeans und Sweatshirt. Du bist einerseits eine Sexgöttin und andererseits das nette Mädchen von nebenan. Also, welche ist denn nun die wirkliche Gabriella Montani?«

Sie seufzte. »Das könnte ich dir jetzt erzählen, aber das wäre langweilig.«

»Komm schon. Ich habe dir auch alles gebeichtet.«

»Und das weiß ich auch zu schätzen. Es gibt mir ein Gefühl von …« Sie streckte die Hand aus und berührte sein Hemd.

»Was?« Verdammt, sie berührte noch nicht einmal seine Haut, und doch spürte er sie.

»Dankbarkeit.« Ihr zaghaftes Lächeln verriet, dass sie eigentlich etwas anderes hatte sagen wollen. Und er war enttäuscht, dass sie es nicht tat. »Wie wäre es also, wenn du mir zeigst, was es hier Neues gibt? Ich nehme mal an, dass wir deswegen hier sind, oder?«

»Klar doch.« Was natürlich eine glatte Lüge war. »Warte mal eine Sekunde. Wir haben immer noch kein Licht hier.«

Er drehte die Arbeitsleuchte an und wartete, bis sie die volle Helligkeit erreicht hatte, ehe er sie hochhielt. »Und? Was denkst du?«

Ihre hohen Absätze klackerten auf dem Holzfußboden, als sie durch den Raum schlenderte. »Ihr habt ordentliche Fortschritte gemacht.«

»Ja, so langsam wird es. Wir haben endlich einen Punkt erreicht, an dem ich selbst nicht mehr so viel mithelfen muss. Stattdessen kann ich anfangen, mich auf die Details zu konzentrieren.«

»Als da wären?«

»Mobiliar. Beleuchtung. Anordnung der Tische.«

Fast hätte sie laut nach Luft geschnappt, verbarg es aber noch rechtzeitig, indem sie die Hand vor den Mund hielt. »Du hast noch keine Möbel ausgesucht?«

»Ich war zu sehr damit beschäftigt, Nägel in die Wände zu hämmern und irgendwelchen Scheiß aufzubauen.«

»Aber warum glaubt du denn auch, dass du alles selber machen musst? Mir schien dein Bautrupp durchaus fähig zu sein.«

»Ich hasse es, die Kontrolle abzugeben.«

Sie blickte ihn grinsend über die Schulter an. »Im Bett scheint es dir nicht so viel auszumachen.«

Eine Hitzewelle durchströmte seinen Körper, als er sich daran erinnerte, wie sie rittlings auf ihm gesessen hatte, den Kopf erregt nach hinten geworfen. »Ist wahrscheinlich der einzige Ort, an dem ich mich gehen lassen kann.«

»Aber es ist gut, dass du jetzt mehr Zeit hast, dich um die Ausstattung zu kümmern.«

»Das ist genau das Problem, denn ich hab eigentlich absolut keine Zeit. Zu dieser Jahreszeit ist am Food Truck nicht mehr so viel los, weil weniger Leute mittags draußen unterwegs sind, also vermiete ich ihn für besondere Events. Während der kommenden Wochen habe ich bereits mehrere Buchungen. Außerdem planen wir Jordans Junggesellenabschied.«

»Oh, oh, das Böse schläft nie, was?«

Er schenkte ihr ein Grinsen, das zeigte, welch böse Dinge ihm gerade durch den Kopf schossen. »Nicht in absehbarer Zukunft.«

»Wie kann ich dir helfen?«

Er machte einen Schritt zurück. »Warum solltest du mir helfen? Du arbeitest nicht für mich. Und …«

»Vielleicht möchte ich einfach nur dabei sein, wenn du dir deinen Traum erfüllst. Vielleicht mag ich Lucy und Jordan einfach nur gern und möchte, dass sie die Hochzeitsfeier bekommen, die sie verdient haben.« Sie verringerte die Distanz zwischen ihnen wieder. »Vielleicht mag ich einfach nur … dich, Parker Kincade. Und vielleicht möchte ich dich einfach nur glücklich machen.«

Ein köstlicher Schauer rieselte durch seine Adern. »Ich bin glücklich.«

»Worüber genau?« Als sie den Kopf ein wenig zur Seite neigte, klimperten ihre langen silbernen Ohrringe.

»Glücklich, dass du hier bist.«

»Ich auch.«

»Ich wollte neulich eigentlich gar nicht gehen.«

»Nicht?«

»Nein. Was ich eigentlich tun wollte, war dies.« Er nahm ihr Gesicht in beide Hände und küsste sie. Ihre Lippen waren weich und warm, als sie sich öffneten, und seine Zunge weiter vordringen konnte.

Als Gabriella die Arme um seinen Hals schlang, fiel sein Arbeitskittel von ihren Schultern, und ihre vollen Brüste pressten sich gegen seinen Oberkörper. Die kalte Luft ließ ihre Nippel so hart werden, dass er sie trotz der zwei Stofflagen deutlich spüren konnte.

Oh, er begehrte sie, sehnte sich verzweifelt nach mehr, als sein Mund sich von ihren Lippen löste und an der Seite ihres Halses entlangglitt. Er inhalierte ihren Duft, als wäre sie eine Flasche edlen Weines. Sie duftete nach Lebkuchengewürz, Regen und warmer, sinnlicher Frau. Sanft sog er an ihrer Haut, und sie ließ den Kopf nach hinten sinken, um es ihm leichter zu machen.

»Ich brauche das, Parker. Ich brauche dich«, flüsterte sie rau. »Ich konnte an nichts anderes als an dich denken. Ich will deinen Mund auf mir spüren. Deine Hände.«

»Zwei Seelen, ein Gedanke.« Er hatte sie nicht aus diesem Grund hergebracht, aber zum Teufel, er würde die Gelegenheit jetzt nicht ungenutzt verstreichen lassen.

»Ich will dich in mir spüren«, stöhnte sie.

Gott. Er liebte Frauen, die wussten, was sie wollten.

Gabriella schob ihn ein Stück von sich und begann, sich das eng anliegende Kleid auszuziehen. »Ich brauche dich schon seit der Nacht auf deinem Hausboot.«

»Bist du sicher, dass du das ausziehen willst? Es ist kalt hier.«

»Dann wärme mich.« Als sie nichts mehr trug als schwarze Unterwäsche aus Spitze, hochhackige Stiefel und Gänsehaut, streckte sie die Arme nach ihm aus.

Er nahm ihre Hände in seine. »Wer sagt, dass du hier den Ton angeben kannst?«

Herausfordernd riss sie die Augen auf, aber lächelte ihn weiter an. »Ich gebe die Kontrolle auch ungern ab. Nur bei dir ist es anders.«

Nachdem er ihre Handgelenke mit einer Hand umschlossen hatte, trat er wieder ganz nahe an sie heran und machte da weiter, wo er eben aufgehört hatte. Mit dem Mund glitt er an ihrem Hals entlang bis hinunter zur Wölbung ihrer Brüste, die über die schwarze Spitze ragte. Gabriella stieß ein tiefes Stöhnen aus, als er mit der Zunge unter den Spitzenbesatz fuhr. Weil er sie nicht nur schmecken, sondern endlich auch berühren wollte, ließ er ihre Arme los und umschloss ihre Brüste mit den Händen. Sanft hob er sie an und schob die Spitze mit den Daumen zur Seite, ehe er einen der aufgerichteten Nippel in den Mund zog.

»Mhmmm. Du schmeckst genauso gut, wie du riechst«, sagte er an ihrer weichen Haut, während er gleichzeitig eine Hand zwischen ihre Beine schob und spürte, wie feucht, wie heiß sie schon war. »Ich wette, du schmeckst überall so gut.«

»Ich wette, wenn du nicht endlich mehr tust, als nur zu kosten, wird das … ohhh. Mein. Gott.«

Er liebte es, dass sie so leidenschaftlich stöhnte, als er die Finger unter den Rand ihres Slips schob und endlich sein Ziel erreichte. Er wusste genau, wie er seine Finger bewegen musste, wusste, dass sie es mochte, wenn er in langsamen, kreisenden Bewegungen tief in sie eindrang. »Bist du schon genug aufgewärmt?«

»Fast.«

Zärtlich rieb er über ihre Klit. »Wie ist es jetzt?«

»Wie wäre es, wenn du endlich diese Hose ausziehen würdest und zur Sache kämst?«

Er leckte noch einmal über ihre Halsbeuge, ehe er wieder tiefer wanderte, bis er an einem ihrer Nippel angekommen war. »Ich bin ganz zufrieden da, wo ich gerade bin.« Was eine verdammte Lüge war. Er sehnte sich so verzweifelt danach, endlich in ihr zu sein, dass sein Schwanz schon einen Notruf absetzte.

»Wirklich?« Sie schob die Hand zwischen ihre beiden Körper, fand seine Erektion und drückte fest zu. »Mir scheint aber, dass dieser ziemlich große Teil von dir irgendwie unzufrieden ist.«

Machtlos drückte er seine Hand auf ihre. Als sie ihn noch einmal fest umschloss, bekam er weiche Knie.

»Ich glaube, ich sollte hier etwas tun.« Sie griff nach hinten zu seiner Gesäßtasche, zog seine Brieftasche heraus und reichte sie ihm. »Und wir sollten uns beeilen«, fügte sie atemlos hinzu.

Noch ehe er das Kondom herausgeangelt hatte, hatte Gabriella ihm bereits den Reißverschluss aufgezogen und ihm sowohl die Hose als auch die Shorts hinuntergeschoben. Hastig nahm sie ihm anschließend das kleine eingeschweißte

Päckchen aus der Hand, riss es auf und rollte das Gummi über seine Erektion.

Himmel, das war verdammt sexy.

Es gab wohl nichts, was einem Mann mehr das Gefühl vermittelte, begehrt zu werden, als wenn eine Frau es nicht erwarten konnte, dass er tief in sie eindrang.

Er umfasste ihren knackigen, von Spitze bedeckten Hintern, hob sie hoch und legte sie rücklings auf den provisorischen Tisch.

»Beeil dich, Parker.« Sie schob die Finger unter den Spitzenstoff, der noch immer ihren Venushügel bedeckte, und begann, sich selbst zu streicheln.

»Fuck. Wenn du so weitermachst, halte ich es nicht länger aus.«

»Dann tu was!« Sie krallte die Hand, die nicht beschäftigt war, in sein noch immer zugeknöpftes Hemd und zog ihn zu sich hinab, bis ihre Nasen nur noch Millimeter voneinander entfernt waren. »Nimm mich!«

»Gieriges Weib.«

Mit beiden Händen zog er das kleine Stück schwarzer Spitze hinunter, bis Gabriella schließlich nackt vor ihm lag. Einen Moment lang sah er zu, wie sie die Finger zwischen ihre feuchte Spalte schob und sich immer hektischer streichelte. Sie machte ihn so hart, dass er fast platzte.

»Du bist so verdammt schön. So verdammt heiß.« Weil er den Druck kaum noch aushielt, packte er seinen Schwanz und pumpte ein paarmal, um sich ein wenig zu erleichtern. Dann zog er Gabriellas Finger fort und eroberte ihre feuchte Grotte.

So sehr er sich auch danach sehnte, sie schnell und hart zu

nehmen, um dann selbst umso härter zu kommen, drang er langsam in sie ein und genoss es, wie ihr Körper sich für ihn dehnte. Mit dem Daumen zog er Kreise um ihre Klit und sah zu, wie Gabriella genüsslich die Augen schloss.

»Alles von dir.« Schwer atmend stieß sie die Worte aus, während sie die Beine um seine Hüften schloss. »Ich will alles von dir, Parker. Heiß. Hart. Und schnell.«

»Ich dachte, ich wäre hier derjenige, der die Kontrolle hat.« Verdammt, keiner von ihnen hatte auch nur irgendetwas unter Kontrolle. Trotzdem gab er ihr, was sie verlangt hatte, indem er fest und schnell zustieß. Ihr lustvolles Wimmern und Stöhnen wurde immer lauter. Parker sah, wie ihre Brustwarzen sich noch weiter aufrichteten. Gabis keuchender Atem sowie ihr immer wieder gestöhntes »Oh Gott« verrieten ihm, dass sie kurz davor war, den Gipfel zu erreichen – genau wie er auch. Noch einmal verstärkte er den Druck seines Daumens auf ihrer Klit, drängte seine Hüften härter und schneller gegen sie, bis er schließlich belohnt wurde, als ihre inneren Muskeln sich um ihn spannten.

Gabriella schnappte nach Luft und erzitterte in einem unendlich langen Orgasmus.

Erst als Parker sicher war, dass sie über die Klippe gesprungen war, ließ auch er sich gehen. Ein heißes Kribbeln schoss ihm durch die Beine bis hinauf in den Unterleib. Als er kam, war es so intensiv wie noch nie zuvor. Er hatte Mühe, sich auf den Beinen zu halten, und beugte sich vor, schlang die Arme um Gabriella und küsste sie zärtlich. Ihr Körper pulsierte um ihn herum, während der Orgasmus langsam abklang. Es dauerte eine Weile, ehe Parker schließlich in der Lage war, wieder halbwegs normal zu atmen.

Einige Minuten lang verharrten sie so eng beieinander, während ihre Herzen aneinanderschlugen.

Oh ja! Fuck.

Er war gestorben und im Himmel gelandet.

Als Gabi endlich wieder sprechen konnte, seufzte sie auf. »Können wir das noch mal machen?«

Parker lachte leise und küsste sie auf den Mund. »Fuck, auf jeden Fall.«

Noch immer fast hart pumpte er noch ein paarmal in sie hinein, und sie stöhnte. »Wir müssen das definitiv wiederholen.«

»Du liegst hier nackt. Wogegen ich weiß Gott nichts habe. Aber ist dir nicht kalt?«

»Kalt?« Sie schlang die Arme und Beine noch fester um ihn und schmiegte sich an ihn. »Das hier ist doch die weltbeste Heizung.«

Sie öffnete die Augen und sah, dass er sie mit einem Ausdruck im Gesicht betrachtete, den sie nicht deuten konnte. Aber sie war im Augenblick so verdammt befriedigt, dass sie es nicht einmal versuchen wollte.

Langsam zog er sich aus ihr zurück, und sofort bekam sie eine Gänsehaut.

»Siehst du.« Er deutete auf ihre harten Nippel. »Dir ist doch kalt.«

»Wenn du bei mir geblieben wärst, wäre das nicht passiert.«

»Ich muss das hier loswerden.« Er ging hinaus, um das Kondom zu entsorgen.

»Ich hoffe, du hast noch ein paar mehr davon in deiner Brieftasche.«

Obwohl sie in der Dunkelheit kaum etwas erkennen konnte, sah sie Parkers Grinsen, als er zurückkam. »Du kleines Biest.«

Sie schwang sich hoch auf die Ellenbogen und erwiderte sein Grinsen. »Willst du dich beschweren?«

»Gott bewahre! Nicht im Geringsten.« Er nahm seine gefütterte Jacke und hielt sie ihr hin, damit sie hineinschlüpfen konnte, während sie von der Holzplatte rutschte. Froh, dass sie keine Splitter im Hintern hatte, schob sie die Arme in die Ärmel und zog die Jacke eng an sich. Sie war so groß, dass sie ihr bis zur Mitte der Oberschenkel reichte, aber an ihren nackten Beinen spürte sie trotzdem die Kälte. Sie drehte sich herum und sah, dass Parker sie anstarrte.

»Was ist?«

»Du bist die aufregendste Frau, die ich je gesehen habe.« Er schlang die Hände um ihre Oberarme und zog sie an sich, um ihr einen bedeutungsvollen Kuss zu geben.

»Und zu wissen, dass du unter der Jacke nichts weiter als einen schwarzen BH aus Spitze trägst?« Er atmete tief durch. »Ja. Wir werden *das* auf jeden Fall noch einmal tun.«

»Denkst du an mich, wenn du das nächste Mal diese Jacke anhast?«

»Ich vermute, ich werde kaum in der Lage sein, überhaupt zu denken, wenn ich sie das nächste Mal anziehe. Ich werde nur dich vor Augen haben, wie du darin eingewickelt bist, mit diesen verdammt heißen Stiefeln an den Füßen und diesem Fick-mich-noch-einmal-Blick in den Augen.«

Noch am Nachmittag hatte Gabi sich wie eine Außenseiterin gefühlt, als sie Parkers eisigen Blicken ausgewichen war. Obwohl sie vorher noch nie einen Gedanken daran verschwendet hatte, stellte sie jetzt fest, dass heißer Sex definitiv ein großartiger Eisbrecher war.

»So … zurück zu dir.« Zärtlich berührte sie sein Gesicht. »Ich habe dir meine Hilfe angeboten. Erzähl mir mehr darüber, was du brauchst.«

Er legte ihr die Hände auf die Hüften und zog sie wieder eng an sich. »Gefährliche Frage.«

»Hey. Ich bin diejenige, die gesagt hat, ich will es noch einmal tun.« Sie streckte sich und küsste ihn, froh darüber, dass jetzt alles so unkompliziert war, dass sie es einfach tun konnte. »Also, wenn du bereit bist …«

»Für dich? Immer.«

»Parker Kincade, du weißt wirklich, mit welchen Worten du eine Frau glücklich machen kannst.« Sie schlang die Arme um ihn und gab ihm noch einen Kuss, der schnell immer feuriger wurde, bis sie schließlich außer Atem den Kopf nach hinten lehnte. »Aber zuerst sollten wir uns kurz auf deine anderen Bedürfnisse konzentrieren. Für den Rest bleibt uns noch die ganze Nacht.«

»Es regnet ziemlich heftig.« Er neigte den Kopf zur Tür. »Könnte sein, dass wir hier eingeschlossen werden.«

»Kommen morgen früh deine Bauarbeiter wieder?«

»Leider ja.«

»Dann lass uns mal überlegen. Vielleicht könnten wir diese … Diskussion entweder bei dir oder bei mir fortführen, wo es ein wenig wärmer ist?«

Er neigte den Kopf, und das Licht aus der Arbeitsleuchte schien auf sein dunkles Haar. »Gibt es daran überhaupt einen Zweifel?«

»Ich wollte nicht zu gierig erscheinen.«

»Tu dir keinen Zwang an. Sei so gierig, wie du willst.« Er ließ seine Fingerspitze über ihre Wange gleiten, ehe er sie auf ihrer Unterlippe ruhen ließ. »Aber wir gehen unter einer Bedingung entweder zu dir oder zu mir.«

»Oh, oh.« *Bitte sag jetzt nicht, es ist nur für eine Nacht.*

»Wir schleichen uns erst noch schnell ins Haupthaus und stibitzen uns ein paar Reste vom Essen. Und wenn wir erst einmal dort sind, wo auch immer wir landen … *bleibst* du. Diesmal wird nicht weggelaufen.«

Puh. Schon besser.

»Bis du mit mir fertig bist?«

»Baby, ich werde noch lange nicht mit dir fertig sein.«

Das klang gut, fand Gabriella. »Und du verschwindest auch nicht?«

»Keine Chance.«

»Dann ist es abgemacht.«

Was genau sie gerade abgemacht hatte, war ihr nicht so ganz klar. Mal abgesehen davon, dass Parker noch einmal auf atemberaubende Weise ihren Körper erkunden würde, bis sie vor Wollust dahinschmolz. Vermutlich begab sie sich gerade in gefährliche Gewässer. Aber wenn sie mit Parker untergehen würde, war es zumindest eine wunderbare Art zu ertrinken.

11. Kapitel

Gabi schnappte Parker den Katalog mit dem Restaurantbedarf aus der Hand und rollte sich im Bett herum. Auf die Ellenbogen gestützt blätterte sie durch die Seiten.

»Darf ich auch mitgucken?« Parker hätte am liebsten vor Zufriedenheit geseufzt, als sie am Morgen nach Thanksgiving faul im Bett herumlagen. Es war zwar Black Friday, ein traditioneller Tag zum Einkaufen, an dem in der Innenstadt bestimmt die Hölle los war, aber er hatte seinen Mitarbeitern im Food Truck freigegeben. Allerdings hatte er sich da noch nicht vorgestellt, dass er den Tag mit Gabriella im Bett verbringen würde. »Oder behältst du den Katalog genauso für dich wie den Käsekuchen?«

Sie grinste. »Ich habe dich gewarnt, dass ich den nicht mit dir teile.«

»Ich weiß.« Er drehte sich herum und legte sich genauso hin wie sie. »Dabei hatte ich geplant, ihn auf deinem Körper zu verteilen und langsam abzulecken.«

»Ehrlich? Da ist nämlich noch ein Stück übrig.« Ein weiteres freches Lächeln erschien auf ihren Lippen. »Ich hab's in der Gemüseschublade versteckt.«

»Das hast du mir bisher verheimlicht.«

»Ich liege nackt neben dir. Sieht das so aus, als würde ich was verheimlichen?«

Parker lachte, stieß ihr den Katalog aus der Hand, drehte

sie herum und schob sich auf sie. Er hatte noch nie so einen Spaß mit einer Frau im Bett gehabt. Es gefiel ihm.

Sie gefiel ihm.

Und er hoffte, dass die ganze Sache so weiterging. Mit Spaß. Sexy. Locker. Sex ohne Bindung, mit dem Vorteil, gelegentlich oder wann immer es die Zeit erlaubte, die Gesellschaft des anderen genießen zu können. Okay, vielleicht klang das egoistisch. Er musste sichergehen, dass Gabriella genauso empfand, denn er wollte sie definitiv nicht ausnutzen. Sie mussten irgendwann reden. Bald. Im Augenblick beharrte ein Teil seines Körpers ziemlich penetrant auf der Sache mit dem *Sex ohne Bindung*.

Die Küsse wurden immer leidenschaftlicher, und Parker löste das Versprechen mit dem Käsekuchen ein.

Anschließend duschten sie gemeinsam. Da Parker nichts dagegen hatte, dass Gabriella noch blieb, und sie anscheinend nicht darauf aus war, sich wieder in Luft aufzulösen, landeten sie auf dem Sofa. Draußen prasselte der Regen gegen das Fenster. Drinnen zündete Parker den Gas-Kamin an, um es gemütlicher zu haben, und hüllte Gabriella in eins seiner Flanellhemden. Dass sie unter dem weichen Stoff nackt war, entpuppte sich als äußerst inspirierend.

Gemütlich streckte sie ihre wohlgeformten Beine auf dem Sofa aus und legte die Füße auf seine Schenkel, während sie weiter den Katalog mit dem Restaurant-Bedarf studierte. Parker nippte an einem dampfenden Becher Kaffee, der mit einem Schuss Whiskey gewürzt war. Er wusste, dass sie reden mussten. Um endgültig für klare Verhältnisse zu sorgen und sicherzustellen, dass sie beide sich wirklich einig waren. Andererseits war die Stimmung gerade so harmonisch, dass er sie nicht zerstören wollte. Also verkniff er sich die Worte, die ihm auf der Zunge lagen, und genoss einfach Gabriellas Gesellschaft.

»Hmmm.« Sie warf den Katalog in seine Richtung, und er fing ihn mit einer Hand. »Das gefällt mir alles nicht.«

»Wieso nicht? Da sind Hunderte von Produkten aufgeführt. Du kannst sogar Tischplatten und Tischbeine miteinander kombinieren.«

»Das sieht alles so durchschnittlich aus.«

»Das ist Restaurantmobiliar doch meistens. Deshalb bauen sie auch gleich Tausende auf einmal. Und deshalb bekommst du das Zeug ja auch so günstig.«

»Ich weiß.« Sie griff nach ihrem Kaffeebecher, lehnte sich zurück und trank einen Schluck. »Aber genau das ist doch das Problem. Möchtest du wirklich, dass Sunshine & Vine wie alle rüberkommt? Sollte es nicht deine Persönlichkeit reflektieren?«

»Meine Persönlichkeit?«

»Was? Meinst du, du hast keine?«

»Natürlich habe ich eine. Nur neigt sie dazu, sich von Tag zu Tag zu verändern.« Was dazu führte, dass er ständig leicht genervt, frustriert oder total sauer war.

»Ach was, du stehst einfach nur so unter Druck, das Restaurant rechtzeitig fertig zu bekommen.« Sie trank noch einen Schluck Kaffee. »Aber du musst wirklich an den Gesamteindruck denken. Heutzutage ist Essen etwas sehr Individuelles. Jeder ist ein selbsternannter Kritiker. Jeder mag es anders. Und diejenigen, die das Essen als eine Art Erfahrung genießen – die begehrteste Gästeklientel –, wollen Küchenchefs, die gern Neues ausprobieren. Küchenchefs, die

die Geschmacksnerven ihrer Gäste kitzeln und herausfordern. Und so solltest du dein Restaurant auch einrichten.«

Parker blinzelte. Eigentlich rannte Gabi damit bei ihm offene Türen ein, aber sein Leben war in letzter Zeit so chaotisch gewesen, dass es ihm irgendwie entfallen war. Seiner Fantasie freien Lauf zu lassen und herauszufinden, was ihn wirklich ausmachte: Das hatte er damals bei Life's Kitchen gelernt, als aufsässiger Jugendlicher, der kurz davorstand, sich selbst zu zerstören. In letzter Zeit hatte er das Ziel ein wenig aus den Augen verloren.

»Nimm zum Beispiel deinen Food Truck«, sagte sie. »Abgesehen von dem knackigen Kerl, der ihn betreibt, trägt auch der Truck als solcher dazu bei, dass die Leute zu dir kommen und nicht zu einem anderen gehen. Er ist knallig und sieht nach Spaß aus. Was für den Laien bedeutet, dass vermutlich auch das Essen Spaß macht. Du hast es geschafft, ein originelles Design zu entwickeln, das deiner Persönlichkeit und den kreativen Gerichten entspricht, die du anbietest.«

»Das habe ich vermutlich unbewusst gemacht.« Er fand es sehr anregend, sich mit Gabriella über diese Dinge zu unterhalten. Sie half ihm, die Dinge im richtigen Licht zu sehen, und schaffte es auch, die Aufregung wiederzubeleben, die er bei der Aussicht, ein eigenes Restaurant zu eröffnen, ursprünglich gespürt hatte.

»Und das hat gut funktioniert.« Sie schwang die Beine von seinen Schenkeln und schmiegte sich an ihn. »Aber deshalb musst du dein Restaurant nicht auch auf diese Weise kreieren. Und du solltest auch nicht versuchen, allen Erwartungen gerecht zu werden.«

»Okay, meine gute Fee, jetzt kann ich dir nicht mehr folgen.«

»Entschuldige. Ich kann nicht anders, ich bin so aufgeregt.«

»Ich mag es, wenn du aufgeregt bist.«

»Und ich zeig dir gern, wie aufregend ich gewisse andere Dinge finde.« Spielerisch schubste sie ihn mit der Schulter an. »Aber können wir noch ein bisschen weiter über dein Restaurant reden?«

»Sollte ich einen Wecker stellen?«

»Nein.« Sie lachte. »Aber du kannst mir mal deinen Stil beschreiben.«

»Jeans, T-Shirts, Schuhe, wenn nötig. Normalerweise recht entspannt, es sei denn, eine gewisse sexy Frau will mit mir Geschäftliches besprechen, statt mir die Klamotten vom Leib zu reißen. Dann baut sich bei mir eine gewisse Anspannung auf.«

»Spar dir die für später auf«, empfahl sie ihm. »Ich werde darauf zurückkommen.«

»Ja, pflanz mir ruhig noch mehr Bilder in den Kopf, dann kann ich mich bestimmt sehr gut aufs Restaurant konzentrieren.«

»Genau.«

»Böses Weib.« Er beugte sich vor und knabberte an ihrer Schulter. »Wahrscheinlich werde ich es bereuen, dass ich das frage, aber wie siehst *du* mich?«

»Nackt.«

Er lachte. »Du bist schrecklich.«

»Mag sein.« Sie nahm sein Gesicht zwischen die Hände und küsste ihn. »Möchtest du wirklich wissen, was ich in dir sehe?«

»Wenn du sagst, einen oberflächlichen Kerl, der nur an Sex denkt, dann … bekenne ich mich schuldig.« Er seufzte. »Aber fahr trotzdem fort.«

Ihre dunklen Augen funkelten. »Ich sehe einen Mann, der aus so vielen Schichten besteht, dass es schwierig ist, den Finger draufzulegen. Auf der einen Seite wirkst du total sexy und locker mit deinem Jeanslook, den T-Shirts, den etwas zu langen Haaren und dem Dreitagebart. *Der* Parker sieht aus wie einer, der am Strand herumhängt, eine Flasche Corona in der einen Hand und eine Bikini-Schönheit in der anderen. Aber gestern Abend beim Essen sahst du viel klassischer aus. Geschmeidig und elegant. Als müsstest du dir nur einen Smoking überwerfen, und schon hätte George Clooney nichts mehr zu lachen. Wie ein Jetsetter oder jemand, der die Kontrolle über das hat, was alle anderen machen.«

»Wow. Das ist ja ein ziemlich tiefer Einblick.«

»Ich kann fortfahren, wenn du willst.«

»Du machst mir jetzt schon Angst.« Wobei er sich in keinem der Bilder wiederfand, die sie gezeichnet hatte, und auch nicht wirklich Angst hatte. Aber er fürchtete, sie könne einer der sehr wenigen Menschen sein, die tief blickten und ihn wirklich durchschauten.

Und das war höllisch beängstigend.

»Ich möchte nur helfen«, sagte sie, und er wusste, dass das stimmte.

»Okay, dann mach weiter. Aber pass gut auf, wenn du auf Leichen im Keller triffst.«

»So tief wollte ich nun auch wieder nicht bohren. Wir belassen es bei den Dingen, die mit dem Restaurant zu tun haben. Jedenfalls fürs Erste.«

»Sehr beruhigend. Dann brauche ich doch keinen doppelten Schuss Whiskey in den Irish Coffee zu tun.«

»Quatschkopf. Sollen wir weitermachen?«

»Meinetwegen.«

»Hast du dich eigentlich inzwischen entschieden, was auf die Speisekarte soll?«

»Ich hab's versucht. Aber …« Ja, er hatte es versucht. Aber in letzter Zeit waren seine Gedanken zu häufig abgeschweift, er konnte sich nicht wirklich konzentrieren. Er war nicht nur körperlich fertig, sondern auch mental nicht wirklich auf der Höhe. Bis zur Eröffnung des Restaurants hoffte er, irgendwann Zeit zu finden, um zur Ruhe zu kommen und daran zu arbeiten.

»Das interpretiere ich mal als ein Nein.« Gabriella strich mit den Fingerspitzen über seinen Arm. »Wir können das Thema gern erst noch durchgehen, wenn du willst.«

Er legte den Arm auf die Sofalehne hinter ihr und zog sie noch näher an sich. »Nein. Lass uns nach vorn schauen. Vielleicht bekomme ich so den Kopf wieder ein bisschen frei.«

»Okay.« Sie lachte. »Also, ich weiß, dass du in der Scheune viel mit Holz gearbeitet hast, und mit dieser gemauerten Wand weiter hinten hast du einen spektakulären Blickpunkt geschaffen. Was hast du noch für Ideen für die Inneneinrichtung?«

»Ich dachte, ich entscheide mich für einen frischen, zwanglosen Look mit minimalistischer Wanddeko. Vielleicht ein paar Pflanzen, die das rustikale Holz unterstreichen.« Er zuckte mit den Schultern. »Nichts Abgehobenes.«

»Aber passt denn so ein zwangloser Stil zu deiner Klientel? Dein Restaurant hebt sich damit nicht von den anderen

Restaurants in Sunshine ab, die werben doch alle mit ihrer lockeren, legeren Atmosphäre.«

»Da hast du recht.« Da es nur noch drei Wochen bis zu Jordans Hochzeit waren und nicht einmal mehr zwei Monate bis zur Eröffnung des Restaurants, war es Parker durchaus bewusst, dass er langsam alles auf die Reihe bekommen sollte. Zum einen musste er entscheiden, was er wollte, zum anderen musste er Bestellungen abschicken und dafür sorgen, dass alles rechtzeitig geliefert und aufgebaut wurde.

»Da dein Restaurant wie eine alte Scheune aussieht, werden deine Gäste vermutlich erwarten, dass es zwanglos zugeht. Überrasche sie.«

»Und wie?«

»Warum hast du dich für den Namen Sunshine & Vine entschieden?«

»Weil das Restaurant im Ort Sunshine und auf einem Weingut liegt.«

»Das ist mir schon klar. Aber meinst du nicht, dass die Leute das auch mit der berühmten Kreuzung in Hollywood in Verbindung bringen? Dem Hollywood Boulevard und der Vine Street? Also Hollywood und Vine?«

»Das ist mir absolut nicht in den Sinn gekommen.«

»Sollte es aber. Das alte Hollywood war glamourös. Da gab es genau die richtige Mischung aus Glanz und Schein. Glitzer und Glamour. Dein Restaurant sieht von außen aus wie eine wunderschöne alte Scheune, innen solltest du deine Gäste überraschen. Unter den rustikalen Holzbalken könntest du ihnen einen Hauch von Hollywood bieten und das Ganze mit typischem Country-Chic kombinieren. Gönn ihnen die Eleganz von weißen Tischtüchern, schwarzen Stoffservietten und funkelnden Kerzenleuchtern. Schaff Country-Flair durch ein paar Blechelemente vorn am Empfangstisch oder an einer der Wände, stell frische Wildblumen in schicken Vasen auf die Tische. Mach aus deinem Restaurant etwas Einzigartiges, etwas, was deinem Stil entspricht: sexy, lässig elegant.«

Er dachte einen Augenblick nach, und ihm wurde klar, dass er eigentlich schon die ganze Zeit Country-Chic im Kopf gehabt hatte, der nicht allzu bieder wirken sollte. Erst jetzt erkannte er, wie gut schlichte Eleganz und Country-Flair zusammenpassten. So wie guter Wein und köstliche Focaccia.

»Du bist ein Genie.« Er nahm ihr Gesicht in beide Hände und küsste Gabriella.

»Könntest du das bitte meinem potenziellen Chef sagen? Ich habe vor, ihn um ein üppiges Gehalt zu bitten.«

Ihr Lachen wärmte ihn von innen.

»Ich kann dir etwas anderes Üppiges bieten. Jetzt gleich.«

Sie kicherte, als er sie unter sich zog und die Hände unter ihr rotes Flanellhemd schob.

Ein leiser Seufzer entschlüpfte ihr, als er sie an all seinen und ihren Lieblingsstellen berührte. Und obwohl er kurz davor war, den Verstand abzuschalten und sich nur noch seinen Gefühlen hinzugeben, gab es da noch eine Sache, die ihm im Kopf herumschwirrte.

»Ist das okay für dich?«, fragte er.

»Das?«

»Dass wir es unverbindlich und unkompliziert halten. Spaß haben, ohne Verpflichtungen. Ich weiß, dass wir es anfangs bei einer Nacht belassen wollten, aber so wie es aussieht, ist der Deal geplatzt. Und …«, er gab ihr einen flüchtigen Kuss auf den Mund, »ich mag dich wirklich.«

Ihr leichtes Zögern kühlte das Blut, das durch seine Adern pumpte, ein wenig ab.

»Sicher.« Sie schaute ihm in die Augen und strich ihm zärtlich eine Locke aus der Stirn. »Unverbindlich ist okay.«

Erleichtert atmete er auf und entspannte sich sogleich. »Das freut mich.«

Sie drängte ihren Unterleib gegen seine Erektion. »Ich spür's.«

Er lachte und machte sich dann daran, ihr zu zeigen, wie sehr er sie mochte.

Doch später, als er mit Gabriella in den Armen dalag, und sie beinahe eingeschlafen waren, kam ihm eine Erkenntnis: Es würde weitaus schwieriger werden, die Geschichte mit Gabriella unverbindlich zu halten, als Möbel auszusuchen oder sich für eine bestimmte Speisenauswahl zu entscheiden.

12. Kapitel

Am späten Freitagnachmittag fuhr Parker Gabriella zu ihrem Wagen, der immer noch vor dem Haupthaus auf dem Weingut stand. Nicht dass sie sonderlich erpicht darauf gewesen war, Parkers gemütliches Hausboot oder seine warmen Arme zu verlassen, aber es gab zwei gute Gründe, warum sie gehen musste. Zum einen musste sie Basil füttern. Wenn der sein Fischfutter nicht zu einer bestimmten Zeit bekam, wurde er richtig bösartig und wedelte mit dem Schwanz wie ein Matador sein rotes Cape. Und zum anderen hatte Parker ganz klar gesagt, dass diese Beziehung, oder wie auch immer man das nennen wollte, was sie verband, unverbindlich blieb.

Gabi hatte sich darauf eingelassen, obwohl sie wusste, wie schwer es ihr fallen würde. Im Grunde war es dafür bereits zu spät. Vor allem nach der wunderbaren Nacht und dem Tag, den sie gerade gemeinsam verbracht hatten.

Parker war ein liebevoller Mann, der keine Angst hatte, als unmännlich zu gelten, nur weil er gern kuschelte. Wenn sie sich liebten, verwöhnte er sie mit einer selbstlosen Leidenschaft, die alles in ihr zum Klingen brachte – und nicht nur einmal. Er brachte sie zum Lachen. Er bereitete perfekte Spiegeleier zu. Und er gab ihr etwas, auf das sie überhaupt nicht vorbereitet gewesen war.

Er gab ihr das Gefühl, gebraucht zu werden.

Mit Ausnahme ihrer *nonna* hatte ihr bisher niemand das

Gefühl gegeben, gebraucht zu werden, schon gar kein Mann. Selbst gewollt zu werden war schon die Ausnahme. Angefangen bei ihrem Vater bis hin zu ihrem letzten Arbeitgeber – keiner hatte ihr je das Gefühl vermittelt, sie habe irgendetwas Relevantes zu sagen oder als habe ihre Existenz irgendeine Bedeutung.

Begehrt und gebraucht zu sein war daher für sie etwas völlig Neues.

Und es gefiel ihr.

Zur Abwechslung trieb sie nicht nur der Wunsch an, sich zu beweisen.

Als Parker am Freitagabend unerwartet wieder vor ihrer Tür aufgetaucht war, noch dazu mit einer Schüssel voll dampfender heißer Penne mit Parmesan und Zucchini, hatte sie ihn freudig hereingebeten.

Spät am Abend, als sie eng umschlungen und warm eingehüllt im Bett lagen, war Gabi glücklich gewesen. Und doch gab es da etwas, was sie bedrückte. Obwohl sie sich darauf geeinigt hatten, dass das zwischen ihnen nichts Ernstes sein sollte, empfand sie so viel für ihn, dass sie bemerkt hatte, wie sehr er sich jeden Tag bis zur Erschöpfung aufopferte.

»Darf ich dir eine Frage stellen?«

»Ja.« Er küsste sie auf die Stirn. »Ja, ich glaube noch an den Weihnachtsmann.«

Sie lachte. »Das wollte ich zwar nicht fragen, aber gut zu wissen. Und falls du mit ihm in Kontakt stehst, könntest du dann bitte ein gutes Wort für mich einlegen? Ich fürchte nämlich, ich war ein bisschen unartig.«

»Baby, nach dem, was du gerade mit meinem Körper angerichtet hast, weiß ich: Das war nicht nur *ein bisschen* unartig.«

»Aber das war es doch wert, die Rute zu riskieren, oder?«

»Allerdings.« Er gab ihr noch einen Kuss. »Da wir nun wissen, wer ein Geschenk vom Weihnachtsmann bekommt und wer nicht – was wolltest du mich denn eigentlich fragen?«

»Warum hast du das Gefühl, so viel schuften zu müssen, um alle anderen glücklich zu machen? Warum ackerst du bis zum Umfallen?«

»Ich habe dir doch von meiner Vergangenheit erzählt. Ich schulde meiner Familie alles. Auch wenn ich es ihnen nie zurückgeben kann, muss ich es zumindest versuchen.«

Das Geständnis platzte nur so aus ihm heraus, und es war offensichtlich, wie viel Schmerzen ihm diese Schuldgefühle bereiteten. Gabi streichelte ihn, ohne einen Ton zu sagen, und hoffte, dass er noch mehr sagen würde. Doch sie verstand, dass er es nicht tat. Die Erinnerung an die Zeit damals musste hart für ihn sein.

»Tut mir leid, was du durchmachen musstest«, sagte sie.

»Das Leben ist kein Zuckerschlecken, und ich kann niemand anderem die Schuld geben; ich habe mir das alles selbst eingebrockt.«

»Du warst jung.«

»Und egoistisch.«

»Das ist bei Teenagern eher die Regel als die Ausnahme.«

»Mag sein, aber seit ich weiß, was zu der Zeit zwischen meinen Eltern los war …« Er atmete tief aus. »Ich wette, sie hätten mich am liebsten umgebracht.«

»Aber du bist jetzt kein Teenager mehr«, sagte sie, ohne genau zu wissen, worauf er anspielte. »Ich mag dich, und die Erfahrungen haben dich zu dem Mann gemacht, der du bist.«

»Du bist sehr viel verständnisvoller als ich.«

Ihr Magen verkrampfte sich. »Du meinst, wenn ich ein dunkles Geheimnis hätte, solltest du es besser nicht wissen?«

»Ehrlichkeit ist mir wirklich sehr wichtig.« Er schloss sie noch fester in die Arme. »Ich habe dir mein Herz ausgeschüttet, gibt es etwas, was jetzt *du* mir sagen möchtest?«

»Nein.«

Doch, da war etwas, aber das konnte sie ihm nicht erzählen und würde es auch nicht tun. Parker hatte im Moment schon genug Sorgen, als dass sie ihm jetzt auch noch die Ohren vollheulen konnte. Es sollte nur um ihn gehen.

Im Augenblick zumindest.

»Ich denke, ich kann verstehen, warum du das Bedürfnis verspürst, dein Verhalten wiedergutzumachen«, meinte sie. »Aber was geschehen ist, ist lange her. Du warst damals noch ein Junge, jetzt bist du ein Mann. Verantwortungsbewusst. Intelligent. Begabt. Und soweit ich das beurteilen kann, auch ein toller Bruder. Ich kann mir nicht vorstellen, dass irgendwer aus deiner Familie von dir verlangt, dass du ihnen etwas beweist. Oder dass du bis zur Erschöpfung arbeitest. Sie kommen mir alle nicht vor wie Menschen, die das erwarten.«

»Du hast mal erwähnt, dass du zwei Halbschwestern hast. Hast du noch mehr Geschwister?«

Sie nickte. »Ja, einen älteren Bruder.«

»Steht ihr euch nahe?«

Sie zog die Unterlippe zwischen die Zähne, während sie überlegte, wie sie die Frage beantworten sollte. Sie wollte nicht die Stimmung für den Rest der Nacht verderben. Parker hatte es jedoch verdient, dass sie ehrlich war. In diesem Fall war ein bisschen Wahrheit besser als eine Lüge.

»Das wäre ich gern, aber es ist nicht mehr möglich. Die hässliche Scheidung meiner Eltern hat die Familie gesprengt.«

»Das tut mir leid.« Er drückte sie an sich.

»Ist nicht deine Schuld.« Und es war auch nicht ihre. Es war einzig und allein die Schuld ihres Vaters.

Vielleicht sollte sie sich selbst auch an ihren eigenen Rat halten und aufhören, etwas wiedergutmachen zu wollen. Selbst wenn es nicht ihre eigenen Fehler waren.

»Also ...« Sie ließ die Hände über seinen sexy Bauch gleiten. »Wie wäre es, wenn wir uns jetzt wieder dem Spaß widmen?«

»Ja, Ma'am.« Er zog anzüglich die Augenbrauen hoch, ehe er unter der Bettdecke verschwand.

Gabi wusste: Es hatte sie ernsthaft erwischt. Während Parker unter der Bettdecke seinen Zauber entfaltete, musste sie sich immer wieder daran erinnern, dass sie nicht wirklich fest zusammen waren, sondern nur Spaß hatten. Keine Verpflichtungen. Ihrer Meinung nach war das eine *mission impossible*. Denn ob es ihr nun gefiel oder nicht, ihr Herz gehörte schon ihm.

Am Samstagmorgen war es gar nicht leicht, Parker wach zu bekommen. Sie hatte noch nie jemanden gesehen, der so tief schlief. In der Nacht hatte er sich kaum einen Millimeter bewegt. Stundenlang hatte er sie in seinen Armen gehalten, fast wie in einem Schraubstock. Was ihr nicht das Geringste ausgemacht hatte. Trotzdem entschied sie sich, ihn ein wenig aufzuziehen.

»Ich habe mir überlegt, mir einen Seidenschal zuzulegen. Du weißt schon, zum Fesseln.«

Mit großen Augen und vollem Mund blickte er von dem mediterranen Omelett auf, das sie für ihn gebacken hatte. »Wie bitte?«

»Was ist? Hast du was gegen neckische Fesselspiele?«

Er schluckte. »Sind wir gerade auf die nächste Ebene gestolpert?«

Gabi verschränkte die Arme und lehnte sich grinsend gegen den Tisch. »Du scheinst nichts dagegen zu haben.«

Er stand auf und kam zu ihr. »Stehst du auf so was?« Er legte ihr die Hände auf die Hüften und zog sie an sich.

»Nein. Ich wollte dich nur aufziehen, weil du mich im Schlaf so fest an dich gepresst hast.«

»Hmmm.« Er knabberte an ihrem Hals. »Liegt vielleicht daran, dass du so weich und warm bist.«

»Und du schläfst so fest. Ich habe dich heute Morgen kaum wach bekommen.«

»Das liegt daran, dass ich erschöpft bin.« Er gab ihr einen flüchtigen Kuss. »Was definitiv keine Beschwerde sein soll.«

»Das will ich auch nicht hoffen. Du scheinst den Sex viel zu sehr zu genießen, als dass du dich beschweren dürftest.«

»Stimmt. Aber die viele Arbeit, all die Sorgen und der Alltag machen mich ganz schön fertig.«

Er trat einen Schritt zurück und fuhr sich mit der Hand durchs Haar. Die langen dunklen Locken, die jetzt zerzaust waren, fielen ihm bis hinunter auf die breiten Schultern, auf denen solche Last lag.

»Ich nehme an, dass so langsam die Luft raus ist.«

Sie machte wieder einen Schritt auf ihn zu und strich ihm eine Locke aus der Stirn. »Du darfst einfach nicht so viel arbeiten.«

»Machst du dir Gedanken um mich?«

»Ja«, antwortete sie. »Und ich weiß, dass ich damit eine Grenze überschreite – von wegen unverbindlich und so –, aber ich kann nicht anders.«

Er zog die dunklen Brauen zusammen, während er sie ausgiebig musterte.

Gerade als sie dachte, er würde ihre Abmachung noch einmal bestärken, begann er zu grinsen.

»Also … kein Seidenschal?«

Ein kleiner Seufzer der Erleichterung entschlüpfte ihr. »Sag niemals nie.«

Später am Nachmittag summte Parkers Handy, als er eine Textnachricht bekam. Er zog das Telefon aus der Tasche und las sich Ethans Nachricht durch.

Ich und die Brüder sind im Haupthaus und wollen uns gleich das Spiel Alabama gegen LSU ansehen. Bier. Football. Fluchen. Schwing deinen Arsch hier rauf.

Parker blickte sich auf der Baustelle im Restaurant um und stellte fest, dass Sean alles unter Kontrolle zu haben schien. Er holte tief Luft, antwortete seinem Bruder und machte sich auf den Weg.

Was sollte schon schiefgehen?

Nur weil er nicht jede Sekunde da war, um alles zu überwachen, würde nicht gleich alles zusammenbrechen. Er war schließlich kein verdammter Kontrollfreak. Vielleicht hinderte seine Anwesenheit die Leute sogar daran, alles rechtzeitig fertig zu bekommen. Vielleicht hatte er die ganze Zeit nur gedacht, er würde helfen, während er in Wahrheit die Arbeiten behindert hatte.

Er schloss den Reißverschluss seiner Jacke, zog den Kopf gegen den eiskalten Wind und die Schneeflocken zwischen die Schultern und marschierte hinauf zum Haupthaus.

Wenn sogar Jordan es schaffte, mal eine Weile nicht Groomzilla zu spielen, dann würde es ihm auch nicht wehtun, eine Pause zu machen, oder? Leider stand bei ihm zu viel auf dem Spiel, als dass er nachlässig werden durfte. Es ging ja nicht nur um Zeit und Geld. Für ihn war das Restaurant ein Symbol der Heilung. Es war ein Zeichen dafür, dass die Familie eine Einheit war, und dass sie die Vergangenheit hinter sich lassen konnten.

Gemeinsam.

Trotzdem, sich mal einen Nachmittag freizunehmen, würde nicht gleich alles zerstören, wofür er so hart gearbeitet hatte.

Während er den Berg hochstapfte, geriet er auf dem eisigen Weg immer wieder ins Rutschen, und weil es nicht gerade hilfreich gewesen wäre, sich auf die Schnauze zu legen und den Hals zu brechen, bemühte er sich um Vorsicht.

Als er schließlich die Haustür öffnete, kam das einem Anschlag auf seine Ohren gleich. Seine Brüder fluchten, während aus dem Fernseher das Gebrüll der Zuschauer auf den Tribünen sowie der Kommentar des Sportreporters drangen. Er und seine Brüder würden auf unterschiedlichen Seiten stehen. Die eine Hälfte würde mit Alabama mitfiebern, die andere das LSU-Team unterstützen, was zwangsläufig zu ohrenbetäubenden *Fucks* und *Leck mich* führen würde. Aber das machte ja den Spaß aus.

Als er ins Fernsehzimmer trat, nickte Ethan ihm zu, und Dec drückte ihm ein kaltes Bier in die Hand. Beide rückten auf dem Sofa zur Seite, um Platz für ihn zu machen. Ryan und Jordan hatten sich in den Sesseln breitgemacht, während sich der Rest Schulter an Schulter drängte. Als der Quarterback von Alabama den Ball in die Endzone warf, und er dort von dem Wide Receiver gefangen wurde, schossen Parker und seine Brüder alle von ihren Sitzen hoch und gaben lautstark mit kräftigen Flüchen zu, dass das ein verdammt perfekter Pass gewesen war.

Nachdem sie sich wieder gesetzt hatten, blickte Jordan über die Schulter zu Parker. »Wurde verdammt noch mal Zeit, dass du dir mal freinimmst.«

Parker verdrehte die Augen. »Ist nicht so leicht, sich Zeit freizuschaufeln, wenn dein verdammtes Alter Ego, Groomzilla, mir ständig auf die Nerven geht, rechtzeitig fertig zu werden.«

»Jemand muss dich ja auf Trab halten. Ich habe schließlich eine Hochzeits-Checkliste, die ich abarbeiten muss.«

Declan lachte. »Weißt du, was ich ihm zu seinem Junggesellenabschied kaufe?«

»Was?«

»Damen-Hygieneprodukte.«

Als die Brüder allesamt losprusteten, zeigte Jordan ihnen nur den Mittelfinger, ohne den Blick von der Action auf dem Spielfeld zu nehmen.

»Ich überlege, ihm so ein sexy Zimmermädchen-Kostüm zu schenken, damit er sich für Lucy in ein Biest verwandeln kann«, erklärte Ethan.

Jordans Mittelfinger blieb ausgestreckt.

Parker lachte. »Na, dann kriegst du von mir eine Küchenschürze.«

»Hey.« Jordan warf ihm einen bösen Blick zu. »Du bist doch der, der immer Schürzen umhat.«

»Ja, aber keine mit Rüschen.«

Ryan, der gemütlich in seinem Sessel lümmelte, schnaubte auf. »Verdammt, es ist echt schön, dass alle wieder zu Hause sind.«

»Ja«, erwiderten sie unisono, obwohl Jordans Mittelfinger noch immer in der Luft schwebte.

Als Alabama ein weiterer perfekter Spielzug gelang, sah Declan zu Parker. »Brookes Mantel ist irgendwie verloren gegangen. Weißt du was darüber?«

»Ach, das war ihrer?«

»Ja. Sie hat dann den angezogen, der zuletzt noch übrig war.«

»Tut mir leid.«

Dec schnaubte. »Dieser selbstzufriedene Ausdruck auf deinem Gesicht verrät, dass es dir nicht im Geringsten leidtut.«

»Genau.« Ethan drehte sich zu ihm herum. »Dieser Ausdruck verrät, dass du flachgelegt worden bist. Und nicht nur einmal.«

»Neidisch?«, fragte Parker.

»Scheiße, ja.«

Parker hob die Bierflasche und trank einen Schluck. Obwohl es leicht wäre, jetzt ein wenig anzugeben, hielt er die Klappe. Was zwischen einem Mann und einer Frau im Bett passierte, ging nur die beiden etwas an, war seine Überzeugung. Und selbst wenn er nur eine Andeutung machte, würden seine Brüder nachbohren. Sie würden wissen wollen, was zwischen ihm und Gabriella abging. Würden seine Absichten hinterfragen. Und er müsste ihnen dann erklären, dass er keine hatte. Was wiederum so klänge, als wäre er ein großes Arschloch. Als nutze er Gabriella aus, weil er nur Sex mit ihr haben wollte. Aber so war es ja gar nicht.

Er wollte mit ihr zusammen sein. Er wollte nur nicht, dass sie genau das von ihm erwartete.

Scheiße. Ergab das überhaupt irgendeinen Sinn?

»Sie ist ein nettes Mädchen«, stellte Ryan fest. »Versau die Sache nicht.«

»Hey.« Parker trank noch einen Schluck Bier. »Es ist ja nicht so, als hätte ich den Ruf, Frauen nur zu vögeln und dann wieder zu verlassen.«

»Bist du dir da sicher?«, wollte Ethan wissen.

»Ja.« War er doch. Oder nicht?

»Und was war mit dieser Katrina?«, hakte Declan nach. »Du weißt schon, die vom Seahawks-Spiel im letzten Jahr? Diese heiße Blondine mit den großen … mit der großen Persönlichkeit? Die …«

»Ja«, unterbrach Parker ihn. »Ich erinnere mich. Und?«

»Eine Woche lang ging es ziemlich heiß her zwischen euch, soweit ich mich erinnere«, sagte Dec. »Und dann hattest du sie über.«

»Das heißt noch lange nicht, dass ich zu den Typen gehöre, die nur 'ne schnelle Nummer schieben wollen. Wir hatten außer Sex einfach nichts gemeinsam.«

»Und dann war da noch Madison«, erinnerte Ryan ihn. »Nettes Mädchen.«

»Auch bei der war außerhalb des Bettes nichts.«

»Aber zwischen dir und Gabriella ist mehr?«, wollte Jordan wissen. »Ich meine, ihr seid beide Köche. Das ist schon eine ziemlich große Gemeinsamkeit.«

»Ja«, gab Parker ihm recht. »Zwischen uns läuft eine Menge.«

»Wie ich schon sagte.« Ryan hob die Bierflasche. »Sie ist ein nettes Mädchen. Versau es nicht.«

Während Parker sich lediglich darauf konzentriert hatte, die Zeit mit Gabriella zu genießen, hatten seine Brüder anscheinend genauer hingeschaut. Es war ja nicht so, dass er vorhatte, etwas zu versauen. Es war nur so, dass ... was? Dass er sie wirklich mochte? Dass er es unglaublich genoss, mit ihr zusammen zu sein? Es nicht erwarten konnte, sie endlich wiederzusehen? Ja. All das. Aber noch war er nicht bereit, irgendwo Gardinen aufzuhängen, eine Hochzeit zu planen oder an Babys zu denken. Was nicht heißen sollte, dass er das nicht irgendwann gern tun würde. Im Augenblick wollte er einfach nur seine wenige freie Zeit mit einer Frau verbringen, die ihn zum Lächeln und Lachen brachte, die ihm ein gutes Gefühl vermittelte, ohne dass er sich schlecht fühlen musste, wenn er andere Dinge zu tun hatte, als ihr seine Aufmerksamkeit zu schenken.

War das wirklich zu viel verlangt?

Ehe Parker am Tag zuvor ihre Wohnung verlassen hatte, hatte Gabriella ihm erfolgreich geholfen, eine Online-Bestellung über Nischenbänke, Tische und Stühle für sein Restaurant abzuschicken. Sie freute sich, dass sie gemeinsam zumindest die erste Hürde aus dem Weg geräumt hatten. Hoffentlich konnte er jetzt wieder ein bisschen ruhiger schlafen.

Es blieb noch so viel zu tun bis zu Jordans und Lucys großem Tag, und Weihnachten rückte auch so schnell näher. Während Gabi einen ruhigen Nachmittag verbracht hatte, war ihr eine Idee gekommen. Und egal, wie viel Kaffee sie trank oder wie viele andere Projekte sie sich ausdachte, diese Idee ließ sich nicht verdrängen. Also beschloss sie, sie in die Tat umzusetzen.

Hoffentlich empfand Parker es nicht als Einmischung. Aber sie wollte dem Mann, der ihr so viel bedeutete, gern helfen.

Die Main Street im hübschen Stadtkern von Sunshine war ziemlich belebt, als Gabi zur Sugarbuns Bakery fuhr. Weihnachtsbäume säumten die Straße, und glitzernde Deko zierte die Laternen. Alle Schaufenster waren mit Girlanden und Lichterketten geschmückt. Hübsche Adventskränze hingen an den Türen. Und an der Kreuzung zur Burgundy Street saß ein lebensgroßer Weihnachtsmann auf einer gusseisernen Bank vor dem Buchladen. Er trug weiße Handschuhe und hielt mehrere Kinderbücher und ein Schild in den Händen, auf dem stand: »Bücher regen die Fantasie an«.

Weil sie nicht mit leeren Händen kommen wollte, parkte Gabi vor dem rosafarbenen Gebäude mitten in der Innenstadt und betrat die Bäckerei. Der Duft der berühmten Zimtschnecken des Sugarbuns ließ ihr sofort das Wasser im Munde zusammenlaufen, als über ihr die Türglocke bimmelte.

»Willkommen im Sugarbuns. Ich bin Pearl.« Die Frau hinter der Glasvitrine schenkte ihr ein strahlendes Lächeln. »Unsere heutige Spezialität sind Schoko-Rum-Ringe und Mandel-Kaffee-Kuchen. Außerdem haben wir frisch gebackene Mandelhörnchen und natürlich unsere Zimtschnecken. Was hätten Sie gern?«

Gabi ließ den Blick über die Auslage schweifen und seufzte auf. »Mein Bauch sagt, von allem etwas.«

Pearl lachte. »Sie glauben gar nicht, wie oft ich das schon gehört habe. Ich habe Sie hier noch nie gesehen, sind Sie neu in der Stadt?«

»Ich wohne in Portland. Jetzt bin ich aber gerade auf dem Weg zu den Kincades und wollte nicht mit leeren Händen dort auftauchen.«

»Ah. Die Kincades! Wirklich nette Familie. Mit wem sind Sie denn befreundet?«

War er tatsächlich ihr Freund oder nur ihr Lover? Gabi hoffte, er war beides. »Parker.«

»Ach, Sie sind das.« Pearl nickte. »Gabriella, richtig?«

»Woher wissen Sie das?«

»Parkers Tante Pippy ist eine gute Freundin von mir. Sie war heute Morgen hier und hat mir erzählt, dass ihr Neffe Parker ein Mädchen gefunden hat.«

Gabi war zwar an Klatsch und Nachrede im großen Stil gewöhnt, jedoch nicht an das Gerede in einer Kleinstadt. Weil sie nicht wusste, wie sie reagieren sollte, wich sie aus. »Wenn sie gemeint hat, dass ich die Küchenchefin bin, die gern in Parkers neuem Restaurant arbeiten würde, dann bin ich diejenige, ja. Und ja, ich bin Gabriella.«

»Schön, Sie kennenzulernen, Schätzchen.« Pearl streckte ihr über die Auslage die Hand hin. »Ich muss schon sagen, diese Kincade-Jungs fallen im Augenblick ja wie Fliegen von der Noch-zu-haben-Liste. Was mich allerdings nicht überrascht. Ich mag ja alt sein, aber tot bin ich noch lange nicht.«

»Ich bin nicht wirklich …« Hmm. Es passierte selten, dass Gabi nicht wusste, was sie sagen sollte. Vor allem, da ihr nicht ganz klar war, was Parker von ihr erwarten würde.»Oh.« Pearl wedelte mit der Hand. »Sie brauchen das weder zu bestätigen noch zu leugnen. Sobald die Hochzeitstorte bestellt wird, weiß ich sowieso Bescheid.«

Sehr gut, jetzt konnte sie geschickt das Thema wechseln.

»Da wir gerade von Hochzeitstorten sprechen. Haben Jordan und Lucy ihre schon bestellt?«

»Sicher. Das hat Jordan schon vor Wochen getan. Und dann hat er die Bestellung geändert. Und noch mal geändert.« Sie lachte vergnügt. »Ich warte nur darauf, dass Lucy hier auftaucht und die Sache ein für alle Mal regelt, aber wie ich gehört habe, hat sie ihm die gesamte Hochzeitsplanung überlassen. Allerdings frage ich mich, was sie sich dabei gedacht hat. Er ist nun wirklich kein Typ mit einer femininen Seite. Wenn Sie wissen, was ich meine.«

Gabi nickte. »Aber er bemüht sich wirklich, Lucy glücklich zu machen.«

»Na ja, wenn Sie versprechen, ihm einen kleinen Floh ins Ohr zu setzen, dann verrate ich Ihnen, welche Torte und welches Design seine Braut gern hätte.«

Als hätte das Schicksal nur darauf gewartet, ihr bei ihrem Vorhaben zu helfen! Gabi grinste. »Ich nehme den kleinen Floh und außerdem ein Dutzend Zimtschnecken.«

Als Jordan und Lucy die Haustür des Haupthauses auf dem Weingut öffneten, sahen sie Gabriella überrascht an.

»Hallo. Darf ich reinkommen?«

»Natürlich.« Leicht verwirrt traten die beiden zur Seite, und Gabriella betrat das warme Wohnzimmer, in dem es noch immer nach Kürbis-Pie duftete.

»Schön, dich wiederzusehen«, sagte Lucy.

»Vor allem, nachdem du und Parker Thanksgiving so plötzlich verschwunden wart«, fügte Jordan mit einem Grinsen auf seinen sehr maskulinen Lippen hinzu.

Gabi errötete.

»Es hat ein bisschen gedauert, bis wir begriffen hatten, dass Brookes Mantel gar nicht verloren gegangen war«, fuhr er fort. »Er war gekidnappt worden.«

»Ich könnte das erklären«, sagte Gabi noch immer verlegen. »Aber ich bin mir nicht sicher, ob dein Bruder begeistert wäre, wenn ich aus der Schule plaudere.«

»Ach, komm, gib uns was, womit meine Brüder und ich ihn fertigmachen können.« Jordan lachte, als Lucy ihm den Ellenbogen in die Rippen stieß. »Was? So handhaben wir das nun mal.«

Gabi lächelte über die spielerische und vertraute Art, in der die beiden miteinander umgingen. So eine Beziehung wünschte sich wohl jede Frau. »Wahrscheinlich wundert ihr euch, warum ich einfach so hier auftauche.«

»Du bist jederzeit willkommen.« Lucy lächelte. »Möchtest du einen Kaffee oder einen Tee?«

»Tee wäre toll, am liebsten Kräutertee. Wenn ich noch mehr Kaffee trinke, kann ich für nichts garantieren. Ich laufe schon den ganzen Morgen auf Hochtouren.« Sie hielt die Schachtel vom Bäcker hoch. »Ich habe euch ein paar Zimtschnecken aus dem Sugarbuns mitgebracht.«

»Perfekt. Lass uns in der Küche reden«, sagte Jordan. »Da kann man besser essen und wird nicht gleich gestört.«

»Zu spät.«

Gabi drehte sich herum, als sie die Stimme hinter sich

hörte. Heute trug Tante Pippy einen weißen Elvis-Overall mit rotem Kunstledergürtel und dazu glitzernde Silber-Stiefeletten. Ohrringe, die an das komplette Sonnensystem erinnerten, baumelten an ihren Ohren. Gabi zweifelte zwar Pippys Modegeschmack an, aber ihre farbenfrohe Persönlichkeit war einfach umwerfend.

»Fangt ja nicht an, ohne mich über meinen Neffen zu quatschen«, sagte Pippy. »Ich habe schon alle in Alarmbereitschaft versetzt.«

»Alarmbereitschaft?«

»Der nächste Bruder ist vom Markt«, erklärte Jordan ihr. »Tante Pippy meint, bis Ende nächsten Jahres sind wir alle unter der Haube.«

»Du bist jedenfalls schon Ende dieses Jahres unter der Haube«, erinnerte Lucy ihn, bevor sie ihm einen Kuss auf die Wange gab.

»Das ist genau der Grund, warum ich hier bin.« Gabi setzte sich auf einen der großen Holzstühle und zog ihren Notizblock aus der Tasche. Alle Augen waren jetzt auf sie gerichtet. »Es ist ja kein Geheimnis, dass Parker und ich viel Zeit miteinander verbringen. Und ob ich letztlich bei ihm in der Küche anfange, wird sich zeigen.« Gabi holte tief Luft, erstaunt darüber, wie wichtig er in so kurzer Zeit für sie geworden war. »Aber deshalb bin ich nicht hier. Im Augenblick komme ich lediglich als Freundin, die sich Sorgen um ihn macht. Obwohl ich mir ziemlich sicher bin, dass ihm das gar nicht recht wäre.«

»Was ist los?« Sofort zeichnete sich Besorgnis auf Lucys Gesicht ab. »Ist er krank?«

»Er ist überarbeitet und erschöpft. Und er bekommt kaum

Schlaf, weil er seinen Kopf nicht lange genug ausschalten kann, um sich zu entspannen. Der Familienbetrieb, sein Food Truck, die Arbeit auf der Baustelle. Dazu der Versuch, alles unter einen Hut zu bringen und gleichzeitig darüber nachzudenken, wie er euch helfen kann, die perfekte Hochzeitsfeier zu gestalten … All das führt dazu, dass er nichts so auf die Reihe bekommt, wie er es vermutlich sonst schaffen würde.«

»Mir ist auch schon aufgefallen, dass er müde aussieht«, sagte Pippy.

»Mir auch. Ich wollte ihm doch nicht noch mehr Sorgen bereiten.« Lucy stieß Jordan in die Seite. »Du musst aufhören, ihn ständig zu drangsalieren.«

»Hey. Ich wusste nicht, dass er überlastet ist«, rechtfertigte Jordan sich.

»Dann achte mehr darauf.« Lucy tätschelte Jordans Arm. »Bitte.«

»Ich möchte ihm gern helfen, aber ohne ihm meine Ideen aufzudrängen oder ihm das Gefühl zu geben, ich würde alles übernehmen«, sagte Gabi. »Daher dachte ich, ich rede mit euch. Vielleicht könnt ihr beiden mir sagen, was ihr euch für euer Essen nach der Hochzeitsprobe und natürlich für das Essen auf der Feier vorstellt. Damit könnten wir schon mal zwei Dinge von Parkers To-do-Liste streichen. Außerdem bringt es euch beide als Team zusammen, sodass nicht nur einer über die Hochzeit entscheiden muss.«

»Das gefällt mir.« Jordan seufzte erleichtert. »Eine Hochzeit zu planen ist wirklich nicht die dankbarste Aufgabe. Selbst wenn man eine Schwester hat, die versucht, einem das Schlimmste abzunehmen.«

»Es tut mir leid.« Lucy blickte ihren Verlobten reumütig

an. »Ich kann die Sache wieder übernehmen, wenn du willst. Oder … wir lassen den ganzen Aufwand und gehen einfach nur zum Standesamt.«

»Auf keinen Fall.« Jordan presste einen Kuss auf Lucys Stirn. »Es ist kein Aufwand, wenn ich dich letztendlich heiraten kann. Ich möchte einfach nur das Beste für dich.«

»Ich weiß.« Das Lächeln, das Lucy ihrem Verlobten schenkte, brachte Gabis Herz zum Schmelzen. »Und dafür liebe ich dich. Aber ich wäre genauso glücklich, wenn nur du und ich und ein Standesbeamter dabei wären.«

»Und dafür liebe ich dich.« Jordan erwiderte das Lächeln seiner Braut. »Aber so wird es nicht laufen. Und du weißt auch, warum.«

»Können wir uns dann wenigstens darauf einigen, das Ganze ein wenig zurückzufahren?«, bat Lucy. »Und sei es nur, um Parker etwas von dem Druck zu nehmen?«

»Wenn du darauf bestehst.«

Lucy sah erleichtert aus. »Gabi, es scheint, als würdest du etwas für Parker empfinden …«

»Das tue ich.« Warum sollte sie es leugnen. »Ich kenne ihn noch nicht so lange, aber … ich möchte nicht nur, dass er Erfolg hat, ich möchte auch, dass er den Erfolg genießen kann, ohne dafür über heiße Kohlen laufen zu müssen.«

Jordan und Lucy tauschten einen Blick. Daraufhin erklärte Jordan: »Ich wusste echt nicht, dass ich ihm so viel zusätzlichen Stress verursacht habe.«

»Er betrachtet es nicht als Druck«, sagte Gabi. »Er liebt euch beide und möchte nur das Beste für euch. Er ist nur so müde, dass er im Augenblick gar nicht mehr richtig weiß, was das Beste ist.«

»Er ist wirklich gut darin, all das, was in seinem Kopf vor sich geht, zu verstecken«, meinte Lucy.

»Typisch Mann«, ließ Pippy verlauten. Dann sah sie zu Gabi. »Es ist wirklich sehr nett von Ihnen, dass Sie ihm helfen wollen.«

»Er bedeutet mir einfach viel.« Okay, jetzt war es raus. Da hätte sie ihnen ja auch gleich erzählen können, dass sie auf dem besten Weg war, sich in Parker zu verlieben. Gleich mit der ganzen Wahrheit herausplatzen, statt nur ein paar Bröckchen hinzuwerfen. Irgendwie war es Parker mit seinem sexy Lächeln gelungen, in Lichtgeschwindigkeit zu einem ganz wichtigen Teil ihres Lebens zu werden.

Und das hatte absolut nichts damit zu tun, dass sie in seinem Restaurant arbeiten wollte.

»Ich werde ihm anbieten, für ein paar Tage in seinem Food Truck auszuhelfen, bis sich alles wieder ein bisschen beruhigt hat«, fügte Gabi hinzu. »Wahrscheinlich wird er Nein sagen, aber …«

»Aber Sie sind keine Frau, die ein Nein akzeptiert«, sagte Pippy.

»Genau.«

»Ha!« Pippy nickte einmal kurz zufrieden, ehe sie in die offene Kuchenschachtel griff und sich eine Zimtschnecke herausnahm. »Die Kincade-Jungs sind noch schneller vom Markt als diese Zimtschnecken.«

Gabi hätte Parkers Tante gern erzählt, dass ihre Gefühle leider einseitig waren. Dass Parker ausdrücklich klargemacht hatte, dass ihre Beziehung unverbindlich bleiben sollte. Insofern bestand eigentlich keine Gefahr, dass dieser heiße, sexy Kincade nicht mehr zu haben war.

Doch sie blieb lieber beim Thema. »Ich dachte, ich könnte euch vielleicht helfen, die Auswahl für euren Hochzeitsempfang und das Essen am Abend zuvor ein wenig einzuschränken. Dann könnte ich das so an Parker weiterleiten. Anschließend würde ich dafür sorgen, dass alle Zutaten rechtzeitig bestellt werden.«

»Das hört sich nach einer richtig guten Idee an.« Lucy legte eine Hand auf Gabis. »Danke, dass du ihm hilfst. Wir wollen wirklich nicht, dass er zu erschöpft ist, um mit uns zu feiern.«

»Das habe ich mir gedacht.«

Gabi drückte auf ihren Kugelschreiber und kritzelte auf ihrem Block herum, um zu sehen, ob er schrieb. »Übrigens, als ich im Sugarbuns war, hat Pearl mir anvertraut, dass ihr euch noch nicht so recht auf die Hochzeitstorte einigen könnt. Was haltet ihr von einem Red Velvet Cake mit italienischer Buttercreme? Es ist eine elegante Torte, sehr schmackhaft, und das Tiefrot passt gut zum Weihnachtsthema.« Sie zwinkerte Lucy zu, weil sie gehört hatte, dass die zukünftige Braut roten Samt mochte.

Lucy seufzte. »Hört sich perfekt an.«

»Das ist es.« Tante Pippy hob eine Hand, als wolle sie schwören. »Und ich würde mal sagen, Gabriella ist perfekt für unseren Parker.«

Gabis Gefühle waren viel zu verworren, als dass sie hätte sagen können, ob Pippy recht hatte. Auch wenn sie es von ganzem Herzen hoffte. Aber sie war willig, Parker Zeit zu lassen, das selbst herauszufinden.

13. Kapitel

Staub rieselte von dem freigelegten Deckenbalken, in den der Elektriker Löcher bohrte, damit über den Nischen Lampen angebracht werden konnten. Irgendwann. Falls Parker sich jemals entscheiden konnte, welche es sein sollten.

Und das war ein verdammt großes *falls*.

Am Morgen hatte Gabriella ihn dazu gedrängt, sich für Nischenbänke, Tische und Stühle zu entscheiden. Als er schließlich seine Kreditkarte gezückt und auf der Website auf KAUFEN gedrückt hatte, war ihm eine große Last von den Schultern gefallen. Jetzt konnte er immerhin schon drei Punkte von seiner endlos langen To-do-Liste streichen. Und das verdankte er Gabriella.

Was sie zusammen geschafft hatten, fiel wohl eher in die geschäftliche Kategorie und weniger in die unverbindliche Spaßkategorie, die er eigentlich für ihre Beziehung favorisierte. Wenn er ehrlich war, musste er zugeben, dass es sich ziemlich partnerschaftlich angefühlt hatte. Wie ein musikalisches Zusammenspiel, das hervorragend geklappt hatte. Ob es wohl auf anderen Gebieten ebenso gut funktionieren würde?

Das Ganze warf noch weitere, sehr viel wichtigere Fragen auf.

Ob es zum Beispiel Sinn ergab, wenn ein Mann, der gesagt hatte, er wolle nichts Festes, abends schon wieder vor der Tür seiner Geliebten auftauchte, um die Nacht in ihrem Bett zu verbringen.

Ergab es einen Sinn, dass er viel besser schlief, wenn er sich wie ein Oktopus um sie schlang? Dass sämtliche Sorgen sich in Luft aufzulösen schienen, sobald er sie in den Armen hielt?

Machte es Sinn, wenn ein Mann, der für eine unverbindliche Beziehung plädierte, seiner Liebsten ständig zeigen wollte, wie viel sie ihm bedeutete, obwohl sie selbst nicht gerade mitteilsam war, was ihr Privatleben anging?

Erst nachdem Gabriella ihn darauf hingewiesen hatte, war ihm auch bewusst geworden, dass er wegen des ganzen Stresses nicht mehr klar denken konnte. Es war kein Ende in Sicht, und seine To-do-Liste war so ellenlang, dass es nicht genügend Tage gab, um alles abzuarbeiten. Er musste unbedingt mit Jordan sprechen, um das Essen für den Empfang und für den Abend davor zu planen. Mit Lili die Werbekampagnen für das Restaurant besprechen. Und er sollte ein ernstes Wörtchen mit sich selbst reden. Denn er hatte definitiv nicht das Gefühl, dass sie nur eine lockere Affäre ohne Bindungen wollte.

»Hallo.«

Er drehte sich um, als er ihre sinnliche Stimme hörte.

»Ich habe gerade an dich gedacht.« Obwohl die Bauarbeiter in der Nähe waren, schlang er Gabriella einen Arm um die Taille und zog sie an sich, um ihr einen Kuss zu geben.

Sie errötete. »Tatsächlich? Wie schön.«

»Wie wäre es, wenn ich die Leute rausschmeiße? Und dann sehen wir mal, wie schnell wir die Küche aufheizen können, ohne den Ofen anzuwerfen.«

Sie lachte und berührte ihn mit kühlen Fingern an der

Wange. »So verlockend das auch klingt, ich muss dir was zeigen.«

»Noch besser.« Er grinste sie an. »Runter mit den Klamotten.«

»Wow. Nun mal langsam, Cowboy. Die Klamotten bleiben, wo sie sind.« Sie schenkte ihm ein sinnliches Lächeln. »Fürs Erste.«

»Ach, du enttäuschst mich zutiefst. Aber ich werde dich später, wenn alle weg sind, erinnern. Also, was gibt's?«

»Ich hoffe, du bist nicht sauer, aber … Hör zu, ich weiß, wie beschäftigt du bist. Also habe ich mit Jordan und Lucy über das Essen für den Empfang und das Essen am Abend vor der Hochzeit gesprochen.«

Sie zog die Schultern hoch und machte ein Gesicht, als warte sie darauf, dass er sie anbrüllen würde.

»Ist das dein Ernst?«

»Es tut mir leid. Ich weiß, es war verrückt, aber …«

»Der Einzige, der hier verrückt ist, bin ich. Nach dir.« Diese Tatsache ließ sich leider nicht länger leugnen. »Lass mal sehen, was du rausgefunden hast.«

Sie reichte ihm einen Notizblock, der in eleganter Schrift vollgeschrieben und mit Herzchen und Blümchen verziert war.

»Sie möchten das Essen am Abend nach dem Probedurchlauf eher leger halten. Da kommen ja nur die Familie und ein paar enge Freunde, die alle bei der Hochzeit eine Aufgabe übernehmen. Und weil es draußen wahrscheinlich kalt sein wird, soll es einfach etwas Unkompliziertes, Leckeres geben, das von Innen wärmt, damit alle nett Wein trinken und sich unterhalten können.«

Er blickte auf die Liste. »Pizza und Pasta?«

Sie zuckte mit den Schultern. »Genau das wünschen sie sich.«

»Ist völlig okay für mich. Und für die eigentliche Hochzeitsfeier?«

Sie deutete auf die Zusammenstellung unter einer Linie aus kleinen gemalten Herzchen. »Sie möchten gern etwas Überraschendes, kein normales Essen«, erzählte sie. »Sie haben etwas im Kopf, was Spaß macht und weniger formell ist.«

»Sie wollen Popcicle-Cocktails und eine Kaffee-Bar?«

Sie nickte. »Am liebsten mit blau-weißer Deko.«

»Ja, aber … diese Cocktails? Eis am Stiel, versenkt in Prosecco? «

»Das war Lucys Idee. Ich glaube, das ist ihr Zugeständnis an Jordans Idee mit der Eiskönigin. Vielleicht könntest du noch Kekse mit weißem Schokoüberzug für die Kaffee-Bar backen.«

»Und Essen?«

Sie deutete wieder auf den Notizblock.

»Ein Büfett?« Er blickte auf. »Meinen sie das ernst? Mein Bruder mit seinem Dickkopf will lieber ein Büfett als ein richtiges Dinner?«

Gabriella lachte. »Ich glaube, Lucy hat ihm einiges erklärt.«

»Verdammt, sie ist echt gut. Anscheinend hat sie einen magischen Schlüssel oder so, denn wenn Jordy sich erst mal was in den Kopf gesetzt hat, ist er eigentlich wie ein Hund, der seinen Knochen nicht wieder hergeben will.«

»Ich weiß nur, dass zwischen den beiden ein paar vielsagende Blicke ausgetauscht wurden, und dann hat er nachgegeben wie ein Mann, der bis über beide Ohren verliebt ist.«

»Das ist er wirklich.«

»Jordan meinte, keiner der Hochzeitsgäste müsse davon überzeugt werden, dein Restaurant zu besuchen, sobald es geöffnet ist. Er sagte, die Leute kämen sowieso. Und wenn er sie notfalls …«, sie senkte die Stimme und versuchte, so zu klingen wie sein Bruder, »an den Haaren herbeiziehen muss. Also besteht kein Grund für dich, ein Wahnsinns-Menü für das Hochzeitsessen zu kreieren.«

»Das hat Jordan gesagt?«

Sie nickte.

»Quatsch. Was ist der wahre Grund?«

»Die Wahrheit? Sie wollen nicht, dass du die ganze Zeit arbeitest. Sie möchten dich als Bruder und Gast bei ihrer Hochzeit dabeihaben, nicht als Küchenchef oder Kellner. Jordan meinte, er habe den Empfang als Anreiz genutzt, damit du endlich in die Gänge kommst. Sonst – seine Worte, nicht meine – hättest du alles immer weiter rausgezögert, und dein Restaurant wäre erst in ein paar Jahren fertig.«

Er schnaubte. »Der Kerl hat kein Vertrauen.«

»Zu Recht?«

»Nein.« Parker seufzte. »Doch, verdammt, wahrscheinlich hat er sogar recht. Die Hochzeit hat das Ganze definitiv dringender gemacht.«

»Also, was hältst du davon?«

»Tja, dann gibt es wohl Makkaroni mit Käse für alle.«

»Großartig.« Sie klatschte in die Hände. »Dann habe ich nur noch eine kleine Bitte.«

»Genehmigt.« Er schlang den Arm wieder um ihre Taille und zog sie an sich. »Ich ziehe dir die Klamotten aus, und du darfst mich verführen.«

Ihr Lachen erwärmte sein Herz und ließ seine Haut kribbeln. Und er wollte verdammt sein, aber es fühlte sich unglaublich an.

»Nein, noch was anderes. Ich bitte dich nicht, mich schon fest einzustellen«, sagte sie, »aber ich würde dir wirklich gern bei der Hochzeit helfen. Gib mir einfach eine Chance, mich zu beweisen. Ich weiß, ich habe nicht viel Erfahrung mit Großveranstaltungen, aber du kannst mir vertrauen. Und ich verspreche …« Sie presste die Hände auf ihr Herz. »Ich verspreche, dass ich dich nicht enttäuschen werde.«

Aus großen, bittenden Augen sah sie ihn voller Aufrichtigkeit an. Wie sollte er da Nein sagen?

Und wieso zum Teufel glaubte er eigentlich immer noch, dass er mit einer Frau wie Gabriella eine flüchtige Affäre haben konnte?

»Ich vertraue dir.« Er küsste sie. »Ich weiß, dass du mich nicht enttäuschen wirst.« Noch einmal gab er ihr einen Kuss. »Ich nehme dein Angebot an.«

Sie riss die Augen noch weiter auf und strahlte ihn an. »Wirklich?«

»Wirklich.«

Als sie sein Gesicht mit ihren zarten Händen umschloss und ihn so leidenschaftlich küsste, dass es einem Versprechen gleichkam, wusste Parker, dass er sich an seine guten Vorsätze klammern musste. Denn er spürte, dass er dabei war abzustürzen.

Der Dezember kam mit eiskalten Temperaturen und stetem Schneefall. Während Gabi in der Küche von Sunshine & Vine stand und die Lieferung der Küchengeräte und des Zubehörs überwachte, die gerade von einem Laster hereingebracht wurden, wünschte sie, es gäbe einen richtigen Schneesturm oder würde endlich aufhören zu schneien. Doch eigentlich war es nicht das Wetter, das ihr Sorgen bereitete.

Irgendetwas stimmte hier nicht.

Sie musterte den Grundriss der Küche, in dem der Einbau der Geräte eingezeichnet war, und schaute sich dann im Raum um. Blickte wieder auf die Zeichnung und wieder in den Raum. Noch einmal sah sie sich den Plan an und …

»Heilige Scheiße.«

Mit der Zeichnung in der Hand machte sie sich auf die Suche nach Parker. Sie fand ihn auf der Leiter, auf dem Weg zu den erst kürzlich fertiggestellten Dachsparren.

»Halt!«

Stirnrunzelnd sah er zu ihr runter. »Ich falle schon nicht.«

»Das ist gut, aber darum geht es nicht. Komm mal runter, ich muss dir was zeigen.«

»Probleme?«

»Ziemlich große sogar.«

»Scheiße.«

In Rekordgeschwindigkeit kletterte Parker die Leiter runter und folgte ihr in die Küche.

»Was ist los?«

Sie deutete auf den neuen Gasgrill, der gerade aufgestellt worden war. »Siehst du das?«

»Ja«, antwortete er in einem Tonfall, als hätte sie ihm gesagt, der Himmel wäre blau.

»Und jetzt guck nach oben.«

Sein Blick wanderte an der Decke entlang und landete

beim Abzug. »Verdammt. Sie haben das Ding falsch installiert. Und mir ist das nicht einmal aufgefallen.«

Gabi wusste, er hätte es bemerkt, wenn er nicht so erschöpft gewesen wäre. Er hatte die Nacht bei ihr verbracht, nachdem er auf ihrem Sofa eingeschlafen war, den Kopf auf ihren Schoß gebettet, während Sheldon aus *Big Bang Theory* sein inzwischen berühmt-berüchtigtes »Penny, Penny, Penny«-Klopfen durchgezogen hatte. Gabi hatte versucht, Parker zu überreden, ihr für den Tag den Food Truck zu übergeben, aber er hatte abgelehnt. Es gäbe zu viel, worin er sie hätte einweisen müssen, dafür reiche die Zeit nicht, meinte er, und allein könne sie das auch nicht bewältigen, zumal der Truck für eine Weihnachtsfeier in einem Bürohaus vermietet war. Also hatte er selbst dort die Veranstaltung geschmissen, ehe er ins Restaurant gekommen war, um dort weiterzuschuften.

»Das kann so nicht bleiben«, sagte sie jetzt und deutete zum Abzug. »Sonst bekommst du Probleme mit der Abnahme.«

»Verdammt.«

Die Handwerker merkten, dass etwas nicht in Ordnung war, und hielten mit ihrer Arbeit inne.

»Wenn du den Grill mit der Fritteuse und dem Pasta-Kocher tauschst, würde es gehen«, sagte Gabi. »Aber es würde den Arbeitsablauf stören.«

»Also bleibt eigentlich nur der zeit- und kostenaufwändige Umbau des Abzugs.« Er schloss die Augen und presste zwei Finger auf seinen Nasenrücken. »Ich bin so am Arsch.«

»Nun mal langsam.« Sie legte den Grundriss auf die Arbeitsplatte. »Hast du die Abnahme von dem Aufbau unterschrieben?«

»Ich … glaube nicht.«

Ihre Augenbrauen schossen in die Höhe. »Du glaubst es nicht oder du weißt es nicht?«

Er ließ die Hand sinken. »Ich kann mich nicht erinnern.«

Sein sorgenvoller Gesichtsausdruck sagte eigentlich alles. Der Mann musste dringend zur Ruhe kommen, ehe er völlig zusammenbrach.

»Tust du mir einen Gefallen?«, fragte sie.

»Sicher.«

»Vor ein paar Tagen hast du gesagt, du würdest mir vertrauen. Kannst du mir jetzt hier in dieser Situation vertrauen?«

»Ich kann sogar noch mehr.«

»Echt?«

»Ja. Gabriella? Du bist eingestellt.«

Diese Worte waren besser als jedes noch so toll verpackte Weihnachtsgeschenk.

»Wie lautet meine Jobbezeichnung?«, fragte sie und konnte ihre Aufregung kaum im Zaum halten.

»Wie hättest du es denn gern?«

Die Frage haute sie um. Aber sie hatte gelernt, wenn man nicht nach dem Mond fragte, bekam man nicht einmal die Sterne. Als sie das erste Mal hier hereinspaziert war, war sie mehr als selbstbewusst gewesen. Sie hatte vorgehabt, sich, auf welche Weise auch immer, den Weg zu ihrem Ziel zu bahnen. Jetzt wollte sie eigentlich nur noch die Chance, etwas zu lernen und sich zu beweisen. Und vor allem wollte sie Parker und seiner Familie helfen, das Restaurant pünktlich zu eröffnen.

»Saucier oder Rotisseur?«, fragte sie.

»Quatsch.« Er kniff die Augen zusammen. »Du wirst meine Sous-Chefin oder gar nichts.«

»Aber … Parker.« Sie krallte die Finger in seinen Unterarm. »Dann wäre ich ja deine Stellvertreterin.«

»Willst du den Job nicht?«

»Doch, natürlich, aber ich habe noch nicht einmal eine richtige Bewerbung eingereicht. Und Referenzen hast du auch keine gesehen.«

Er nahm ihr Gesicht in beide Hände und schaute ihr in die Augen. »Ich vertraue dir, Gabriella.«

Das war wie Weihnachten und Geburtstag zusammen.

»Ich werde dich nicht …«

»Enttäuschen. Ich weiß.« Er fuhr ihr mit dem Daumen über die Unterlippe. »Und wenn es dir gelingt, das Abzugsproblem aus der Welt zu schaffen, bekommst du noch einen Sonderbonus.« Lächelnd wandte er sich ab, um mit dem weiterzumachen, was auch immer er auf der Leiter getrieben hatte.

»Wir haben ja noch nicht einmal über mein Gehalt geredet«, rief sie ihm nach. »Was für einen Bonus bekomme ich denn?«

Er lachte müde. »Wenn dir das nicht klar ist, habe ich was falsch gemacht.«

Sie lächelte. Wenn sie gewusst hätte, dass er von den Vorzügen gesprochen hatte, die es mit sich brachte, mit ihm dann und wann das Bett zu teilen, hätte sie noch mehr verlangt.

Sie entdeckte einen Packen Rechnungen auf der Arbeitsplatte und sah sie durch, bis sie auf die stieß, in der der Abzug abgerechnet wurde.

»Gabriella hat uns heute gerettet«, prahlte Parker, als sie mit Declan und Brooke gemütlich zu Abend aßen. Das neue Haus der beiden war weihnachtlich geschmückt mit Lichterketten, grünen Tannengirlanden und einem riesigen funkelnden Weihnachtsbaum, der in einer Ecke des Wohnzimmers stand.

Voller Bewunderung blickte Parker Gabriella an. »Dank ihr hat es mich nicht einen Cent gekostet, den Abzug umbauen zu lassen, und obendrein wurde etwas von der Rechnung abgezogen, weil die Firma eingesehen hat, dass sie Mist gebaut hat. Statt dass ich mich rumstreiten muss, um alles rechtzeitig vor der Abnahme geregelt zu bekommen, kann es wohl beim anvisierten Eröffnungstermin bleiben.«

»Gut gemacht, Gabriella.« Brooke hob die Hand, um sich mit ihr abzuklatschen.

»Parker hat schon genug um die Ohren«, erwiderte sie. »Ich habe mich gefreut, dass ich ihm helfen konnte.«

»Sei nicht so bescheiden.« Parker legte seine Hand auf ihre, einfach nur, weil er sie berühren musste. »Sie hat auch schon das Menü besprochen, das Jordan und Lucy für die Hochzeit und den Abend vorher gern hätten.«

»Wow.« Dec lachte. »Es scheint also doch noch Weihnachtswunder zu geben.«

»Ihr werdet nicht glauben, was es zu essen gibt«, fuhr Parker fort, während er sich seine Gabel mit Brookes köstlicher Lasagne füllte.

»Hummer und Kaviar?«, fragte Declan grinsend, weil er wusste, dass sein Bruder ein großer Fan dieser kulinarischen Köstlichkeiten war, als er in der NHL gespielt hatte.

»Von wegen. Verschiedene Büfett-Inseln mit Snacks wie Baked Potatoes, Makkaroni und Käse und Pommes.«

»An sich nicht schlecht«, meinte Dec, »aber das soll ein Witz sein, oder? Jordan hat uns doch alle verrückt gemacht mit seinen ganzen Hochzeitsvorbereitungen. Ich hätte darauf wetten können, dass er maßlos übertreibt.«

»Ich glaube, er hat eingesehen, dass Lucy es lieber eine Nummer kleiner hätte«, warf Gabriella ein. »Ich habe so das Gefühl, dass sie nicht gern im Mittelpunkt steht.«

»Bestimmt nicht. Sie ist sehr zurückhaltend.« Brooke nippte an ihrem Weinglas, ehe sie es wieder auf den Tisch stellte. »Darum ist es ja auch so überraschend, dass sie und Jordan so perfekt zusammenpassen. Denn er ist total extrovertiert.«

»Gegensätze ziehen sich an.« Parker zuckte mit den Schultern, während er sich fragte, warum er und Gabriella sich dann so gut verstanden. Schließlich hatten sie so viel gemeinsam. »Richtig?«

»Nicht immer.« Brooke grinste. »Bei euch scheint es ja auch gut zu laufen.«

Sofort fühlte Parker sich bemüßigt, ihre Beziehung zu erklären. Dabei war er selbst noch dabei, herauszufinden, was ihn und Gabriella verband.

»Ach, zwischen uns ist das ja nichts Festes.« Parker sah Gabriella an. »Stimmt doch, oder?«

Sofort schaute sie auf ihren Teller und schob mit der Gabel die Lasagne hin und her. »Ja, sicher.«

Peinliches Schweigen senkte sich über den Tisch, und Parker kam sich sofort vor wie der letzte Arsch. Dec und Brooke tauschten einen Blick aus. Einen Blick, wie ihn nur Paare austauschten, die einer Meinung waren. Paare mit einer gemeinsamen Zukunft. Parker kannte so etwas nicht.

Noch nie war er derart mit einer Frau verbunden gewesen. Aber die Tatsache, dass Gabriella ihm jetzt nicht in die Augen sehen konnte, verriet ihm, dass er etwas sehr Dummes gesagt hatte. Doch wieso, fragte er sich verwirrt. Sie waren sich doch einig gewesen, welche Art von Beziehung sie führen wollten. Da hatte es keine Diskrepanzen gegeben. Oder? Andererseits … Wenn es so war, warum hatte sich sein Magen auf einmal derart verkrampft, dass er den Teller mit der halb aufgegessenen Lasagne von sich schob?

»Mir gefällt euer neues Haus«, wechselte er hastig das Thema, in dem Versuch, den peinlichen Moment zu überspielen. »Ihr habt viel Platz hier, da könnt ihr euch noch ordentlich vergrößern.«

»Wir wollen ja auch in ein paar Monaten heiraten.« Declan sah ihn so böse an, als hätte er ihn gerade zum Idioten des Monats gekürt. »Und wir möchten ja auch eine große Familie.«

»Außerdem möchte Moochie, dass wir uns noch einen zweiten Hund anschaffen, damit sie nicht immer so allein ist, wenn wir arbeiten«, fügte Brooke hinzu.

»Hört sich an, als hättet ihr alles im Griff«, meinte Parker.

»Ja, einige von uns können sich in der Hinsicht glücklich schätzen.« Declans Blick wurde noch böser. »Während andere überhaupt keinen Durchblick haben.«

Parker wusste nicht, was genau passiert war, aber der eben noch so nette Abend war auf einmal alles andere als nett. Jetzt wollte er eigentlich nur noch weg.

Als Gabriella anbot, Brooke beim Tischabdecken zu helfen, sagte Parker der eindringliche Blick, den ihm sein Bruder zuwarf, dass er sich auf was gefasst machen konnte. Und kaum hatten die beiden Frauen das Zimmer verlassen, ging Dec auch schon auf ihn los.

»Sag mal, hast du sie noch alle?«

»Was meinst du?«, fragte Parker.

Dec wies mit dem Kopf in Richtung Küche, wo Gabriella und Brooke sich ums Aufräumen kümmerten.

»Ach, hör doch auf. Wir kennen uns erst seit Kurzem, und du kanntest Brooke vier Jahre, hast täglich mit ihr zusammengearbeitet, ehe du es endlich begriffen hast.«

»Stimmt. Und fast hätte ich es wegen meiner Blödheit nicht auf die Reihe gekriegt.« Dec lehnte sich zurück. »Willst du das etwa riskieren?«

In dem Moment kamen Gabi und Brooke zurück ins Esszimmer, sodass Parker einer Antwort enthoben wurde. Aber die Frage schwirrte ihm weiter im Kopf herum. Leider musste er zugeben, dass er keine Antwort darauf hatte.

Als Parker Gabriella an ihrer Wohnung absetzen wollte, musste er immer wieder an das denken, was sein Bruder gesagt hatte.

Er war schon mit vielen Frauen im Bett gelandet. Die meisten waren nett gewesen, und er hatte es genossen, Zeit mit ihnen zu verbringen. Mit einigen war er sogar ein paar Monate zusammen gewesen. Aber keine von ihnen hatte tiefere Gefühle in ihm wachgerufen.

Und da lag das eigentliche Problem.

In wenigen Wochen war Weihnachten, und dementsprechend wurden in sämtlichen Läden und selbst in den Straßen auf Werbeplakaten die Familie, das Zuhause und die Liebe propagiert. Jeder Radiosender wich von seinem normalen

Musikprogramm ab und spielte entweder klassische Weihnachtslieder oder alberne Songs. Wobei Parker noch immer nicht kapierte, was Hunde, die zu »Jingle Bells« bellten, oder rotglühende Rentiernasen mit Weihnachten zu tun hatten, aber anscheinend war er da anders gepolt als andere Leute. Fast alle Fernsehwerbungen spielten auf Weihnachten an, indem sie romantische Szenarien nachstellten, in denen zum Beispiel Champagnerflöten eine Rolle spielten, zusammen mit einem Kaminfeuer, vor dem ein Mann einer Frau einen Heiratsantrag machte, während im Hintergrund der Weihnachtsbaum glitzerte.

Man konnte dieser heimeligen, rührseligen Stimmung nicht aus dem Weg gehen, es sei denn, man war tot. Und wenn man als Mann in einer Beziehung steckte, spürte man den Druck, der Frau, mit der man zusammen war, ein besonderes Geschenk zu machen. Zahllose Männer machten ihrer Angebeteten über Weihnachten oder Silvester einen Heiratsantrag. Aber er und Gabriella waren doch erst noch dabei, sich kennenzulernen. Würden sie sich Weihnachten überhaupt sehen? Oder würde jeder sein übliches Programm absolvieren?

Abgesehen von der Überlegung, welche Geschenke er für seine Familie kaufen wollte oder für wie viele Weihnachtsfeiern sein Food Truck gebucht wurde, hatte er bisher nie viele Gedanken an Weihnachten verschwendet. Seine Familie traf sich normalerweise irgendwann an Weihnachten, um Geschenke auszutauschen, aber danach ging wieder jeder seines Weges, um auf seine Weise zu feiern. Häufig hatte Parker in der Vergangenheit Freunde angerufen, manchmal war er einfach auch allein geblieben.

Als er Gabriella bis zu ihrer Haustür begleitete, traf ihn die Erkenntnis wie ein Schlag vor die Brust.

Alles hatte sich verändert.

Ohne dass er es richtig bemerkt hatte, war Gabriella wichtig für ihn geworden. Er wollte Zeit mit ihr verbringen. Spaß mit ihr haben. Wollte unbedingt mit ihr zusammen sein. Vor allem an einem Feiertag, der das Symbol für Wärme und Romantik war.

Als Gabriella die Tür zu ihrer Wohnung öffnete, stellte Parker fest, dass alles wie immer aussah. Abgesehen von einem Weihnachtsstern auf ihrem Esstisch deutete nichts darauf hin, dass die Feiertage vor der Tür standen. Hatte sie überhaupt vor zu feiern? Würde sie allein sein? Die Vorstellung, dass sie hier in dieser kleinen Wohnung Weihnachten feiern würde, nur mit ihrem kleinen Kampffisch als Gesellschaft, fand er unerträglich. Sie hatte erwähnt, dass ihre Familie seit der Scheidung der Eltern zerstritten war. Was letztlich bedeutete, dass sie beide zu Weihnachten elternlos waren.

»Möchtest du ein Glas Wein?«, fragte Gabriella ihn, als sie ihren Mantel über eine Stuhllehne warf. »Ich habe Chardonnay und einen Cabernet.«

»Chardonnay hört sich gut an.« Als er eintrat, blickte er sich noch einmal in der Wohnung um. »Kein Tannenbaum?«

Sie öffnete den Kühlschrank und schüttelte den Kopf.

»Keine Weihnachtsdeko?«

Während sie den Korken aus der Flasche zog, schüttelte sie noch einmal den Kopf.

»Versteckst du dich vor Weihnachten?«, wollte er wissen.

Sie blickte über die Schulter zu ihm hinüber. »Verstecken?«

»Ja.« Er deutete auf den einsamen Weihnachtsstern auf ihrem Tisch. »Festlicher wird's bei dir nicht?«

»Ich habe reichlich Deko.«

Er blickte sich in der Wohnung um. »Wo?«

»Im Schrank.« Sie schenkte die Weingläser halb voll und reichte ihm eins.

»Also hast du sie bloß noch nicht rausgeholt?«, fragte er.

»Sie liegt seit dem Tag, als ich sie gekauft habe, im Schrank. Das war im Ausverkauf – vor fünf Jahren.«

»Vor fünf Jahren?«

Sie nickte.

»Und du hast das Zeug nie aus den Kartons geholt?«

»Nein.«

Sein Magen verkrampfte sich. »Warum nicht?«

»Weil ich nie in der richtigen Stimmung dafür war, nachdem meine Eltern im Gerichtssaal ihren Scheidungskampf ausgefochten haben – zwei Wochen vor Weihnachten. Ich hab's versucht und deshalb auch das Zeug gekauft, aber mir war einfach nicht danach. Weißt du, was ich meine?«

»Ja.«

Er steckte die Hand in seine Manteltasche. Und seufzte, in der Hoffnung, den Druck auf seiner Brust zu lösen. Den Schmerz in seinem Herzen.

Gabriella trank einen Schluck Wein und beobachtete ihn über den Rand ihres Glases hinweg.

Ach, was soll's.

Er wusste nicht, was seine Familie zu Weihnachten geplant hatte; vielleicht dachten alle, es wäre zu schmerzhaft, Weihnachten ohne Mom und Dad gemeinsam zu feiern. Bisher hatte noch keiner einen Versuch gestartet, etwas zu arrangieren. Doch Parker hatte keine Lust, die Feiertage allein zu verbringen, und er wollte auch nicht, dass Gabriella allein war. Er wusste nicht, wohin ihre Geschichte führen würde, aber im Augenblick genossen sie die Gesellschaft des anderen, den Körper des anderen. Und bald schon würden sie Seite an Seite arbeiten. Zumindest das war ein Grund zum Feiern.

»Pack deinen Fisch ein und zeig mir, in welchem Schrank du deine Deko versteckt hast.« Er hatte nicht so brummig klingen wollen, aber es platzte einfach so aus ihm heraus.

»Warum?«

»Weil du mit deinem kleinen blubbernden Freund zu mir kommst.« Er stellte sein Weinglas ab und umschloss Gabriellas Arme. »Du wirst die Feiertage nicht allein verbringen, genauso wenig wie ich. Auf dem Heimweg werden wir anhalten und einen echten Tannenbaum besorgen, selbst wenn wir einen klauen müssen. Anschließend schüren wir ein schönes Feuer im Kamin, drehen Weihnachtsmusik auf und dekorieren, bis wir zu erschöpft sind, um den Unterschied zwischen einer Elfe und einem Elefanten zu erkennen.«

Ein zaghaftes Lächeln umspielte ihre Lippen, aber sie gab dem Impuls noch nicht nach. »Hast du dich etwa auch vor Weihnachten versteckt?«, fragte sie.

Er nickte. »Dies ist das erste Fest ohne meine Eltern. Ich war so beschäftigt, dass das noch gar nicht richtig bei mir angekommen war. Und seit es mir klar geworden ist …« Er zuckte mit den Schultern. »Es fühlt sich irgendwie nicht mehr an wie sonst.«

»Mir scheint, wir haben eine Menge gemeinsam.«

Declans Frage schoss ihm wieder durch den Kopf.

War er bereit, die Chance zu ergreifen?

Und wenn nicht, was würde dann passieren?

Er sah Gabriella an. Bei ihr fühlte er sich wohl. Sie gab ihm das Gefühl, begehrt zu werden. Sie gab ihm das Gefühl, alles schaffen zu können und erfolgreich zu sein. Er wollte ihr gern das gleiche Gefühl vermitteln. Ohne noch einmal groß nachzudenken, trat er an die Klippe und sprang.

»Ja. Ich glaube, das haben wir.«

14. Kapitel

»Findest du, er steht schief?«

Gabi legte den Kopf zur Seite und blickte auf den gut zwei Meter großen Tannenbaum, den Parker vor dem Fenster mit Blick über den Columbia River aufgebaut hatte. Sie hatten zwanzig Minuten in der eisigen Kälte verbracht, ehe sie sich schließlich für diesen nicht unbedingt perfekten Baum entschieden hatten, und dann noch einmal zwanzig, bis sie ihn auf dem Dach von Parkers SUV festgezurrt hatten. Als sie das verflixte Ding endlich im Hausboot gehabt hatten, war Gabi sich vorgekommen wie ein Eiszapfen.

»Nö.« Sie kniff die Augen zusammen. »Sieht für mich gerade aus.«

Parker lachte. »Das kommt, weil *du* schief stehst.«

»Dann hör auf, mir ständig Wein nachzuschenken, wenn ich akkurate Deko-Ratschläge abgeben soll.«

»Wenn ich aufhöre, Wein zu kredenzen, geht meine Familie bankrott«, scherzte er. »Du wolltest doch den gekühlten Pinot.«

»Dann muss ich verrückt gewesen sein. Denn, *baby, it's cold outside*«, trällerte Gabi die Musik aus dem Radio mit. »Hörst du gar nicht, was die gerade singen?«

»Ich höre dir zu.«

»Willst du dich nicht auch aufwärmen?«

»Doch.« Er legte ihr die Hände auf die Hüften und zog

sie an sich. »Warum trinken wir also nicht einen heißen Punsch … nackt im Bett?«

»Weil ich hier auf das Popcorn in der Mikrowelle aufpassen muss.« Zum ersten Mal hatte sie einen guten Grund, dieses Zeug zuzubereiten. Sie würden einen Teil davon auf Fäden ziehen und zusammen mit den Cranberries, die Parker noch in seinen Vorräten gefunden hatte, als Schmuck in den Baum hängen.

Sie neigte den Kopf und zeigte mit dem Weinglas auf den Tannenbaum. »Außerdem steht der Baum wirklich schief. Sieht also so aus, als müssten wir den nackten Teil des Abends noch ein wenig aufschieben.«

»Verdammt.« Er gab ihr einen flüchtigen Kuss und machte sich wieder an die Arbeit.

Aus seinem sicheren Versteck hinter den Plastikpflanzen beobachtete Basil die Aktivitäten. Die Mikrowelle piepte, und Gabi öffnete die Tür. Als Dampf austrat, zuckte sie zurück. »Wollen wir wirklich das ganze Zeug auffädeln? Oder können wir auch was davon essen?«

»Hast du bei Dec und Brooke nicht genug bekommen?«

»Doch, reichlich. Und es war nett von ihnen, uns in ihr neues Haus einzuladen. Aber ich liebe Snacks. Wenn ich etwas zu naschen vor der Nase habe, dann gibt's kein Halten mehr.«

»Soll das jetzt eine verbale Anmache sein?« Er grinste sie vielsagend an, während er die Schrauben im Tannenbaumständer anzog. »Wie soll ich diesen Baum jemals gerade kriegen?«

»Ein bisschen mehr nach links.«

»Das hast du letzte Nacht aber nicht gesagt.«

»Parker Kincade, du denkst wirklich immer nur an das Eine.«

»Stimmt. Denn wenn ich mich schon im Lametta verheddere, dann nur mit dir zusammen. Selbst Yogahose und diese kermitfarbigen Puschen werden mich nicht davon abhalten.«

»Ach, was du immer für nette Sachen sagst.«

Während im Radio die Musik von »Baby, It's Cold Outside« zu »Blue Christmas« wechselte, schüttete Gabi das Popcorn in eine große Schüssel und trug es hinüber zum Sofa. Der Gaskamin knisterte zwar nicht heimelig, sorgte aber trotzdem für gemütliche Stimmung. Gabi hatte die Feiertage noch nie mit einem Mann verbracht, mit dem sie liiert gewesen war, aber sie war sehr froh, jetzt bei Parker zu sein.

»Bist du bereit?«, fragte er.

Für ihn? Immer.

Sie blickte auf und sah, dass Parker eine Hand an einer Lichterkette hatte und mit der anderen das Verlängerungskabel hielt. Er sah ein bisschen so aus wie Clark Griswold in *Schöne Bescherung*, und sie war fast ein wenig beleidigt, dass er keinen Trommelwirbel von ihr erwartete.

»Ich bin bereit.«

Eine Sekunde später wurde der gesamte Baum in den Farben des Regenbogens erleuchtet. Verblüffenderweise funktionierte die Lichterkette noch, obwohl sie so lange im Schrank gelegen hatte. »Oh, wie schön.«

Parker trat einen Schritt zurück und bewunderte den Baum ebenfalls. Dann drehte er sich zu ihr herum. »Du bist schön. Aber du hast recht, der Baum ist ganz nett.«

»Wenn du so weiterredest, kriegen wir das Popcorn nie aufgefädelt.«

»Ist das eine Einladung?« Er wartete ihre Antwort gar nicht erst ab, sondern warf sich regelrecht auf sie, sodass sie zusammen aufs Sofa fielen.

Gabi war sich sicher, dass sie bis zu diesem Moment noch nie in ihrem Leben gekichert hatte. Aber ihr Lachen erstarb, als Parker seinen Mund auf ihren presste und ihr einen leidenschaftlichen Kuss gab.

Als sie schließlich innehielten, um Luft zu holen, sagte Gabriella: »Wenn wir so weitermachen, wird der Baum nie fertig.«

»Siehst du, jetzt machst du mich schon wieder an.« Er küsste sie noch einmal, ehe er widerstrebend hochkam. »Was soll ich nur mit dir machen.«

»Wenn ich das beantworte, wäre das definitiv eine Anmache.«

Sein Lachen traf sie direkt ins Herz.

»Lass uns erst die Kugeln aufhängen, danach können wir uns um das Popcorn und die Cranberries kümmern.«

»So viele Kugeln habe ich gar nicht.« Sie griff in die Schachtel und wickelte einen Weihnachtsmann aus, der in einem rotgrünen Doppeldecker-Flugzeug saß. »Ich hatte nie vor, mir einen großen Weihnachtsbaum zu kaufen. Ich kann mich nicht einmal erinnern, was hier alles drin ist.«

»Das Entdecken macht doch am meisten Spaß.« Er setzte sich neben sie, nahm das nächste Teil heraus und wickelte ein Lebkuchenmännchen mit einer Kochmütze aus. »Niedlich.«

Das Radio dudelte weitere Weihnachtslieder, während sie mehr Baumschmuck auswickelten. Als sie schließlich fertig waren, hatten sie unter anderem ein Rentier mit langen spindeldürren Beinen und Pullover, eine kleine Elfe, die eine riesige Zuckerstange in der Hand hielt, eine bunte glitzernde Eule mit Ohrenschützern und einen Schneemann samt Frau, die heiße Schokolade tranken, zu Tage gefördert.

»Weißt du …« Parker betrachtete ein glänzendes Miniaturhaus. »Der Weihnachtsschmuck sagt eine ganze Menge über dich aus.«

Oh, oh. »Was denn?«

»Du hast eine sehr viel verrücktere Ader, als du bereit bist zuzugeben.«

Ja, vielleicht früher, dachte Gabriella. Da war sie wirklich auf gewisse Weise verrückt gewesen. Sie hatte ein buntes Leben geführt, an gute Feen und an Märchen geglaubt. Hatte geglaubt, ihr stünde die Welt offen, und dass man sie lachend erkunden und dabei Spaß haben sollte. Bis ihr Wolkenheim in sich zusammenstürzte und alle Farbe aus ihrem Leben verschwunden waren. Die hatte sie erst wiedergefunden, als sie in Parkers halb fertiges Restaurant spaziert war und ihn getroffen hatte.

Jetzt schwamm sie auf einer Woge des Glücks, die ihren Ursprung in den Tiefen seiner blauen Augen und seinem strahlenden Lächeln hatte. Doch die Vergangenheit hatte sie gelehrt, vorsichtig zu sein und immer mit dem Schlimmsten zu rechnen. Alles, was sie glücklich machte, konnte schnell wieder verschwinden.

Und trotzdem wagte sie es, Hoffnung zu schöpfen.

»Verrückt? Ach ja?«

Er nickte.

»Weißt du, was ich immer schon mal machen wollte?«, fragte sie.

»Sag's mir.«

»Ich würde es dir lieber zeigen.« Sie nahm seine Hand, zog ihn auf die Füße und begann, das langärmlige Flanellhemd aufzuknöpfen, das er angezogen hatte, als sie nach Hause gekommen waren. Als sein Oberkörper nackt war, strich sie langsam mit den Fingerspitzen über seinen flachen, muskulösen Bauch bis hinunter zu den Knöpfen seiner Jeans.

Ein freches Grinsen erschien auf seinen Lippen. »Wohin soll das hier führen?«

»Unter den Tannenbaum.«

»Nackt?«

Sie nickte. »Nackt.«

Sein Grinsen wurde noch breiter. »Nackt-unterm-Tannenbaum-Sex?«

»Nackt-unterm-Tannenbaum-Sex.«

»Was ist mit dem Popcorn?«

»Mmmm.« Sie presste ihre Lippen auf seine nackte Brust und ließ die Zunge über seinen harten Nippel schnellen. »Das können wir später essen.«

»Das ist mal ein Wort.«

Das Popcorn geriet in Vergessenheit, aber nachdem sie sich geliebt hatten, schafften sie es immerhin noch, den anderen Weihnachtsschmuck in den Baum zu hängen. Dann traten sie ein paar Schritte zurück, um ihr Werk zu bewundern – nackt –, die Arme umeinander geschlungen. Als all die roten, blauen, grünen, gelben und lilafarbenen Lichter sich auf Parkers Haut spiegelten, beugte Gabi sich vor und küsste ihn auf die Wange.

»Danke.«

Er lächelte. »Wofür?«

»Dafür, dass du wieder Farbe und Glitzer in mein Leben gebracht hast.«

Er drückte ihr einen Kuss auf den Kopf. »Da kann ich nur sagen, danke gleichfalls.«

Lucy Diamonds Haus hätte man bei Pinterest unter Shabby Chic oder Hexenhäuschen finden können. Es wirkte so perfekt wie eine Postkarte, sowohl außen als auch innen, und Gabriella konnte sich gar nicht vorstellen, dass man hier freiwillig wieder ausziehen wollte. Aber das war Lucys Plan, sobald sie und Jordan in der kommenden Woche geheiratet hatten. Danach würde Nicole hier einziehen. Gabi überlegte kurz, ob das Mädchen wohl eine Mitbewohnerin haben wollte.

Das niedliche kleine Haus war nicht nur von oben bis unten weihnachtlich geschmückt, mit einem prachtvollen Tannenbaum und funkelnden weißen Lichterketten, sondern zusätzlich wie zu einer englischen Teaparty hergerichtet, um Lucys Junggesellinnenabschied zu feiern.

Das Einzige – besser gesagt, die Einzige –, die aus dem Rahmen fiel, war Tante Pippy in ihrer knallrosa Schlaghose, zu der sie ein leuchtend grün-blaues Top mit Flügelärmeln trug. An ihren Ohren baumelten große runde Ohrringe, die vage an Wassermelonen erinnerten. Anscheinend hatte ihr niemand gesagt, dass sich das knallige Pink mit ihren orangefarbenen Haaren biss. Oder vielleicht war es Pippy egal. Gabi entschied, dass es einfach für noch mehr Farbe in ihrem bisher so langweiligen Leben sorgte.

Leichte, lockere Kürbis-Cupcakes mit Champagner-Glasur wurden in schneeweißen Papierförmchen serviert. Dazu gab es natürlich Schampus. Und alles wirkte unheimlich elegant. Bis Lucy begann, ihre Aufmerksamkeit den mitgebrachten Geschenken zu widmen. Gabi sah die zukünftige Braut immer wieder erröten, als sie all die sorgfältig und liebevoll verpackten Päckchen auswickelte. Bestimmt würde Jordan ein sehr glücklicher Mann sein, wenn Lucy ihm all die hübschen Dessous aus Spitze und Seide vorführte.

Es war eine nette Gästeschar, und sie alle nahmen Gabi völlig selbstverständlich in ihren Kreis auf. Sie redeten über die üblichen Mädels-Themen und ihre Träume, und Gabi erkannte, dass sie nicht die Einzige war, die darauf hoffte, dass ein Märchen wahr wurde.

Schließlich stand Tante Pippy auf und sagte zu Lili, Brooke und Nicole: »Ihr Mädels habt diesen Abend großartig organisiert. Lucy, du wirst eine wunderschöne Braut abgeben, und Jordan kann sich glücklich schätzen, dich zu bekommen. Und auch wenn das hier sehr viel Spaß gemacht hat … wie wäre es, wenn wir jetzt die Bar stürmen? Wer ist dabei?«

Lucys verheiratete Freundin Claudia war die Erste, die aufsprang. »Kommt, Mädels, mein Babysitter kann nur bis um zehn bleiben.«

Alle blickten zu Nicole, die Einzige von ihnen, die noch nicht einundzwanzig war. Da sie wusste, dass sie deshalb nicht mitgehen konnte, verschränkte sie schmollend die Arme. Aber als Lucy einwarf, es wäre nicht in Ordnung, wenn sie alle verschwinden und Nicole zurücklassen würden, obwohl sie geholfen hatte, die Party zu planen, begann Nicole zu lachen.

»Ich bleibe hier und räume auf«, sagte sie. »Aber wehe, ihr macht keine Fotos. Ich will nämlich alles sehen.« Sie zwinkerte Lili und Brooke zu, was Gabi vermuten ließ, dass da noch etwas geplant war.

So etwas wie ein paar heiße männliche Stripper.

Oh, wow.

»Na klar.« Tante Pippy rieb sich die Hände. Ganz offensichtlich war sie auch eingeweiht. »Auf geht's.«

Niemand wäre auf die Idee kommen, die Mother Lode Bar als kultivierten Ort zu bezeichnen. Es war schlicht und ergreifend eine heruntergekommene Kneipe. Die rot und gelb blinkenden Neonlichter behaupteten zwar, dass dies die beste Karaoke-Bar an der Pazifikküste im Nordwesten sei, aber das bezweifelte Gabi doch sehr.

Während die Kneipe von außen aussah wie eine Bruchbude, vor der fiese Biker-Typen herumlungern könnten, war es innen noch schlimmer. Bei den meisten Neonreklameschildern, die das Bier anpriesen, war mindestens ein Buchstabe kaputt. Die Theke war mit einer klebrigen Schicht bedeckt, die das *CSI: Miami*-Team sicher interessiert hätte. Außerdem warteten auf dem Tresen kleine Schälchen mit Erdnüssen, doch Gabi hätte dem Hungertod schon nahe sein müssen, ehe sie sich daraus bedient hätte. Die Karaoke-Bühne – ein kleines Podest aus verwittertem Holz – war von Tischen und Stühlen mit zerrissenen Vinyl-Bezügen umgeben. Rot-grüne metallene Girlanden prangten an den getäfelten Wänden, und ein künstlicher Tannenbaum mit roten Lichtern bog sich in der Ecke zur Seite, als hätte er schon zu viel Alkohol intus.

Es konnte interessant werden.

»Keine Body-Shots, ehe der Abend nicht fortgeschritten ist«, verkündete Tante Pippy und haute mit der Faust auf den Tresen, um die Aufmerksamkeit des Barkeepers zu erregen.

Body-Shots?

Gabi sah sich in der vollen Kneipe um.

Mit wem?

Ein alter Typ mit zerzaustem Bart und fehlendem Schneidezahn zwinkerte Gabi zu. Kopfschüttelnd wandte sie sich ab.

Oh ja.

Es würde *sehr* interessant werden.

Wie und warum sie ausgerechnet hier gelandet waren, war ihr ein Rätsel. Aber anscheinend wussten die anderen, was sie taten.

Lucy und ihre Truppe hatten sich inzwischen an der Bar eingefunden, wo Tante Pippy schon eine Runde Fireball-Shots bestellt hatte.

Meinte sie das wirklich ernst?

»Hier wird sich nicht gedrückt«, befahl Pippy. »Hoch die Gläser.«

Die Frauen sahen sich an, als suchten sie nach einem Ausweg, ehe sie den würzigen Zimt-Whiskey herunterkippten.

Zu einer lauten und mit trunkener Stimme vorgetragenen Karaoke-Version von »Pour Some Sugar on Me«, begann Tante Pippy mit dem Countdown. »Nicht lang schnacken. Kopf in den Nacken. Und runter damit, Mädels. Der offizielle Teil ist vorbei. Lasst die Junggesellinnenparty beginnen!«

Die Frauen johlten und leerten die Shots alle gleichzeitig.

Parker balancierte auf der Leiter und schraubte die letzte Glühbirne in die Lampe über einer der Nischen ein. Das

Restaurant war fast fertig, und in Parkers Augen war es perfekt geworden. Angefangen bei der Einrichtung, über die Lampen bis hin zur Speisekarte. Und nichts davon hätte er ohne Gabriellas Hilfe geschafft. Ihr war es gelungen, ihn stets und ständig anzutreiben, und zwar in die richtige Richtung.

Eigentlich hatte er gedacht, keine Zeit für einen neuen Menschen in seinem Leben zu haben. Irgendwie war es Gabi jedoch gelungen, sich perfekt in sein Leben einzufügen. Als wäre sie schon immer da gewesen. Als müsste sie immer da sein.

Von Tag zu Tag wurde sie wichtiger für ihn, und inzwischen sah er ein, dass es ein absoluter Witz war zu behaupten, er sei nur an einer unverbindlichen Affäre interessiert. Darüber waren sie schon lange hinaus.

Im Grunde verbrachte sie mehr Zeit auf seinem Hausboot als in ihrer Wohnung, denn Parker fand immer neue Gründe, sie bei sich zu behalten. Vielleicht lag es einfach daran, dass der viele Sex ihn erschöpfte, aber auf jeden Fall schlief er sehr viel besser, wenn Gabi an ihn geschmiegt in seinem Bett lag. Es war so schön, wenn sie da war. Es gefiel ihm, wie sie es sich in einer Ecke des Sofas gemütlich machte und die Brauen zusammenzog, wenn sie las. Er mochte es, wie sie an einer Tasse Tee nippte oder an einem Stück Käse knabberte. Ihm gefiel es, dass sie genau wie er alles dafür tat, dass Jordans und Lucys Hochzeit so perfekt wurde, wie die beiden sich das vorstellten. Es gefiel ihm, wie gut sie in seine Familie passte. Und es gefiel ihm, dass sie ihm nach einem harten Tag einen weichen Platz zum Landen bot.

Abends zauberten sie gemeinsam kreative Gerichte. Sie hatte sogar einige Male bei ihm im Food Truck ausgeholfen, wenn er für ein spezielles Event gebucht war und zusätzliche Hilfe benötigt hatte. Du meine Güte, sie hatten sogar zusammen den Weihnachtsbaum aufgestellt.

Eine unverbindliche Affäre?

Ohne Bindungen?

Vergiss es, dachte er.

Vielleicht war es Zeit, dass sie miteinander redeten. Vielleicht war es Zeit, dass er sie nach ihren Gefühlen fragte, um zu hören, wie sie sich die Zukunft vorstellte. Vielleicht war es an der Zeit zuzugeben, dass er sich in sie verliebt hatte. Und vielleicht sollte er sich langsam überlegen, wie es ihm gelingen könnte, Gabriella für immer an sich zu binden.

Diese Erkenntnis brachte ihn dazu, den Kopf zurückzuwerfen und laut zu lachen.

Er hatte geglaubt, Liebe wäre eine große Sache, die ihn zwingen würde, sein Leben zu verändern. Sich in Gabriella zu verlieben war in Wahrheit jedoch, als würde er in ein großes warmes Bett schlüpfen und aufseufzen, weil es sich so verdammt gut anfühlte.

Aus seiner Hosentasche erklang »Earned It« von The Weeknd, der Song, den er in seiner Kontaktliste mit Gabriellas Namen verbunden hatte. Ein sexy Song für eine sexy Frau.

Er lächelte. »Ich habe gerade an dich gedacht.«

Statt einer Antwort hörte er Musik, die so laut war, dass er nicht einmal erkennen konnte, um welchen Titel es sich handelte. Außerdem Gespräche im Hintergrund, die er ebenfalls nicht verstehen konnte.

»Hallo? Gabriella?«

Gelächter, wohl von Frauen, drang laut durchs Telefon.

Mehr als das: hysterisches Gekicher.

»Gabriella?«

Noch immer nichts als unverständliches Gerede.

»Hallo?«

Dann … »Willkommen in der Mother Lode!«

Ohrenbetäubendes Geklatsche und Gebrüll zwang Parker, das Telefon hastig vom Ohr zu reißen.

»Verdammt.«

Was zum Teufel trieb sie im Mother Lode?

Sofort begann er, sich Sorgen zu machen.

Rief sie ihn an, weil sie ihn brauchte? Steckte sie in Schwierigkeiten? Im Mother Lode konnte alles passieren.

Es gab nur einen Weg, das herauszufinden.

So schnell es ging, kletterte er die Leiter runter, schnappte sich die Schlüssel, die auf einem Tisch am Eingang lagen, und verschloss das Restaurant.

Tante Pippy stand gerade auf der Bühne und gab eine schlüpfrige Version von »Wannabe« von den Spice Girls zum Besten, als die Polizei im Mother Lode erschien. Anscheinend war einer der Gäste, die wegen der Junggesellinnenparty vor die Tür gesetzt worden waren, nicht sonderlich glücklich über das vorzeitige Ende der Happy Hour gewesen.

Nach mehreren Runden Fireball-Shots und zusätzlichen Cocktails war aus Lucys gesitteter Brautparty eine ausgelassene Karaoke-Session geworden, bei der die Frauen sich gegenseitig mit sexy Liedern zu übertrumpfen suchten.

Parkers nicht mehr ganz junger Tante dabei zuzusehen, wie sie zu dem Spice-Girls-Song rockte, war ein bisschen, als würde man Minnie Maus bei einem Striptease zuschauen.

Es war lustig, aber das alte Mädel legte sich richtig ins Zeug, und die Menge in der Bar feuerte sie weiter an.

Der Cop, der plötzlich durch die Tür trat und die Aufmerksamkeit aller Frauen auf sich zog, konnte einfach nicht echt sein. Dafür sah er viel zu gut aus, und seine Uniform saß wie angegossen. Obwohl Gabi zugeben musste, dass seine Waffe, der Schlagstock und das Funkgerät über seiner Schulter wirklich echt wirkten. Trotzdem, und obwohl sie alles andere als nüchtern war, wusste sie einfach, dass dieser Mann ein männlicher Stripper sein musste. Warum allerdings diejenige, die ihn angeheuert hatte, sich für einen Polizisten entschieden hatte, statt für Lucy einen Eishockeyspieler zu buchen, war schwer zu sagen. Schließlich hatte Lucys Zukünftiger die meiste Zeit seines Lebens auf dem Eis verbracht. Andererseits, überlegte Gabi, war in Lucys Augen vermutlich eh niemand auch nur annähernd so heiß wie ihr Verlobter, Hockeydress hin oder her.

Der sehr große, sehr muskulöse Cop hatte kurzes hellbraunes Haar, ein kantiges Kinn, sexy maskuline Lippen, breite Schultern und einen Waschbrettbauch, der so ausgeprägt war, dass man ihn sogar durch das Hemd erkennen konnte.

Als er hereinspaziert kam, wanderte sein Blick direkt zu Lili, die in ihrem kleinen Schwarzen und den gefährlich hohen roten Stilettos auf der Bar tanzte. Sofort sank sie auf die Knie und lockte ihn mit dem Finger zu sich.

»Ma'am. Könnten Sie bitte da runterkommen?«, meinte der heiße Cop.

»Was ist, wenn ich Nein sage? Wollen Sie mich dann abtasten …« Lili warf ihm ein männermordendes Grinsen zu, während sie zu dem Namensschild an seinem Hemd blickte. »Deputy Harley?«

Mit Ausnahme von Tante Pippy, die sich ihrem aufreizenden Tanz auf der Karaoke-Bühne hingab, stießen sämtliche Frauen ein langgezogenes »Oooh« aus.

Gabi, die sich köstlich amüsierte, blieb im Hintergrund und wartete darauf, dass der heiße Cop mit seinem Strip begann.

»Ich glaube, ich kann wohl ausschließen, dass Sie eine Waffe verbergen, Ma'am«, erwiderte Deputy Harley mit dem Anflug eines Lächelns und in Anspielung auf Lilis enges schwarzes Kleid. »Aber ich wäre Ihnen dankbar, wenn Sie von der Bar herunterkämen, damit Sie sich nicht verletzen.«

Parkers Schwester drehte sich herum, ehe sie sich auf die Theke setzte und die Arme ausstreckte. »Helfen Sie mir herunter?«, fragte sie mit einer derart verruchten Stimme, dass selbst Marilyn Monroe neidisch gewesen wäre. »Damit ich mir nicht wehtue, natürlich.«

Es war ein weiterer Hinweis darauf, dass die Uniform des Polizisten höchstwahrscheinlich aus dem Kostümverleih kam, als er die Hände um Lilis schmale Taille legte und ihr vom Tresen half.

Sämtliche Augen waren auf die beiden gerichtet, überzeugt davon, dass gleich das Lied »Bad Boys« über die Lautsprecher ertönen würde, Deputy Harley sich die zukünftige Braut herauspicken und damit beginnen würde, sich das hautenge Hemd auszuziehen.

»Woher kommen Sie denn?« Lili warf ihm ein verführerisches Lächeln zu, während sie an dem Knopf an seinem Hemd herumfummelte. »Mal abgesehen davon, dass sie anscheinend der Himmel schickt.«

Er umfing ihre Finger in seiner großen Hand und lachte leise. »Ich bin in Deer Lick in Montana groß geworden. Und hab's meinem großen Bruder nachgemacht und mich nach dem College entschlossen, zur Polizei zu gehen.«

»Also …« Lili blickte ihm in die lachenden Augen. »Sind Sie tatsächlich ein echter Deputy?«

»Definitiv.«

Die Menge, die diesen koketten Schlagabtausch beobachtete, stöhnte enttäuscht auf, als sie begriff, dass dieser große muskulöse Körper weiterhin in die Uniform gehüllt bleiben würde. Schließlich widmeten sie sich wieder ihren Drinks und schauten sich das Fiasko auf der Bühne an.

Nach weiteren Karaoke-Darbietungen, unter anderem einer schrecklich gesungenen Version von Miranda Lamberts »Little Red Wagon« von Brooke, war Gabi an der Reihe, ans Mikro zu treten. Sie wollte keine Spielverderberin sein, nachdem die anderen Mädels sie so nett in ihrem Kreis aufgenommen und zu dieser Feier eingeladen hatten. Also kippte sie noch einen Shot runter, um sich Mut anzutrinken, ehe sie, begleitet von ihrem beschwipsten Gefolge, den Platz auf der Bühne einnahm. Zwar war sie nicht unbedingt eine Rampensau, beschloss aber, alle Hemmungen über Bord zu werfen und sich einfach dem Spaß hinzugeben.

Noch ehe er die Eingangstür des Mother Lode erreichte, hörte Parker die schweren Bässe der Musik und die Anfeuerungsrufe von drinnen.

Als er die Tür aufriss, fiel ihm als Erstes sein guter Freund Deputy Alex Harley ins Auge, der Lili an der Bar in die Ecke getrieben hatte. Oder vielleicht war es auch andersherum.

Eins war aber sicher: Lili – die auf ihren hohen Absätzen zu schwanken schien – hatte anscheinend nichts gegen Alex' Aufmerksamkeiten einzuwenden. Was Parker nicht davon abhalten würde, seinem Freund eine freundschaftliche Warnung zukommen zu lassen.

Das Zweite, was Parker ins Auge stach, war, dass die meisten Gäste Freundinnen und Familienmitglieder von Lucy waren. Der Großteil hatte sich vor der Karaoke-Bühne versammelt, wo sie entweder tanzten oder zur Musik wippten. Und die meisten von ihnen waren auf dem besten Weg, morgen einen heftigen Kater zu bekommen.

Das Dritte, was seine Aufmerksamkeit erregte – oder noch treffender gesagt, ihn höllisch erregte – war die sehr sexy klingende, sehr rauchige Stimme, die Divinyls' »I Touch Myself« sang.

Nachdem er Deputy Alex Harley zugenickt und ihm einen warnenden Blick zugeworfen hatte, betrat er die abgetrennte Karaoke-Fläche. Abrupt blieb er stehen.

Auf der Bühne stand Gabriella und sang. Gleichzeitig spielte sie in ihrem kurzen roten Kleid und den schwarzen High Heels die Verführerin, gekonnt wie eine Porno-Göttin. Anscheinend konnte sie den Text auswendig, denn sie schloss die Augen und bewegte sich sehr aufreizend, als sie mit den Händen über ihre Brüste und den kurvigen Körper glitt.

Parkers Herz klopfte zum Zerspringen. Sein Mund wurde trocken. Und als er merkte, dass seine Erektion gegen den Reißverschluss seiner Jeans drängte, kostete es ihn viel Selbstbeherrschung, nicht selbst Hand anzulegen, um das Verlangen zu stillen.

Fuck, die Frau war so was von heiß.

Und er würde sie jetzt ganz gewiss nicht unterbrechen.

Er lehnte sich gegen einen Pfeiler, verschränkte die Arme und sah zu. Jedes lustvolle *Oooh*, das sie sang, steigerte seine Erregung, bis es fast schmerzte. Gegen Ende des Liedes legte sie die Finger einer Hand an die Wange, während sie die andere Hand zwischen ihre Beine schob und dabei so stöhnte, als wäre sie auf dem Höhepunkt eines Orgasmus angekommen.

Parker hielt es nicht länger aus. Er brauchte sie.

Dankbar, dass die Dunkelheit seinen Ständer verbarg, drängte er sich durch die Menge der betrunkenen Frauen, die ihre mit Alkohol gefüllten Gläser wie Wunderkerzen bei einem Konzert schwenkten.

Als das Lied zu Ende war, öffnete Gabriella die Augen und sah, dass er direkt vor ihr stand. Sie lächelte, als wäre er das Beste, was sie den ganzen Tag zu Gesicht bekommen hatte. Als sie mit derselben sinnlichen, leicht heiseren Stimme, mit der sie auch gesungen hatte, »Parker« hauchte, war es um ihn geschehen. Sein Verlangen, sie in den Armen zu halten, sie zu besitzen, traf ihn wie der Blitz. In dem Moment wusste er nicht, was er *mit* ihr tun sollte, geschweige denn, was er *ohne* sie tun sollte.

Er schlang eine Hand um ihren Nacken und küsste ihre nach Whiskey schmeckenden Lippen. Ohne ein Wort zu sagen, packte er sie anschließend um die Taille und warf sie sich über die Schulter. Unter der Begleitung von Gejohle, Applaus und Anfeuerungsrufen sowie beschwipstem Gekicher, schleppte er Gabi aus der Bar.

Höflicher Gentleman: 0.

Geiler Caveman-Freund: 1.

»Was machst du hier?«, fragte Gabriella lachend, als Parker sie wie einen Sack Kartoffeln über den Parkplatz trug.

»Du hast dich anscheinend auf dein Handy gesetzt und mich angerufen.«

»Habe ich das?«

Er öffnete die Beifahrertür seines SUVs und ließ Gabriella hinunter auf den Sitz. »Ich dachte, du steckst in Schwierigkeiten und brauchst mich.«

»Oh. Genau genommen …«, sie hob die Arme und krallte die Finger in seine gefütterte Jeansjacke, ehe sie sein Gesicht zu sich hinunterzog, »brauche ich dich auch.«

»Du bist betrunken.« Er löste ihre Finger. »Ich fahre dich am besten nach Hause und bringe dich ins Bett.«

»*So* betrunken bin ich nun auch wieder nicht.« Sie packte erneut seine Jacke und grinste. »Und *Bett* ist genau das, was mir auch vorschwebte. Aber nicht, um zu schlafen.«

»Deine Finger sind kalt.« Er zog seine Jacke aus und legte sie ihr um die Schultern, ehe er zur Fahrerseite ging, einstieg und den Motor anließ. »Ich stelle die Heizung an, damit dir warm wird.«

»Ich habe eine bessere Idee.« Sie lehnte sich über die Mittelkonsole, legte ihre Hand auf seinen harten Schwanz und drückte fest zu. »Wie wäre es, wenn wir gleich mit dem *heißen* Part anfangen?«

»Babe.« Mit der Selbstbeherrschung eines Heiligen schob er ihre Hand auf seinen Schenkel. »Ich muss Auto fahren.«

Gabi fragte sich, welchen Teil von *sie wollte ihn hier und jetzt* er nicht begriffen hatte. Denn die Erektion, die sich da unter seiner Jeans abzeichnete, schien diese Botschaft laut und deutlich verstanden zu haben.

Als sie schweigend einige Meilen fuhren, zwang Gabi sich, ihr leicht vernebeltes Gehirn dazu zu bringen, vernünftig zu funktionieren. Ja, okay, sie hatte getrunken, aber sie war längst nicht so betrunken, wie Parker anzunehmen schien.

Als sie den Weg in Richtung Weingut einschlugen, begann das köstliche Kribbeln in ihrem Unterleib auf viele herrliche Möglichkeiten hinzudeuten.

»Bieg hier ab! Beeil dich!« Sie zeigte auf eine Seitenstraße, die zu den Weinhängen des Sunshine-Creek-Gutes führte.

»Was ist los?« Parker drehte den Kopf zu ihr herum und musterte sie in der Dunkelheit. »Alles in Ordnung?«

»Nein.« Sie war so was von geil. »Beeil dich.«

Der SUV rumpelte über den unbefestigten Weg, bis sie ein ganzes Stück von der Hauptstraße entfernt waren. Entschlossen, schnell zu handeln, streifte Gabi ihre Stilettos ab und löste den Gurt.

Parker hielt den Wagen zwischen den Weinstöcken an und drehte sich zu ihr herum. »Musst du …«

»Ich brauche dich, Parker Kincade. Nur dich.«

Schneller als sie sich je zuvor bewegt hatte, krabbelte sie über die Konsole auf seinen Schoß. Sie setzte sich rittlings auf ihn, sodass ihr kurzes Kleid nach oben über ihre Schenkel rutschte. Seine Erektion drängte sich ihrem Schoß entgegen. Egal, was er also sagte oder tat … Gabi wusste, dass er sie begehrte.

»Ich will dich in mir spüren, sofort.« Sie fuhr spielerisch mit der Zunge über seine Lippen, während sie den Reißverschluss seiner Levi's aufzog.

»Oh Gott.« Er stöhnte und ließ den Kopf zurückfallen, als sie mit Mund und Zunge über die weiche Haut seiner Kehle, direkt unter seinen Bartstoppeln fuhr. »Bist du dir sicher?«

»Ich bin mir ganz sicher, dass ich dich jetzt brauche.«

Er hob ergeben die Hände. »Du bist so verdammt heiß.«

»Ich bin heiß auf dich.« Sie schob die Hand unter die warme Baumwolle seiner Retro-Pants und schloss die Finger um seine heiße, pulsierende Erektion. Nachdem sie einmal fest zugedrückt hatte, musste sie lächeln, als er sich ihrer Hand entgegendrängte.

»Und ich will dich.« Sie saugte an seinem Hals und leckte schnurrend an seiner Kehle entlang. »Jetzt sofort.«

Sein Schwanz hatte die Botschaft verstanden, denn er zuckte in ihrer Hand, also belohnte sie ihn, indem sie noch einmal fest zudrückte. Ihr gefiel dieses Gefühl der Macht. Zu wissen, dass sie Parker so antörnte, und dass sie mit ihm tun konnte, was sie wollte. Jedenfalls was das Sexuelle anging …

»Stopp.« Plötzlich schnappte er nach ihren Händen und zog sie von sich fort.

Entsetzt lehnte Gabi sich zurück. Sie spürte das Lenkrad im Rücken. »Was ist los? Willst du mich nicht?«

»Ob ich dich nicht will? Baby, ich will dich so sehr, dass ich weder klar denken noch klar sehen kann. Aber was ich nicht will, ist etwas Unverbindliches.«

Überrascht starrte sie ihn in der Dunkelheit an. »Ich glaube kaum, dass es unverbindlich ist, auf dem Fahrersitz deines SUVs zu ficken. Aber ich finde, es ist …«, sie beugte sich wieder vor und glitt noch einmal mit der Zunge über seinen Hals, »… aufregend.«

»Nein.« Er schüttelte den Kopf. »Das heißt, ja, es ist aufregend. Aber das meinte ich nicht.«

»Parker?« Sie rutschte auf seinem Schoß ein wenig hin und her, damit sie mit den Schenkeln besser seine Hüften umschließen konnte. Das brachte nämlich seine Erektion noch ein wenig näher zu dem Punkt, wo ihre Hormone eine Party feierten. »Ich gebe ja zu, dass ich ein paar Whiskey-Shots getrunken habe, aber im Moment bin ich doch ein wenig verwirrt.«

»Ich meine … ich möchte keine lockere Affäre mehr.« Er ließ ihre Hände los. »Ich will nicht einfach nur Spaß ohne Verpflichtungen haben. Ich möchte alles. Ich möchte dich nicht nur vögeln, Gabriella. Ich möchte dich lieben.«

Ihr Herz begann wie wild zu klopfen bei seinen leidenschaftlich vorgetragenen Worten.

»Ich will dich ganz«, fuhr er fort und streichelte zärtlich ihre Wange. »Ich möchte dir abends einen Gutenachtkuss geben, und ich möchte dich küssen, wenn ich morgens aufwache. Ich möchte, dass das etwas Festes zwischen uns ist, auf exklusiver Basis. Keine anderen Frauen für mich. Keine anderen Männer für dich. Ich weiß, wir kennen uns noch nicht so lange, aber ich denke nur noch an dich. Ich möchte mit keiner anderen zusammen sein. Die Vorstellung, ohne dich zu sein, ist für mich inzwischen undenkbar.«

»Wirklich?« Die Schmetterlinge, die nicht im Whiskey ertrunken waren, erhoben sich und flatterten hoch bis zu ihrem Herzen.

»Ja. Wirklich. Aber ich muss dich warnen. Bisher habe ich noch alle Beziehungen in den Sand gesetzt. Daher weiß ich ehrlich gesagt nicht, ob ich es schaffe. Aber ich möchte es. Also … was sagst du dazu?«

Nur das schwere Atmen und »Santa Baby« aus dem Radio waren zu hören, als sie einander in die Augen schauten. Gabi versuchte, wieder zu Atem zu kommen, und ihr rasendes Herz zu beruhigen.

Tausend Gedanken schossen ihr durch den Kopf. Noch nie war sie in der Lage gewesen, einen Mann so zu nehmen, wie er war. Noch nie hatte sie einem Mann von ganzem Herzen vertraut. Aber Gabi schob all diese negativen Gedanken beiseite.

»Das möchte ich auch.«

Ein erleichtertes Lächeln breitete sich auf seinem Gesicht aus. »Ja?«

»Ja.«

Er nahm ihr Gesicht in seine großen Hände und küsste sie so eindringlich, wie Gabi noch nie geküsst worden war. Sie erwiderte den Kuss und legte all ihre Gefühle hinein.

Als sie schließlich den Kopf wieder hob, blickte sie in seine wunderbaren blauen Augen und stellte fest, dass er nicht von Liebe gesprochen hatte. Anscheinend war er noch nicht so weit, während sie seit Tagen darauf brannte, diese drei kleinen Worte zu sagen. Aber natürlich war ihr klar: Für Parker war es schon ein großer Schritt, zuzugeben, dass er nicht nur Spaß und eine lose Affäre wollte. Daher entschied sie sich, die Stimmung nicht dadurch zu zerstören, dass sie ihn drängte.

Im Augenblick stand ihr der Sinn sowieso eher nach Spaß, Lust und Leidenschaft. Sie wollte sich an dem Gefühl berauschen, ihn endlich in sich zu spüren, und ihm so nahekommen, wie zwei Menschen sich nur kommen konnten.

»Trotzdem will ich dich immer noch auf dem Fahrersitz vögeln.« Sie glitt herausfordernd mit ihrem Hinterteil über seine Erektion. »Wäre das zufälligerweise auch in deinem Sinne?«

Er grinste verwegen und presste seinen harten Schwanz gegen ihr inzwischen feuchtes Höschen. »Und wie mir danach der Sinn steht.«

»Dann lass uns keine Zeit mehr verlieren.« Hastig riss sie sich das Kleid über den Kopf und warf es auf den Rücksitz. Anschließend ließ sie die Hand zwischen sich und Parker gleiten, um ihn aus seiner Jeans zu befreien.

Parkers Hand dagegen wanderte zu ihrer Brust, wo er ihren BH nach unten zog, ehe er seinen Mund um einen der Nippel schloss. Pure Lust schoss durch Gabis Körper, als er begann, an der Spitze zu saugen.

»Verdammt, dieser Slip ist echt geil. Lass ihn an.« Er schob die Spitze zur Seite und strich mit den Fingern über ihre feuchte Spalte. Gleichzeitig ließ er den Daumen über ihre Klit gleiten, ehe er mit einem Finger in sie eindrang und genau die Stelle traf, die sie am meisten erregte.

»Oh.« Sie ließ den Kopf zurückfallen. »Gott.«

»Nee.« Seine Zunge schnellte über ihren Nippel. »Nur du und ich.«

Je länger er sie streichelte, desto mehr verlor Gabi die Kontrolle und Selbstbeherrschung. Dabei brauchte sie die, und zwar möglichst schnell, denn sonst war es gleich um sie geschehen.

»Ich will dich in mir.« Sie drängte sich seiner Hand entgegen. »Ich brauche dich wirklich. Ganz schnell. Ganz hart.«

»Fuck, Baby. Es macht mich so was von an, dass du so heiß auf mich bist.« Noch ein letztes Mal strich er über ihre heiße Mitte, ehe er die Hand fortzog. »Ich kann es kaum noch erwarten, in dir zu sein. Komm.«

»Ja.« Mit einem langgezogenen, lustvollen Stöhnen ließ sie sich langsam auf ihm nieder und nahm ihn ganz in sich auf. All ihre Sinne waren aufs Äußerste geschärft. Allein dabei zuzusehen, wie Parker ihre Brust verwöhnte, indem er gierig seine Zunge um ihre Spitze kreisen ließ, brachte sie fast um den Verstand. Sein zufriedenes Stöhnen war die reinste Musik in ihren Ohren. Er duftete nach Moschus, nach Erregung. Seine Haut war angespannt, heiß und reagierte ganz empfindlich auf jede ihrer Berührungen. Und er schmeckte besser als all ihre Lieblingsdesserts zusammen. Sie legte die Hände auf seine Schultern, um sich festzuhalten, ehe sie anfing, sich zu bewegen. Sie kam hoch, ließ die Hüften kreisen, nur um sich im nächsten Moment wieder herabzusenken und ihn tief in sich zu begraben. Je schneller und drängender ihre Bewegungen wurden, desto fester umschloss Parker ihren Hintern, während er sich ihrem Rhythmus anpasste und diesen Ritt eindeutig genoss.

Es dauerte nicht lange, da waren die Scheiben beschlagen und ihre Leidenschaft hatte fast den Höhepunkt erreicht, als Parker die Finger in ihren Hintern krallte, wie wild in sie hineinstieß und aufschrie: »Fuck, ich werde dich lieben.«

Es war nicht ganz das *Ich liebe dich*, das Gabi gern hören wollte, aber sie klammerte sich an ihn, während sie ebenfalls den Gipfel erklomm und vor Wonne aufstöhnte.

Zumindest waren sie auf dem richtigen Weg.

15. Kapitel

»Die Kronleuchter sind wirklich wunderschön.«

Parker beobachtete Gabriella, die an der Tür stand und sein Restaurant bewunderte. Mit ihrer Hilfe war alles fertig geworden und passte jetzt perfekt. Morgen sollten die Sachen für Jordans und Lucys Hochzeitsempfang und das Essen am Abend vorher geliefert werden, und dann konnte auch seine Familie endlich das fertige Lokal sehen.

Stolz breitete sich in ihm aus, ein schönes Gefühl.

Aber all das wäre nicht möglich gewesen, wenn die Frau, die in einer höllisch aufregenden, hautengen Jeans und einem alten grauen Sweatshirt vor ihm stand, nicht so beharrlich gewesen wäre und ihm immer wieder auf die Füße getreten hätte. Die vergangenen Wochen waren unglaublich gewesen. Was nicht heißen sollte, dass er nicht total fertig und gestresst war. Aber mit Gabriella an seiner Seite war alles erträglich gewesen. Sie war eine Frau, die keine Angst hatte, Verantwortung zu übernehmen oder ihm, wenn nötig, einen Tritt in den Hintern zu geben. Wie war er bloß jemals ohne sie zurechtgekommen? Und warum hatte er sich anfangs so gegen eine richtige Beziehung gewehrt?

Sie war inzwischen sein Ein und Alles geworden.

Er hoffte, sie empfand dasselbe für ihn. Und er hoffte, dass sie auch weiterhin auf diese Basis von Vertrauen und Ehrlichkeit aufbauen konnten. Die Fehler seiner Eltern hatten ihm gezeigt, wie unglücklich man werden konnte, wenn man es mit der Wahrheit nicht so genau nahm und die Beziehung nicht von tiefer Zuneigung geprägt war. Gabriella verdiente mehr.

Und vielleicht verdiente er selbst auch mehr.

»Die Kronleuchter waren deine Idee«, erinnerte er sie. »Also ist es kein Wunder, dass sie dir gefallen.«

Sie bedachte ihn mit einem besorgten Blick. »Und du? Magst du sie nicht?«

Er sah zur Decke, wo über jeder der kunstvoll dekorierten Nischen tropfenförmige Kristalle hingen, in denen das Licht funkelte. »Ich finde, sie sind perfekt.«

»Danke.«

»So wie du«, fügte er hinzu. »Aber lass dir das nicht zu Kopf steigen.«

»Keine Gefahr.« Sie warf ihm einen durchtriebenen Blick zu. »Es sei denn, du lässt mich heute Abend wieder oben liegen. Dann zeige ich dir ganz genau, wie perfekt ich sein kann.«

Er tat gespielt ungläubig. »Aha, kaum gibt man einer Frau ein wenig Macht, schon passiert so was.«

»Ja. Unglaubliche Orgasmen.«

Er lachte. »Dem kann ich nicht widersprechen.«

»Da bin ich aber froh. So, jetzt aber zurück zur Arbeit.« Sie hielt ihm die Checkliste für die Hochzeit vor die Nase. »Die Blumen werden morgen gegen Mittag geliefert. Die leicht verderblichen Lebensmittel kommen am Vormittag. Das Personal ist rechtzeitig da, um beim Aufbau zu helfen. Und du musst gegen halb fünf hier los, damit du rechtzeitig zum Probe-Dinner kommst.«

»Ich wünschte, du würdest mich begleiten. Du würdest es bestimmt schaffen, Groomzilla in Schach zu halten.«

»Ich denke, Lucy hat deinen Bruder schon im Griff.«

Er kam zu ihr und nahm sie in die Arme, weil er sie einfach berühren musste. Er bemühte sich sehr, der Mann zu sein, den Gabriella verdient hatte. Im Gegenzug schenkte sie ihm etwas, was er bisher bei keiner Frau gefunden hatte – eine enge Verbundenheit zu jemandem, mit dem er wirklich reden konnte. Mit ihr konnte er seine Gedanken und Träume teilen. Konnte sich entspannen und einfach er selbst sein. Gabriella war jemand, dem er vertraute.

»Hey.« Sie berührte sacht sein Gesicht. »Geht es dir gut?«

Er holte tief Luft. »Sicher. Warum?«

»Dein Blick war auf einmal so glasig.«

Dass sie seine Emotionen so gut deuten konnte, verriet ihm so einiges. Keine andere Frau hatte sich je die Mühe gemacht, es zu versuchen. Eigentlich stand er nicht so auf diesen ganzen gefühlsduseligen Kram, aber dass es ihr wichtig war, ihn besser kennenzulernen, und sie mehr wollte als gemeinsames Dinner und schnellen Sex, bedeutete ihm viel.

»Ich bin einfach nur nervös, ob mit dem Empfang und dem Essen alles klappt«, antwortete er.

»Soll das ein Witz sein? Es wird alles großartig.« Ihr strahlendes Lächeln ließ keinen Raum für Zweifel. »Wir haben alles unter Kontrolle. Du musst nur noch ein guter Trauzeuge sein und am Altar nicht ohnmächtig werden.«

»Männer werden nicht ohnmächtig.«

»Dein Ernst?« Sie legte den Kopf zurück. »Schaust du dir etwa keine YouTube-Videos an? Die Typen kommen zum

Altar, kneifen den Arsch zusammen, und rums! Schon liegen sie flach.«

»Also sollte man vermeiden, den Arsch zusammenzukneifen?«

»Besser ist das.« Sie küsste ihn auf die Wange. »Es sei denn, du willst zum Internet-Star werden. Das wäre dann eine andere Geschichte.«

»Nee, kein Interesse. Ich will einfach nur die nächsten Tage gut überstehen.«

Sie schlang die Arme um ihn. »Wie kann ich dir dabei helfen?«

Er zog eine Augenbraue in die Höhe.

»Das habe ich nicht gemeint.« Sie lachte leise.

»Aber wir sind allein hier.« Er senkte die Hände und umschloss ihren Hintern, ehe er seine erwachende Erektion gegen ihren Unterleib presste. »Wir könnten eine schnelle Nummer schieben.«

Während er eine Spur von Küssen auf ihrem Hals verteilte, fragte sie: »Würde dich das vergessen lassen, was dir Sorgen bereitet?«

»Zeitweilig.«

»Wenn es nicht dauerhaft ist, bleibt es beim Nein.«

»Verdammt.« Obwohl er wusste, dass sie Sex genauso genoss wie er, hatte er nicht wirklich erwartet, dass sie nachgeben würde. Und er verstand sie sogar: Denn sie war morgen diejenige, die verantwortlich war, dass alles glatt lief. Kein Wunder, dass sie sich da nicht wirklich auf heißen, schweißtreibenden Sex konzentrieren konnte. Heute Abend würde er sein Möglichstes tun, um ihre Meinung zu ändern.

»Wenn du noch ein bisschen Zeit übrig hast, solltest du vielleicht mal deine Weihnachtsliste checken«, sagte Gabi jetzt. »Dir bleiben nur noch fünf Tage. Und übrigens, hast du ein Hochzeitsgeschenk für Jordan und Lucy?«

Geschenke.

Scheiße.

»Ehrlich gesagt, bin ich nicht sonderlich gut darin, Geschenke zu kaufen.«

»Es muss ja nicht die große Geste sein. Manchmal ist es viel wichtiger, dass man sich Gedanken macht. Und wenn du dich nicht gern in überfüllte Geschäfte stürzt, kannst du ja immer noch online einkaufen. Das wird dich vermutlich Zusatzgebühren für die Eillieferung kosten, aber …«

»Ich kaufe nicht online ein. Da esse ich noch lieber Würmer.«

Kleine Lachfältchen erschienen in ihren Augenwinkeln: »Ich hoffe, du redest von Gummiwürmern, sonst werde ich diesen Mund nie wieder küssen.«

»Ach nein?« Er beugte sich vor und küsste sie voller Leidenschaft. Als er den Kopf wieder hob, seufzte sie.

»Okay, war eine Lüge.« Sie schmiegte sich an ihn, um sich noch einen Kuss abzuholen. »Ich werde diesen Mund jeden Tag küssen.«

Er grinste. »Ich habe da noch ein paar andere Stellen.«

»Und ich auch.« Sie tänzelte von ihm fort, als er sie wieder an sich ziehen wollte. »Aber jetzt muss ich an die Arbeit.«

Die Versuchung, ihr zu folgen und sie dazu zu bringen, sich nackt auszuziehen, war groß. Trotzdem sah er Gabi nur hinterher, als sie durch die große Schwingtür verschwand, die zur Küche führte.

Sie hatte recht. Die Zeit wurde knapp. Aber bis morgen würde sie die gesamte Checkliste abgearbeitet haben. Er vertraute darauf, dass das Essen am Vorabend der Hochzeit und der Hochzeitsempfang selbst ohne Probleme über die Bühne gehen würden.

Er vertraute ihr.

Und das war ein verdammt gutes Gefühl.

Während Gabriella in der Küche letzte Hand an den Karamell-Käsekuchen legte, stand Parker am Empfangstisch und ging noch einmal konzentriert seine To-do-Liste durch. Er hatte sich zusätzlich unter Druck gesetzt, indem er die Eröffnung des Restaurants für den zweiten Freitag im Januar festgelegt hatte. Bis dahin musste alles perfekt sein, um den Hygienekontrolleur zufriedenzustellen, sonst würde der ihm womöglich untersagen, die Türen zu öffnen.

Inzwischen war das Restaurant Stadtgespräch, und überall, wo er hinkam, fragten ihn die Leute über die Speisekarte und die große Eröffnung aus. Lili und Brooke hatten bereits eine Homepage online gestellt und mehrere Anzeigen in örtlichen Zeitschriften und Zeitungen geschaltet.

Plötzlich hörte er Schritte auf dem gepflasterten Weg, der zum Restaurant führte. Parker schaute auf, konnte jedoch durch die abgeklebten Scheiben nichts sehen. Diese Vorsichtsmaßnahme hatte er getroffen, um seinen neugierigen Verwandten jegliche Möglichkeit zu nehmen, hereinzuspähen, bevor es für das große Ereignis geöffnet wurde.

Aus Angst, dass Groomzilla seine Neugier nicht länger bezähmen konnte, sprang Parker auf, sprintete nach draußen und schloss die Tür hinter sich.

Wie erstarrt blieb er stehen.

Der Mann auf dem Weg zum Restaurant war nicht sein Bruder, sondern der letzte Mensch, den Parker je hier erwartet hätte.

Es kam einem Wunder gleich.

Und es war gleichzeitig total verwirrend … Aber vor ihm stand der weltbekannte Fernsehkoch Giovanni Altobelli.

Was zum Teufel?

»Mr. Altobelli.« Überwältigt starrte Parker eins seiner kulinarischen Idole an, ehe er sich zusammenriss und die Hand zur Begrüßung ausstreckte. »Ich bin Parker Kincade. Willkommen im Sunshine & Vine.«

Altobelli starrte einen peinlich langen Moment auf Parkers ausgestreckte Hand, ehe er sie schließlich eher widerstrebend ergriff. Es wäre eine beschönigende Untertreibung zu sagen, dass der Mann eine unzugängliche Miene zur Schau trug.

Was wollte er hier?

Sicher, während der vergangenen Wochen war hier im Ort die Aufregung um das Restaurant gewachsen, aber es war unwahrscheinlich, dass die Kunde an die Ohren eines Mannes von Altobellis Kaliber gelangt war. Und trotzdem … Wieso war Parker nicht einfach dankbar, statt jegliche Möglichkeit zu hinterfragen?

»Entschuldigen Sie meine Verwirrtheit«, sagte Parker. »Ich bin ein wenig überrascht, Sie hier zu sehen.«

»Sind Sie das.«

Das war gar keine Frage, stellte Parker fest.

Obwohl der Mann mindestens zehn Zentimeter kleiner war als er selbst, bestand für Parker kein Zweifel daran, dass der berühmte Küchenchef auf ihn herabblickte. In dem Moment wurde Parker klar, was das Fernsehen für einen Zauber ausübte. Auf dem Bildschirm wirkte der Mann mittleren Alters ziemlich robust mit dichtem dunkelbraunem Haar und klaren, intelligenten Augen. Wenn man ihn von Angesicht zu Angesicht sah, stellte man fest, dass sein Gesicht wirkte, als würde er schon viel zu lange viel zu viel trinken. Seine Augen wirkten blutunterlaufen und misstrauisch. Seine Oberlippe war dünn, sodass sein Lächeln unaufrichtig wirkte. Obwohl es hieß, dass man im Fernsehen gut zehn Pfund schwerer aussah, schien Altobelli mindestens zwanzig Pfund schwerer zu sein. Parker fragte sich, ob der Küchenchef fürs Fernsehen einen Bauchbändiger trug, um schlanker zu wirken.

Parker ignorierte die Nicht-Frage des Küchenchefs. »Aber natürlich. Wir werden erst Mitte Januar eröffnen. Und obwohl ich nichts lieber täte, als Ihnen einige unserer Gerichte zu kredenzen, muss ich Ihnen leider sagen, dass die Küche noch nicht mit Vorräten bestückt ist.«

»Hm.«

Anscheinend war der Mann ohne seine Moderationskarten kein Meister der Kommunikation.

»Aber ich fühle mich geehrt«, sagte Parker. »Wie kann ich Ihnen also helfen?«

»Ich bin hier, um meine Tochter zu sehen, nicht Ihr *Café*.«

Die Art, wie er *Café* sagte, ließ Parker mit den Zähnen knirschen. Als wäre ein solcher Ort unter Altobellis Würde. Ganz davon abgesehen war das Restaurant gar kein Café.

Moment mal.

»Ihre Tochter?«

Der Küchenchef nickte einmal kurz. »Mir wurde gesagt, dass sie in diesem … Etablissement nach einem Job gefragt hat.«

Parker bekam eine Gänsehaut. »Und Ihre Tochter ist …«

»Gabriella Altobelli«, erwiderte der Koch in einem Ton, als hielte er Parker für blöd. »Obwohl sie, wie ich hörte, den Nachnamen ihrer Mutter angenommen hat, Montani.«

Ein kalter Schauer jagte Parker über den Rücken.

»Gabriella ist Ihre Tochter.« Noch eine Frage, die keine Frage war.

»Habe ich das nicht gerade gesagt?« Altobelli warf Parker noch einen Wie-kann-man-nur-so-blöd-sein-Blick zu. »Wo ist sie? Beim Geschirrspülen? Würde mich nicht überraschen. Mehr hat sie eh nicht drauf.«

Altobelli drängte sich an Parker vorbei und öffnete die Restauranttür.

Sprachlos folgte Parker ihm.

Im Haus brüllte Altobelli Gabriellas Namen. Als er keine Antwort bekam, brüllte er noch einmal.

Parker konnte sich nicht bewegen. Konnte nicht atmen. Konnte nicht denken.

Schließlich schwang die Edelstahltür auf, und Gabriella trat ins Restaurant. In den Händen hielt sie ein weißes Geschirrtuch, so, als wolle sie es jemandem um den Hals schlingen.

»Vater. Was soll das?«

Parker tauchte aus dem Nebel der Fassungslosigkeit auf und trat auf sie zu. »*Das* ist dein Vater?«

Wut machte sich in ihm breit, als die Frau, in die er sich verliebt hatte, die Frau, der er vertraut hatte, nervös mit dem

Handtuch rang, auf den Boden starrte und schließlich nickte.

»Und du hast einfach nur …« Parker ballte die Hände zu Fäusten. »Einfach nur vergessen zu erwähnen, dass er einer der berühmtesten Küchenchefs der Welt ist, als du dich um den Job beworben hast?«

Er wusste, dass sein Tonfall äußerst scharf klang. Verdammt, er brüllte ja schon fast. Als ihr Kopf hochschoss, hätte er seine Worte am liebsten zurückgenommen. Aber in letzter Zeit war er zu häufig von anderen getäuscht worden. Der Gedanke, dass sie ihm etwas derart Wichtiges verheimlicht hatte, machte ihn einfach nur rasend.

Sie funkelte ihn böse an. »Hätte es einen Unterschied gemacht?«

»Himmel, ja. Ich hätte immerhin gewusst, wo du ausgebildet worden bist. Was sollte diese ganze geheimnisvolle Bewerbungsmasche?«

Offensichtlich tief getroffen, schnappte Gabriella nach Luft und kniff die Augen zusammen.

»Nun, das genau ist das Problem, Mr. Kincade«, ließ Altobelli sich vernehmen, ehe sie sich selbst verteidigen konnte. »Abgesehen von dem, was sie in der Küche meiner Mutter gelernt hat, hat Gabriella nicht die geringste kulinarische Ausbildung. Hat sie Ihnen etwas anderes erzählt?«

»Nicht wirklich.«

»Also hat sie Ihnen was vorgemacht«, stellte Altobelli fest. »Hat Sie glauben lassen, dass sie über Erfahrung verfügt, während sie nichts weiter kann als Burger wenden.«

»Wie bitte?« Parker sah plötzlich rot. Auch wenn er wütend auf Gabriella war: Das hier war ihr Vater, der Mann, der ihr Selbstvertrauen geben und es nicht zerstören sollte.

Noch wütender wurde Parker darüber, dass Gabriella einfach stumm dastand, während ihr Vater sie niedermachte und in Verlegenheit brachte.

Was zum Teufel sollte das?

»Ich habe ihr die beste Ausbildung angeboten«, sagte Altobelli. »Sie hat mir das Angebot ins Gesicht geschleudert.«

»Das ist eine Lüge.« Gabriella wrang das weiße Geschirrtuch. »Du hast nie angeboten, mich als Köchin auszubilden, obwohl du wusstest, dass es das war, was ich wollte. Stattdessen hast du mir erklärt, ich würde es in deiner Welt sowieso zu nichts bringen. Dass ich nicht gut genug sei und niemals sein würde.«

»Ich hätte dich auf eine Schule geschickt, in der du etwas anderes gelernt hättest als kochen. Deine Fähigkeiten hätten nie an die deines Bruders Marco herangereicht. Und an meine schon gar nicht.«

»Aber ich wollte nie etwas anderes werden als Köchin.« Gabriella verschränkte die Arme vor der Brust. »Es ist meine Leidenschaft. Genau wie es deine war.«

Parker hörte dem Schlagabtausch zwischen Vater und Tochter zu und hatte das Gefühl, von zwei aufeinander zurasenden Zügen getroffen zu werden. Er wusste nicht, was zwischen den beiden geschehen war, aber Gabriellas Miene verriet tiefen Schmerz.

»Wenn ich so nutzlos bin«, sagte sie zu ihrem Vater, »warum hast du dir dann die Mühe gemacht herzukommen?«

»Um dich daran zu hindern, dich zur Närrin zu machen.«

»Es geht dir doch gar nicht um mich. Es geht wie immer nur um dich.« Ihr schossen Tränen in die braunen Augen, und Parker verspürte auf einmal das drängende Bedürfnis, dem berühmten Küchenchef die Faust ins Gesicht zu schlagen.

»Stimmt«, sagte ihr Vater. »Denn ich kann es wirklich nicht gebrauchen, dass du mich schon wieder öffentlich blamierst.«

»Bitte? *Schon wieder?*«, fragte sie. »Falls du es vergessen haben solltest, du warst es, der mich aus seinem Leben ausgeschlossen hat.«

»Nachdem du die Seite deiner Mutter ergriffen hast.«

»Weil du eine Affäre hattest, die erst sie und dann unsere Familie zerstört hat.« Gabriella spie die Worte förmlich aus, doch sie hatten keinerlei Effekt. Soweit Parker das beurteilen konnte, war Altobelli ein kaltherziger Egoist.

»Woher hast du überhaupt gewusst, wo ich bin?«, fragte sie.

»Deine Großmutter hat damit angegeben, wie gut du dich machst. Da ich das Unmögliche selbst sehen wollte, habe ich sie gezwungen, mir zu sagen, wo du steckst.«

Gabriella ließ die Schultern hängen, als hätte jemand ein ganzes Haus auf sie niederfallen lassen. Parker mochte den berühmten Küchenchef einmal respektiert haben, aber damit war es jetzt vorbei.

»Das reicht.«

Sowohl Gabriella als auch ihr Vater schauten ihn an, als hätten sie vergessen, dass er da war.

»Ich weiß nicht, was in der Vergangenheit passiert ist«, sagte Parker, »aber ich kann Ihnen sagen, dass Sie sich in Gabriella täuschen, Sir. Sie ist eine talentierte und kreative Köchin, und sie hat eine unfehlbare Arbeitsmoral.«

»Und Sie schlafen mit ihr«, sagte der Mann.

»Das geht Sie gar nichts an.« Parker ballte die Hände zu Fäusten und musste sich beherrschen, dem Küchenchef nicht das überhebliche Grinsen auszutreiben. »Aber das hier ist mein Restaurant und ich werde nicht hier stehen und zuhören, wie Sie Ihre eigene Tochter verunglimpfen.«

»Wollen Sie mich etwa bitten zu gehen?« Der Mann besaß doch glatt die Frechheit zu grinsen.

»Nein.« Parker machte einen Schritt auf ihn zu. »Ich sage Ihnen, dass Sie gefälligst auf der Stelle verschwinden.«

Altobelli knurrte missbilligend, ehe er Gabriella einen bitterbösen Blick zuwarf. »Das hier ist noch nicht vorbei, Gabriella. Du wirst nicht mein Lebenswerk zerstören, indem du versuchst, mich wegen etwas zu beschämen, was vor Ewigkeiten passiert ist.«

Gabriella schwieg. Ihr Kinn zitterte. Musste sie sich so sehr auf die Zunge beißen, um ihre Meinung nicht lautstark kundzutun, oder machte ihr Vater ihr Angst?

Beides war inakzeptabel.

»Raus.« Parker deutete mit dem Finger zur Tür.

»Wir treffen uns bald wieder, Tochter«, war die letzte spitze Bemerkung von Altobelli, als er nach draußen marschierte.

Als die Tür wieder geschlossen war, drehte Parker sich zu Gabriella um. Überrascht stellte er fest, dass sie relativ gelassen wirkte. Trotzdem riet ihm sein Instinkt, sie tröstend in die Arme zu schließen. Schließlich war sie die Frau, mit der er heute Morgen aufgewacht war, nachdem er sie in der Nacht lange und ausgiebig geliebt hatte.

Und doch: Er hatte ihr vertraut und sie hatte ihn zum Dank belogen …

Einen kurzen Moment verspürte Gabi Erleichterung, als ihr Vater zur Tür herausspazierte. Aber das war vorbei, als Parker sich umdrehte und sie ansah.

Etwas Heißeres – Dunkleres – als Wut loderte in seinen Augen und war direkt auf sie gerichtet. Ohne ein einziges Wort zu sagen, streckte er sie gewissermaßen nieder und stürzte sie in eine so furchtbare emotionale Krise, dass Gabi überzeugt war, niemals das wiederherstellen zu können, was ihr Vater gerade zerrissen hatte.

Nein.

Sie selbst hatte es zerrissen, indem sie Parker die Wahrheit verschwiegen hatte.

»Es tut mir leid.« Sie sah ihm in die Augen.

Die Wut in seinen Augen erlosch, stattdessen las sie jetzt Traurigkeit und Schmerz darin.

»An dem Tag, als ich herkam, hatte ich nicht vor, mich mit dir einzulassen«, erklärte sie. »Ich war gekommen, weil ich mir eine Chance erhoffte, ohne den Namen meines Vaters etwas aus mir zu machen. Ich weiß, du fühlst dich hintergangen, aber über ihn zu reden – ihn als meinen Vater anzuerkennen –, das habe ich schon vor langer Zeit aufgegeben.«

Schweigend ließ er sie fortfahren.

»Er hat mein Leben zerstört, als er meine Mutter betrogen hat. Er hat mich im Stich gelassen, weil ich mich auf ihre Seite gestellt habe. Und zur Strafe hat er mir erklärt, ich würde es ohne ihn zu nichts bringen. Einen Monat vor der Scheidung wurde ich achtzehn. Von da an war mir klar, dass ich auf mich allein gestellt war. Dass ich meinen eigenen Weg finden musste.«

Sie holte tief Luft, um ihre Nerven zu beruhigen. Um die Reue abzuschütteln, die ihr Herz umklammert hielt. Zu viele Jahre hatte sie damit verschwendet, auf einen Tag der Abrechnung mit diesem Mann zu hoffen, dem sie nichts bedeutete. Obwohl sie sein eigen Fleisch und Blut war.

»Bevor ich dir begegnet bin, habe ich mich von meiner Wut antreiben lassen. Ich habe mich darauf konzentriert, ihm zu beweisen, dass er sich in mir getäuscht hat. Jahrelang hat mich dieses Verlangen geradezu beherrscht. Dadurch habe ich ihn gewinnen lassen«, fuhr sie fort. Die Erkenntnis traf sie wie ein Schlag. »Ich wusste gar nicht mehr, dass es im Leben auch noch etwas anderes gibt. Dass irgendetwas anderes wichtig sein könnte, als dass ich mir einen Ruf als Küchenchefin erarbeite und ihm damit beweise, dass er Unrecht hatte.«

Mit verschränkten Armen sah Parker sie weiter schweigend an.

»Nach dem Highschool-Abschluss brach meine Mutter zusammen. Mein Bruder hatte sich auf die Seite meines Vaters geschlagen und sie genauso verlassen wie mein Vater. Und jedes Mal, wenn sie mich anschaute, sah sie im Grunde nur das, was mein Vater ihr angetan hatte. Wir hörten auf, miteinander zu reden, obwohl wir im selben Haus wohnten. Als ich es nicht länger ausgehalten habe, bin ich nach Italien zu meiner Großmutter gegangen. Zu der Frau, die meinem Vater eigentlich alles beigebracht hat, was er über das Kochen weiß.«

Parkers anhaltendes Schweigen setzte Gabriella zu, und sie fragte sich, ob sie nur ihren Atem verschwendete, wenn sie ihr Verhalten erklärte. Aber sie musste es wenigstens versuchen.

»Ich habe hart gearbeitet, denn ich wollte besser als mein Vater werden. Vermutlich war es auf verdrehte Weise so, dass ich ihm genauso wehtun wollte, wie er mir wehgetan hatte.«

»Das klingt nach einem schrecklichen Leben«, sagte Parker endlich.

»Ich kannte es ja nicht anders.« Sie zuckte mit den Schultern. »So war es, bis ich dich getroffen habe. Und dann schwand relativ schnell dieser Zwang, mich meinem Vater gegenüber beweisen zu müssen. Du hast einen Platz in meinem Herzen gefüllt, der viel zu lange leer und kalt war.«

Verzweifelt wünschte sie, er würde sie verstehen.

»Ich liebe dich, Parker. Und das hat nichts mit meinem Vater oder deinem Restaurant zu tun. Ich liebe dich. Den Mann, der mir das Lachen und das Leben zurückgegeben hat.«

Einen nervenzerreißenden Moment lang sagte er nichts. Zeigte keinerlei Reaktion. Und doch bedauerte Gabi es nicht eine Sekunde lang, dass sie ihre Gefühle offenbart hatte. Sie hatte schon fast den Glauben an die Liebe verloren, und Parker hatte ihr diesen Glauben zurückgegeben.

»Du brauchst dich nicht zu beweisen, Gabriella.«

»Das habe ich inzwischen auch begriffen.«

»Ich habe dir vertraut«, sagte er. »Du hattest reichlich Gelegenheit, mir all das zu erzählen. Mir zu sagen, wer du wirklich bist.«

»Das hier bin ich wirklich, Parker. Ich bin einfach nur eine Frau, die die Chance bekommen möchte, gut zu kochen und mit dem Mann zusammen zu sein, in den sie sich verliebt hat. Ich bin schon seit langer, langer Zeit nicht mehr Giovanni Altobellis Tochter.«

Als sein Blick über sie hinwegwanderte, wurde Gabi schwer ums Herz.

»Ich muss erst einmal nachdenken«, sagte Parker schließlich, fuhr sich mit der Hand durchs Haar und rieb sich den Nacken.

»Parker …«

»Gabriella. Im Augenblick liegt so viel an. Und das hier?« Er ließ die Hände fallen. Schüttelte den Kopf. »Das ist ein bisschen viel zu verkraften.«

»Das war es also?« Ihr schnürte sich die Kehle zu. »Du willst uns nicht einmal Zeit und Gelegenheit geben, darüber zu reden?«

Er wandte den Blick ab. »Es tut mir leid.«

»Mir auch. Es tut mir leid, dass ich mich in den falschen Mann verliebt habe.« Sie warf das Geschirrtuch nach ihm und stieß die Küchentür auf.

16. Kapitel

»Du hast sie einfach gehen lassen?«

Parker zuckte zusammen, als er den missbilligenden Tonfall in Jordans Stimme wahrnahm, die in der Küche im Haupthaus widerhallte. Trotzdem verspürte er wenig Reue. »Was hätte ich denn tun sollen?«

»Oh, ich weiß nicht.« Jordan warf die Hände in die Luft. »Was, wenn du sie einfach in die Arme genommen hättest, statt dich genauso mies wie dieser Mistkerl von Vater zu verhalten?«

Er hatte sie ja umarmen wollen. Er hatte ihr all den Schmerz nehmen wollen, den sie durchgemacht hatte. Aber seine eigenen Dämonen hatten ihm im Weg gestanden.

Ihm hatte der Kopf geschwirrt, als sie ihm gesagt hatte, dass sie ihn liebte. Es waren leidenschaftliche, aufrichtige Worte gewesen. Und trotzdem hatte er sie nicht erwidert. Hatte nicht ein einziges Wort gesagt, um ihren Schmerz zu lindern.

Was zum Teufel war nur los mit ihm?

Er liebte Gabriella. Aber in dem Moment, als sie ihn am meisten gebraucht hätte, hatte er die Worte nicht über die Lippen gebracht. Er war so in seine eigenen Gefühle verstrickt gewesen, dass er nicht gewusst hatte, wie er mit der Situation klarkommen sollte.

Er war ein egoistischer Idiot.

Denn als sie vor ihm gestanden und ihn praktisch angefleht hatte, sie zu trösten, ihr zu vergeben, hatte er nur eins denken können: dass er vielleicht doch nicht wusste, was Liebe war. Die angebliche Liebe zwischen seinen Eltern war nichts als eine Farce gewesen. Er hatte keine Ahnung, wie Liebe aussah oder sich anfühlte. Vielleicht war das, was er empfunden hatte, nichts weiter als Lust und Verblendung gewesen.

Er hatte Zeit gebraucht. Einen Moment, um unter diesem Berg an Unsicherheit und Stress, unter dem er begraben war, hervorzukommen. Damit er endlich mal wieder einen klaren Gedanken fassen konnte. Einen Moment, um den Arsch hochzukriegen und aufzuhören, seine Gefühle für Gabriella mit irgendetwas oder irgendwem zu vergleichen.

Und er hatte den Moment genutzt. Er konnte jetzt wieder klar denken, und er schämte sich, dass er Gabriella von sich gestoßen hatte. Schämte sich, dass sie ihn gebraucht hatte und er nicht für sie da gewesen war.

»Ich rufe sie an, wenn ich nach Hause komme.«

Jordan warf ihm einen Blick zu, der früher vermutlich seine Gegner auf dem Eis umgehauen hätte. »Ist dir schon in den Sinn gekommen, dass es dann vielleicht zu spät ist?«

Verdammt. Er hasste es, wenn sein Bruder recht hatte.

»Wie kann es angehen, dass du dich nicht betrogen fühlst, nach dem, was Mom und Dad getan haben?«, fragte er ehrlich erstaunt. »Wie schaffst du es, dein Leben nicht davon beeinträchtigen zu lassen, Jordan? Verdammt, meins wird dadurch gewaltig bestimmt. Und wie kannst du so sicher sein, dass du verliebt bist, wenn alles, was du für Liebe gehalten hast, großer Quatsch war?«

»Ach so, jetzt verstehe ich. Du kritisierst Gabriella, dass sie ihr Leben und ihre Zukunft auf ihren Vater ausgerichtet hat. Dabei machst du genau das Gleiche.« Jordan trat einen Schritt zurück und schüttelte den Kopf. »Du bist ein verdammter Heuchler, kleiner Bruder.«

Bäng!

Die Wahrheit traf ihn genau zwischen die Augen.

»Lucy ist das Wichtigste in meinem Leben.« Jordan stemmte die Hände in die Hüften. »Bei ihr bin ich der Mann, der ich sein möchte. Der Mann, der ich sein sollte. Sie glaubt an mich. Glaubt, dass ich alles erreichen kann, wenn ich es nur will. Sie kämpft mit einer schrecklichen Vergangenheit, weil sie mit jemandem verheiratet war, der sie wie Dreck behandelt hat. Und ich werde den Rest meines Lebens versuchen, das wiedergutzumachen. Nicht, weil ich es muss, sondern weil ich es will. Weil sie meine Zukunft ist. Sie ist diejenige, die mir für den Rest meiner Tage Glück bringen wird. Wenn du also glaubst, ich werde dieses Glück mit ihr verschwenden wegen etwas, mit dem ich nichts zu tun hatte, etwas, was ich nicht beeinflussen konnte, dann hast du sie nicht mehr alle.«

»Also soll ich das, was Mom und Dad passiert ist, einfach vergessen?«

»Fuck, ja natürlich. Das war ihr Problem, nicht deins. Warum sollte das irgendetwas mit deinem Leben zu tun haben? Also sieh zu, dass du deinen Scheiß geregelt kriegst, ehe du alles verlierst.« Er versetzte Parker einen Schlag auf die Schulter. »Und wehe, du versaust meiner Braut ihren großen Tag, nur weil du in Selbstmitleid badest.«

Sobald Jordan das Zimmer verlassen hatte, rieb Parker sich

seine schmerzende Schulter. Jordan hatte Recht. Hoffentlich war es nicht genauso schmerzhaft, Gabriella dazu zu bringen, ihm zu verzeihen.

»Er hat mich verteidigt, *nonna*. Und dann … hat er mich gebeten zu gehen.«

»Oh, *il miele*. Es tut mir so leid. Ich wollte deinem Vater nicht sagen, wo du bist. Aber er hat mich bedrängt und bedrängt.«

»Ich mache dir keinen Vorwurf, *nonna*. Ich hätte mich ihm schon vor Jahren stellen sollen, statt mich zu verstecken. Es war dumm von mir.«

»Nicht dumm. Du warst Daddys kleines Mädchen. Und dann hat er dir das Herz gebrochen. Ich weiß, er ist mein Sohn, aber er macht mich so wütend, dass ich schreien könnte. Er hat sich niemals bei dir entschuldigt, und er macht einen Fehler nach dem anderen. Er ist ein selbstsüchtiger Mann, der sich wie ein selbstsüchtiger kleiner Junge verhält.«

»Es tut mir leid, *nonna*.« Gabriella rieb sich über die schmerzende Stirn. »Mir war gar nicht bewusst, wie schwierig das alles für dich sein muss. Ich wollte nie, dass du zwischen die Fronten gerätst.«

»*Bambina*, ich bin eine starke Frau. Ich liebe dich. Und solange ich noch atme, werde ich immer für dich da sein. Egal, was passiert. *Capisci*?«

»*Capisco*.« Der Schmerz in Gabis Kopf ergriff auch ihr Herz. Sie wünschte, sie könnte die Arme ihrer Großmutter jetzt um sich spüren. »Ich liebe dich, *nonna*. Wie soll ich dir bloß jemals für all die Liebe danken, die du mir geschenkt hast?«

»Indem du deinem Herzen folgst und glücklich wirst. Also, was willst du jetzt tun?«

»Ich weiß nicht, ob es etwas gibt, was ich tun kann.« Gabi zuckte mit den Schultern, obwohl ihre Großmutter sie nicht sehen konnte. »Er hat mir gesagt, er brauche Zeit zum Nachdenken.«

»*Stronzata*! Soll das heißen, du gibst auf und lässt den Mann, den du liebst, ziehen? Ich schäme mich für dich. Wo ist das Mädchen, das Tag und Nacht geschuftet hat, das sich die Finger wund geschrieben hat, um zu lernen? Wo ist das kleine Mädchen, das mir erzählt hat, dass dort draußen ihr Prinz wartet? Dass sie ihn niemals wieder gehen lassen würde, sobald sie ihn gefunden hat?«

Gabi hatte schon lange nicht mehr an das kleine Mädchen gedacht, das das Leben für ein Märchen gehalten hatte. Sie hatte vergessen, dass die Prinzessin manchmal den Stier, also den Prinzen, bei den Hörnern packen musste, damit ein Märchen wahr wurde. Sie hatte aber auch vergessen, dass sie mal daran geglaubt hatte, dass nicht jede Prinzessin gerettet werden musste. Manche mussten sich selbst retten.

Und manche mussten den Prinzen retten.

»Ich schätze, ich kann nicht nach der Zukunft greifen, solange ich die Vergangenheit nicht losgelassen habe, oder?«

»Genau.«

»Was ist, wenn er nicht auf mich hören will?« Gabi holte tief Luft. »Was ist, wenn er nicht einmal mit mir redet?«

Ihre *nonna* schnalzte missbilligend mit der Zunge. »Dann packst du ihn und küsst ihn, bis er es tut.«

Gabi lachte, obwohl sie fürchtete, niemals mehr die Gelegenheit zu bekommen, Parker zu küssen.

»Vertraust du ihm, Gabriella?«

Sie dachte an all die Möglichkeiten, die er ihr geboten hatte, und wie er sich ihr langsam geöffnet und damit verletzlich gemacht hatte. Bis die sprichwörtlichen Leichen aus ihrem Keller aufgetaucht waren, hatte er ihr vertraut. Sie musste ihm klarmachen, dass sich daran nichts geändert hatte.

»Ja, das tue ich.«

»Dann bring die Sache in Ordnung, *mia bambina.*«

»Das mache ich, *nonna*. Versprochen.«

17. Kapitel

Das Heathman Hotel war – Gabis Meinung nach – das luxuriöseste Hotel der Stadt. Außerdem befand sich darin eins der besten Restaurants der Gegend. Was genau der Grund war, warum ihr Vater dort abstieg, wenn er nach Portland kam. Als ihr der Portier in seiner Uniform, die der englischen Leibgarde nachempfunden war, die Tür zur Lobby öffnete, wusste sie, dass sie auf ihr Glück hoffen musste. Dieses Hotel gab mit Sicherheit keine Informationen über die Gäste heraus. Aber Gabi wollte es trotzdem versuchen.

Ihre Absätze klackerten über den Marmorboden, als sie zur Rezeption trippelte, wo sie lächelnd von einem Mann in gut sitzendem Anzug begrüßt wurde.

»Guten Abend, Ma'am. Wie kann ich Ihnen helfen?«

»Guten Abend. Ich bin Gabriella Altobelli.« Es klang merkwürdig, den Nachnamen ihres Vaters nach all den Jahren zu benutzen. Zumal sie ihn offiziell aus ihrem Leben gestrichen hatte. Trotzdem lächelte sie und setzte ihren ganzen Charme ein, als sie über den Tresen langte, um dem Mann die Hand zu schütteln. »Ich wollte mich mit meinem Vater, Giovanni Altobelli, auf einen Drink vor dem Essen treffen. In meiner Eile habe ich vergessen, seine Zimmernummer zu notieren und er geht im Augenblick nicht ans Handy. Daher nehme ich an, dass er gerade mit seinem Produzenten über die Show nächste Woche spricht.«

»Miss Altobelli!« Der Mann strahlte sie an, als wären sie alte Freunde. »Es freut mich wirklich, Sie kennenzulernen. Aber es tut mir leid, es ist mir leider nicht erlaubt, Ihnen die Zimmernummer zu nennen. Die Privatsphäre unserer Gäste hat höchste Priorität hier im Heathman.«

»Das verstehe ich natürlich.« Sie vertiefte ihr Lächeln und drückte sich selbst die Daumen. »Und ich würde Sie ja auch nie bitten, die Regeln zu missachten. Ich könnte mich natürlich hier unten hinsetzen und warten, aber mein Vater und ich haben uns schon sehr lange nicht gesehen. Ich würde ungern noch mehr Zeit verschwenden.«

Wenn das keine Untertreibung war.

»Und ich würde ihn so gern überraschen.« Sie zog eine Flasche Wein aus dem Sunshine Creek Vineyard aus der Tasche. Eine Requisite – oder eine Bestechung –, hatte sie überlegt, bevor sie ihre Wohnung verlassen hatte. »Ich habe sogar extra eine Flasche Wein zur Feier unseres Wiedersehens mitgebracht.«

Der Mann hinter der Rezeption musterte sie eingehend, schaute zur Flasche und dann wieder zu ihr. Langsam breitete sich ein Lächeln auf seinem Gesicht aus. »Nun, vielleicht kann ich Ihnen doch helfen. Da die Ähnlichkeit so groß ist, scheint es mir offensichtlich, dass Sie miteinander verwandt sind.«

Gabi war sich nicht wirklich sicher, ob sie das als Kompliment auffassen sollte. In den vergangenen Jahren war ihr Vater sichtlich gealtert. Und zwar auf nicht sonderlich ansprechende Weise. Gabi vermutete, es lag daran, dass er immer auf der Überholspur lebte, niederträchtig war und so viele gebrochene Herzen hinter sich ließ.

Trotzdem zwang sie sich zu einer angemessenen Erwiderung. »Man sagt ja, dass alle Töchter ihren Vätern ähnlich sehen.«

»In diesem Fall muss ich Ihnen zustimmen.« Er beugte sich vor und flüsterte ihr die Zimmernummer zu.

»Vielen Dank.« Gabi legte ihre Hand auf die Theke. »Ich garantiere Ihnen, er wird sehr überrascht sein.«

Oh ja, das wird er, dachte sie.

Vor dem Hotelzimmer holte Gabi noch einmal tief Luft und straffte die Schultern. Und ehe sie es sich anders überlegen konnte, klopfte sie.

Eine Minute später schwang die Tür auf, und ihr Vater stand in einem Hotelbademantel – auch das noch! – vor ihr und starrte sie an.

»Hallo.« Ohne auf eine Einladung zu warten, drängte sie sich an ihm vorbei und schlenderte in die große Suite, als würde sie ihr gehören. Sie würde sich nicht länger von diesem Mann einschüchtern lassen.

Die Hotelsuite sah aus, als würde ihr Vater sie schon eine Weile bewohnen. Eine Zeitung war auf dem Sofa ausgebreitet. Ein Tablett vom Zimmerservice sowie anderer Krimskrams lagerten unordentlich auf dem Schreibtisch. Eine halb volle Kaffeepresse stand zusammen mit mehreren leeren Wasserflaschen aus der Minibar auf dem Sofatisch.

Hinter ihr wurde die Tür geschlossen, bevor ihr Vater sich mit einem verbitterten Gesichtsausdruck zu ihr herumdrehte. »Na, bist du hier, um mich um Verzeihung zu bitten?«

»Warum sollte ich?« Sie schluckte und versuchte, die Aufregung zu unterdrücken. »Ich habe nichts falsch gemacht.«

Er kniff die Augen zusammen. »Hast du nicht?«

»Warte.« Sie lachte ungläubig auf. »Glaubst du ernsthaft, du wärst hier derjenige, dem Unrecht getan wurde? Oh, das ist ein guter Witz.«

»Du hast dich gegen mich gewandt, Gabriella.«

»Du hast mir das Herz gebrochen, *Vater.*«

Zum ersten Mal hatte Gabi den Mut, dem Mann, den sie einmal für ihren Helden gehalten hatte, dem Mann, dem sie wie keinem anderen vertraut hatte, zu sagen, was sie fühlte.

»Du weißt, dass ich nichts weiter als deine Liebe wollte«, sagte sie. »Das Einzige, wovon ich immer geträumt habe, war, dass du stolz auf mich bist. Ich wollte nie du sein. Ich wollte nie die Welt, die du dir aufgebaut hattest. Das Einzige, was ich wollte, war, dass mein Daddy mich in den Arm nimmt und mir verspricht, dass alles gut wird. Dass unsere Familie ihm alles bedeutet, und dass er seine Fehler wiedergutmachen würde.«

»Gab…«

»Halt.« Sie hob eine Hand. »Du hattest jahrelang Zeit zu sprechen. Du hast dich dagegen entschieden. Jetzt bin ich an der Reihe.«

»Na los. Dann spuck all die Lügen deiner Mutter aus. All den schlechten Einfluss, den sie auf dich gehabt hat. Es ist sowieso belanglos.«

»Oh, hör schon auf, dich wie ein trotziges Kind zu benehmen.«

Er riss die Augen auf und wurde knallrot. Gabi konnte erkennen, dass er kurz davor war, einen Wutausbruch zu bekommen, aber das war ihr egal.

»Dank dir habe ich schon lange nicht mehr richtig mit meiner Mutter gesprochen«, fuhr Gabi fort. »Dank dir und der miesen Art, mit der du sie behandelt hast, will sie nichts mehr mit mir zu tun haben. Weil ich deine Tochter bin. Dank deiner Lügen, deines Betrugs und der Tatsache, dass du dich, abgesehen von deinem Ego und dem kleinen Mann in deiner Hose, einen Scheiß um irgendetwas kümmerst, habe ich meine gesamte Familie verloren.«

»Sei nicht so vulgär, Gabriella.«

»Ich bin so vulgär, wie ich will. Ich bin erwachsen. Und ich brauche deinen verdammten väterlichen Rat nicht mehr. Dafür ist es viel zu fucking spät.«

Falls Gabi gehofft hatte, zumindest einen Anflug von Bedauern, einen Funken Stolz oder Liebe in seinen Augen zu entdecken, hatte sie sich getäuscht. Er kniff nur die Lippen zusammen. Der letzte Rest von Liebe in ihrem Herzen, den sie vielleicht noch für ihn verspürt hatte, starb in diesem Moment. Ihr Vater würde sich nie ändern. Er würde sie nie so lieben, wie ein Vater seine Tochter lieben sollte.

»Als du gegangen bist, habe ich alles verloren, außer *nonna*. Sie war meine Rettung. Meine Fürsprecherin. Sie ist der einzige Mensch, auf den ich mich verlassen konnte, nachdem ihr anderen alle so getan habt, als würde ich nicht existieren. Es fällt mir wirklich schwer zu glauben, dass du ihr Sohn sein sollst.«

Er schnaubte. »Meine Mutter hat mich ebenfalls betrogen, als sie dich unter die Fittiche nahm.«

»Bist du tatsächlich ein derart großer Egomane, dass du dich gegen deine Mutter wendest, nur weil sie dein Kind liebt?«

Als seine Antwort ausblieb, wusste sie, dass sie *Ja* lautete.

»Unfassbar.« Gabi wandte sich ab, um nicht völlig die Beherrschung zu verlieren.

Was tat sie hier eigentlich?

Was hatte sie sich von einem Besuch bei ihrem Vater erhofft?

Es bestand kein Zweifel daran, dass ihr Vater so tief in den narzisstischen Brunnen gefallen war, dass er niemals mehr daraus auftauchen würde. Sie war ihm völlig egal. Er hatte bloß Angst, sie könne seinem Ruf schaden oder versuchen, sein Imperium zum Einsturz zu bringen. Und sie … hatte dafür gar keine Zeit. Sie brauchte ihn nicht. Sie brauchte einen Mann, dem sie vertrauen konnte. Einen Mann, den sie lieben konnte, und der ihre Liebe erwiderte. Einen Mann, auf den sie sich verlassen und dem sie zur Seite stehen konnte, wenn er ihre Kraft brauchte.

Sie brauchte Parker.

Er war vielleicht nicht perfekt, aber er besaß ein Herz. Und das war mehr, als sie jemals von dem Mann sagen konnte, der gerade vor ihr stand.

Kopfschüttelnd ging sie zur Tür. Ehe sie sie öffnete, drehte sie sich noch einmal um und betrachtete den Vater, der sie einmal in den Armen gehalten und sie »kleine Prinzessin« genannt hatte. Nein, er existierte nicht mehr.

»Ich will nichts von dir«, sagte sie. »Weder jetzt noch irgendwann. Ich habe mein Glück gefunden. Und ich werde alles daransetzen, nie so zu werden wie du. Denn ich habe gelernt, bedingungslos zu lieben, und bemühe mich, ein besserer, liebevollerer Mensch zu werden.«

Sie griff nach der Türklinke.

»Adieu, Mr. Altobelli. Alles Gute. Und solltest du jemals wieder bei mir auftauchen, dann, das verspreche ich dir, rufe ich die Polizei.«

Frei von Bedauern, befreit von seinen grausamen, harten Worten, und – endlich – frohen Herzens, öffnete sie die Tür und trat hinaus in den Gang.

Als sie mit dem Fahrstuhl in der Lobby ankam, schlenderte Gabi noch einmal zur Rezeption. Der Mann, der ihr vorhin geholfen hatte, sah auf und lächelte. »War es ein netter Besuch bei Ihrem Vater?«

»Es war … unvergesslich.« Sie zog die Weinflasche aus ihrer Tasche und reichte sie ihm. »Vielen Dank noch einmal für Ihre Hilfe.«

Er nahm die Flasche und neigte den Kopf. »Ich dachte, die war zum Feiern?«

»Ist sie auch.« Sie zwinkerte ihm zu. »Ich bin nur am falschen Ort für die Party.«

18. Kapitel

Am folgenden Morgen fühlte Parker sich so zerschlagen, als hätte ihn eine Büffelherde niedergetrampelt. Ohne Gabriella war das Bett kalt und einsam gewesen, und er hatte keinen Schlaf gefunden. Um dem Ganzen die Krone aufzusetzen, stand Basil, ihr Fisch, in Parkers Küche. Die ganze Nacht lang war er in seinem Glas herumgeschwommen, hatte kleine Bläschen aufsteigen lassen und Parker angeschaut, als wäre er ein Serienmörder.

Parker hatte versucht, Gabriella anzurufen, doch sie war nicht ans Telefon gegangen. Nachdem er mehrere Nachrichten hinterlassen hatte, in denen er sie bat zurückzurufen, wurde ihm klar, dass er anscheinend der Einzige war, der Redebedarf hatte. Schließlich hatte sie ihre Sicht der Dinge ja deutlich zum Ausdruck gebracht.

Er war nur nicht bereit gewesen zuzuhören.

Es war ihm wie eine Ewigkeit vorgekommen, bis sich die Sonne endlich am Horizont gezeigt hatte. Bis dahin war Parker schon seit Stunden auf gewesen und bei seiner zehnten Tasse Kaffee angelangt. Schließlich hatte er sich eine Hose und ein Sakko für das Dinner am Abend eingepackt und war ins Restaurant gefahren.

Dort erschien ihm alles unglaublich kalt, und das lag nicht nur an der Raumtemperatur. Es war, als hätte das Lokal ohne Gabriella sein Herz und seine Wärme verloren.

Parker fühlte sich genauso.

Doch jetzt musste er sich konzentrieren. Er hatte heute unglaublich viel zu erledigen. Da konnte er nicht über das nachdenken, was gestern passiert war, was die Zukunft bringen würde oder wie sehr er alles in den Sand gesetzt hatte. So sehr er sich auch wünschte, mit Gabriella zu reden: Heute und morgen gehörte seine Zeit Jordan und Lucy. Das Dinner und die Hochzeitsfeier mussten reibungslos über die Bühne gehen, die Tische perfekt gedeckt sein und das Essen köstlich schmecken. Sobald der Empfang rum und alles erledigt war, würde er Gabriella suchen – egal, wohin er fahren musste, um sie zu finden. Er würde sie in die Arme schließen und sich entschuldigen. Verdammt, er würde sie auf Knien um Verzeihung bitten, wenn es nötig war.

Er konnte nur hoffen, dass sie ihm noch eine Chance gab.

Der Tag zog sich endlos hin. Gabriella plagte das schlechte Gewissen, weil sie wartete, bis Parker das Restaurant verlassen hatte, ehe sie selbst hineinging, um ihre Vorbereitungen für das Essen zu treffen. Sie sehnte sich so danach, ihn zu sehen, aber sie wusste, dass Parker viel zu beschäftigt war, um in Ruhe mit ihr zu reden. Trotzdem würde sie wie versprochen in der Küche mithelfen. Denn im Gegensatz zu ihren Eltern hielt Gabi ihre Versprechen.

Für Parker und die Kincades ging es an diesen beiden Tagen um die Familie. Es war eine Zeit, die ihnen gehörte, eine Zeit, um das Leben zu feiern, und Gabriella wollte ihnen diesen Moment nicht verderben. Sie empfand mehr für Parker, als sie jemals für möglich gehalten hätte, und sie hoffte, dass sie ihre Differenzen wieder ins Lot bringen konnten. Ihrer

Meinung nach hatten sie eine gute Chance, ihr Leben miteinander zu teilen, da kam es auf einen oder zwei Tage mehr oder weniger nicht an.

Kaum hatte sie von ihrer Spionin mit der Vorliebe für orangefarbene Haare erfahren, dass die Luft im Sunshine & Vine rein war, machte Gabriella sich an die Arbeit.

Als sie den Blick über die Küche schweifen ließ, wurde ihr schmerzhaft klar, dass Parker einen langen und schwierigen Tag hinter sich hatte. Offensichtlich hatte er versucht, das Essen vorzubereiten und gleichzeitig das Aushilfspersonal zu instruieren. In letzter Minute hatte er seine Mitarbeiter aus dem Food Truck gebeten, ebenfalls auszuhelfen. Eine kluge Entscheidung, denn sie schienen die Einzigen zu sein, die eine Ahnung davon hatten, was sie tun sollten.

Gabi erntete überraschte Blicke vom Team, als sie ihre Kochjacke anzog, sich die Checkliste schnappte und dort weitermachte, wo Parker aufgehört hatte, als er zur Hochzeitsprobe aufgebrochen war.

Die einzelnen Gerichte stellten keine Schwierigkeit dar; sie mussten einfach nur frisch und heiß sein, wenn die Gäste eintrafen. Lucy hatte Jordan bezirzt, sodass statt eines formellen Dinners eine lockere, spaßige Party geplant war. Gabi hoffte, dass die Live-Unterhaltung und die Eiscreme-Stände mit den individuell angepassten Dessertschüsseln und Eiskugeln einen netten Bezug zu Jordans Zeit auf dem Eis darstellten. Und um auch Lucys Tätigkeit als Lehrerin mit einzubeziehen, hatte Gabi einige Schiefertafeln mit netten Sprüchen, wie *Esst, trinkt und heiratet* und *Du wirst immer mein Fürimmer sein*, aufgestellt.

Energiegeladen griff Gabi nach dem Telefon, um ihre Truppen zusammenzurufen, die ihr mit der streng geheimen Überraschung helfen sollten. Sie wusste, dass diese Geste Jordan glücklich machen würde, denn seine Braut würde begeistert sein. Allerdings wusste sie nicht, wie Parker auf diese Geheimniskrämerei reagieren würde. Und das war das Einzige, was die Schmetterlinge in ihrem Bauch in Aufregung versetzte.

»Wenn ich jemals heiraten sollte«, sagte Parker zu Ethan, als er die Hand auf die Türklinke zum Restaurant legte, »erinnere mich rechtzeitig daran, dass ich nach Vegas fliege und diesen ganzen Firlefanz umgehe, damit ich nicht wie unser Groomzilla ende.«

»Das habe ich gehört.« Jordan versetzte Parker einen spielerischen Schlag auf den Hinterkopf.

»Du wirst glücklich zu Groomzilla mutieren, wenn du die richtige Frau gefunden hast«, ließ Tante Pippy sich von weiter hinten vernehmen.

Parker presste die Lippen zusammen.

Er hatte sie bereits gefunden. Aber im Augenblick war sie ziemlich unglücklich und redete nicht mehr mit ihm.

Während der Hochzeitsprobe hatte Parker Mühe gehabt, sich zu konzentrieren. Er konnte nur daran denken, dass die Sache hoffentlich bald vorbei war, damit er einen Weg finden konnte, sich mit Gabriella zu versöhnen.

Ja, es war nicht richtig von ihr gewesen, ihm so wesentliche Dinge zu verheimlichen. Aber nachdem er ihren Vater kennengelernt hatte, konnte er es ihr nicht einmal verübeln. Was für ein Mistkerl. Der Mann litt definitiv unter einem

Gott-Komplex, und ohne ihn war Gabriella sicher sehr viel besser dran. Aber er war nun einmal ihr Vater, und Parker hatte kein Recht, ihr zu sagen, was sie fühlen oder tun sollte. Auch wenn er sie am liebsten vor allem und jedem beschützen wollte.

»Machst du jetzt die Tür auf oder nicht?« Jordan versetzte Parker einen Schubs. »Es ist höllisch kalt hier draußen.«

Als wollten sie seinen Worten Nachdruck verleihen, rieselten dicke Schneeflocken hinab und glitzerten in der Außenbeleuchtung.

»Nun mal langsam, Brüderchen.« Parker drückte die Klinke herunter, öffnete die Tür und trat zur Seite. Dann wandte er sich an Lucy und machte eine einladende Handbewegung. »Die Braut zuerst.«

Während Parker weiterhin die Tür offen hielt, hörte er begeisterte *Oohs* und *Aahs*, als die Gäste nacheinander eintraten.

Er wollte mit einstimmen. Wollte es genießen, dass es endlich geschafft war. Wollte sein Champagnerglas erheben und jede Sekunde des restlichen Abends genießen. Aber er konnte es nicht. Denn Gabriella war nicht hier, um mit ihm zu feiern. Nie im Leben hätte er das alles bewerkstelligen können ohne sie. Also gab es keinen Grund, warum er ohne sie feiern sollte.

Als Parker den Raum als Letzter betrat, blieb er abrupt stehen. Im Restaurant stand ein riesiger weißer Weihnachtsbaum, an dem kleine weiße Lichter und silberne Kugeln glitzerten. Auf gusseisernen Staffeleien standen große schwarze Tafeln mit amüsanten, netten Sprüchen. Die Tische waren mit weißen Rosen und silbernen Ornamenten geschmückt, und die neuen weißen Essteller ruhten auf silbernen Servierplatten. Große Kugeln und glitzernde weiße Schneeflocken hingen von den freigelegten Balken und reflektierten den warmen Kerzenschimmer, was den Raum in ein wunderbares Licht tauchte.

Es war unglaublich.

Und eine totale Überraschung.

»Oh.« Lucy küsste ihm die Wange. »Das ist sooo schön.«

Doch nicht Parker galt das Lob, das wusste er; er hatte mit dieser spektakulären Dekoration nichts zu tun. Nur ein Mensch konnte das in die Hand genommen haben.

Er warf einen Blick zu der Edelstahltür, die in die Küche führte, und vor Vorfreude lief ihm ein köstlicher Schauer über den Rücken.

Mit ein bisschen Glück würde er diesen Menschen hinter der Tür dort finden.

Gabi war gerade dabei, Schnittlauch für die Kartoffelgerichte am Büfett zu hacken, als sie hörte, wie sich das Restaurant mit Menschen füllte, die freudig *Ah* und *Oh* riefen. Sofort begann ihr Herz schneller zu klopfen.

Er war da.

Das Wissen raubte ihr fast den Atem, auch wenn gleichzeitig noch der Stachel der Abweisung schmerzte, weil Parker sie weggeschickt hatte, ohne ihr die Chance zu geben, ihm alles zu erklären.

Als wenn ihre Gedanken ihn herbeigezaubert hätten, stieß Parker in diesem Augenblick die Schwingtüren auf und kam in die Küche. Unter seinem grauen Anzug trug er ein hellblaues Hemd, das die Farbe seiner Augen noch unterstrich.

Sein Haar war frisch geschnitten und aus dem glatt rasierten Gesicht gekämmt. Er sah noch umwerfender aus als sonst. Allein sein Anblick ließ Gabriellas Nerven flattern und trieb ihr Tränen in die Augen.

Dabei wollte sie doch nicht nervös sein. Sie wollte auch nicht streiten. Und auf keinen Fall wollte sie, dass er sie wieder wegschickte. Sie hatte versprochen zu helfen, und das würde sie auch tun, ob ihm das gefiel oder nicht. Und so, wie er sie anschaute, schien es ihm überhaupt nicht zu gefallen.

Um ihre Emotionen unter Kontrolle zu behalten, richtete sie den Blick wieder auf den Schnittlauch.

»Was machst du hier?«, fragte er, als er zu ihr an die Arbeitsplatte trat.

»Ich mag keine formelle Kochausbildung haben, aber es ist doch wohl offensichtlich, dass ich Schnittlauch schneide.«

»Ich habe nicht auf deine nicht vorhandene Ausbildung angespielt, und das weißt du auch.«

»Falsch. Ich weiß es nicht.« Sie blickte auf. »Du sprichst ja nicht mit mir.«

Die Aushilfskräfte in der Küche hielten mit ihrer Arbeit inne, um ja nichts zu verpassen. Gabriella seufzte. Anscheinend war es genauso unmöglich, ihre Privatangelegenheiten privat zu halten, wie ein Spaziergang auf dem Mond. Aber wenn das, was von ihrer Beziehung zu Parker noch übrig war, jetzt explodieren sollte, dann wollte sie die Sache lieber schnell hinter sich bringen, als den Schmerz hinauszuzögern. Sie war noch immer dabei, ihre Wunden von gestern zu lecken, wenn Parker also wollte, dass sie ging, und wirklich alles vorbei sein sollte, dann wollte sie es sofort wissen.

Er ließ den Blick durch die Küche schweifen, wo alle die Ohren gespitzt hatten. »Können wir in meinem Büro reden?«

»Was ist los? Gestern war es okay, die schmutzige Wäsche in aller Öffentlichkeit zu waschen, aber heute willst du fortlaufen und dich verstecken, damit du nicht in die gleiche Verlegenheit gerätst?«

Der Muskel in seinem Kiefer zuckte, und obwohl Gabi wusste, es wäre besser, einen Rückzieher zu machen, gelang es ihr nicht. Sie war wütend: auf sich, weil sie so viel Zeit darauf verschwendet hatte, ihre Energie auf alles Negative zu richten. Wütend auf Parker, weil er sie von sich gestoßen hatte, als sie ihn gebraucht hatte. Wütend, weil er ihr keine Chance gegeben hatte. Wütend, weil er *ihnen beiden* keine Chance gegeben hatte. Im Augenblick war sie viel zu geladen, um einzulenken.

»Das hier geht nur dich und mich etwas an, Gabriella«, sagte Parker ruhig.

»Ach, jetzt bist du also auf einmal bereit zu reden? Warum hast du mir gestern nicht fünf Minuten deiner kostbaren Zeit geopfert, damit ich dir alles erklären konnte?«

»Willst du die Wahrheit wissen?« Er zuckte mit seinen breiten Schultern. »Weil ich gestern nicht damit umgehen konnte.«

Tränen brannten in ihren Augen, aber Gabi unterdrückte sie. »Dann hast du vielleicht recht. Dann sollten wir in dein Büro gehen.«

»Danke.«

»Glaub mir …« Gabi legte das Messer zur Seite. »Ich tue das nicht für dich.«

»Das habe ich auch nicht erwartet.«

Sie blieb stehen und drehte sich so schnell herum, dass Parker fast mit ihr zusammengeprallt wäre. »Was soll das denn nun wieder heißen?«

»Ich weiß es nicht, Gabriella.« Er hob die Hände. »Fuck, mir schwirrt der Kopf, und ich weiß nicht, wer was von mir erwartet. Soll ich nach vorn gehen, wo meine Familie auf mich wartet? Oder soll ich jetzt und hier mit dir streiten, obwohl es das Letzte ist, was ich will?«

»Ich will es auch nicht.«

»Dann lass uns in mein Büro gehen, damit wir herausfinden, was wir wollen«, sagte er. »Denn es ist wichtig. Ob du mir nun glaubst oder nicht, aber *du* bist wichtig.«

Gabi verspürte einen Stich im Herzen. Sie hatte sich noch nie in einer derartigen Situation befunden, und sie hatte diese auch nicht geplant. So weit hätte es niemals kommen sollen.

Und jetzt?

Wenn sie Parker ins Büro folgte, bedeutete das dann das Ende von allem, was ihr wichtig war? Oder fanden sie doch noch einen Weg zurück in die Arme des anderen?

Es gab nur einen Weg, das herauszufinden.

So verdammt beängstigend das auch sein mochte.

Parker ließ die Bürotür offen stehen, obwohl er das verdammte Ding am liebsten zugeknallt hätte. Ein gewaltiger Frust breitete sich in ihm aus.

Wieso zum Teufel war das Ganze so aus dem Ruder gelaufen?

Gabi war stinksauer, dass er ihr gestern nicht einmal zugehört hatte. Er war sauer, weil sie nicht ehrlich gewesen war, noch dazu zu einem Zeitpunkt in seinem Leben, da ihm Ehrlichkeit alles bedeutete.

Er rechnete gar nicht unbedingt damit, dass sie ihm ins Büro folgte. Im Grunde wartete er darauf, jede Sekunde die Hintertür zuschlagen zu hören. Und das wäre dann das Ende. Gabi würde wieder einmal davonlaufen, und er wäre völlig am Boden zerstört.

»Es tut mir leid.«

Erleichterung durchströmte ihn, als er aufsah und sie in der Tür stehen sah. »Was tut dir leid?«

»Dass ich gerade eben so aus der Haut gefahren bin«, erklärte sie. »Aber irgendwie hat es sich richtig gut angefühlt. Ich bin nicht gewohnt, so laut zu werden. Meistens halte ich lieber den Mund. Selbst wenn mich jemand zur Schnecke macht.«

»Es tut mir leid, dass dein Leben so verlaufen ist.« Die Traurigkeit, die ihre braunen Augen noch dunkler erscheinen ließ, versetzte ihm einen Stich ins Herz. »Das meine ich ernst. Und es tut mir leid, wenn ich dich so provoziert habe, dass du die Fassung verloren hast.«

»Danke.«

»Also, wie machen wir nun weiter?«, fragte er. »Ich möchte mich nicht streiten. Ich möchte nicht, dass du zur Tür rausstürmst und ich dich womöglich nie wiedersehe.«

»Gestern hast du mich gebeten zu gehen.«

»Ich meinte aber nicht für immer, Gabriella.« Er seufzte. Fuhr sich durch die Haare. »Ich war einfach nur geschockt. Es war so unfassbar, dass du mir nicht genügend vertraut hast, um dich mir anzuvertrauen. Das hat mir … hart zugesetzt.«

»Aber so ist es nicht. Ich vertraue dir, und ich wollte dir

auch nichts verheimlichen. Aber nachdem du meinen Vater kennengelernt hast, kannst du vielleicht verstehen, warum ich die Verwandtschaft zu ihm lieber für mich behalte.«

»Ja. Er ist …«

»Ein Arschloch?«

»Ja.« Verunsichert lehnte er sich gegen die Schreibtischkante und verschränkte die Arme, obwohl er sie eigentlich am liebsten um Gabi schlingen wollte. Er konnte sich nicht vorstellen, wie es war, mit einem solchen Vater aufzuwachsen.

»Also warst du nicht beeindruckt, weil mein Vater ein berühmter Koch ist?«, fragte sie.

»Himmel, nein. Es hat mich total fertiggemacht, wie er mit dir geredet hat. Am liebsten hätte ich ihm die Fresse poliert.«

Ein kleines Lächeln erschien auf ihren Lippen. »Das hätte ich gern gesehen.«

»Ich hätte es auch gern erlebt.« Er schüttelte den Kopf. »Pass auf. Ich weiß nicht über alles Bescheid, was in deinem Leben passiert ist, aber mir scheint, dass es eine Zeitlang für dich kein Zuckerschlecken war.«

»Weil ich es zugelassen habe.« Sie schloss die Tür hinter sich. »Für meine Mutter war mein Vater ihr Ein und Alles. Sie hat ihre eigene Karriere aufgegeben, weil er wollte, dass sie zu Hause blieb und sich um die Familie kümmerte. Sie hat all seine Wünsche und Bedürfnisse erfüllt, obwohl von ihm nichts zurückkam. Sie hat ihm sogar die Schuhe ausgezogen. Und sie hat all ihre Freundinnen aufgegeben, weil er nicht wollte, dass sie ihre Zeit mit ihnen verbrachte. Ihre gesamte Welt drehte sich um ihn. Sie hat ihn geliebt und einfach nicht gesehen, wie schlecht er sie behandelte.«

Parker sah, wohin sich die Geschichte entwickelte, und irgendwo mittendrin steckten zwei verletzte, verwirrte Kinder. Eins, das der Vater verließ und klein machte. Das andere, das der Vater verhätschelte und lobte. Parker hatte großes Mitgefühl mit dem jungen Mädchen.

»Zwei Monate bevor die Affäre meines Vaters öffentlich wurde, erfuhr meine Mutter, dass sie Brustkrebs hatte.«

Parker holte tief Luft und wappnete sich. Das wurde ja immer schrecklicher.

»Die Diagnose verhieß nichts Gutes, und ihr blieben nicht viele Wahlmöglichkeiten. Sie fürchtete, dass die Behandlung sie derart schwächen könnte, dass sie sich nicht mehr um unseren Vater kümmern konnte. Um mich machte sie sich keine Sorgen. Und auch um meinen Bruder nicht. Ja, ich war damals auf der Highschool und mein Bruder auf dem College. Aber all ihre Überlegungen und Entscheidungen waren nur an meinem Vater und seinen Bedürfnissen ausgerichtet.«

Gabi hielt kurz inne, hob die Schultern und seufzte.

»Außerdem fürchtete sie, dass er sie nicht mehr lieben würde, wenn sie sich die Brüste abnehmen ließ.«

Parker konnte sich nicht vorstellen, dass ein Mann seine Frau nicht mehr lieben würde, wenn sie sich operieren lassen musste, um ihr Leben zu retten. Das ergab keinen Sinn. Aber in letzter Zeit ergaben viele Dinge keinen rechten Sinn.

»Und so war es tatsächlich«, fuhr Gabriella fort. »Er hatte eine Affäre, während sie sich der Chemo unterzog, und dann ließ er sich von ihr scheiden. Dass er sie in dieser Situation verließ, machte sie völlig fertig. Meine Mutter und ich hatten nie ein besonders herzliches Verhältnis, weil es für sie wichtiger war, die Frau meines Vaters zu sein als meine Mutter, aber selbst das Wenige, das uns verband, war nach der Scheidung ganz verschwunden. Und bis heute reden wir eigentlich nicht mehr miteinander, auch wenn ich ständig in Sorge um sie bin. Ich habe es versucht, aber …« Sie wandte den Blick ab.

»Ich weiß, es klingt lächerlich, aber es tut mir so leid«, sagte Parker und versuchte, das Ganze zu begreifen. »Es tut mir unendlich leid.«

»Es klingt nicht lächerlich. Und danke.«

»Was ist danach passiert?«

»Ich wollte etwas aus mir machen, allein«, erwiderte sie voller Leidenschaft. »Ich wollte keinen Riesenerfolg wie mein Vater, wollte keine Restaurantkette besitzen, über der mein Name prangte. Ich wollte ihm nur beweisen, dass ich kochen kann. Und dass Menschen das essen, was ich zubereitet habe. Deshalb bin ich zu dir gekommen. Ich hatte gehofft, dein neues Restaurant wäre eine Möglichkeit, einen Fuß in die Tür zu bekommen.«

»Das hast du geschafft. Du bist eine erstaunliche Köchin.«

Sie schüttelte den Kopf. »Ich kann kochen, aber mein Vater hat recht. Ich habe keine formelle Ausbildung, und das fehlt mir, um richtig erfolgreich zu sein.«

»Das ist totaler Quatsch«, konterte er. »Du hast das Talent und die Kreativität, die dich weiter bringen werden als konventionelle Methoden.«

»Jetzt ist es sowieso egal.« Sie zuckte noch einmal mit den Schultern. »Weißt du, in den letzten Wochen, hier bei dir, habe ich mich so lebendig wie noch nie gefühlt. Alles drehte sich eigentlich nur noch um uns beide. Nicht um mich. Ich wollte hier bei dir sein. Für dich da sein. Es hat mir so viel Freude bereitet, dein Restaurant mit auf die Beine zu bringen.

Bei dir zu sein, während dein Traum Realität wurde. Und ich habe ehrlich gesagt aufgehört, an meinen Vater zu denken. Und das alles, weil du an mich geglaubt hast. Obwohl es nicht leicht ist, hast du mich dazu gebracht, mich zu öffnen.«

»Ich glaube an dich, Gabriella. Du bist eine unglaubliche Frau, die außerdem noch phänomenal kochen kann. Doch das Besondere an dir, das ist dein großes Herz.«

Sie schlug die Augen nieder, als würde sie ihm nicht glauben.

»Das ist die Wahrheit«, beharrte er.

Langsam richtete sie den Blick wieder auf ihn. »Als ich in dein Restaurant kam, hatte ich nicht erwartet, dass ich mich in dich verliebe«, gab sie zu. »Aber genau das ist passiert.«

Ihre schlichten und doch so bedeutungsvollen Worte wärmten ihn. Obwohl es noch so viel zu sagen gab, hatte er das erste Mal seit vierundzwanzig Stunden wieder das Gefühl, dass sie es vielleicht doch schaffen konnten.

Es kostete ihn seine ganze Selbstbeherrschung, sie nicht in die Arme zu schließen. Aber vorher mussten sie ein für alle Mal reinen Tisch machen. Gabi sollte wissen, dass sie zu jeder Zeit und in jeder Situation auf ihn zählen konnte.

»Ist es in Ordnung, wenn wir später darauf zurückkommen?«, fragte er.

»Müssen wir nicht.« Sie wandte den Blick ab. »Ich weiß, dass du beschäftigt bist, und …«

»Gib mir eine Minute. Da wir gerade dabei sind, Geständnisse zu machen, würde ich auch gern etwas loswerden.«

»Okay.«

»Das gestern tut mir wirklich leid«, sagte er. »Wenn ich das, was ich gesagt und getan habe, rückgängig machen könnte, würde ich es sofort tun. Ich kenne mich in Sachen Beziehung nicht wirklich aus. Das ist für mich eine neue Erfahrung. Am liebsten hätte ich einen Zauberstab, um alles schlagartig wieder besser zu machen, aber ich weiß natürlich, dass das Leben so nicht funktioniert.«

»Vielleicht haben wir uns zu einem falschen Zeitpunkt getroffen«, meinte sie. »Vielleicht will uns das Schicksal mitteilen, dass wir nicht zusammenpassen.«

»Fühlt es sich für dich so an?« Er hoffte inständig, dass es nicht so war.

»Wir beide tragen eine Menge Ballast mit uns herum«, erwiderte sie leise. »Vielleicht ist es zu viel. Vielleicht will ich mehr, als ich sollte. Vielleicht erwarte ich zu viel. Vielleicht bin ich genauso wenig bereit hierfür wie du. Ich liebe dich, aber … ach, ich weiß nicht.«

Als sie die Achseln zuckte, fürchtete Parker, dass ihm alles durch die Finger schlüpfen könnte.

Da hielt er es keine Sekunde länger aus. Schnell schritt er durchs Zimmer und zog Gabi an sich. Einen Moment lang sträubte sie sich, doch dann legte sie die Wange gegen seine Brust und die Hände auf seinen Rücken.

Es fühlte sich so verdammt gut an, sie wieder in den Armen zu halten.

»Ich könnte den ganzen Abend hier stehen und versuchen, dich davon zu überzeugen, dass alles gut wird und dass ich perfekt für dich bin«, meinte er. »Aber das wäre eine Lüge. Das Leben ist nicht immer nur gut, und ich bin meilenweit davon entfernt, perfekt zu sein. Es gibt bestimmt vieles, woran wir arbeiten müssen, aber solange wir ehrlich zueinander sind und uns vertrauen, haben wir eine Chance verdient.«

Sie erwiderte nichts.

»Aber das ist nur das, was ich denke«, fuhr er fort. »Was ist mit dir, Gabriella? Was sagst du?«

Ehe Gabriella antworten konnte, ließ sie das Scheppern eines Kochtopfes auseinanderfahren.

Gabi löste sich von ihm und drehte sich weg. »Ich … muss gehen.«

Ehe er sie aufhalten konnte, war sie schon an der Tür.

»Gabriella?«

Ohne noch ein Wort zu sagen, ohne sich noch einmal umzudrehen, rannte sie davon. Parker hatte das Gefühl, als würde ihm das Herz brechen.

Was zum Teufel war hier gerade passiert?

Frustriert fuhr er sich mit der Hand durchs Haar und ließ die Unterhaltung noch einmal Revue passieren.

Fuck.

Wie hatte er nur so blöd sein können?

Er hatte ihr nicht dafür gedankt, dass sie das Restaurant so toll für Jordans und Lucys Party hergerichtet hatte.

Das allein war schon schlimm genug, aber war es der Grund, warum sie gegangen war?

Nein. Er hatte ihr nicht gesagt, was er für sie empfand. Und sie wollte versichert bekommen, dass ihre Gefühle nicht einseitig waren. Im Grund hatte sie auf eine Art Rettungsring gewartet, der sie davor bewahrte, in der Flut von Emotionen unterzugehen.

Nach allem, was sie durchgemacht hatte, war sie mutig genug gewesen, ihm zu sagen, dass sie sich in ihn verliebt hatte.

Zweimal.

Und er hatte nicht ein verdammtes Wort darauf erwidert.

Anscheinend brauchte er jemanden, der ihm ein paar Schläge auf den Hinterkopf verpasste. »Können wir später darauf zurückkommen?« war sicher nicht die passende Antwort, wenn einem eine Frau ihr Herz schenkte.

Als Parker schließlich so weit war, seine Bürotür aufzureißen, um die Sache in Ordnung zu bringen, war Gabriella verschwunden. Und er konnte jetzt nicht weg, um sie zu suchen, auch wenn er es wollte. Seine gesamte Familie wartete auf ihn. Verzweifelt bemühte er sich, sich wieder zu sammeln, ehe er seinem Team ein paar Instruktionen erteilte und anschließend zur Schwingtür ging, um an der Party teilzunehmen.

Obwohl er dazu im Augenblick überhaupt keine Lust hatte.

Als er die Tür aufdrücken wollte, stieß er auf Widerstand. Er drückte noch stärker, und unvermittelt flog sie auf. Auf der anderen Seite stolperten ein paar Leute hastig zurück zu ihren Sitzplätzen und taten so, als hätten sie nicht mit dem Ohr an der Tür gestanden, um zu lauschen, was in der Küche vor sich ging. Wenn Parker sich nicht gerade so hundeelend gefühlt hätte, hätte er gelacht. Stattdessen ignorierte er die neugierigen Blicke seiner Familie und ging direkt zur Braut.

»Ich muss dich um einen Gefallen bitten«, flüsterte er Lucy ins Ohr.

Lucy schaute auf und lächelte, als wüsste sie bereits, was er sagen wollte.

»Nachdem du uns so ein großartiges Essen in einer solch wunderschönen Umgebung geschenkt hast, wie kann ich dir da irgendetwas abschlagen? Was brauchst du, Parker?«

»Kannst du dafür sorgen, dass Gabriella morgen zu eurer Hochzeit kommt?«

Er würde der Frau, die er liebte, heute noch Zeit geben. Aber nie im Leben würde er zulassen, dass sie ganz aus seinem Leben verschwand.

19. Kapitel

Als Gabriella am nächsten Tag die kleine weiße Dorfkirche betrat, kam sie sich vor wie das fünfte Rad am Wagen. Sie kannte Jordan und Lucy noch nicht lange genug, um offiziell eingeladen zu werden. Aber als Lucy gestern Abend noch angerufen und sich begeistert bei Gabi für das Dinner bedankt hatte, hatte sie sie gebeten, auch zur Trauung zu kommen. Da hatte Gabi nicht Nein sagen können.

Den Rest der Nacht hatte sie darüber nachgedacht, was Parker gesagt, aber vor allem, was er nicht gesagt hatte.

Es war dumm von ihr gewesen, ihm zu gestehen, dass sie sich in ihn verliebt hatte, wenn er ganz offensichtlich nicht dasselbe empfand. Er hatte auf ihre Liebeserklärung nicht reagiert. Und dann hatte er sie einfach gehen lassen.

In den frühen Morgenstunden hatte sie sich schlaflos im Bett gewälzt, und sie hatte einige Zeit gebraucht, um die Röte aus ihren Augen zu vertreiben. Aber dies war ein ganz besonderer Tag für die Kincades. Da war kein Platz für Gabis private Probleme. Es war ein Tag zum Feiern. Ein Tag für die Liebe und die Hoffnung. Für die Trauung von zwei unglaublich netten Menschen.

Auch wenn es ihr selbst das Herz brach.

Sie wartete bis zur letzten Minute in ihrem Auto, ehe sie in die Kirche schlüpfte. Das Schild am Eingang hieß die Gäste willkommen und bat sie, sich einen Platz auszusuchen. Gabi entschied sich für eine der hinteren Reihen, wo zwei ältere Paare mehr daran interessiert zu sein schienen, wie die Hochzeitstorte schmecken würde, als an der eigentlichen Trauung. Sie hätte ihnen verraten können, was für eine himmlische Torte sie serviert bekommen würden, aber ihr Ziel war es, sich so unauffällig wie möglich zu verhalten.

Zu leiser Geigenmusik warteten die Gäste auf die Ankunft der Hauptpersonen, und Gabi genoss einfach nur die Atmosphäre. Die kleine Kirche war mit Tannenzweigen, Weihnachtssternen, weißen Rosen, Spitze und Kerzen geschmückt. Es war genauso hübsch und elegant und dabei so schlicht, wie es die Braut mochte.

Als der Pianist die Melodie »A Dream Is a Wish Your Heart Makes« aus dem Film *Cinderella* zu spielen begann, musste Gabi lächeln. Jordan hatte einen Weg gefunden, seine Prinzessin zu würdigen, ohne das Ganze zu übertreiben.

Rechts aus der Seitentür kam Jordan, gefolgt von seinen Brüdern, herein. Obwohl Gabi versuchte, nicht zu Parker zu blicken, konnte sie gar nicht anders. In seinem schwarzen Smoking samt Fliege raubte er ihr glatt den Atem. Gabi befahl ihrem Herzen, wieder normal zu schlagen, aber allein sein Anblick ließ Herz und Puls rasen. Als Parker seinen Blick über die voll belegten Reihen wandern ließ, schaute Gabi schnell weg. Sie konnte ihm nicht in die Augen sehen und gleichzeitig die Fassung bewahren.

Das würde sie nicht schaffen.

Weil sie wusste, dass sie bei Hochzeiten immer nah am Wasser gebaut war, holte sie vorsorglich schon einmal ein Taschentuch heraus und krampfte ihre Finger darum. Kurz darauf kamen die Brautjungfern den Gang entlang. Nicole an der Spitze in einem taubengrauen, schlicht geschnittenen Kleid. Da Lucy nicht zu den Menschen gehörte, die gerne auffielen, war Gabi gespannt, für was für eine Art von Kleid sie sich entschieden hatte. Genau wie alle anderen blickte sie also aufgeregt zum Mittelgang, auch um zu vermeiden, dass ihre Augen wieder zurück zum Altar wanderten – zu dem umwerfend gut aussehenden Trauzeugen.

Als die ersten Klänge des Hochzeitsmarschs ertönten, erhoben sich die Gäste, und Gabi war froh, dass sie sich für ein dezentes blaues Kleid entschieden hatte, denn damit stach sie nicht aus der Menge hervor.

Am Portal der Kirche tauchte jetzt Lucy am Arm von Ryan auf, dem ältesten der Kincade-Brüder, und von diesem Moment an waren sowieso alle anderen unsichtbar. Kaum hatte Jordan seine Braut erblickt, die im Licht der Wintersonne geradezu zu strahlen schien, begann er zu grinsen. Und dann musste auch er schlucken. Er sah Lucy an und wirkte auf einmal so zahm wie ein Kätzchen und so verliebt, dass Gabi praktisch sein Herz klopfen hörte.

Lucy sah einfach fantastisch aus in dem unerwartet sexy Kleid aus Chantillyspitze. Es hatte vorne einen langen Schlitz, und einen extrem weit ausgeschnittenen Rücken. Ihr braunes Haar war zu einem tiefen lockeren Knoten zusammengebunden und mit ein paar kleinen weißen Rosen geschmückt. Ihr Brautstrauß stellte eine fantastische Überraschung dar. Das, was nach weißen Pfingstrosen aussah, waren in Wirklichkeit kunstvoll gebundene Federn. Aber unabhängig davon, wie atemberaubend die Braut auch aussah, nichts war mit dem Lächeln zu vergleichen, mit dem sie ihren Bräutigam anstrahlte, als sie langsam den Gang entlang zum Altar schritt.

Gabi stockte fast der Atem.

Oh, wie schön musste es sein, eine solche Liebe miteinander zu teilen.

Sie warf einen verstohlenen Blick zu Parker und stellte ertappt fest, dass er den Blick erwiderte. Irgendwie hatte er sie hier in der Menge ausfindig gemacht. Sie versuchte zu lächeln, doch ihre Lippen zitterten, sodass sie vermutlich eher wie ein schiefes Kürbisgesicht aussah.

Als der Pfarrer die Gäste bat, sich wieder zu setzen, nahm Jordan Lucys Hand und küsste ihre Finger. Das Ehegelübde, das die beiden selbst geschrieben hatten, war süß, feinfühlig und gleichzeitig humorvoll. Es dauerte nicht lange, da wurden sie zu Mann und Frau erklärt, und Jordan durfte seine Braut küssen. Es begann mit einem zärtlichen Kuss, doch im nächsten Moment lehnte Jordan seine frisch Angetraute über den Arm nach hinten und gab ihr einen kleinen Vorgeschmack auf das, was sie in den Flitterwochen erwarten konnte. Die Gäste lachten, und noch immer lachend erhoben sie sich, als der Hochzeitsmarsch erneut ertönte, und Braut und Bräutigam zum Ausgang der Kirche gingen.

Als die übrige Hochzeitsgesellschaft ihnen folgte, stellte Gabi fest, dass sie gefangen war. Gleich würde Parker an ihr vorbeikommen. Würde er draußen vor der Kirche auf sie warten? Oder würde er sie einfach ignorieren? Panik breitete sich in ihr aus, aber es war zu spät, um noch flüchten zu können. Sie musste warten, bis die Brautjungfern draußen waren.

Parker, mit Lili an der Seite, kam an ihrer Bankreihe vorbei. Sie zerknüllte das Taschentuch in ihrer Hand und schaute sich hastig nach einer Fluchtmöglichkeit um.

»Denk nicht einmal dran.« Parker streckte den Arm aus und packte ihre Hand. Und als er sie an seine Seite zog, hielt er ihre Hand so fest, dass sie keine andere Wahl hatte, als mit ihm und Lili gemeinsam aus der Kirche zu gehen.

Draußen auf den Stufen, als sich alle um die frisch Vermählten scharten, glaubte Gabi ihre Chance gekommen. Sie versuchte, ihre Hand aus Parkers zu ziehen, doch er hielt sie noch immer fest umklammert.

»Keine Chance, Houdini.«

Ehe sie mit ihm darüber debattieren konnte, zog er sie mit sich, weg vom Eingang der Kirche. Ihre Absätze versanken in dem mit Schnee bedeckten Gras, aber Parker blieb erst stehen, als sie hinter dem Gebäude waren. Allein.

Er drängte sie mit dem Rücken gegen die weiße Wand und beugte sich zu ihr. Ihr Herz klopfte so heftig unter ihrem langärmeligen Kleid, dass sie sicher war, dass er es an seiner Brust spüren konnte.

»Parker …«

»Ich liebe dich, Gabriella.«

»Was?«

»Ich liebe dich«, wiederholte er. »Ich bin verrückt nach dir. Ich kann nicht ohne dich leben. Und ich möchte gern, dass wir noch einmal neu anfangen. Einen ehrlichen Neuanfang.«

»Aber …« Jetzt hatte er sie total überrumpelt. Sie hatte heute wirklich nichts Derartiges von ihm erwartet.

»Ich möchte dir gern beweisen, dass ich ein Mann bin, dem du vertrauen kannst. Ein Mann, der für dich da ist, der dich liebt, ob du nun jung und schön, krank oder alt bist und deinen letzten Atemzug machst. Ich möchte der Mann sein, zu dem du jederzeit mit all deinen Sorgen kommen kannst. Ich werde niemals aufhören, dich zu lieben. Und, übrigens, ich finde, wir haben uns zu einem perfekten Zeitpunkt kennengelernt.«

»Parker, ich …«

»Sag nicht Nein, Gabriella. Gib uns eine Chance. Bitte.« Sanft legte er beide Hände um ihre Wangen und küsste sie so zärtlich, dass sie fast dahinschmolz.

Als er den Kopf wieder hob, strich er vorsichtig über ihre Unterlippe. »Du kannst mir vertrauen, Baby. Ich verspreche dir, alles, was ich gesagt habe, ist die Wahrheit.«

»Ich wollte eigentlich sagen … Ich liebe dich, Parker Kincade.« Sie schlang die Arme um seinen Hals, und er legte seine Stirn an ihre. Ein Seufzer entfuhr ihm. Und zum ersten Mal in ihrem Leben fühlte Gabi sich wirklich von einem Mann geliebt, von dem sie wusste, dass sie ihm vertrauen konnte. Sie fühlte sich sicher. Und sie war voller Hoffnung. »Und ich würde niemals Nein zu dir sagen.«

Er küsste sie noch einmal, und sie empfand es wie ein Versprechen.

»Kommst du mit mir zum Hochzeitsempfang?«

»Ja.«

»Tanzt du auch mit mir?«

Sie lachte. »Ja.«

»Und wachst du an Weihnachten zusammen mit mir auf?«

»Oh, ja, auf jeden Fall.«

Am Weihnachtsmorgen fielen leise die Flocken über dem Columbia River, und der Kai vor Parkers Hausboot war weiß vom Schnee. Im Wohnzimmer leuchtete der Weihnachtsbaum in bunten Farben, und im Kamin flackerte das Feuer. Aus dem Ofen in der Küche dufteten die Muffins. Basil versteckte sich hinter seinen Plastikalgen und ließ kleine Bläschen in die Höhe steigen. Und auf dem Boden, direkt vor dem Kamin, reichte Parker Gabriella das in Silberpapier eingepackte und mit einer rosa Schleife verzierte Geschenk, das er für sie besorgt hatte.

»Für mich?« Sie errötete, als sie die Schachtel entgegennahm, sie an ihr Ohr hielt und schüttelte. »Ist es ein Elefant?«

»Kleiner.«

»Ist es ein Welpe?«

»Kleiner.«

»Ist es ein …«

Parker lachte und gab ihr einen leidenschaftlichen Kuss. »Mach es einfach auf, dann erfährst du es.«

»Okay. Aber warte …« Sie griff unter den Tannenbaum und zog ein in blaues Geschenkpapier gewickeltes Päckchen mit einer roten Schleife hervor. »Die Farbe passt zu deinen Augen.«

»Das ist für mich?«

Sie nickte. »Basil gefiel es nicht, daher dachte ich, gebe ich es einfach dir.«

»Danke, Basil.« Seit seiner Kindheit war Parker nicht mehr so glücklich an einem Weihnachtsmorgen gewesen. Alles war perfekt. Jordans und Lucys Hochzeitsfeier war reibungslos über die Bühne gegangen. Parker hatte mit Gabriella Weihnachtsgeschenke für seine Familie gekauft. Und seit der Hochzeit hatte sie jede Nacht in seinem Bett verbracht, so eng an ihn geschmiegt, als wolle sie ihn nie wieder gehen lassen.

Stundenlang hatten sie miteinander geredet. Er hatte erfahren, dass sie ihren Vater noch einmal aufgesucht und ihm deutlich die Meinung gesagt hatte. Sie schien sich damit abgefunden zu haben, dass er niemals einlenken und der Vater sein würde, von dem sie geträumt hatte. Doch Parker hatte die Hoffnung noch nicht ganz aufgegeben. Er glaubte daran, dass die Menschen, solange sie atmeten, auch in der Lage waren, sich zu ändern.

Er selbst hatte es weiß Gott auch getan.

»Wie wäre es, wenn wir unsere Geschenke gleichzeitig aufmachen?«

Ihre kindliche Aufregung fand er irgendwie süß. Parker gab ihr noch einen Kuss. »Du weißt doch, dass ich dir keinen Wunsch abschlagen kann.«

»Genau.« Sie nahm ihr Geschenk in beide Hände, und ihre Finger verharrten über der Schleife. »Bereit?«

»Auf die Plätze. Fertig.«

»Los.«

Gleichzeitig zogen sie die Schleifen auf und rissen das Papier ab. Die Deckel der Schachteln wurden hochgeklappt und das Seidenpapier zur Seite gezogen. Beide hielten sie eine Schürze hoch. Seine war grün, und der Spruch darauf lautete: *Heiß und knackig*. Ihre war weiß und blau und rüschig, wie bei Alice im Wunderland, versehen mit dem Spruch *Iss mich*.

»Zwei Seelen, ein Gedanke, scheint mir«, sagte er lachend und hoffte, dass sie das Geschenk auch lustig fand.

»Du weißt schon, was ich jetzt denke, oder?«

Er schüttelte den Kopf.

»Wann immer ich hier bei dir in Zukunft koche, werde ich diese Schürze tragen. Und zwar *nur* die Schürze.«

»Eine hervorragende Idee.« Erleichtert beugte er sich vor und küsste sie.

»Das ist unser erstes gemeinsames Weihnachtsfest.« Sie seufzte. »Und ich genieße es so sehr.«

»Also bist du nicht enttäuscht über die Schürze?«

»Nein.« Sie presste sie an ihre Brust. »Ich liebe sie.«

»Da ist noch was in der Tasche.«

»Sie hat eine Tasche?« Gabi hielt die Schürze hoch. »Ich liebe Taschen.«

Parker beobachtete sie, wie sie hineingriff und eine kleine weiße Schachtel herauszog.

Sie riss die Augen auf. »Was ist das?«

»Mach's auf, dann weißt du es.«

Ihre Hände zitterten, als sie den Deckel hob und ein silbernes Bettelarmband herausnahm. Die Anhänger klimperten, als sie es zwischen die Finger hob.

»Oh, Parker.«

»Ich liebe es, wenn du meinen Namen auf so sinnliche Weise aussprichst.«

Jetzt beugte sie sich zu ihm hinüber, um ihm einen Kuss zu geben. »Es ist wunderschön.«

Sie breitete das Armband auf ihrer Handfläche aus.

»Jeder dieser Anhänger erinnert mich an dich.«

»Hast du die ausgesucht?«

»Natürlich.«

»Aber ich dachte, du gehst nicht gern einkaufen.«

»Tue ich auch nicht. Aber bei dir ist alles anders.« Er nahm das Armband, hielt es hoch und zeigte auf die einzelnen Anhänger. »Ein Fisch für Basil. Ein Herz, weil du so ein großes Herz hast, wenn es um die Frauen und Kinder im Frauenhaus geht. Und weil du mir dein Herz geschenkt hast. Ein Löwe für den Mut, den du bewiesen hast, als du dich gegen deinen Vater aufgelehnt hast. Ein Froschkönig, weil du mich wachgeküsst hast, schließlich war ich nichts weiter als eine alte Kröte.«

Sie lachte.

»Ein Schloss, auf das du deine Träume bauen kannst. Ein Engel, weil du mich davor gerettet hast, ein griesgrämiger alter Mann zu werden. Eine Chilischote, weil du so heiß bist. Einen Löffel, weil du immer etwas Gutes zusammenrührst.«

Dafür erntete er noch ein Lachen.

»Und ein Stern, weil ich immer da sein möchte, egal, wo auch immer du dich im Universum aufhältst. Ich möchte mit dir leben. Wenn ich an das Restaurant denke, betrachte ich es als unseres. Wenn ich in die Zukunft blicke, dann sehe ich uns beide, glücklich verheiratet mit Kindern und einem Hund. Und ich verspreche, dass ich jeden Tag alles daransetzen werde, dich glücklich zu machen. Wie klingt das?«

Als er aufsah, hatte sie die Unterlippe zwischen die Zähne gezogen, Tränen verschleierten ihren Blick.

»Bist du okay?«

Sie nickte. »Das hört sich wunderbar an. Ich liebe dich, Parker.«

»Ich liebe dich noch mehr.« Er schlang die Arme um sie und presste seine Lippen auf ihre. »Und was das angeht, kannst du mir wirklich vertrauen. Fröhliche Weihnachten.«

– ENDE –

Anmerkung der Autorin

Liebe Leserinnen und Leser,

wenn Sie bereits eines meiner früheren Bücher gelesen haben, dann wissen Sie vermutlich, dass ich (angefangen bei den Streitkräften der Vereinigten Staaten bis hin zur Rettung von Tieren) viele Projekte unterstütze. Wenn die Feiertage nahen, muss ich immer an all die dort draußen denken, die es nicht so leicht haben. Die kämpfen müssen. Und an diejenigen, die hart dafür arbeiten, Dinge zu verbessern. Im vorliegenden Roman wollte ich all diese Menschen ehren und habe daher einige meiner Lieblings-Projekte in die Geschichte eingewoben.

Life's Kitchen ist ein Ort, an dem unserem Helden, Parker Kincade, geholfen wurde, sein Leben wieder in den Griff zu bekommen. Es ist schön, dass es hier in Boise in Idaho, wo ich lebe, ebenfalls eine Life's Kitchen gibt. Wenn Sie mehr über diese wunderbare Organisation erfahren möchten, die sich der Aufgabe verschrieben hat, jungen Erwachsenen zu helfen, sich ein eigenständiges, unabhängiges Leben aufzubauen, können Sie sich auf www.lifeskitchen.org informieren.

In diesem Buch erwähne ich außerdem ein Frauenhaus. Ich schätze mich glücklich, das Frauenhaus hier in Boise seit Jahren unterstützen zu können, und es überrascht mich immer wieder, wie sehr selbst kleinste Dinge wie Seife und Zahnpasta helfen, das Leben von Frauen und Kindern einfacher zu machen. Wenn Sie kein derartiges Heim in Ihrer Stadt haben, schauen Sie doch gern auf www.wcaboise.org, um zu sehen, wie Sie helfen können.

Vielen Dank, dass Sie sich für diesen Roman entschieden haben. Ich hoffe, Sie finden darin die Wärme, den Zauber und die Köstlichkeiten, die Sie sich von einem Liebesroman zu Weihnachten erhoffen.

Mit den besten Wünschen für ein schönes Fest
Candis Terry

Nonnas Ricotta-Kekse mit Zitronenglasur

Kekse

Zutaten:

400 g Zucker
225 g Butter
ca. 400 g Ricotta
2 TL Mandelextrakt
2 Eier (L)
480 g Mehl
2 TL Backpulver
1 TL Salz

1. Den Ofen auf 180 °C vorheizen.
2. Zucker und Butter in einer großen Schüssel mit dem Mixer auf niedriger Stufe verrühren.
3. Anschließend auf hoher Stufe schaumig schlagen.
4. Ricotta, Mandelextrakt und Eier dazugeben und auf mittlerer Stufe gut verrühren.
5. Mehl, Backpulver und Salz hinzufügen und auf niedriger Stufe verrühren, anschließend den Teig kneten.
6. Jeweils einen gestrichenen Esslöffel Teig – in einem Abstand von 6 cm – auf ein mit Backpapier ausgelegtes Blech geben. 15 Minuten backen oder bis die Kekse goldbraun werden (sie sind noch weich). Aus dem Ofen nehmen und zum Abkühlen auf ein Gitterrost legen.
7. Wenn die Kekse kalt sind, die Zitronenglasur vorbereiten.

Zitronenglasur

Zutaten:

1 TL abgeriebene Zitronenschale
3 EL Butter
360 g Puderzucker (gesiebt)
2 EL Zitronensaft
1 EL Wasser
1 Prise Salz

1. Zitronenschale zur Butter geben und verrühren.
2. Nach und nach einen Teil des Puderzuckers zugeben und ebenfalls gut verrühren.
3. Zitronensaft und Wasser mischen; nach und nach abwechselnd mit dem restlichen Puderzucker zur Buttermischung geben, bis die Mischung glattgerührt ist und die richtige Konsistenz zum Bestreichen der Kekse hat.
4. Salz hinzugeben.
5. Mit einem kleinen Metallspatel oder einem Messer die Glasur auf die Kekse streichen. Kekse erst aufeinanderlegen, wenn die Glasur vollständig durchgetrocknet ist (ca. 1 Stunde).

Carbonara mit Zwiebeln

Zutaten:

2 TL Olivenöl
115 g dünn geschnittene Pancetta, gewürfelt
1 große Gemüsezwiebel, halbiert und in dünne Scheiben geschnitten
2 Knoblauchzehen, zerdrückt
¾ TL grobkörniges Salz
160 g Sahne
115 g frisch geriebener Parmesan
160 g geriebener Gruyère
½ TL abgeriebene Zitronenschale
4 Eier (L)
500 g Rigatoni
Frisch gemahlener schwarzer Pfeffer
2 EL klein geschnittener Schnittlauch

1. Olivenöl in einer großen Pfanne bei mittlerer Temperatur erhitzen.
2. Pancetta hinzufügen und knusprig braun braten.
3. Pancetta aus der Pfanne nehmen und abkühlen lassen.
4. Zwiebeln in die Pfanne geben und ca. 10 Minuten braten, bis sie goldbraun und leicht karamellisiert sind. Knoblauch und einen ½ TL Salz hinzufügen. Weitere 2 Minuten braten. Zur Seite stellen und leicht abkühlen lassen.
5. Sahne, restliches Salz, Parmesan, Gruyère, Zitronenschale und Eier in einer großen Schüssel gut verrühren.

6. In einem großen Topf Salzwasser zum Kochen bringen. Pasta hinzufügen und weich – mit Biss – kochen, dabei gelegentlich umrühren (ca. 8–10 Minuten). Abgießen, dabei aber eine Tasse Nudelwasser auffangen.
7. Die Nudeln zu den Zwiebeln geben. Sahnemischung, ¼ Tasse Nudelwasser und Pancetta hinzugeben.
8. Vorsichtig umrühren, bis die Sauce die Nudeln gleichmäßig bedeckt. Nudelwasser, wenn nötig, dazugeben. Noch einmal zwei Minuten erwärmen, aber nicht kochen.
9. Nach Geschmack mit Pfeffer würzen.
10. Pasta in eine große Schüssel füllen und vor dem Servieren mit Schnittlauch garnieren.

»Sure Thing« Mascarpone-Sorbet mit Rosmarin-Honig

Zutaten:

Mascarpone-Sorbet
130 g Zucker
1 ¼ Tassen Wasser
1 TL abgeriebene Zitronenschale
2 EL Zitronensaft
1 Prise grobkörniges Salz
1 ½ Tassen Mascarpone, Zimmertemperatur

Rosmarin-Honig
225 g Honig
3 Zweige Rosmarin
2 EL Wasser

1. Zucker und 1¼ Tassen Wasser in einen kleinen Topf geben. Bei mittlerer Temperatur erhitzen, umrühren, bis sich der Zucker aufgelöst hat. 1 Minute köcheln lassen.
2. Vom Herd nehmen und Zitronenschale, Zitronensaft und Salz hinzufügen, um einen Sirup herzustellen. Zur Seite stellen und abkühlen lassen.
3. Mascarpone in einer Schüssel glattrühren.
4. Zitronensirup hinzufügen; schlagen, bis die Masse glatt ist. Ca. 30 Minuten gut abkühlen lassen.
5. Eismaschine vorbereiten.
6. Mascarponecreme noch einmal durchrühren und in die

Eismaschine füllen. Gemäß Herstelleranweisung bedienen.

7. Das Sorbet in den Tiefkühlschrank stellen, damit es komplett durchfriert.
8. Während das Sorbet gefriert, Honig, Rosmarin und 2 EL Wasser in einen kleinen Topf füllen. Langsam erhitzen und ca. 5 Minuten köcheln lassen. Durch ein feinmaschiges Sieb streichen und auf Zimmertemperatur abkühlen lassen.
9. Zum Servieren das gefrorene Sorbet in Dessertschalen füllen und mit Rosmarin-Honig beträufeln.

Gabriellas ultimatives Mac and Cheese (Makkaroni mit Käse)

Zutaten:

6 Scheiben leicht knusprigen Speck, klein geschnitten (je nach Geschmack auch mehr)
Salz für das Nudelwasser
300 g Korkenziehernudeln oder kurze Makkaroni
3 EL Butter
3 EL Mehl
3 Tassen Milch und Sahne zu gleichen Teilen gemischt
1 TL frischen Rosmarin, klein geschnitten
1 TL frischen Thymian
Grobkörniges Salz und frisch gemahlenen schwarzen Pfeffer
1 Prise Cayennepfeffer
1 Prise Muskat
1 Prise Basilikum
4 Knoblauchzehen, frisch gepresst
115 g frisch geriebenen Parmesan
250 g scharfen Cheddar, gerieben
1½ bis 2 EL grüne Zwiebeln, klein geschnitten
1 Packung Mozzarella, klein geschnitten
2 bis 3 EL Paniermehl

1. Ofen auf 200 °C vorheizen.
2. Backblech mit Backpapier auslegen. Speckscheiben mit einem Abstand von mindestens drei Zentimetern auf dem Blech verteilen. Auf die unterste Schiene im Herd schie-

ben und ca. 8–10 Minuten backen lassen, bis der Speck knusprig, aber noch biegbar ist. Auf Küchentuch abtropfen lassen und klein schneiden. Zur Seite stellen.

3. Wasser in einem großen Topf zum Kochen bringen. Einen Esslöffel Salz und die Nudeln hinzufügen, umrühren und ca. 5 Minuten kochen lassen. Eine Tasse Nudelwasser abnehmen, danach die Nudeln abgießen und mit kaltem Wasser abschrecken, um den Kochvorgang abzuschließen.
4. Die Nudeln nicht umrühren, damit die Stärke erhalten bleibt. Das kalte Wasser abgießen und die abgekühlten Nudeln zur Seite stellen.
5. Den Nudeltopf mit kaltem Wasser ausspülen, um ihn ganz abzukühlen, dann bei mittlerer Hitze wieder auf den Herd stellen.
6. Butter hineingeben und schmelzen lassen. Sobald sie anfängt zu zischen, ist sie bereit für das Mehl.
7. Mehl hinzugeben und schnell und kräftig umrühren, bis die Masse glatt und ohne Klümpchen ist. Ungefähr eine Minute kochen lassen.
8. Die erste Tasse Milch-Sahne-Mischung hinzugeben und weiterrühren, bis alles wieder glatt ist, ca. 20–30 Sekunden.
9. Die restlichen 2 Tassen Milch-Sahne-Mischung hinzufügen und weiterrühren.
10. Rosmarin, Thymian, grobkörniges Salz, frisch gemahlenen Pfeffer, Cayennepfeffer, Muskat und Knoblauch hinzufügen. Alles gut verrühren, dann abschmecken. Je nach Geschmack verfeinern.
11. Die Temperatur erhöhen und die Sauce langsam zum

Kochen bringen, dabei ständig weiterrühren. Die Sauce dickt schnell an. Sobald die Sauce dick genug ist, um die Rückseite eines Löffels zu bedecken, vom Herd nehmen.

12. Parmesan und Cheddar hinzufügen. Vorsichtig umrühren, während der Käse schmilzt.
13. Die gekochten Nudeln zu der Sauce im Topf geben. Vorsichtig umrühren, bis die Nudeln gleichmäßig von der Sauce bedeckt sind. Die Mischung sollte noch locker, aber cremig und leicht umzurühren sein. Wenn sie noch zu dick ist, mit ein wenig Nudelwasser verdünnen.
14. Basilikum und grüne Zwiebeln hinzufügen.
15. Die Hälfte der Nudel-Käse-Mischung in eine leicht gefettete Auflaufform füllen.
16. Die Hälfte des Mozzarellas über die erste Schicht geben, anschließend die restliche Nudel-Käse-Mischung in die Form füllen und den Rest Mozzarella darüber verteilen.
17. Vorsichtig mit einem Löffel oder Buttermesser durch die Masse fahren, damit der Mozzarella gleichmäßig verteilt wird. Zum Schluss mit Speck und Semmelbröseln garnieren.
18. Bei 200 °C in der Mitte des Ofens ca. 25–35 Minuten überbacken, bis der Auflauf goldbraun ist.
19. Vor dem Servieren ca. 10 Minuten abkühlen lassen.

Deutsche Erstveröffentlichung

Candis Terry

Neue Träume in Sunshine Valley

Nach dem Tod seiner Eltern ändert sich für Eishockeyprofi Jordan Kincade alles. Zusammen mit seinen Geschwistern erbt er das Weingut und trägt die Verantwortung für seine kleine Schwester. Zurück in seiner Heimatstadt fühlt er sich, als ob ihm ein Puck in den Magen knallt: Sunshine Creek, seit Generationen im Familienbesitz, steckt in finanziellen Schwierigkeiten. Und dann trifft Jordan ausgerechnet auf Lucy, die nichts mehr mit dem Mauerblümchen von früher gemein hat – und ihm anscheinend nie verziehen hat, was vor Jahren geschah …

ISBN: 978-3-95649-605-9
9,99 € (D)

Jane Linfoot

Winter im kleinen Brautladen am Strand

Vor den Fenstern des kleinen Brautladens fällt Schnee, während Sera in ihrem gemütlichen Atelier Brautkleider entwirft. Zwischen ihren Fingern werden weiße Träume wahr. Nur ihre große Schwester Alice hat Sera noch nicht einmal nach einem Kleid gefragt. Doch dann geht in deren Hochzeitsplanung so einiges schief und Sera beschließt, ihrer Schwester zu der Winterhochzeit zu verhelfen, die sie verdient – auch wenn das bedeutet, dass sie sich gleich mit zwei attraktiven Trauzeugen herumschlagen muss.

ISBN: 978-3-95649-841-1

9,99 € (D)